דער ווינט

אין

די ווערבעס

קענעט גראַהאַם

מיט געמעלן פֿון
אַרטור ראַקהאַם

איבערזעצונג פֿון
בעריש גאָלדשטיין

פֿאַר דזשאַק סוויני

וואָס האָט מיך געבראַכט צו פֿאָרען זיך מיט שיפֿלעך

ISBN: 978-0-9980497-2-4

אינהאַלט

אילוסטראַציעס

קאַפּיטל איינס

דער ברעג טײַך

דער קראָט האָט שווער געאַרבעט דעם גאַנצן אינדערפֿרי, מיט דער פֿרילינג־רייניקונג פֿון זײַן קליינער היים. ערשט מיט בעזעמער, דערנאָך מיט ווישפֿעדערן; דערנאָך אויף לייטערס און טרעפּ און שטולן, מיט אַ פּענדזל און אַן עמער קאַלך; ביז ער האָט געהאַט שטויב אין זײַן האַלדז און אויגן, און שפּריצן קאַלך אומעטום אויף זײַן שוואַרצן פֿעל, און אַ ווייטיקדיקן רוקן און מידע אָרעמס. פֿרילינג האָט זיך באַוועגט אין דער לופֿטן אויבן און אין דער ערד אונטן און אַרום אים, דרינגענדיק דורך אַפֿילו זײַן טונקל און פּראָסט הויז מיט זײַן שטימונג פֿון געטלעכער אומצופֿרידנקייט און בענקשאַפֿט. עס איז געווען דערפֿאַר קוים אַ חידוש, וואָס ער האָט מיט אַ מאָל אַראָפּגעוואָרפֿן דעם פּענדזל אויף דער פּאַדלאָגע, געזאָגט "אַ קלאָג!" און "אָ, פֿע!" און אויך "אַראָפּ מיט דער רייניקונג!" און איז אַנטלאָפֿן פֿון הויז אָן אַפֿילו וואַרטן אָנצוטאָן דעם מאַנטל. עפּעס אויבן רופֿט אים באַפֿעלעריש צו און ער האָט זיך גענומען צו דעם שטאָציקן קליינעם טונעל וואָס פּאַסט פֿאַר אים פֿאַר דעם באַזשווירטן קאַרעטע־וועג בײַ חיות וואָס ווינען נעענטער צו דער זון און דער לופֿט. האָט ער געקראַצט און געקרעלט און געקלאַמערט און געקראָכן און דעמאָלט געקראָכן נאָך אַ מאָל און געקלאַמערט און געקרעלט און געקראַצט, געאַרבעט פֿאַרנומען מיט די קליינע לאַפּעס, און געמורמלט אונטער דער נאָז, "אַרויף מיט אונדז! אַרויף מיט אונדז!" ביז סוף־כּל־סוף, פּוק! איז זײַן שנאָבל אַרויס אין דער זונענשײַן, און ער האָט זיך געפֿונען קײַקלען זיך אַרום אין דעם וואַרעמען גראָז פֿון אַ גרויסער לאָנקע.

"דאָס איז פּרימאַ!" האָט ער געזאָגט צו זיך אַליין. "דאָס איז בעסער ווי קאַלכן!" די זונענשײַן האָט הייס געשלאָגן אויף זײַן פּעלץ, ווייכע ווינטלעך האָבן געגלעט זײַן געהיצטן שטערן, און נאָך דער אָפּזונדערונג פֿון דעם קעלער ווו ער האָט אַזוי לאַנג געוווינט איז דער ניגון פֿון פֿריילעכע פֿייגל געפֿאַלן אויף זײַנע פֿאַרטעמפּטע אויערן שיִער ניט ווי אַ געשריי. שפּרינגענדיק פֿון אַלע פֿיר פֿיס אין איינעם מיט דער פֿרייד פֿון לעבן, און דעם תּענוג פֿון פֿרילינג אָן זײַן רייניקונג האָט ער זיך גענומען איבער דער לאָנקע ביז ער האָט דערגרייכט דעם לעבעדיקן פּלויט אויף דער ווײַטערער זײַט.

"שטעל זיך אָפּ!" האָט געזאָגט אַ באַיאָרנט קיניגל בײַ דעם אײַנרײַס. "זעקס פּעניס פֿאַרן דערלויב גיין אויף דעם פּריוואַטן שליאַך!" ער איז תּיכּף איבערגעקערט געוואָרן פֿון דעם אומגעדולדיקן און ביטולדיקן קראָט, וואָס האָט געטליסעט פּאַזע דער זײַט פֿונעם פּלויט און צערייצט די אַנדערע קיניגלעך בעת זיי האָבן גיך געקוקט אַרויס פֿון די לעכער צו זען וואָס איז דער טומל דאָ. "ציבעלע־סאָס! ציבעלע־סאָס!" האָט ער אויספֿײַפֿנדיק באַמערקט,

און איז אַוועק איידער זיי האָבן געקענט אויסטראַכטן אַ גאָר פּאַסיקן ענטפֿער. דעמאָלט האָבן זיי אַלע אויף זיך געבורטשעט. "ווי נאַריש דו ביסט! פֿאַר וואָס האָסטו אים ניט געזאָגט —" "נו, פֿאַר וואָס האָסט דו ניט געזאָגט —" "דו האָסט אים געזאָלט דערמאָנען —" און אַזוי ווײַטער, אין דעם געוויינטלעכן אופֿן, נאָר אַוודאי איז דאָס געקומען גאָר צו שפּעט, ווי אַלע מאָל.

בילד 1 "ציבעלע־סאָס! ציבעלע־סאָס!" האָט ער אויספֿײַפֿנדיק באַמערקט, און איז אַוועק איידער זיי האָבן געקענט אויסטראַכטן אַ גאָר פּאַסיקן ענטפֿער

עס האָט זיך אַלץ געפֿילט צו גוט אמת צו זײַן. אַהין און אַהער האָט ער פֿאַרנומען אַרומשפּאַצירט, פּאַזע די קוסטצוימען, דורך די וועלדלעך, אומעטום געפֿינען זיך פֿייגל בויען, בלומען צעלאָזן זיך, בלעטער שטויסן זיך אויס — יעדער חפֿץ גליקלעך, און תּכליתדיק, און פֿאַרטראַכט. און אַנשטאָט אַן אומרויִק געוויסן שטעכט אים און שעפּטשעט "קאַלכן!", האָט ער נאָר ווי ניט איז געקענט פֿילן ווי אויפֿגעלייגט עס איז צו זײַן דער איינציקער ליידיק־גייער אין דער מיט פֿון די אַלע פֿאַרנומענע בירגער. נאָך אַלעמען איז

דער בעסטער טייל פֿון אַ וואַקאַציע אפֿשר ניט אַזוי פֿיל אָפּרוען זיך ווי באַקוקן די אַלע אַנדערע אַרבעטן שווער.

ער האָט געהאַלטן זײַן גליקלעכקייט פֿאַר שלמותדיק ווען אין מיטן גיין אַרום פּוסט־און־פּאַס איז ער מיט אַ מאָל געשטאַנען אויפֿן ברעג פֿון אַ גוט־געפּאַשעטן טײַך. קיין מאָל אין לעבן האָט ער פֿריִער ניט געזען קיין טײַך – אָט די גלאַטיקע, שלענגלדיקע, שטאַרקע חיה, יאָגנדיק זיך און לאַכנדיק צו זיך, אָנכאַפּן חפֿצים מיט אַ ריזל און לאָזן זיי פֿרײַ מיט אַ לאַך, און וואַרפֿט זיך אויף נײַע חבֿרימלעך וואָס טרייסלען זיך פֿרײַ און ווערן נאָך אַ מאָל אָנגעכאַפּט און צוגעהאַלטן. אַלץ האָט זיך געטרייסלט און געציטערט – בלישטשען און גלאַנצן און פֿינקלען, שאָרכען און געווירבל, פּלאַפּל און בלעזל. דער **ק**ראָט איז געווען פֿאַרכּישופֿט, געשפּאַנט, פֿאַרכאַפּט. פּאַזע ברעג טײַך האָט ער געטליסעט ווי מע טליסעט, ווי אַ קליין קינד, לעבן אַ מענטש וואָס האַלט דיך פֿאַרכאַפּט מיט שפּאַנענדיקע מעשׂיות; און ווען ער איז מיד סוף־כּל־סוף, איז ער געזעסן אויפֿן ברעג, בעת דער טײַך פּלאַפּלט ווײַטער צו אים, אַ באַלעמוטשעטע ריי פֿון די בעסטע מעשׂיות אויף דער וועלט, אָפּגעשיקט פֿון דעם האַרץ פֿון דער ערד און דערציילט סוף־כּל־סוף צו דעם אומאָנזעטלעכן ים.

בעת ער זיצט אויפֿן גראָז און קוקט איבערן טײַך האָט אַ פֿינצטערע לאָך אין דעם ברעג אַנטקעגן, פּונקט איבער דער אייבערפֿלאַך פֿונעם וואַסער, געכאַפּט זײַן אויג, און ווי אין אַ חלום האָט ער אָנגעהויבן זיך באַטראַכטן וואָס פֿאַר אַ שיינער היימלעכער וווינונג דאָס וועט זײַן פֿאַר אַ חיה וואָס דאַרף נאָר ווייניק און האָט ליב אַ שיין ווינאָרט בײַם טײַך, איבערן פֿאַרפֿלייצפּליין און ווײַט פֿון קלאַנג און שטויב. בעת ער שטאַרט האָט עפּעס העל און קליין אויסגעזען ווי עס פֿינקלט אַראָפּ אין דעם האַרץ דערפֿון, איז פֿאַרשווונדן געוואָרן, און דעמאָלט געפֿינקלט נאָך אַ מאָל ווי אַ קליינטשיק שטערנדל. נאָר עס האָט קוים געקענט זײַן קיין שטערן אין אַזאַ טשיקאַווער סיטואַציע; און עס איז געווען צו גלאַנצנדיק און קליין פֿאַר אַ גלי־ווערעם. דעמאָלט, בעת ער קוקט, האָט עס געפֿינטלט אויף אים און אַזוי זיך באַוויזן פֿאַר אַן אויג; און אַ קליין פּנים האָט אָנגעהויבן וואַקסן ביסלעכווײַז אַרום אים, ווי אַ ראַם אַרום אַ בילד.

אַ קליין ברוין פּנים, מיט וואָנצעלעך.

אַן ערנסט קײַלעכדיק פּנים, מיט דעם זעלבן פֿינקל אין דעם אויג וואָס האָט ערשט געכאַפּט זײַן אויפֿמערק.

קליינע ציכטיקע אויערן און געדיכטע זײַדענע האָר.

עס איז געווען דער **וו**אַסער־**ש**טשור!

דעמאָלט זײַנען די צוויי חיות געשטאַנען און זיך אָפּגעהיט באַטראַכט.

"גוטהעלף, **ק**ראָט!" האָט געזאָגט דער **וו**אַסער־**ש**טשור.

"גוטהעלף, **ש**טשור!" האָט געזאָגט דער **ק**ראָט.

"צי ווילסטו קומען אַריבער?" האָט באַלד געפֿרעגט דער **ש**טשור.

"אָ, ס'איז אַלע מאָל גרינג צו *רעדן*," האָט דער **ק**ראָט געזאָגט, גוט ברוגזלעך, וואָרן ער איז אַ גרינער מיט אַ טײַך און טײַך־לעבן און זײַנע מינהגים.

דער **ש**טשור האָט גאָרנישט ניט געזאָגט, נאָר זיך אָנגעבויגן און אָפּגעבונדן אַ שטריק און אים געצויגן; דעמאָלט האָט ער לײַכט געטראָטן אַרײַן אין אַ קליין שיפֿל וואָס דער **ק**ראָט האָט ניט באַמערקט. עס איז געווען אָפּגעמאָלט אויף בלאָ אויסנווייניק און אויף ווײַס אינעווייניק, און פּונקט די גרייס פֿאַר צוויי חיות, און דעם **ק**ראָטס האַרץ איז איר תּיכּף איבערגעגעבן געוואָרן, כאָטש אַפֿילו האָט ער נאָך ניט גאַנץ פֿאַרשטאַנען וואָס מע טוט מיט איר.

דער **ש**טשור האָט פֿלינק גערודערט אַריבער און זיך צוגעבונדן. דעמאָלט האָט ער אויפֿגעהויבן די פֿאָדערשטע לאַפּע בעת דער **ק**ראָט איז פּאַוואָליע אַראָפּ. "שפּאַר זיך אָן אין דעם!" האָט ער געזאָגט. "איצט, גוט, קום גיך!" און דער **ק**ראָט ווי אַ חידוש און התפּעלות צו זיך אַליין האָט זיך געפֿונען טאַקע זיצנדיק אין דעם הינטערבאָרט פֿון אַן עכט שיפֿל.

"הײַנט איז געווען אַ וווּנדערלעכער טאָג!" האָט ער געזאָגט בעת דער **ש**טשור האָט זיי אַוועקגעשטויסן און גענומען נאָך אַ מאָל די רודערס. "ווייסטו, איך בין קיין מאָל פֿריִער אין לעבן ניט געווען אין קיין שיפֿל."

"וואָס?" האָט געשריגן דער **ש**טשור מיט אַן אָפֿן מויל. "קיין מאָל ניט געווען אין אַ – דו ביסט קיין מאָל – נו, איך – וואָס דען טוסטו?"

"צי איז דאָס טאַקע אַזוי שיין ווי דאָס?" האָט דער **ק**ראָט באַשיידן געפֿרעגט, כאָטש ער איז געווען גאַנץ גרייט דאָס צו גלייבן בעת ער זעצט זיך צוריק אויף זײַן באַנק און באַטראַכט די קישנס, די רודערס, די רודערלעכער, און דעם גאַנצן פֿאַרכאַפּנדיקן אויסריכט, און געפֿילט ווי דאָס שיפֿל וויגט זיך לײַכט אונטער אים.

"שיין? ס'איז די *איינציקע* זאַך," האָט געזאָגט דער וואַסער־**ש**טשור בעת ער בייגט זיך פֿאָרויס פֿאַר דעם צי. "גלייב מיר, מײַן יונגער פֿרײַנד, עס איז ניטאָ *גאָרנישט* – לגמרי גאָרנישט – אַ העלפֿט אַזוי כּדאַי צו טאָן ווי פּשוט פּאָרען זיך מיט שיפֿלעך. פּשוט פּאָרען זיך," איז ער ווײַטער געגאַנגען ווי אין אַ חלום: "פּאָרען – זיך – מיט – שיפֿלעך; פּאָרען זיך –"

"קוק גיך אויף פֿאָרנט, **ש**טשור!" האָט דער **ק**ראָט מיט אַ מאָל געשריגן.

עס איז צו שפּעט געווען. דאָס שיפֿל האָט זיך אָנגעשלאָגן אויף דעם ברעג מיט דער פֿולער גיכקייט. דער בעל־חלומות, דער פֿריילעכער רודערער, איז געלעגן אויפֿן רוקן אונטן אינעם שיפֿל, די פֿיאַטעס אין דער לופֿטן.

"– מיט שיפֿלעך – אָדער *אין* שיפֿלעך," האָט דער **ש**טשור ווײַטער רויִק גערעדט, און האָט זיך אויפֿגעהויבן מיט אַן אײַנגענעם געלעכטער. "אין זיי אָדער אַרויס פֿון זיי, ס'מאַכט ניט אויס. גאָרנישט, ווײַזט זיך אויס, מאַכט ניט אויס, וואָס איז דער חן אינעם ענין. צי מע פֿאָרט אָפּ, צי מע פֿאָרט ניט אָפּ; צי מע דערגרייכט דעם ציל אָדער קומט אָן אין ערגעץ אַנדערש, אָדער דערגרייכט ערגעץ ניט, ביסטו שטענדיק פֿאַרנומען, אָבער מוזסטו ניט טאָן עפּעס ספּעציעל. און ווען דאָס איז פֿאַרטיק איז אַלע מאָל נאָך עפּעס צו טאָן, וואָס דו קענסט טאָן אויב דו ווילסט, נאָר ס'איז בעסער ניט. זע נאָר! אויב דו האָסט גאָרנישט וואָס צו טאָן דעם אינדערפֿרי, זאָלן מיר אפֿשר פֿאָרן טײַך־אַראָפּ און פֿאַרברענגען אַ לאַנגן טאָג?"

דער קראָט האָט אַ שאָקל געטאָן מיט די פֿוספֿינגער צוליב הוילער פֿרייד, פֿאַרשפּרייט די ברוסט מיט אַ זיפֿץ פֿון שלמותדיקער צופֿרידנקייט, און האָט זיך געלענט צוריק אין די ווייכע קישנס. "אַזאַ טאָג איז דאָס בײַ מיר!" האָט ער געזאָגט. "לאָמיר תּיכּף אָנהייבן!"

"וואַרט דאָ אַ מינוט, יאָ!" האָט דער שטשור געזאָגט. ער האָט צוגעבונדן דאָס שטריקל דורך אַ רינג אין זײַן דאָק, זיך קאַראַפּקעט אַרײַן אין זײַן לאָך אויבן, און נאָך אַ קורצער ווײַלע האָט ער זיך נאָך אַ מאָל באַוויזן, זיך וואַקלענדיק אונטער אַ דיקן, געפֿלאָכטענעם אָנבײַסן־קויש.

בילד 2 "שטופּ דאָס אַוועק אונטער די פֿיס," האָט ער באַמערקט צו דעם קראָט בעת ער דערלאַנגט דאָס אַראָפּ אין שיפֿל

"שטופּ דאָס אַוועק אונטער די פֿיס," האָט ער באַמערקט צו דעם קראָט בעת ער דערלאַנגט דאָס אַראָפּ אין שיפֿל. דעמאָלט האָט ער אָפּגעבונדן דאָס שטריקל און גענומען נאָך אַ מאָל די רודערס.

"וואָס איז דאָ אינעווייניק?" האָט דער קראָט געפֿרעגט, צאַפּלענדיק זיך מיט נײַגעריקייט

"ס'איז דאָ קאַלטע הון אינעווייניק," האָט דער **ש**טשור קורץ געזאָגט; "קאַלטעצונג-קאַלטעשינקע-קאַלטרינדערנס-עסיק-אוגערקעס-סאַלאַט-פֿראַנצייזישעבולקעס-קרעסשניטקעס-פּיראָגן-אינגבערביר-לימענאַד-סאָדעוואַסער—"

"אָ, הער אויף, הער אויף," האָט דער קראָט געשריגן מיט התפּעלות: "דאָס איז צו פֿיל!"

"צי מיינסטו טאַקע אַזוי?" האָט ערנסט געפֿרעגט דער **ש**טשור. "ס'איז נאָר וואָס איך נעם מיט געווײנטלעך אויף אַזעלכע קליינע נסיעות; און די אַנדערע חיות האַלטן שטענדיק אַז איך בין אַ קאַרגער און מײַן עסנוואַרג *קוים* קלעקט!"

דער קראָט האָט ניט געהערט קיין איינציק וואָרט וואָס ער האָט געזאָגט. אַרײַנגעצויגן אין דעם נײַעם לעבן וואָס שטייט פֿאַר אים, פֿאַרשיכּורט מיט דעם בלישטש, די רונצלען, די גערוכן און די קלאַנגען און דער זונענשײַן, האָט ער נאָכגעשלעפּט אַ האַנט אינעם וואַסער און געחלומט לאַנגע וואַכיקע חלומות. דער וואַסער־**ש**טשור, ווי דער לײַטישער יאַט וואָס ער איז, האָט כּסדר גערודערט און אים אויסגעמיטן שטערן.

"איך האָב שטאַרק ליב דײַנע קליידער, אַלטער בחור," האָט ער באַמערקט נאָך אַן ערך אַ האַלבע שעה איז פֿאַרבײַ. "איך וועל קריגן אַ שוואַרצן סאַמעטענעם סמאָקינג פֿאַר זיך אַליין אין איינעם אַ טאָג באַלד ווי איך קען זיך דאָס פֿאַרגינען.

"זײַ מוחל," האָט געזאָגט דער קראָט, נעמענדיק זיך אין די הענט מיט טירחה. "דו מוזסט מיך האַלטן פֿאַר זייער גראָב, נאָר דאָס אַלץ איז מיר אַזוי נײַ. טאָ – דאָס – איז – אַ – **טײַך**!"

"דער טײַך," האָט אויסגעבעסערט דער **ש**טשור.

"און דו וווינסט טאַקע לעבן דעם טײַך? אַזאַ פֿריילעך לעבן!"

"לעבן אים און מיט אים און אויף אים און אין אים," האָט געזאָגט דער **ש**טשור. "ס'איז מיר ברודער און שוועסטער, און מומעס, און געזעלשאַפֿט, און עסן און געטראַנק, און (נאַטירלעך) וואַשן. עס איז מײַן וועלט און איך וויל ניט קיין אַנדערע. וואָס פֿעלט מיר דאָ איז ניט כּדאַי צו האָבן, און וואָס עס ווייסט ניט איז ניט כּדאַי צו וויסן. גאָטעניו! די צײַטן וואָס מיר האָבן פֿאַרבראַכט צוזאַמען! צי אין ווינטער צי אין זומער, פֿרילינג צי האַרבסט, האָט עס שטענדיק געהאַט זײַן הנאה און גדולה. ווען די פֿלייצן קומען אַרײַן יעדן פֿעברואַר און מײַנע קעלערן און אונטערגאָרן זײַנען אָנגעפֿילט מיט געטראַנק וואָס טויג מיר אויף גאָרנישט, און דאָס ברוינע וואַסער שטראָמט פֿאַרבײַ מײַן בעסטן שלאָפֿצימער־פֿענצטער; אָדער דערצו ווען עס פֿלייצט אַלץ אָפּ און לאָזט איבער שטחים בלאָטע וואָס שמעקן מיט פֿלוימקוכן, און די טשערעטן און ווילדגראָז פֿאַרשטאָפּן די קאַנאַלן, און איך קען גיין אַרום מיט טרוקענע פֿיס איבער ס'רובֿ פֿונעם געלעגער און געפֿינען פֿריש עסנוואַרג, און זאַכן וואָס די אָפּגעלאָזענע לײַט האָבן אַראָפּגעלאָזט פֿון די שיפֿלעך!"

"אָבער צי איז דאָ ניט אַ מאָל אַ ביסל נודנע?" האָט דער קראָט זיך דערוועגט פֿרעגן. "בלויז דו און דער טײַך, און ניט קיין אַנדערע מיט וועמען צו שמועסן?"

"ניט קיין אַנדערע מיט – נו, איך מוז ניט זײַן צו שטרענג מיט דיר," האָט געזאָגט דער **ש**טשור, מיט געדולד. "דאָס איז דיר נײַ און ס'פֿאַרשטייט זיך אַז דו ווייסט ניט. דער ברעג איז אַזוי אָנגעפּאַקט הײַנט צו טאָג אַז אַ סך לײַט נעמען זיך אין גאַנצן ערגעץ אַנדערש. אָ, ניין, ס'איז איצט לגמרי ניט ווי אַ מאָל. ווידרעס, אײַזפֿייגל, גרעבעס, טײַכהינער, זײַנען זיי אַלע אַרום אַ גאַנצן טאָג און ווילן שטענדיק מע זאָל טאָן עפּעס – גלײַך ווי אַ מענטש האָט ניט קיין אייגענע עסקים צוצוזען!"

"וואָס ליגט *דאָרט*?" האָט געפֿרעגט דער **ק**ראָט, מאַכנדיק מיט אַ לאַפּע צו אַ הינטערגרונט פֿון וועלדער וואָס האָבן טונקל באַרעמלט די וואַסער־לאָנקעס אויף איין זײַט טײַך.

"דאָס? אָ, דאָס איז נאָר דער **ווילדער וואַלד**," האָט דער **ש**טשור קורץ געזאָגט. "מיר גייען דאָרט נאָר זעלטן, מיר טײַך־ברעגערס."

"צי זײַנען זיי – זײַנען זיי ניט זייער *שיינע* לײַט דאָרט?" האָט געזאָגט דער **ק**ראָט, אַ ביסל נערוועז.

"נ־ו־ו," האָט דער **ש**טשור געענטפֿערט, "לאָמיך זען. די וועווערקעס זײַנען נישקשה. און די קיניגלעך – עטלעכע פֿון זיי, נאָר קיניגלעך זײַנען אַ געמישטע באַנדע. און ס'איז דאָ **ט**אַקס, אַוודאי. ער וווינט פּונקט אין דעם האַרץ פֿון אים. וואָלט ניט וווינען אין ערגעץ אַנדערש, זאָל מען אים באַצאָלן אַפֿילו. טײַערער אַלטער **ט**אַקס! קיינער שטערט *אים* ניט. בעסער ניט," האָט ער באַטײַטיק צוגעגעבן.

"נאָר ווער דען *זאָל* אים שטערן?" האָט דער **ק**ראָט געפֿרעגט.

"נו, פֿאַרשטייט זיך – עס – זײַנען דאָ – אַנדערע," האָט דער **ש**טשור דערקלערט אין אַ וואַקלענדיקן שטייגער. "וויזעלעך – און האַרמלען – און פֿוקסן – און אַזוי ווײַטער. זיי זײַנען נישקשה ביז אַ מאָס – איך בין זיי אַ גוטער־פֿרײַנד – שמועסן אַ ווײַלע ווען מיר טרעפֿן זיך אָן, און דאָס אַלץ – נאָר פֿון צײַט צו צײַט צעשפּילן זיי זיך, דאָס קען מען ניט פֿאַרלייקענען, און דעמאָלט – נו, מע קען זיי ניט גאַנץ פֿאַרטרויען, דאָס איז אמת."

דער **ק**ראָט האָט גאַנץ גוט געוווּסט אַז ס'איז שטאַרק קעגן חיה־עטיקעט זיך אָפּצושטעלן אויף קומעדיקע צרות אָדער אַפֿילו אַזוינע צו דערמאָנען, האָט ער אָפּגעלאָזט די טעמע.

"און נאָך ווײַטער, הינטער דעם **ווילדן וואַלד**?" האָט ער געפֿרעגט: "וווּ ס'איז אַלץ בלאָ און אומקלאָר, און מע זעט וואָס זײַנען אפֿשר בערגלעך אָדער אפֿשר ניט, און עפּעס ווי דער רויך פֿון אַ שטעטל, אָדער צי איז דאָס בלויז דרייפֿנדיקע וואָלקנס?"

"הינטער דעם **ווילדן וואַלד** קומט די **ב**רייטע **וו**עלט," האָט דער **ש**טשור געזאָגט. "און דאָס איז עפּעס וואָס עס מאַכט ניט אויס, ניט פֿאַר דיר, ניט פֿאַר מיר. איך בין קיין מאָל דאָרט ניט געווען און וועל קיין מאָל דאָרט ניט גיין, און דו אויך, אויב ס'בלײַבט דיר אַ ביסל שׂכל. זײַ אַזוי גוט און דערמאָן דאָס ניט נאָך אַ מאָל. איז, זע נאָר! אָט איז אונדזער שטילשטראָם צום סוף, ווו מיר וועלן עסן אָנבײַסן."

אָוועק פֿונעם הויפּטשטראָם זײַנען זיי אַרײַן אין וואָס האָט תּחילת אויסגעזען ווי אַ קליינע אָפּגעזונדערטע אָזערע. גרינער טאָרף איז משופּעדיק אַראָפּ אויף ביידע ברעגן, ברוינע שלענגלדיקע בוים־וואָרצלען האָבן געשײַנט אונטער דער אייבערפֿלאַך פֿון דעם

שטילן וואַסער, בעת פֿאַר זיי האָבן דער זילבערנער אַקסל און שוימיקער טומל פֿון אַ דאַמבע, געאָרעמט מיט אַן אומרויִקן טריפֿנדיקן מילראָד, וואָס האָט נאָך דער ריי אויפֿגעהאַלטן אַ מיל מיט גראָע דאַכשפּיצן, אָנגעפֿילט די לופֿט מיט אַ באַרויִקנדיקן מורמל פֿון קלאַנגען, טעמפּ און פֿאַרדושענדיק, פֿאָרט מיט קליינע קלאָרע קולער רעדנדיק פֿריילעך אַרויס דערפֿון פֿון צײַט צו צײַט. עס איז געווען אַזוי שיין אַז דער קראָט האָט נאָר געקענט אויפֿהאַלטן ביידע פֿאָדערשטע לאַפּעס און סאָפּען, "ווי איך לעב! ווי איך לעב!"

בילד 3 דער קראָט האָט געבעטן ווי אַ טובֿה אַז ער מעג דאָס אַלץ אויספּאַקן איינער אַליין.

דער שטשור האָט געבראַכט דאָס שיפֿל לעבן ברעג, עס צוגעבונדן, געהאָלפֿן דעם נאָך אַלץ אומגעלומפּערטער קראָט בשלום אויף דער יבשה, און אַרויסגעשווּנגען דעם אָנבײַסן־קויש. דער קראָט האָט געבעטן ווי אַ טובֿה אַז ער מעג דאָס אַלץ אויספּאַקן איינער אַליין, און דער שטשור איז גאַנץ גרייט געווען אים נאָכצוגעבן, און זיך צעשפּרייטן אין דער גאַנצער לענג אויפֿן גראָז און זיך אָפּרוען בעת זײַן אויפֿגעהײטערטער פֿרײַנד האָט

אויסגעטרייסלט דעם טישטעך און אים אויסגעשפּרייט, אַרויסגענומען די אַלע סודותדיקע פּעקלעך איינס נאָכן אַנדערן און זיי אויסגעסדרט ווי געהעריק, נאָך אַלץ סאָפּענדיק, "ווי איך לעב! ווי איך לעב!" מיט יעדער נײַער אַנטפּלעקונג. ווען אַלץ איז שוין גרייט געווען האָט דער **ש**טשור געזאָגט, "איצט, העלף זיך אַרויס, אַלטער בחור!" און דער **ק**ראָט איז געווען דערפֿרייט אַזוי צו טאָן, וואָרן ער האָט אָנגעהויבן די רייניקונג גאַנץ פֿרי אין דער פֿרי, ווי מענטשן *וועלן* טאָן, און האָט זיך ניט אָפּגעשטעלט צוליב נאַש צי וועטשערע, און ער האָט גאָר אַ סך דורכגעלעבט זינט דער ווײַטערער צײַט וואָס איצט האָט אים געפֿילט ווי מיט אַ סך טעג פֿריִער.

"אויף וואָס קוקסטו?" האָט דער **ש**טשור באַלד געזאָגט, ווען די שאַרף פֿון זייער הונגער איז אַ ביסל פֿאַרטעמפּט געוואָרן, און דעם **ק**ראָטס אויגן האָבן געקענט וואַנדערן אַ ביסל אַוועק פֿון דעם טישטעך.

"איך קוק," האָט דער **ק**ראָט געזאָגט, "אויף אַ פּאַס בלעזלעך וואָס איך זע גייענדיק איבער דער אייבערפֿלאַך פֿונעם וואַסער. ס'איז מיר עפּעס זייער טשיקאַווע."

"בלעזלעך! אָ־האָ!" האָט דער **ש**טשור געזאָגט, און האָט פֿריילעך געפּיפּסט אין אַ פֿאַרבעטנדיקן אופֿן.

אַ ברייטע גלאַנצנדיקע מאָרדע האָט זיך באַוויזן איבערן קאַנט פֿונעם ברעג, און די **וו**ידרע האָט זיך אַרויסגעשלעפּט און אָפּגעטרייסלט דאָס וואַסער פֿון זײַן פעלץ.

"זשעדנע בעטלערס!" האָט ער באַמערקט, נעמענדיק זיך צו דעם עסנוואַרג. "פֿאַר וואָס האָסטו מיך ניט פֿאַרבעטן, **ש**טשורל?"

"אָט דאָס איז געווען אַ ספּאָנטאַנע אונטערנעמונג," האָט דערקלערט דער **ש**טשור. "אַגבֿ – מײַן פֿרײַנד, **רב** **ק**ראָט."

"ס'פֿרייט מיך, בין איך זיכער," האָט די **וו**ידרע געזאָגט, און די צוויי חיות זײַנען תּיכּף פֿרײַנד געוואָרן.

"אַזאַ מהומה אומעטום!" האָט ווײַטער גערעדט די **וו**ידרע. "ס'זעט אויס ווי די גאַנצע וועלט איז אויף דעם טײַך הײַנט. איך קום אַרויף אין אָט דעם בוכטעלע אַ פּרוּוו צו טאָן געפֿינען אַ שטיקל שלום און זיך אָנגעטראָפֿן אין איר יאַטן! ווייניקסטנס – זײַט מוחל – דאָס האָב איך פּונקט אַזוי ניט געמיינט, איר ווייסט."

עס איז געקומען אַ שאָרך הינטער זיי, אַרויס פֿון אַ קוסטצוים ווו די פֿאַראַיאָריקע בלעטער הענגען געדיכט נאָך אַלץ, און אַ געפּאַסיקטער קאָפּ מיט הויכע פּלייצעס אויף הינטן האָט געקוקט אַרויס אויף זיי.

"קום שוין, אַלטער **ט**אַקס!" האָט דער **ש**טשור געשריגן.

דער **ט**אַקס האָט געטראָטן פֿאָרויס אַ שפּאַן צוויי, און דעמאָלט אַ כרוק געגעבן, "הם! געסט," און אַרומגעדרייט דעם רוקן און איז פֿאַרשוווּנדן געוואָרן פֿון אויגנגרייך.

"אַזוי איז *פּונקט* דער מין בחור וואָס ער איז!" האָט באַמערקט דער אַנטוישטער **ש**טשור. "האָט פּשוט פֿײַנט געזעלשאַפֿט! איצט וועלן מיר אים מער ניט זען הײַנט. נו, זאָג אונדז, *ווער'ז* אויף דעם טײַך?"

"בראָסקע איז אַרויס, פֿאַר איינעם," האָט די ווידרע געענטפֿערט. "אין זײַן שפּאָגל־נײַ פֿאַרמעסט־שיפֿל; נײַע קליידער, נײַ אַלץ!"

די צוויי חיות האָבן אויף זיך געקוקט און זיך צעלאַכט.

"אַ מאָל איז געווען גאָרנישט אַחוץ זעגלען," האָט דער שטשור געזאָגט. "איז דאָס אים נימאס געוואָרן, האָט ער זיך געווענדט צו טרײַבן אַ שיפֿל מיט אַ שטאַנג. גאָרנישט איז אים אַזוי געפֿעלן ווי שטופּן דאָס שיפֿל אַ גאַנצן טאָג אַלע טאָג, און אַ שיינעם באַלאַגאַן האָט ער געשאַפֿן דערמיט. פֿאַר אַ יאָר איז זײַן פֿערדל געווען וווינשיפֿן און מיר אַלע האָבן געמוזט גיין בײַ אים צו גאַסט אויף זײַן וווינשיף, און מאַכן אַן אָנשטעל אַז מיר האָבן דאָס ליב. ער האָט אין זינען געהאַט וווינען דאָס איבעריקע לעבן אויף אַ וווינשיף. ס'איז אַלע מאָל דאָס זעלבע, אַבי וואָס עס איז וואָס גלוסט זיך אים, ווערט אים נימאס און ער געפֿינט עפּעס נײַעס."

"אַזאַ גוטער בחור אויך," האָט באַמערקט די ווידרע, פֿאַרקלערט. "נאָר גאָרנישט קיין סטאַבילקייט – דער עיקר אין אַ שיפֿל!"

פֿון וווּ זיי זיצן האָבן זיי געקענט כאַפּן אַ בליק פֿונעם הויפּט־שטראָם איבערן אינדזל וואָס צעשיידט זיי, און פּונקט דעמאָלט האָט זיך מיט אַ מאָל באַוויזן אַ פֿאַרמעסט־שיפֿל, דער רודערער – אַ נידעריקע, באַלײַבטע פֿיגור – שלעכט פּליושקענדיק און קײַקלענדיק זיך גאָר אַ סך, נאָר אַרבעטנדיק מיטן גאַנצן כּוח. דער שטשור איז אויפֿגעשטאַנען און אים צוגערופֿן, נאָר בראָסקע – דאָס איז טאַקע ער געווען – האָט געשאָקלט מיטן קאָפּ און איז ערנסט צוריק צו דער אַרבעט.

"ער וועט זײַן אַרויס פֿון שיפֿל אין אַ מינוט אַרום, אויב ער האַלט אין קײַקלען זיך אַזוי," האָט געזאָגט דער שטשור און זיך אַוועקגעזעצט נאָך אַ מאָל.

"זיכער וועט ער," האָט אונטערגעלאַכט די ווידרע. "צי האָב איך אײַך דערציילט די גוטע מעשׂה וועגן בראָסקע און דעם שליוז־אויפֿזעער? ס'איז געווען אַזוי. בראָסקע ..."

אַ בלאָנדזשענדיקע מײַ־פֿליג האָט זיך אַרומגעקערט אומזיכער קעגן דעם שטראָם אין דעם פֿאַרשיכּורטן שטייגער אָנגענומען פֿון די יונגע מײַ־פֿליגן פּנים־אל־פּנים מיט לעבן. אַ געווירבל אינעם וואַסער און אַ "קלופּ!" און די מײַ־פֿליג איז געווען מער ניט צו דערזען.

אויך ניט די ווידרע.

דער קראָט האָט געקוקט אַראָפּ. דאָס קול איז נאָך אַלץ געווען אין זײַנע אויערן, נאָר דער טאָרף וווּ יענע איז געלעגן איז קלאָר ליידיק. ניט קיין ווידרע צו דערזען ביז דעם ווײַטן האָריזאָנט.

נאָר נאָך אַ מאָל איז געווען אַ פּאַס בלעזלעך אויף דער אייבערפֿלאַך פֿונעם טײַך.

דער שטשור האָט געזשומעט אַ ניגון און דער קראָט האָט זיך דערמאָנט אַז חיה־עטיקעט פֿאַרווערט אַבי אַ באַמערקונג וועגן דעם פּלוצעמדיקן פֿאַרשווונדן ווערן פֿון די פֿרײַנד אַבי ווען, מילא צי איז דאָ אַ סיבה צי ניט.

"נו, נו," האָט געזאָגט דער **ש**טשור. "איך רעכן אַז מיר זאָלן זיך שוין באַוועגן. איך וווּנדער זיך ווער פֿון אונדז זאָל בעסער אײַנפּאַקן דעם אָנבײַסן־קויש?" ער האָט ניט גערעדט ווי ער אַליין איז אַ בעלן אויף דעם פֿאַרגעניגן.

"אָ, זײַ אַזוי גוט און לאָמיך דאָס טאָן," האָט דער **ק**ראָט געזאָגט. און אַוודאי האָט דער **ש**טשור אים דערלויבט.

אײַנפּאַקן דעם קויש איז ניט געווען אַזאַ אײַנגענעמע טירחה ווי אויספּאַקן דעם קויש. עס איז שטענדיק אַזוי. אָבער דער **ק**ראָט האָט בדעה געהאַט קריגן הנאה פֿון אַלץ, און כאָטש פּונקט ווען ער האָט דעם קויש אײַנגעפּאַקט און גוט צוגעפּעסטיקט האָט ער געזען אַ טעלער גאַפּלדיק אַרויף אויף אים פֿונעם גראָז, און ווען די אַרבעט איז נאָך אַ מאָל פֿאַרטיק געווען האָט דער **ש**טשור אָנגעוויזן אויף אַ גאָפּל, וואָס מע האָט געזאָלט געזען, און דאָס לעצטע, זעט נאָר, דאָס זענעפֿט־טעפּל, וואָס דערויף איז ער געזעסן אומוויסיק – פֿאָרט, ווי ניט איז, איז דער גאַנג סוף־כּל־סוף פֿאַרטיק געווען, אָן קיין סך היצן זיך.

די נאָכמיטאָג־זון איז נידעריק געוואָרן בעת דער **ש**טשור רודערט לײַכט אַהיים אין אַ פֿאַרחלומט געמיט, געמורמלט שטיקלעך פּאָעזיע אָבער און ווידער צו זיך אַליין, און געלייגט נאָר ווייניקע אַכט אויף **ק**ראָט. נאָר דער **ק**ראָט איז געווען גאַנץ אָנגעפֿילט מיט אָנבײַסן, און אַליין־צופֿרידנקייט, און שטאָלץ, און שוין גאַנץ באַקוועם אין אַ שיפֿל (אַזוי האָט ער געמיינט) און איז געוואָרן אַ ביסל ווי אויף שפּילקעס דערצו, און באַלד האָט ער געזאָגט, "**ש**טשורל! זײַ אַזוי גוט, איך וויל רודערן, איצט!"

דער **ש**טשור האָט געשאָקלט מיטן קאָפּ מיט אַ שמייכל. "נאָך ניט, מײַן יונגער פֿרײַנד," האָט ער געזאָגט – "וואַרט ביז דו האָסט זיך אַ ביסל מער אויסגעלערנט. ס'איז ניט אַזוי גרינג ווי עס זעט אויס."

דער **ק**ראָט איז שטיל געבליבן אַ מינוט צוויי. נאָר ער האָט אָנגעהויבן פֿילן זיך אַלץ מער קינאהדיק אויף **ש**טשור, וואָס רודערט ווײַטער אַזוי שטאַרק און אַזוי גרינג, האָט זײַן שטאָלץ אים אָנגעהויבן שעפּטשען אַז ער קען דאָס גלײַך אַזוי גוט טאָן. ער איז מיט אַ מאָל אַרויפֿגעשפּרונגען און געכאַפּט די רודערס, אַזוי פּלוצעמדיק אַז דער **ש**טשור, וואָס האָט געהאַלטן אין קוקן איבערן וואַסער און מורמלען נאָך מער שטיקלעך פּאָעזיע אונטער דער נאָז, איז גאַנץ פֿאַרחידושט געוואָרן און איז געפֿאַלן הינטערוויילעכץ פֿון זײַן אָרט מיט די פֿיס אין דער לופֿטן אַ צווייט מאָל, בעת דער נצחונדיקער **ק**ראָט האָט זײַן אָרט גענומען און געכאַפּט די רודערס מיט פֿולקומען בטחון.

"הער אויף, דו נאַרישער אייזל!" האָט געשריגן דער **ש**טשור פֿון דעם אונטן פֿונעם שיפֿל. "דו קענסט דאָס ניט טאָן! דו וועסט אונדז איבערקערן!"

דער **ק**ראָט האָט צוריקגעוואָרפֿן די רודערס מיט אַ צוק, און מיט זיי שטאַרק געפּרוווט שטויסן אויפֿן וואַסער. ער האָט זיך גאַנץ פֿאַרשאָסן דאָס וואַסער, די פֿיס זײַנע האָבן געפֿלויגן איבערן קאָפּ און ער האָט זיך געפֿונען ליגנדיק אויף דעם אויסגעצויגענעם **ש**טשור. גאַנץ דערשראָקן האָט ער אַ כאַפּ געטאָן אויף דער זײַט פֿון שיפֿל און אין אַ רגע אַרום – פּליושק!

אַריבער איז דאָס שיפֿל און ער האָט זיך געפֿונען ראַנגלען זיך אין דעם טײַך.

אוי, ווי קאַלט איז געווען דאָס וואַסער, און אוי, ווי גאָר *נאַס* עס פֿילט אים. ווי עס האָט געזונגען אין זײַנע אויערן בעת ער איז אַראָפּ, אַראָפּ, אַראָפּ! ווי העל און אָנגעלייגט האָט די זון אויסגעזען ווען ער איז אַרויף אויף דער אייבערפֿלאַך, הוסטן און שפּריצלען! ווי שוואַרץ איז געווען זײַן ייִאוש ווען ער האָט זיך געפֿילט גיין אַראָפּ נאָך אַ מאָל! דעמאָלט האָט אַ פֿעסטע לאַפּע אים געכאַפּט בײַם נאַקן. עס איז געווען דער שטשור, און עס איז קלאָר געווען אַז ער לאַכט – דער קראָט האָט געקענט פֿילן ווי ער לאַכט, פּונקט אַראָפּ דורכן אָרעם און דורך דער לאַפּע, און אַזוי אַרײַן אין זײַן – דעם קראָטס – נאַקן.

דער שטשור האָט אָנגעכאַפּט אַ רודער און אים געשטופּט אונטער דעם קראָטס אָרעם; דעמאָלט האָט ער דאָס אויך געטאָן אויף דער צווייטער זײַט זײַנער און שווימענדיק אויף הינטן האָט ער געטריבן די אָפּהענטיקע חיה צו דעם ברעג, אים אַרויסגעשלעפּט, און אַוועקגעזעצט אויף דער יבשה, אַ מאָטשיקע, ווייכע, פֿײַדע פֿון יסורים.

ווען דער שטשור האָט אים אַ ביסל אַרומגעריבן, און געקוועטשט אַ טייל פֿונעם וואַסער אַרויס פֿון אים, האָט ער געזאָגט, "איצט, אַלטער בחור! טליסע אַרויף און אַראָפּ אויף דער בוקסיר־סטעשקע מיטן גאַנצן כּוח, ביז דו ביסט נאָך אַ מאָל וואַרעם און טרוקן, בעת איך טוק זיך אונטער נאָך דעם אָנבײַסן־קויש."

אַזוי איז עס אַז דער נעבעכדיקער קראָט, נאַס אין דרויסן און פֿאַרשעמט אינעווייניק, האָט געטליסעט אַרום ביז ער איז שיִער ניט טרוקן געוואָרן נאָך אַ מאָל, בעת דער שטשור האָט זיך נאָך אַ מאָל געוואָרפֿן אַרײַן אין וואַסער, צוריקגעקראָגן דאָס שיפֿל, עס צו רעכט געשטעלט און צוגעבונדן, ביסלעכווײַז געגומען זײַן שווימענדיק האָב־און־גוטס אויף דער יבשה, און סוף־כּל־סוף זיך געטונקען מיט הצלחה נאָך דעם אָנבײַסן־קויש און געאַרבעט שווער דאָס צו ברענגען אויפֿן ברעג.

ווען אַלץ איז נאָך אַ מאָל גרייט אויף נאָך אַן אָנהייב, האָט דער קראָט, שלאַף און דערשלאָגן, גענומען זײַן אָרט אויף הינטן אינעם שיפֿל; און ווען זיי זײַנען נאָך אַ מאָל אין וועג אַרײַן האָט ער געזאָגט אין אַ נידעריק קול, צעבראָכן מיט עמאָציע, "שטשורל, מײַן ברייטהאַרציקער פֿרײַנד! עס טוט מיר שטאַרק באַנג, מײַן נאַרישער און אומדאַנקבאַרער אויפֿפֿיר. מײַן האַרץ איז שווער אַראָפּ ווען איך טראַכט וועגן ווי איך האָב שיִער ניט פֿאַרלוירן דעם שיינעם אָנבײַסן־קויש. באמת בין איך געווען אַ שלמותדיקער אייזל, און איך ווייס דאָס. צי וועסטו דאָס פֿאַרקוקן דאָס מאָל און זײַן מיר מוחל, לאָזן אַלץ גיין ווײַטער ווי פֿריִער?"

"אַדרבא, אַ ברכה אויף דיר!" האָט דער שטשור פֿריילעך געענטפֿערט. "ווי גייט אָן אַ ביסל נאַסקייט צו אַ וואַסער־שטשור? הײַנט צו טאָג בין איך מער אין דעם וואַסער ווי אַרויס דערפֿון. זאָרג זיך מער ניט דערמיט. און זע נאָר! איך האַלט שטאַרק אַז דו זאָלסט בלײַבן צו גאַסט בײַ מיר אַ ווײַלע. עס איז גאָר פּשוט און רוי, דו ווייסט – לגמרי ניט ווי בראָסקעס הויז – נאָר דאָס האָסטו נאָך ניט געזען. פֿאָרט קען איך דיך מאַכן באַקוועם. און איך וועל דיך לערנען צו רודערן און צו שווימען, און דו וועסט באַלד ווערן אַזוי געשײַט אויפֿן וואַסער ווי אונדז אַלע."

דער קראָט איז געווען אַזוי אָנגערירט פֿון יענעמס צאַרטן שטייגער רעדן אַז ער האָט ניט געקענט געפֿינען דאָס קול אים צו ענטפֿערן, און ער האָט געמוזט אַוועקווישן אַ טרער צוויי מיטן לאַפּע־רוקן. נאָר דער שטשור האָט גוטהאַרציק געקוקט אין אַ זײַט און באַלד איז

דעם קראָטס געמיט מונטער נאָך אַ מאָל, און ער האָט אַפֿילו געקענט אָפּענטפֿערן אַ פּאָר טײַכהינער וואָס האָבן געכיכעט וועגן זײַן אויסגעמאָטשעטן אויסזע.

ווען זיי זײַנען אָנגעקומען אין דער היים האָט דער שטשור אָנגעצונדן אַ העלן פֿײַער אין דעם גאַסטצימער און אַוועקגעשטעלט דעם קראָט אין אַ פֿאָטעל פֿאַר דעם, נאָכדעם וואָס ער האָט געקראָגן פֿאַר אים אַ שלאָפֿראָק און שטעקשיך, און אים דערציילט טײַך־מעשׂיות ביז דער צײַט פֿאַר וועטשערע. גאָר שפּאַנענדיקע מעשׂיות זײַנען זיי אויך געווען צו אַ חיה ווי קראָט, וואָס וווינט אין דער ערד. מעשׂיות וועגן דאַמבעס, און פּלוצעמדיקע פֿלייצן, און שפּרינגענדיקע העכט, און דאַמפּשיפֿן וואָס וואַרפֿן האַרטע פֿלעשער – ווייניקסטנס זײַנען פֿלעשער זיכער געוואָרפֿן געווען, און אַרויס *פֿון* די דאַמפּשיפֿן, איז דערפֿאַר משמעות געוואָרפֿן *פֿון* זיי; און וועגן רעגערס, און ווי איבערקלײַבעריש זיי זײַנען מיט וועמען זיי רעדן; און וועגן אַוואַנטורעס אַראָפּ אין אָפּרינען, און כאַפּן פֿיש בײַ נאַכט מיט ווידרע, אָדער ווײַטע נסיעות מיט טאַקס. וועטשערע איז געווען גאָר אַ פֿריילעכער מאָלצײַט, נאָר זייער באַלד דערנאָך האָט זײַן אײַנזעערישער גאַסטגעבער געדאַרפֿט פֿירן אַ שרעקלעך שלעפֿעריקן קראָט טרעפּ־אַרויף אין דעם בעסטן שלאָפֿצימער, ווו ער האָט באַלד אַוועקגעלייגט דעם קאָפּ אויפֿן קישן מיט גרויסן שלום און צופֿרידנקייט, וויסנדיק אַז זײַן נײַער פֿרײַנד דער טײַך פּליושקעט אויפֿן ברעטל פֿון זײַן פֿענצטער.

דער דאָזיקער טאָג איז נאָר געווען דער ערשטער פֿון אַ סך ענלעכע פֿאַר דעם באַפֿרײַטן קראָט, יעדער לענגער און מער אָנגעפֿילט מיט אינטערעס בעת דער אויפֿקומענדיקער זומער צײט זיך ווײַטער. ער האָט זיך געלערנט צו שווימען און צו רודערן, און געפֿילט די פֿרייד פֿון שטראָמענדיק וואַסער. און מיט אַן אויער אויף די ראָרשטאַמען האָט ער פֿון צײַט צו צײַט געכאַפּט אַ ביסל פֿון וואָס דער ווינט האַלט שטענדיק אין שעפּטשען צווישן זיי.

קאַפּיטל צוויי

דער אָפּענער וועג

"שטשורל," האָט דער קראָט מיט אַ מאָל געזאָגט אויף איינעם אַ העלן זומער אינדערפֿרי, "אויב איך מעג, וויל איך בײַ דיר בעטן אַ טובֿה."

דער שטשור איז געזעסן אויפֿן ברעג טײַך און געזונגען אַ קליין לידל. ער האָט דאָס אַליין נאָר וואָס אויסגעטראַכט, און איז גאָר פֿאַרנומען מיט אים, האָט ער דערפֿאַר קוים אַכט געלייגט אויף קראָט אָדער עפּעס אַנדערש. זינט פֿרי אין דער פֿרי איז ער געשווומען אין דעם טײַך, צוזאַמען מיט זײַנע פֿרײַנד, די קאַטשקעס. און ווען די קאַטשקעס האָבן זיך מיט אַ מאָל געשטעלט מיט די קעפּ אַראָפּ, ווי איז דער שטייגערבײַ זיי, האָט ער זיך אונטערגעטונקט און געקיצלט זייערע העלדזער, פּונקט אונטערן אָרט ווו וואָלט געווען אַ קין אויב קאַטשקעס וואָלטן געהאַט קינען, ביז זיי האָבן געמוזט קומען גיך נאָך אַ מאָל צו דער אייבערפֿלאַך, שפּריצנדיק און אין כּעס און טרייסלען די פֿעדערן אויף אים, וואָרן עס איז אוממיגלעך אַרויסצורעדן אַלץ וואָס מע פֿילט מיט דעם קאָפּ אונטערן וואַסער. סוף־כּל־סוף האָבן זיי אים געבעטן צו נעמען זיך אַוועק און צוצוזען די אייגענע עסקים און לאָזן זיי איבער צוצוזען זייערע. איז דער שטשור דערפֿאַר אַוועקגעגאַנגען און געזעסן אויף דעם ברעג טײַך אין דער זון, און אויסגעטראַכט אַ ליד וועגן זיי וואָס ער האָט אָנגערופֿן

די קאַטשקעס לידעלע

אויף דעם גאַנצן בוכטעלע,
דורך די קאַמישן הויכע,
פּליושקען די קאַטשקעס,
אַרויף עקן אַלע!

קאַטשקע־עקן, קאַטשער־עקן,
געלע פֿיס זיך טרייסלען,
געלע שנאָבלען אויס אויגנגרייך,
אַלע אין דעם טײַך פֿאַרנומען!

אין דער בלאָטע און גרינע גראָזן
ווו די פּלאָטקעס שווימען —
דאָס איז אונדזער שפּײַזאַרניע,
קיל און פֿול און טונקל דערין.

צו יעדן וואָס גלוסט זיך אים!
אונדז געפֿעלט צו זײַן
קאָפּ אַראָפּ און עקן אַרויף,
פֿליושקען פֿרײַ און פֿײַן!

הויך אויבן אין דעם בלאָ
ווירבלט אַרום אַ שוואַלבן־סטאַדע –
מיר גייען אַראָפּ פּליושקען,
אַרויף עקן אַלע!

"איך ווייס ניט צי איך האַלט שטאַרק פֿון דעם דאָזיקן קליינעם לידל, **ש**טשור," האָט דער **ק**ראָט אָפּגעהיט באַמערקט. ער אַליין איז ניט געווען קיין פּאָעט און ס'איז אים אַלץ איינס ווער זאָל דאָס וויסן. און ער האָט געהאַט אַן אָפֿן־האַרציקע טבֿע.

"ווי די קאַטשקעס אויך ניט," האָט פֿריילעך געענטפֿערט דער **ש**טשור. "זיי זאָגן, 'פֿאַר וואָס קען אַ פֿאַרשוין ניט זײַן דערלויבט צו טאָן וואָס עס גלוסט זיך אים *ווען* ער וויל און *ווי* ער וויל, אַנשטאָט אַנדערע יאַטן זיצנדיק אויף די ברעגן און אים באַטראַכטן שטענדיק און מאַכן באַמערקונגען און פּאָעזיע און אַזוינע וועגן אים? אַזאַ *נאַרישקייט* איז דאָס אַלץ!' אַזוי זאָגן די קאַטשקעס."

"אַזוי איז עס, אַזוי איז עס," האָט גאָר האַרציק געזאָגט דער **ק**ראָט.

"ניין, ס'איז ניט אַזוי!" האָט דער **ש**טשור אויפֿגעקאָכט אויסגעשריגן.

"נו, גוט, ס'איז ניט אַזוי, ס'איז ניט," האָט דער **ק**ראָט באַרויִקנדיק געענטפֿערט. "נאָר וואָס איך האָב געוואָלט פֿרעגן בײַ דיר איז, צי וועסטו מיך ניט נעמען צו גאַסט צו **ר**ב **ב**ראָסקע? איך האָב אַזוי פֿיל געהערט וועגן אים און איך וויל שטאַרק זיך מיט אים באַגעגענען."

"אַדרבא, זיכער," האָט געזאָגט דער גוטהאַרציקער **ש**טשור, שפּרינגענדיק אויף די פֿיס און אָפּוואַרפֿנדיק פּאָעזיע פֿון מוח אויף דעם טאָג. "נעם אַרויס דאָס שיפֿל, וועלן מיר תּיכּף רודערן אַהין. ס'איז קיין מאָל ניט קיין שלעכטע צײַט גיין צו גאַסט בײַ **ב**ראָסקע. פֿרי צי שפּעט איז ער אַלע מאָל דער זעלבער בחור. שטענדיק אין אַ גוט געמיט, שטענדיק דערפֿרייט דיך צו זען, שטענדיק באַדויערט אַז מע דאַרף אָפּגיין!"

"ער מוז זײַן זייער אַ שיינע חיה," האָט באַמערקט דער **ק**ראָט, בעת ער איז אַרײַן אין שיפֿל און גענומען די רודערס, בעת דער **ש**טשור האָט זיך באַקוועם אַוועקגעזעצט אינעם הינטערבאָרט.

"ער איז טאַקע די בעסטע צווישן חיות," האָט **ש**טשור געענטפֿערט. "אַזוי פּשוט, אַזוי גוטמוטיק, און אַזוי ליבלעך. אפֿשר איז ער ניט אַזוי קלוג – אַלע קענען ניט זײַן זשעניִען, און עס קען זײַן אַז ער איז אי באַרימעריש אי גאווהדיק. נאָר ער האָט יאָ עטלעכע גוטע מעלות, האָט **ב**ראָסקעלע."

אַרום אַן אויסדריי אינעם טײַך זײַנען זיי אַרײַן אין אויגנגרייך פֿון אַ שיינעם, געהויבענעם אַלטן הויז פֿון אַלטע רויטע ציגל, מיט ציכטיקע לאָנקעס פֿירנדיק אַראָפּ ביזן קאַנט פֿונעם וואַסער.

"דאָרט איז **ב**ראָסקע־זאַל," האָט געזאָגט דער **ש**טשור, "און יענע ריטשקע אויף לינקס, ווו עס שטייט אָנגעשריבן אויף דעם שילד 'פּריוואַט. ניט קיין לאַנדן דערלויבט,' פֿירט צו

זײַן שיפּל־הויז, ווו מיר וועלן איבערלאָזן דאָס שיפּל. די שטאַלן זײַנען דאָרט אויף רעכטס. אָט דאָס איז דער באַנקעטזאַל וואָס דו זעסט איצט – זייער אַלט איז דאָס. **ב**ראָסקע איז באמת אַ רײַכער, דו ווייסט, און דאָס איז טאַקע איינס פֿון די שענסטע הײַזער אין די אָ מקומות, כאָטש מיר זאָגן אַזוי קיין מאָל ניט צו **ב**ראָסקע."

זיי האָבן זיך געגליטשט אַרויף אויף דער ריטשקע, און דער **ק**ראָט האָט אַרײַנגענומען די רודערס בעת זיי זײַנען אַרײַן אין דעם שאָטן פֿון אַ גרויס שיפּל־הויז. דאָ האָבן זיי געזען אַ סך שיינע שיפּלעך, העגנענדיק פֿון די קווערבאַלקנס אָדער אַרויסגעשלעפּט אויף אַ ראַמפּע, נאָר קיינע ניט אינעם וואַסער, און דער אָרט האָט אויסגעזען ווי ניט־געניצט און וויסט.

דער **ש**טשור האָט זיך אַרומגעקוקט. "איך פֿאַרשטיי," האָט ער געזאָגט. "שיפּלערײַ האָט זיך אויסגעשפּילט. ס'איז אים נימאס געוואָרן, איז ער פֿאַרטיק דערמיט. איך וווּנדער זיך וואָסער נײַ פֿערדל ער האָט אַדאָפּטירט? קום מיט און לאָמיר זיך צו אים אַרײַנכאַפּן. מיר וועלן הערן אַלץ דערוועגן זייער באַלד."

זיי זײַנען אַראָפּ פֿונעם שיפּל און שפּאַצירט איבער די פֿריילעכע באַבלומטע לאָנקעס זוכנדיק **ב**ראָסקע, וואָס זיי האָבן באַלד אויף אים אָנגעטראָפֿן רויִנדיק זיך אין אַ געפֿלאָכטענעם גאָרטן־שטול, מיט אַ פֿאַרזאָרגטער מינע אויפֿן געזיכט און אַ גרויסע קאַרטע אויסגעשפּרייט אויף די קני.

"הוראַ!" האָט ער געשריגן, שפּרינגענדיק אַרויף אויף די פֿיס ווען ער האָט זיי דערזען, "דאָס איז פּראַכטיק!" ער האָט וואַרעם געדריקט די לאַפּעס פֿון זיי ביידע, האָט ער ניט געוואַרט אויף באַקענען זיך מיט דעם **ק**ראָט. "ווי *שיין* פֿון אײַך!" איז ער ווײַטער געגאַנגען, טאַנצנדיק אַרום זיי. "איך האָב געהאַלטן בײַם אָפּשיקן אַ שיפּל נאָך דיר, **ש**טשורל, מיט שטרענגע באַפֿעלן אַז מע זאָל דיך תּיכּף אַהערברענגען, מילא וואָס דו טוסט. איך וויל אײַך שטאַרק – איר ביידע. איצט, וואָס ווילט איר? קומט אינעווייניק און עסט עפּעס! איר ווייסט ניט ווי מזלדיק עס איז, ווי איר האָט זיך פּונקט איצט באַוויזן!"

"לאָמיר זיצן שטיל אַ ווײַלע, **ב**ראָסקעלע!" האָט דער **ש**טשור געזאָגט, וואַרפֿנדיק זיך אַרײַן אין אַ פֿאָטעל, בעת דער **ק**ראָט האָט גענומען איינעם לעבן אים און געזאָגט עפּעס העפֿלעך וועגן **ב**ראָסקעס "מחיהדיקער וווינונג."

"דאָס פֿײַנסטע הויז אויף דעם גאַנצן טײַך," האָט **ב**ראָסקע רעשיק אויסגעשריגן. "אָדער אַבי ווו, אין דער אמתן," האָט ער זיך ניט געקענט אײַנהאַלטן צוגעבן.

דאָ האָט דער **ש**טשור אַ שטורך געגעבן דעם **ק**ראָט. צום באַדויערן האָט די **ב**ראָסקע אים באַמערקט טאָן דאָס, און האָט זיך גוט פֿאַררייטלט. עס איז געקומען אַ רגע פּריקרע שטילקייט. דעמאָלט האָט **ב**ראָסקע זיך צעלאַכט. "נו, גוט, **ש**טשורל," האָט ער געזאָגט. "ס'איז בלויז מײַן שטייגער, דו ווייסט. און ס'איז ניט קיין שלעכט הויז, יאָ? דו ווייסט אַז עס געפֿעלט דיר אַליין. איז, זעט נאָר. לאָמיר זײַן שׂכלדיק. איר זײַט פּונקט די חיות וואָס איך האָב געוואָלט. איר מוזט מיר העלפֿן. ס'איז היפּש וויכטיק!"

"עס האָט צו טאָן מיט דײַן רודערן, נעם איך אָן," האָט דער **ש**טשור געזאָגט, מיט אַ תּמימותדיקער מינע. "דו ביסט טאַקע נישקשה, כאָטש נאָך מיט אַ סך פּליושקען. מיט אַ סך געדולד און אַ ביסל טרענירן, וועסטו אפֿשר –"

"אָ, טפֿו! שיפּלערײַ!" האָט איבערגעריסן די בראָסקע, מיט גרויסן ביטול. "נאַרישע פֿאַרווײַלונג פֿאַר אַ קינד. דאָס האָב איך אָפּגעלאָזט שוין לאַנג צוריק. ס'איז אַ הוילער שאָד די צײַט, איז דאָס. עס טוט מיר שטאַרק באַנג צו זען ווי איר יאָטן, וואָס זאָלן בעסער וויסן, צעפּטרן די כּוחות גלאַט אין דער וועלט אַרײַן. ניין, איך האָב אַנטדעקט די אמתע זאַך, די איינציקע פֿאַרווײַלונג פֿאַר אַ גאַנץ לעבן. איך לייג פֿיר איבערגעבן דאָס איבעריקס פֿון מײַן לעבן צו דעם, האָב איך נאָר חרטה פֿאַר די אַרויסגעוואָרפֿענע יאָרן פֿריִער, צעפּטרט מיט קלייניקייטן. קום מיט מיר, טײַער שטשורל, און דײַן ליבלעכער פֿרײַנד אויך, אויב ער וויל, נאָר ביז דעם שטאַל־הויף, וועט איר זען וואָס איז צו דערזען!"

ער האָט דערפֿאַר געפֿירט דעם וועג צו דעם שטאַל־הויף, מיט דעם שטשור נאָך אים מיט אַ מינע גאָר פֿול מיט אומצוטרוי. און דאָרט, אַרויסגעצויגן פֿון דעם קאָטשהויז אַרײַן אינעם אָפֿן, האָבן זיי געזען אַ ציגײַנער־קאַראַוואַן, שפּאָגל נײַ, אויסגעמאָלט אויף געל ווי אַ קאַנאַריק באַפּוצט מיט גרין און מיט רויטע רעדער.

"אָט איז עס!" האָט די בראָסקע געשריגן, שטייענדיק הויך און פֿאַרשפּרייט. "ס'איז דאָ אמתדיק לעבן, פֿאַרקערפּערט אין דעם דאָזיקן קליינעם וואָגן. דער אָפֿענער וועג, דער שטויביקער שאָסיי, דער ווערעסק, דער עפּנטלעכער לאָנקע, די לעבעדיקע פּלויטן, די כוואַליענדיקע הויכלענדער! לאַגערן, דערפֿער, שטעטלעך, שטעט! הײַנט דאָ, אַרײַן אין ערגעץ אַנדערש אויף מאָרגן! פֿאָרן, שינוי, אינטערעס, אויפֿרעגונג! די גאַנצע וועלט פֿאַר זיך, און אַ האָריזאָנט וואָס בײַט זיך כּסדר! און האַלט אין זינען, אַז דאָס איז דער פֿײַנסטער וואָגן פֿון דעם מין אַ מאָל געבויט, אָן שום אויסנעם. קומט אַרײַן און גיט אַ קוק אויף דעם אויסריכט. איך האָב דאָס אַלץ אַליין אויסגעטראַכט, האָב איך!"

דער קראָט איז געווען שטאַרק פֿאַראינטערעסירט און אויפֿגערעגט, און איז נאָך אים נאָכגעגאַנגען מיט חשק אַרויף אויף די טרעפּ און אַרײַן אינעווייניק אין דעם קאַראַוואַן. דער שטשור האָט נאָר אַ שנאָרכץ געגעבן און געשטעקט די הענט אין די קעשענעס, זיך ניט גערירט פֿון אָרט.

עס איז טאַקע געווען זייער קאָמפּאַקט און באַקוועם. קליינע באַנקבעטלעך – אַ טישל וואָס לייגט זיך צונויף קעגן דער וואַנט – אַן אויוון, שענקלעך, ביכער־פּאָליצעס, אַ פֿויגל־שטײַג מיט אַ פֿויגל אינעווייניק, און קאָך־כּלים, קרוגן און קעסלען פֿון יעדער גרייס און מין.

"גאַנץ צוגעגרייט!" האָט די בראָסקע געזאָגט מיט נצחון, און האָט אָפֿן געצויגן אַ שענקל. "איר זעט – ביסקוויטן, אײַנגעמאַכטע האָמאַר, סאַרדינען – אַלץ וואָס מע קען זוכן. סאָדע־וואַסער דאָ – טיטון דאָרט – בריוו־פּאַפּיר, פּעטזײַט, אײַנגעמאַכטס, קאָרטן און דאָמינאָס – איר וועט געפֿינען," האָט ער ווײַטער גערעדט בעת זיי זײַנען נאָך אַ מאָל אַראָפּ אויף די טרעפּ, "איר וועט געפֿינען אַז מע האָט גאָרנישט ניט פֿאַרגעסן, ווען מיר פֿאָרן אָפּ דעם נאָכמיטאָג."

"זײַ מיר מוחל," האָט דער שטשור פּאַמעלעך געזאָגט, בעת ער קײַט אויף אַ שטרוי, "נאָר האָב איך דיך אונטערגעהערט זאָגן עפּעס וועגן *'מיר,'* און *'פֿאָרן אָפּ,'* און *'דעם נאָכמיטאָג'*?"

"איצט, דו טײַער גוט אַלט שטשורל," האָט בראָסקע בעטנדיק געזאָגט, "הייב ניט אָן רעדן אין אָט דעם שטײַפֿן און פֿאַרריסענעם שטייגער, ווײַל דו ווייסט אַז דו מוזסט מיטקומען. איך קען זיך ניט באַגיין אָן דיר, און דערפֿאַר האַלט דאָס פֿאַר שוין באַשטימט

און שטעל זיך ניט אַנטקעגן – דאָס איז די איינציקע זאַך וואָס איך קען ניט איבערטראָגן. זיכער מיינסטו ניט בלײַבן אַ גאַנץ לעבן מיט דײַן נודנעם אַלטמאָדישן אַלטן טײַך, און פּשוט וווינען אין אַ לאָך, און *גיין שיפּלען*? איך וויל דיר באַווײַזן די וועלט! איך וועל מאַכן אַ *חיה* פֿון דיר, מײַן בחור!"

"עס אַרט מיך ניט," האָט דער **ש**טשור עקשנותדיק געזאָגט. "איך קום ניט, און אַ סוף. און איך *וועל* בלײַבן מיט מײַן אַלטן טײַך, *און* וווינען אין אַ לאָך, *און* גיין שיפּלען, ווי אַלע מאָל. און דערצו, וועט **ק**ראָט בלײַבן בײַ מיר און טאָן וואָס איך טו, אמת, **ק**ראָט?"

"זיכער אַזוי," האָט דער **ק**ראָט געטרײַ געזאָגט. "איכ'ל זיך שטענדיק האַלטן בײַ דיר, **ש**טשור, און וואָס דו זאָגסט וועט זײַן – מוז זײַן. אַלץ איינס, ס'קלינגט ווי עס וואָלט געווען – אפֿשר הנאהדיק, דו ווייסט!" האָט ער פֿאַרבענקט צוגעגעבן. נעבעכדיקער **ק**ראָט! דאָס **אַ**וואַנטוריסטישע **ל**עבן איז אים אַזוי נײַ, און אַזוי שפּאַנענדיק; און אָט דער פֿרישער פּרט איז געווען אַזוי צוציִענדיק; און ער האָט זיך פֿאַרליבט אין דער ערשטער רגע מיט דעם קאַנאַריק־געלן וואָגן און דעם גאַנצן אויסריכט.

דער **ש**טשור האָט דערשפּירט וואָס גייט דורך יענעמס מוח און האָט זיך געוואַקלט. ער האָט פֿײַנט אַז ער זאָל עמעצן אַנטוישן, און ער האָט ליב דעם **ק**ראָט, און וואָלט געטאָן שיִער ניט אַבי וואָס פֿון זײַנט וועגן. **ב**ראָסקע האָט ענג געקוקט אויף זייביידע.

"קומט אַרײַן און עסט אַ ביסל אָנבײַסן," האָט ער געזאָגט, אויף אַ דיפּלאָמאַטישן אופֿן, "און מיר וועלן זיך דעם ענין דורכרעדן. מיר דאַרפֿן ניט האַסטיק באַשליסן. ס'פֿאַרשטייט זיך, אַז ס'איז מיר אַלץ איינס. איך וויל נאָר אײַך געבן הנאה. 'לעבן פֿאַר אַנדערע!' דאָס איז מײַן לעבנס־לאָזונג."

במשך פֿונעם אָנבײַסן – וואָס איז פּרימאַ געווען, אַוודאי, ווי שטענדיק אין **ב**ראָסקע־זאַל – האָט די **ב**ראָסקע זיך פּשוט אַרויסגעלאָזט. לייגנדיק ניט קיין אַכט אויף דעם **ש**טשור, האָט ער געהאַלטן אין שפּילן אויף דעם אומגעניטן **ק**ראָט ווי אויף אַ האַרף. בײַ טבֿע אַ רעדעוודיקע חיה, און שטענדיק באַהערשט פֿון זײַן דמיון, האָט ער אויסגעמאָלט די אויסקוקן פֿון דער נסיעה און די שׂימחות פֿון דעם אָפֿענעם לעבן און דעם וועגראַנד אין אַזעלכע גליִענדיקע פֿאַרבן, אַז דער **ק**ראָט האָט קוים געקענט זיצן אינעם אָרט צוליב אויפֿרעגונג. ווי ניט איז, האָבן זיי אַלע דרײַ אָנגעהויבן האַלטן די נסיעה פֿאַר אַ באַשטימטער זאַך. און דער **ש**טשור, כאָטש נאָך אַלץ ניט אײַנגערעדט אין מוח, האָט דערלויבט זײַן גוטהאַרציקייט בטל צו מאַכן די פּערזענלעכע אײַנווענדן. ער האָט ניט געקענט אויסהאַלטן אַנטוישן די צוויי פֿרײַנד, וואָס זײַנען שוין טיף אַרײַן אין פּלענער און אַרויסקוקן, פּלאַנעווען די פֿאַרווײַלונג פֿאַר יעדן טאָג אויף עטלעכע וואָכן פֿאָרויס.

ווען זיי זײַנען גאַנץ גרייט, האָט דער איצט נצחונדיקע **ב**ראָסקע געפֿירט די באַלייטערס צו דעם פֿערדזאַגאָן און זיי געפֿאָדערט כאַפּן דאָס אַלטע גראָע פֿערד, וואָס, אָן פֿרעגן בײַ אים קיין עצה, און ווי אַ שטאַרק צוטשעפּעניש אויף זיך אַליין, האָט באַקומען פֿון **ב**ראָסקע די שטויביקסטע אַרבעט אין דער דאָזיקער שוויביקער נסיעה. עס איז קלאָר געווען אַז עס האַלט בעסער דעם פֿערדזאַגאָן, און עס איז געווען שווער אים צו כאַפּן. דערווײַל האָט **ב**ראָסקע אײַנגעפּאַקט די אַלקערלעך נאָך ענגער מיט נייטיקייטן, און האָט געהאָנגען האָבער־זעקלעך, נעצן מיט ציבעלעס, בינטלעך היי, און קוישן אונטערן וואָגן. סוף־כּל־סוף האָט מען געכאַפּט דאָס פֿערד און עס אײַנגעשפּאַנט, זײַנען זיי אין וועג אַרײַן, אַלע רעדנדיק אין איינעם, יעדע חיה אָדער טאָפּטשען זיך לעבן דעם וואָגן אָדער זיצן אויף דער האַלאָבליע,

ווי עס האָט זיך אים געגלוסט. עס איז געווען אַ גאָלדענער נאָכמיטאָג. דער ריח פֿונעם שטויב וואָס זיי האָבן געבריקעט אַרויף איז געווען רײַך און צופֿרידנשטעליק; אַרויס פֿון געדיכטע סעדער אויף ביידע זײַטן פֿונעם וועג האָבן פֿייגל גערופֿן און פֿריילעך געפּיפּט צו זיי; גוטמוטיקע פֿאָרערס, גייענדיק זיי פֿאַרבײַ, האָבן זיי געגעבן "שלום־עליכם," אָדער זיך אָפּגעשטעלט צו זאָגן שיינע דיבורים וועגן זייער שיינעם וואָגן; און קיניגלעך, זיצנדיק בײַ די פֿאָדערשטע טירן אין די קוסטצוימען, האָבן אויפֿגעהויבן די פֿאָדערשטע לאַפּעס און געזאָגט, "ווי איך לעב! ווי איך לעב! ווי איך לעב!"

בילד 4 עס איז געווען אַ גאָלדענער נאָכמיטאָג. דער ריח פֿונעם שטויב וואָס זיי האָבן געבריקעט אַרויף איז געווען רײַך און צופֿרידנשטעליק

שפּעט אין אָוונט, מיד און גליקלעך און ווײַט מײַלן פֿון דער היים, זײַנען זיי צוגעפֿאָרן צו אַן אָפּגעלעגן עפֿנטלעכן לאָנקע ווײַט פֿון וווינונגען, פֿרײַ געלאָזט דאָס פֿערד זיך צו פֿאַשען, און געגעסן זייער פּשוטע וועטשערע זיצנדיק אויפֿן גראָז לעבן דער זײַט פֿונעם וואָגן. **ב**ראָסקע האָט געהאַלטן אין באַרימען זיך מיט אַלץ וואָס ער האָט בדעה צו טאָן אין די קומעדיקע טעג, בעת די שטערן ווערן פֿולער און גרעסער אַרום זיי, און אַ געלע לבֿנה, מיט אַ מאָל שטיל צו דערזען פֿון ווער ווייסט וווּ, איז געקומען פֿאַרברענגען מיט זיי און

אונטערהערן די רייד. סוף־כּל־סוף האָבן זיי זיך אַוועקגעלייגט אין די קליינע שלאָפֿבענק אינעם וואָגן, און **ב**ראָסקע, בריקען מיט די פֿיס, האָט שלעפֿעריק געזאָגט, "נו, אַ גוטע נאַכט, יאַטן! אָט דאָס איז אַן אמת לעבן פֿאַר אַ הער! גיי רעד פֿון דײַן אַלטן טײַך!"

"איך *רעד ניט* פֿון מײַן טײַך," האָט דער געדולדיקער **ש**טשור געענטפֿערט. "דו *ווייסט* אַז איך טו דאָס ניט. נאָר איך *טראַכט* וועגן אים," האָט ער נעבעכדיק צוגעגעבן, און אַ שוואַכערן טאָן: "איך טראַכט וועגן אים – *שטענדיק*!"

דער **ק**ראָט האָט אויסגעשטרעקט אַ לאַפּע פֿון אונטער דער קאָלדרע, געטאַפּט נאָך דעם **ש**טשורס לאַפּע אינעם פֿינצטערניש, און זי אַ קוועטש געגעבן. "איכ'ל טאָן אַבי וואָס דו ווילסט, **ש**טשורל," האָט ער געשעפּטשעט. "זאָלן מיר אַנטלויפֿן אויף צו מאָרגנס, זייער פֿרי – *גאָר* פֿרי – און נעמען זיך צוריק אין אונדזער טײַערער קליינער לאָך בײַ דעם טײַך?"

"ניין, ניין, מיר וועלן דאָס דערפֿירן ביזן סוף," האָט געשעפּטשעט צוריק דער **ש**טשור. "גאָר אַ דאַנק, נאָר איך זאָל זיך האַלטן בײַ **ב**ראָסקע ביז דעם סוף פֿון דער אָ נסיעה. עס וועט זײַן סכּנהדיק אים צו לאָזן איינער אַליין. עס וועט ניט לאַנג געדויערן. זײַנע פֿערדלעך ענדיקן זיך אַלע מאָל באַלד. אַ גוטע נאַכט!"

דער סוף איז טאַקע נעענטער געווען ווי אַפֿילו דער **ש**טשור האָט זיך גערעכט.

נאָך אַזוי פֿיל פֿרישער לופֿט און אויפֿרעגונג האָט די **ב**ראָסקע טיף געשלאָפֿן, און אויף וויפֿל זיי האָבן אים געטרייסלט האָבן זיי אים ניט געקענט אויפֿוועקן אויף צו מאָרגנס. איז, דער **ק**ראָט און דער **ש**טשור האָבן זיך גענומען צו דער אַרבעט, שטילערהייט און לײַטיש, און בעת דער **ש**טשור האָט צוגעזען דעם פֿערד, און אָנגעצונדן אַ פֿײַער, און געוואַשן די טעפּלעך און טעלער פֿון נעכטן, און געגרייט דעם פֿרישטיק, האָט דער **ק**ראָט זיך געטאָפּטשעט צו דעם נאָענסטן דאָרף, ווײַט אַוועק, נאָך מילך און אייער און אַלערליי נייטיקייטן וואָס די **ב**ראָסקע האָט אַוודאי פֿאַרגעסן. די שווערע אַרבעט איז אַלץ שוין פֿאַרטיק, און די צוויי חיות האָבן זיך גערוט, גאַנץ אויסגעמאַטערט, ווען **ב**ראָסקע האָט זיך סוף־כּל־סוף באַוויזן, פֿריש און פֿריילעך, און באַמערקט אַז זיי אַלע פֿירן אַזאַ אײַנגענעם און גרינג לעבן איצט, נאָך די אַלע זאָרגן און צרות און מאַטערנישן פֿון פֿירן די שטוב אין דער היים.

זיי זײַנען אײַנגענעם אַרומגעפֿאָרן דעם טאָג, איבער גראָזיקע הויכלענדער און פֿאַזע ענגע זײַטגעסלעך, און געלאַגערט ווי פֿריִער אויף אַן עפֿנטלעכער לאָנקע, נאָר דאָס מאָל האָבן די צוויי געסט זיך פֿאַרנומען צו זען אַז **ב**ראָסקע זאָל טאָן זײַן יושרדיקן חלק אַרבעט. דערפֿאַר, ווען ס'איז געקומען די צײַט אָנצוהייבן אויף צו מאָרגנס, איז **ב**ראָסקע בשום־אופֿן ניט געווען אַזוי התפּעלותדיק וועגן דעם פּשטות פֿון דעם פּרימיטיוון לעבן, און האָט טאַקע געפּרוּווט גיין צוריק אין שלאָפֿבאַנק, וואָס דערפֿון האָבן זיי אים בגוואַלד אַרויסגעשלעפּט. זייער וועג, ווי פֿריִער, האָט געפֿירט איבערן לאַנד דורך ענגע געסקעס, און עס איז שוין נאָך מיטאָג ווען זיי זײַנען ערשט אַרויס אויף דעם הויפּטוועג, דעם ערשטן הויפּטוועג פֿאַר זיי, און דאָרט האָט אַ בראָך, גיך און אומגעריכט, אויף זיי געשפּרונגען – אַ בראָך וואָגיק טאַקע צו זייער נסיעה, נאָר פּשוט צעשלאָגנדיק אין די פּעולות אויף דער **ב**ראָסקעס שפּעטער לעבן.

זיי זײַנען לײַכט געגאַנגען אויפֿן הויפּטוועג, דער **ק**ראָט לעבן דעם פֿערדס קאָפּ, רעדנדיק מיט אים, ווײַל דאָס פֿערד האָט זיך באַקלאָגט אַז קיינער לייגט ניט קיין אַכט אויף אים ביז אַ שרעקלעכער מאָס, און אַז קיינער האַלט אים לגמרי ניט אין זינען; די **ב**ראָסקע

און דער וואַסער־שטשור זײַנען געגאַנגען הינטערן וואָגן רעדנדיק צוזאַמען – וויניקסטנס האָט בראָסקע גערעדט און שטשור האָט פֿון צײַט צו צײַט געזאָגט, "יאָ, פּונקט אַזוי; און וואָס האָסט דו געזאָגט צו אים?" – און די גאַנצע צײַט טראַכטנדיק וועגן עפּעס גאַנץ אַנדערש, ווען ווײַט אויף הינטן האָבן זיי דערהערט אַ שוואַך, וואָרענענדיק זשום, ווי דאָס זשומערײַ פֿון אַ ווײַטערער בין. מיט אַ קוק צוריק האָבן זיי געזען אַ קליינעם וואָלקן שטויב, מיט אַ טונקעלן צענטער פֿון ענערגיע, וואָס קומט זיי נעענטער מיט אומגלייבלעכער גיכקייט, בעת אַרויס פֿון דעם שטויב איז געקומען אַ שוואַכער "פּופּ-פּופּ!" געיעלהט ווי פֿון אַן אומרויִקער חיה פֿול מיט ווייטיק. זיי האָבן קוים אַכט געלייגט דערויף און זיך געדרייט ווײַטער צו שמועסן, ווען אין איין רגע (האָט עס זיך זיי געדאַכט) איז די פֿרידלעכע סצענע איבערגעביטן, און מיט אַ שטאַרקן ווינטשטויס און אַ ווירבל פֿון קלאַנגען וואָס האָבן זיי געמאַכט שפּרינגען אַרײַן אין דער נאָענסטער קאַנאַווע, איז עס אויף זיי אָנגעפֿאַלן! דער "פּופּ-פּופּ" האָט געקלונגען ווי אַ עזותדיק געשריי אין זייערע אויערן, האָבן זיי געכאַפּט אַ גיכן בליק פֿון דעם אינעווייניק מיט גלאַנצנדיק שפּיגלגלאָז און רײַכן סאַפֿיאַן, און דער פּראַכטיקער אויטאָמאָביל, אַ ריזיקער, אָטעם־כאַפּנדיקער, פֿאַרברענטער, מיט דעם פּירער אָנגעשפּאַנט כאַפּן דאָס רעדל, האָט אויף אַ רגע אָנגעהאַלטן די גאַנצע ערד און לופֿט, געוואָרפֿן אַן אַנטוויקלענדיקן וואָלקן שטויב וואָס האָט זיי פֿאַרבלענדט און גאַנץ באַדעקט, און דעמאָלט איז אַלץ קלענער געוואָרן ביז אַ פֿלעק אין דער ווײַטן, נאָך אַ מאָל אַ זשומענדיקע בין.

דאָס אַלטע גראָע פֿערד, חלומענדיק בײַם טאָפּטשען זיך ווײַטער פֿון זײַן שטילן פֿערדזאַגאָן, אין אַזאַ נײַער רווילעכער סיטואַציע ווי איצט, האָט זיך פּשוט אונטערגעגעבן צו זײַנע נאַטירלעכע עמאָציעס. שטעלנדיק זיך דיבעם, וואַרפֿנדיק זיך, גייענדיק כּסדר הינטערוווײַלעכץ, ניט קוקנדיק אויף די אַלע טירחות פֿון דעם קראָט בײַ זײַן קאָפּ, און די אַלע לעבעדיקע דיבורים פֿון דעם קראָט געווענדט אויף יענעמס בעסערע געפֿילן, האָט ער געטריבן דעם וואָגן צוריק צו דער טיפֿער קאַנאַווע בײַ דער זײַט וועג. עס האָט זיך אַ רגע געוואַקלט – עס האָט זיך דעמאָלט געלאָזט הערן אַ האַרץ־ברעכענדיקער קראַך – און דער קאַנאַריק־געלער וואָגן, זייער אוצר, איז געלעגן אויף דער זײַט אין דער קאַנאַווע, אַ גאַנצער תּל.

דער שטשור האָט געטאַנצט אַרויף און אַראָפּ אין דעם וועג, גאַנץ אַוועקגעטראָגן מיט לײַדנשאַפֿט. "איר רשעים!" האָט ער געשריגן און געמאַכט מיט ביידע פֿויסטן, "איר פֿאַסקודניאַקעס, איר הײַדאַמאַקעס, איר – איר – וועג־פֿאַרכאַפּערס! – איכ'ל רופֿן די פּאָליציאַנטן אויף אײַך! איכ'ל אײַך פֿאַרמסרן! איכ'ל האָבן אײַך אין די אַלע געריכטן!" זײַן בענקעניש איז גאַנץ אַראָפּגעפֿאַלן פֿון אים, און אין דער רגע איז ער געווען דער קאַפּיטאַן פֿון דעם קאַנאַריק־געלן שיפֿל געטריבן אויף אַ זאַמדבאַנק צוליב דעם הפֿקרדיקן לאַווירן פֿון קאָנקורירנדיקע ים־לײַט, און ער האָט געפּרוּווט געדענקען די אַלע פֿײַנע און בײַסנדיקע זאַכן וואָס ער פֿלעגט זאָגן צו די הערשערס פֿון דאַמף־שיפֿלעך ווען זייער נאָכברויז, זאָלן זיי קומען צו נאָענט צו דעם ברעג, פֿאַרפֿלייצט דעם טעפּעך אין דעם גאַסטצימער אין דער היים.

בראָסקע איז געזעסן פּונקט אין מיטן דעם שטויביקן וועג, די פֿיס אַרויסגעשטרעקט פֿאַר זיך, און געשטאַרט פֿעסט אין דער ריכטונג פֿון דעם פֿאַרשווינדנדיקן אויטאָ. דאָס אָטעמען זײַנס איז קורץ געווען, אויפֿן פּנים איז געווען אַ רויִקע, באַפֿרידיקטע מינע, און פֿון צײַט צו צײַט האָט ער שוואַך געמורמלט "פּופּ-פּופּ!"

דער **ק**ראָט איז געווען פֿאַרנומען מיט פּרוּוון באַרויִקן דאָס פֿערד, וואָס איז אים געראָטן נאָך אַ ווײַלע. דעמאָלט איז ער געגאַנגען אַ קוק צו טאָן אויף דעם וואָגן, אויף זײַן זײַט אין דער קאַנאַווע. עס איז טאַקע געווען אַ נעבעכדיקע זאַך. טאַפּליעס און פֿענצטער צעשמעטערט, אַקסן אָנגעבויגן ניט צו פֿאַרריכטן, איין ראָד אַוועק, סאַרדין־בלעכלעך צעזייט איבער דער ברייטער וועלט, און די פֿויגל אין דער שטײַג האָט נעבעכדיק געכליפּעט און געבעטן מע זאָל אים באַפֿרײַען.

דער **ש**טשור איז געקומען אים צו העלפֿן, נאָר צוזאַמען אַפֿילו האָבן זיי ניט געקענט צוריק אויפֿשטעלן דעם וואָגן. "היי! **ב**ראָסקע!" האָבן זיי געשריגן. "קום שוין אַהער און לייג צו אַ פּלייצע, ניין?"

די **ב**ראָסקע האָט ניט געענטפֿערט קיין וואָרט, זיך ניט גערירט פֿון אָרט אין מיטן וועג, זײַנען זיי דערפֿאַר געגאַנגען צו אים צו זען וואָס איז מיט אים. זיי האָבן אים געפֿונען אין עפּעס אַ טראַנס, מיט אַ פֿריילעך שמייכל אויפֿן פּנים און די אויגן נאָך אַלץ פֿעסט אויף דעם שטויביקן נאָכברויז פֿון זייער צעשטערער. צײַטנווײַז האָט ער נאָך געמורמלט "פּופּ-פּופּ!"

דער **ש**טשור האָט אים געטרייסלט דעם אַקסל. "צי קומסטו אונדז העלפֿן, **ב**ראָסקע?" האָט ער ערנסט געפֿאָדערט.

"אַ פּראַכטיק רירנדיק בילד!" האָט **ב**ראָסקע געמורמלט, נאָר זיך ניט באַוועגט. "די פּאָעזיע פֿון באַוועגונג! דער *אמתער* אופֿן פֿאָרן! דער *איינציקער* אופֿן פֿאָרן! הײַנט דאָ – אויף מאָרגן, אין אַ וואָך אַרום! דערפֿער איבערגעהיפּט, שטעטלעך און שטעט אַריבערגעשפּרונגען – שטענדיק אַן אַנדערס האָריזאָנט! אָ, חדווה! אָ, פּופּ-פּופּ! ווי איך לעבן! ווי איך לעבן!"

"אָ, האָר אויף מיט די נאַרישקייטן, **ב**ראָסקע!" האָט דער **ק**ראָט געשריגן מיט ייִאוש.

"און געדענק, איך האָב פֿריִער ניט *געוווּסט*!" איז ווײַטער געגאַנגען די **ב**ראָסקע אין אַ פֿאַרחלומטן מאָנאָטאָן. "די אַלע צעפּטרטע יאָרן שוין פֿאַרבײַ, האָב איך קיין מאָל ניט געוווּסט, קיין מאָל אַפֿילו ניט *געחלומט*. נאָר *איצט* – איצט וואָס איך ווייס, איצט וואָס ס'איז מיר קלאָר אײַנגעפֿאַלן! אָ, אַזאַ באַבלומטער וועג ליגט פֿאַר מיר פֿון איצט אָן! אַזעלכע וואָלקנס שטויב וועלן אַרויפֿשפּרינגען הינטער מיר בעת איך פֿאָר מיט דער פֿולער גיכקייט אויף מײַן הפֿקרדיקן גאַנג! וויפֿל וואָגנס וועל איך וואַרפֿן אָפּגעלאָזן אין דער קאַנאַווע מיט דעם נאָכברויז פֿון מײַן פּראַכטיקן אָנקום! מיגלדיקע קליינע וואָגנס – געמיינע וואָגנס – קאַנאַריק־געלע וואָגנס!"

"וואָס זאָלן מיר טאָן מיט אים?" האָט דער **ק**ראָט געפֿרעגט בײַ דעם **וו**אַסער־**ש**טשור.

"גאָרנישט," האָט פֿעסט געענטפֿערט דער **ש**טשור. "ווײַל ס'איז טאַקע גאָרנישט וואָס צו טאָן. דו זעסט, איך קען אים פֿון אַ מאָל. ער איז איצט באַנומען. ער האָט אַ נײַ פֿערדל, און בײַם אָנהייב איז ער שטענדיק אַזוי. ער וועט גיין ווײַטער אַזוי אויף טעג, ווי אַ חיה וואָס גייט אַרום אין אַ גליקלעכן חלום, גאַנץ אָן אַ נוץ למעשׂה. לאָז אים אָפּ. לאָמיר גיין זען צי ס'איז עפּעס צו טאָן מיט דעם וואָגן."

אַ זאָרגעוודיקער איבערקוק האָט זיי באַוויזן אַז אַפֿילו איז זיי געראָטן שטעלן אים צו רעכט, וועט דער וואָגן פֿאָרן קיין מאָל ניט נאָך אַ מאָל. די אַקסן זײַנען געווען אין אַ מצבֿ אָן האָפֿענונג, און דער פֿאַרפֿאַלענער ראָד איז געווען צעשמעטערט אין שטיקער.

דער **ש**טשור האָט פֿאַרקניפּט דעם פֿערדס לייצעס איבערן רוקן און עס גענומען בײַם קאָפּ, מיט דעם שטײַגל און איר היסטערישן אײַנוווינער אין דער צווייטער האַנט. "קום שוין!" האָט ער פֿאַרביסן געזאָגט צו דעם **ק**ראָט. "ס'איז אַ מײַל פֿינף־זעקס ביז דעם נאָענסטן שטעטל, און מיר מוזן פּשוט גיין צו פֿוס. וואָס באַלדער דער אָנהייב, אַלץ בעסער."

"אָבער וואָס מיט **ב**ראָסקע?" האָט דער **ק**ראָט באַזאָרגט געפֿרעגט, ווען זיי זײַנען צוזאַמען אין וועג אַרײַן. "מיר קענען אים ניט איבערלאָזן דאָ, זיצנדיק איינער אַליין אין מיטן וועג, אין דעם באַנומענעם מצבֿ ווי איצט! ס'איז ניט זיכער. טאָמער נאָך אַ **ח**פֿץ זאָל קומען פֿאַרבײַ?"

"אָ, *אין דר'ערד* מיט **ב**ראָסקע," האָט דער **ש**טשור רציחהדיק געזאָגט. "איך בין פֿאַרטיק מיט אים!"

זיי זײַנען ניט זייער ווײַט געגאַנגען אויפֿן וועג, אָבער, ווען עס איז געקומען פֿון הינטן דער קליפּ־קלאַפּ פֿון פֿיס, און **ב**ראָסקע האָט זיי דעריאָגט און געשטעקט אַ לאַפּע אין יעדנס עלנבויגן, נאָך אַלץ אָטעמען קורץ און גלאָצן אויף ליידיקייט.

"איז, זע נאָר, **ב**ראָסקע!" האָט דער **ש**טשור שאַרף געזאָגט: "באַלד ווי מיר קומען אָן אין שטעטל, מוזסטו גיין גלײַך אין צירקל, פֿרעגן צי זיי ווייסן עפּעס וועגן דעם אויטאָמאָביל, צו וועמען געהערט ער, און דערלאַנגען אים אַן אָנקלאָג. דעמאָלט מוזסטו גיין אין אַ שמיד אָדער אַ וואָגנמאַכער, מע זאָל גיין קריגן דעם וואָגן, אים פֿאַרריכטן און צו רעכט שטעלן. ס'וועט געדויערן אַ ביסל צײַט, נאָר ס'איז ניט פֿולקום צעשטערט. דערווײַל וועלן איך און דער **ק**ראָט גיין אין אַן אַכסניא און געפֿינען באַקוועמע צימער ווו מיר קענען בלײַבן ביז דער וואָגן איז גרייט און אײַערע נערוון זײַנען צוריק צו זיך נאָך דעם שאָק."

"צירקל! אָנקלאָג!" האָט געמורמלט **ב**ראָסקע ווי אין אַ חלום. "איך זאָל זיך *באַקלאָגן* וועגן דער שיינער, דער מחיהדיקער זעונג וואָס איז מיר באַוויליקט געוועזן! *פֿאַרריכטן דעם וואָגן!* בײַ מיר אַ סוף מיט וואָגנס אויף אייביק. איך וויל קיין מאָל ניט זען דעם וואָגן, אָדער הערן עפּעס דערוועג נאָך אַ מאָל. אָ, **ש**טשורל! דו קענסט ניט וויסן ווי שולדיק איך בין דיר, וואָס דו האָסט מסכּים געווען קומען אויף דער דאָזיקער נסיעה! איך וואָלט ניט געגאַנגען אָן דיר, און אין דעם פֿאַל וואָלט איך מסתּמא קיין מאָל ניט געזען יענעם – יענעם שוואַן, יענעם זונענשטראַל, יענעם דונערקלאַפּ! איך וואָלט מסתּמא ניט געהערט דעם פֿאַרכאַפּנדיקן קלאַנג, אָדער געשמעקט דעם פֿאַרכּישופֿנדיקן ריח! דאָס בין איך דיר גאַנץ שולדיק, מײַן גוטער־פֿרײַנד!"

דער **ש**טשור האָט זיך אַוועקגעדרייט פֿון אים מיט ייִאוש. "דו זעסט ווי עס איז?" האָט ער געזאָגט צו דעם **ק**ראָט, רעדנדיק איבער **ב**ראָסקעס קאָפּ: "ער איז גאַנץ פֿאַרפֿאַלן. איך גיב זיך אונטער – ווען מיר קומען אַרײַן אין שטעטל, וועלן מיר גיין אין וואָקזאַל, און מיט מזל וועלן מיר געפֿינען אַ באַן וואָס וועט אונדז ברענגען צוריק צו **ט**ײַך־**ב**רעג הײַנט אין אָוונט. און אויב דו זאָלסט מיך אַ מאָל זען אויף אַן אַוואַנטורע מיט דער רייצנדיקער חיה!" – ער האָט אַ שנאָרכץ געגעבן, און במשך פֿון דעם מידן טאָפּטשען זיך האָט ער גערעדט נאָר מיט **ק**ראָט.

בײַם אָנקום אין שטעטל זײַנען זיי געגאַנגען דירעקט אין וואָקזאַל און אַוועקגעשטעלט **ב**ראָסקע אין דעם צווייט־קלאַס וואַרטזאַל, געגעבן אַ טרעגער צוויי פּעניס, ער זאָל האַלטן די אויגן פֿעסט אויף אים. זיי האָבן דעמאָלט איבערגעלאָזט דאָס פֿערד אין אַ שטאַל אין אַן אַכסניא און געגעבן אָנווײַזונגען וועגן דעם וואָגן און דעם אינהאַלט. מיט דער צײַט, נאָכדעם

וואָס אַ פֿאַמעלעכע באַן האָט זיי געלאַנדט אין אַ וואָקזאַל ניט זייער ווײַט פֿון **ב**ראָסקע־זאַל, האָבן זיי באַלייט די פֿאַרכאַפּטע **ב**ראָסקע, שלאָפֿן אויף די פֿיס, צו זײַן טיר, אים אַוועקגעשטעלט אינעווייניק, און פֿאַרזאָגט דער דינסט אים געבן עפּעס עסן, אויסטאָן די קליידער, און אים לייגן אַוועק אין בעט. דערנאָך האָבן זיי גענומען זייער שיפֿל פֿון דעם שיפֿל־הויז, געררודערט טײַך־אַראָפּ אַהיים, און גאָר שפּעט אין נאַכט זיך אַוועקגעזעצט עסן וועטשערע אין דעם אייגענעם היימלעכן גאַסטצימער בײַם ברעג טײַך, וואָס איז דעם **ש**טשור געווען אַ גרויסע פֿרייד און צופֿרידנשטעליק.

דעם קומעדיקן אָוונט איז דער קראָט, וואָס האָט זיך שפּעט אויפֿגעכאַפּט און געמאַכט זיך גרינג דאָס לעבן דעם גאַנצן טאָג, געזעסן אויפֿן ברעג כאַפּן פֿיש, ווען דער **ש**טשור, וואָס איז געגאַנגען שמועסן צווישן די פֿרײַנד, איז געקומען אים זוכן. "האָסט' געהערט די נײַעס?" האָט ער געזאָגט. "מע רעדט ניט פֿון גאָרנישט אַנדערש, אומעטום פֿאַזע ברעג טײַך. **ב**ראָסקע איז געפֿאָרן צו דער **ש**טאָט מיט אַ פֿריִיקער באַן דעם אינדערפֿרי. און ער האָט באַשטעלט אַ גרויסן און זייער טײַערן אויטאָמאָביל."

קאַפּיטל דרײַ

דער ווילדער וואַלד

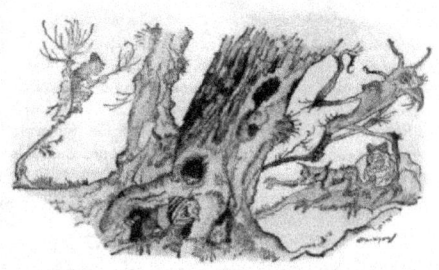

דער **ק**ראָט האָט לאַנג געוואָלט זיך באַגעגענען מיט דעם **ט**אַקס. ער האָט אויסגעזען, לויט אַלע באַריכטן, צו זײַן גאָר אַ וויכטיקער פּאַרשוין, און כאָטש זעלטן צו דערזען, איז זײַן אומגעזעענע השפּעה געפֿילט פֿון אַלע אין דעם געגנט. נאָר ווען נאָר דער **ק**ראָט האָט דערמאָנט דעם **וו**אַסער־**ש**טשור אין זײַן ווונטש, האָט ער זיך שטענדיק געפֿונען אָפּגעלייגט. "ס'איז גאַנץ גוט," פֿלעגט דער **ש**טשור זאָגן. "**ט**אַקס וועט זיך יאַוווען אין איינעם אַ טאָג – ער יאַוועט זיך אָפּט – וועל איך דיך דעמאָלט פֿאָרשטעלן. דער בעסטער פֿון יאַטן! נאָר דו מוזסט אים אָננעמען ניט נאָר *ווי* ער שטייט און גייט, נאָר *ווען* ער שטייט און גייט."

"צי קענסטו אים ניט פֿאַרבעטן קומען אַהער – אויף וואַרמעס אָדער עפּעס?" האָט דער **ק**ראָט געזאָגט.

"ער וואָלט ניט קומען," האָט דער **ש**טשור פּשוט געזאָגט. "**ט**אַקס האָט פֿײַנט **ג**עזעלשאַפֿט, און פֿאַרבעטונגען, און וואַרמעס, און אַלע מינים אַזוינע."

"נו, אויב אַזוי, זאָלן מיר גיין צו *אים* צו גאַסט?" האָט פֿירגעלייגט דער **ק**ראָט.

"אָ, איך בין זיכער אַז דאָס וועט אים *גאָרנישט* ניט געפֿעלן," האָט געזאָגט דער **ש**טשור, גאַנץ דערשראָקן. "ער איז אַזוי *שעמעוודיק*, איז עס זיכער אַז ער וועט זיך פֿילן באַליידיקט. איך אַליין האָב קיין מאָל ניט געפּרוּווט קומען צו גאַסט בײַ אים אין דער היים, כאָטש איך קען אים גאַנץ גוט. און דערצו איז דאָס אונדז אוממיגלעך. ס'קומט ניט אין חשבון, ווײַל ער וווינט אין דעם סאַמע מיט פֿון דעם **וו**ילדן **וו**אַלד.

"נו, אַפֿילו אויב אַזוי," האָט דער קראָט געזאָגט. "דו האָסט מיר געזאָגט אַז דער **וו**ילדער **וו**אַלד איז ניט סכּנהדיק, דו ווייסט."

"אָ, איך ווייס, איך ווייס, אַזוי איז עס," האָט דער **ש**טשור אַרויסדרייעריש געענטפֿערט. "נאָר איך מיין אַז מיר וועלן ניט אַהינגיין פּונקט איצט. ניט *פּונקט* איצט. ס'איז ווײַט אַוועק און ער וואָלט ניט זײַנען אין דער היים אין אָט דער צײַט פֿון יאָר, סײַ ווי, און ער וועט זיך שטילערהייט יאַוווען אין איינעם אַ טאָג, אויב מע וואַרט מיט געדולד."

דער **ק**ראָט האָט געמוזט זײַן צופֿרידן מיט דעם. נאָר דער **ט**אַקס קומט קיין מאָל ניט, און יעדער טאָג האָט געהאַט זײַן פֿאַרווײַלונגען, און עס איז ניט געווען ביז דער זומער איז שוין לאַנג פֿאַרבײַ, און די קעלט, און דער פֿראָסט, און די בלאָטיקע וועגן האָבן זיי געהאַלטן ס'רובֿ צײַט אינעווייניק, און דער אָנגעשוואָלענער טײַך איז געלאָפֿן פֿאַרבײַ אין דרויסן פֿון

זייערע פֿענצטער מיט אַ גיכקייט וואָס מאַכט חוזק פֿון אַבי וואָס פֿאַר שיפֿלערײַ, ווען ער האָט געפֿונען אַז די מחשבֿות האָבן זיך אָפּגעשטעלט עקשנותדיק אויף דעם אָפּגעזונדערטן גראָען טאַקס, וואָס פֿירט דאָס אייגענע לעבן איינער אַליין אין זײַן לאָך אין דער מיט פֿון דעם ווילדן וואַלד.

ווינטערצײַט האָט דער שטשור אַ סך געשלאָפֿן, פֿרי אין בעט אַרײַן און שפּעט אַרויס. במשך פֿון זײַן קורצן טאָג האָט ער אַ מאָל געפּאַטשקעט מיט פּאָעזיע אָדער אויפֿגעטאָן קליינע היימישע עובֿדות אַרום האָוז; און אַוודאי האָבן זיך צוגעכאַפּט חיות אויף אַ שמועס, און דערפֿאַר איז געווען אַ סך דערציילן מעשׂיות און פֿאַרגלײַכן באַמערקונגען וועגן דעם פֿאַרגאַנגענעם זומער און זײַנע אַלע געשעענישן.

אַזאַ רײַכער קאַפּיטל איז דאָס געווען, ווען מע קוקט צוריק דערויף! מיט געמעלן פֿילצאָליקע און אַזוי שטאַרק באַפֿאַרבט! דער ספּעקטאַקל פֿון דעם טײַך־ברעג האָט כּסדר מאַרשירט פֿאָרויס, צעוויקלען זיך אין סצענע־בילדער וואָס קומען נאָכאַנאַנד אין אַ שטאַלטיקער ריי. לילאַ ליסימאַכיע איז פֿרי אָנגעקומען, געטרייסלט געדיכטע פֿאַרקניפּטע פּאַטלעס אויפֿן קאַנט פֿון דעם שפּיגל ווו דאָס אייגענע פּנים האָט צעלאַכט אויף זיך. ווערבעגראָז, ווייך און פֿאַרבענקט, ווי אַ ראָזעווער וואָלקן בײַם זונפֿאַרגאַנג, איז ניט געווען ווײַט אויף הינטן. ביינהעלער, מיט דער לילאַ האַנט בײַ האַנט מיטן ווײַס, איז געקראָכן פֿאָרויס אין זײַן אָרט נאָך דער ריי; און סוף־כּל־סוף אויף איינעם אַן אינדערפֿרי איז די שעמעוודיקע און אָפּהאַלטנדיקע דאָרנרויז דעליקאַט אַרויס אויף דער בינע, און מע ווייסט, גלײַך ווי סטרונע־מוזיק האָט דאָס אָנגעזאָגט אין סטאַלטיקע אַקאָרדן וואָס בלאָנדזשען אַרײַן אין אַ גאַוואָט, אַז יוני איז סוף־כּל־סוף אָנגעקומען. עס האָט געפֿעלט בלויז איינער פֿון דער קאָמפּאַניע: דאָס פּאַסטעכל פֿאַר די נימפֿעס צו אָווירן, דער ריטער אויף וועמען די דאַמעס וואַרטן בײַ די פֿענצטער, דער פּרינץ וואָס זאָל אויפֿוועקן דעם שלאָפֿנדיקן זומער צוריק צו לעבן און צו ליבע. נאָר ווען די שפּילבלום, גאַלאַנט און ריחדיק אין דעם בורשטינענעם וועסטל־קאַפּטל, האָט זיך גראַציעז געשטעלט אין זײַן אָרט אין דער גרופּע, איז די פּיעסע געווען גרייט אָנצוהייבן.

און אַזאַ פּיעסע איז דאָס געווען! שלעפֿעריקע חיות, היימלעך אין די לעכער בעת ווינט און רעגן האָבן געשלאָגן אויף די טירן זייערע, האָבן זיך דערמאָנט אין נאָך פֿרעסטלדיקע פֿרימאָרגנס, איין שעה פֿאַרן זונאויפֿגאַנג, ווען דער ווײַסער נעפּל, נאָך ניט צעטריבן, האָט זיך ענג אָנגעכאַפּט די אייבערפֿלאַך פֿונעם וואַסער; דעמאָלט דער שאָק פֿון דעם פֿרײַיִקן שפּרונג, דאָס אַרומיאָגן זיך פּאַזע ברעג, און דער שטראַלנדיקער גילגול פֿון ערד, לופֿט, און וואַסער, ווען מיט אַ מאָל איז די זון מיט זיי נאָך אַ מאָל, און גראָ איז גאָלד געוואָרן און די פֿאַרבן זײַנען נאָך אַ מאָל געבוירן געוואָרן און געשפּרונגען אַרויס פֿון דער ערד. זיי האָבן זיך דערמאָנט אין די פֿאַרחלומטע דרעמלען אין דעם הייסן מיטאָג, טיף אין דעם גרינעם געקוסט, די זון שלאָגנדיק דורך מיט פּיצינקע שטראַלן און פֿלעקן; דאָס שיפֿלען און באָדן זיך נאָכמיטאָג, דאָס גיין צו פֿוס פּאַזע שטויביקע שטעגן און דורך געלע תּבֿואה־פֿעלדער; און דער לאַנגער, קילער אָוונט צום סוף, ווען אַזוי פֿיל פֿעדעם קלײַבן זיך צונויף, אַזוי פֿיל פֿרײַנדשאַפֿטן פֿאַרשטאַרקט, און אַזוי פֿיל אַוואַנטורעס געפּלאַנעוועט אויף מאָרגן. עס איז געווען גאָר אַ סך אַרומצורעדן אין יענע קורצע ווינטער־טעג ווען די חיות האָבן זיך געפֿונען אַרום פֿײַער; פֿונדעסטוועגן האָט דער קראָט געהאַט אַ היפּש ביסל פֿרײַע צײַט צו דער האַנט, און דערפֿאַר, אויף איינעם אַ נאָכמיטאָג, ווען דער שטשור אין זײַן פֿאָטעל פֿאַרן פֿײַער האָט געדרעמלט און געפּרוּווט איבעראַרבעטן גראַמען וואָס טויגן ניט נאָך דער ריי, האָט ער

באַשלאָסן בײַ זיך צו גיין אַרויס איינער אַליין, אַרום אין דעם ווילדן וואַלד, און אפֿשר זיך אָנטרעפֿן אויף רב טאַקס.

עס איז געווען אַ קאַלטער, שטילער נאָכמיטאָג, מיט אַ האַרטן, שטאָלענעם הימל אויבן, ווען ער האָט זיך געגנבֿעט אַרויס פֿון דעם וואַרעמען גאַסטצימער אַרײַן אין דער אָפֿענער לופֿט. דאָס לאַנד איז געלעגן נאַקעט און אָן בלעטער אַרום אים, און ער האָט געמיינט אַז ער האָט פֿריִער ניט געזען אַזוי ווײַט און אַזוי אינטים אַרײַן אין די הערצער פֿון חפֿצים ווי אויף יענעם ווינטער־טאָג ווען די נאַטור איז טיף אין איר יערלעכן שלאָף און האָט אַ פּנים אָפּגעבריקעט דאָס בעטגעוואַנט. וועלדלעך, טאָלכלעך, שטיינערײַען, און די אַלע באַהאַלטענע ערטער, וואָס זײַנען געווען מיסטעריעזע גרובן אויסצופֿאָרשן אין דעם באַבלעטערטן זומער, האָבן זיך און די סודות זייערע איצט אַנטפּלעקט אומבאַהאָלפֿן, און האָבן אויסגעזען ווי זיי פֿרעגן בײַ אים אַז ער זאָל פֿאַרקוקן זייער אָפּגעטראָגענער אָרעמקייט אַ ווײַלע, ביז זיי זאָלן קענען מאַכן אַ מהומה מיט רײַכן מאַסקאַראַד ווי אַ מאָל, אים אָפּנאַרן און צוציִען מיט די אַלטע שווינדלען. עס איז געווען נעבעכדיק אין אַן אופֿן, און פֿאָרט אויפֿמונטערנדיק – אויפֿהײַטערנדיק אַפֿילו. עס איז אים געפֿעלן וואָס ער האָט ליב דאָס לאַנד אומבאַפּוצט, האַרט, און אויסגעבלייזט פֿון פּוץ. ער איז אַרײַן ביז די נאַקעטע ביינער דערפֿון, און זיי זײַנען געווען פֿײַנע און שטאַרקע און פּשוטע. ער האָט ניט געוואָלט די וואַרעמע קאָנישינע און דאָס שפּילן פֿון באַזומענענדיקע גראָזן; די שירעמס פֿון קוסטצוימען, די כוואַליענדיקע פֿירהאַנגען פֿון בוקנבוים און קנופּבוים, האָבן אויסגעזען ווי בעסער אַוועק; און מיט גרויסער פֿריידלעכקייט אין גײַסט איז ער ווײַטער געגאַנגען צו דעם ווילדן וואַלד צו, וואָס ליגט פֿאַר אים נידעריק און דראָענדיק, ווי אַ שוואַרצע ריף אין עפּעס אַ שטילן דרומדיקן ים.

עס איז ניט געווען וואָס אים צו דערשרעקן בײַם ערשטן אַרײַנגאַנג. צווײַגלעך האָבן געקנאַקלט אונטער די פֿיס, קלעצער האָבן אים אונטערגעשטעלט אַ פֿוס, פֿונגוסן אויף קאָרטשן האָבן אויסגעזען ווי קאַריקאַטורן, האָבן אים דערשראָקן אַ רגע מיט זייער ענלעכקייט אויף עפּעס קענטלעך און ווײַט אַוועק; נאָר דאָס אַלץ איז געווען הנאהדיק און פֿאַרכאַפּנדיק. עס האָט אים אַלץ ווײַטער געפֿירט און ער האָט זיך אַרײַנגעדריקט ביז אַן אָרט וווּ עס איז געווען ווייניקערע ליכט און דיביימער האָבן געהויערט אַלץ נעענטער און נעענטער, און לעכער האָבן געמאַכט מיאוסע מײַלער אויף אים אויף ביידע זײַטן.

אַלץ איז איצט גאַנץ שטיל געווען. דער פֿאַרנאַכט איז געקומען נעענטער צו אים כּסדר און גיך, זיך צונויפֿגעקליבן אויף הינטן און אויף פֿאָרנט, און די ליכט האָט אויסגעזען ווי זי רינט אָפּ ווי פֿלייץ־וואַסער.

דעמאָלט האָבן די פּנימער זיך אָנגעהויבן.

עס איז געווען איבער זײַן פּלייצע, און אומקלאָר, ווו ער האָט ערשט געמיינט אַז ער האָט געזען אַ פּנים: אַ קליין, בייז פּנים ווי אַ קלין, קוקנדיק אויף אים פֿון אַ לאָך. ווען ער האָט זיך אַרומגעדרייט צו דעם צו, איז דער חפֿץ פֿאַרשוווּנדן געוואָרן.

ער איז גיכער געגאַנגען, זיך פֿריילעך דערקלערט אַז ער זאָל ניט אָנהייבן אויסטראַכטן חפֿצים, אָדער עס וועט ניט זײַן קיין סוף צו דעם. ער איז פֿאַרבײַ נאָך אַ לאָך, און נאָך, און נאָך; און דעמאָלט – יאָ! – ניין! – יאָ! זיכער האָט זיך אַ קליין ענג פּנים, מיט האַרטע אויגן, אַ רגע באַוויזן פֿון אַ לאָך און איז אַוועק. ער האָט זיך געוואַקלט – זיך גענומען מיט האַרץ אויף אַ טירחה און ווײַטער געשפּאַנט. דעמאָלט, מיט אַ מאָל, און גלײַך ווי עס איז אַלע מאָל

געוווען אַזוי, האָט יעדע לאַך, וויַטע און נאָענטע, און עס זײַנען געוווען הונדערטער פֿון זיי, האָט אַ פּנים געהאַט דאָס אייגענע פּנים, גיך קומענדיק און גייענדיק, אַלע קוקנדיק פֿעסט אויף אים מיט בליקן פֿון רישעות און שׂינאה: אַלע מיט האַרטע אויגן, בייזע און שאַרפֿע.

אויב נאָר ער וואָלט קענען נעמען זיך אַוועק פֿון די לעכער אין דעם ברעג, האָט ער געמיינט, וואָלטן ניט זײַן קיין מער פּנימער. ער האָט אַ דריי געטאָן פֿון דער סטעשקע און זיך געוואָרפֿן אַרײַן אין די ניט־געטראָטענע ערטער אין וואַלד.

דעמאָלט האָט זיך אָנגעהויבן דאָס פֿײַפֿן.

זייער שוואַך און קוויטשיק איז דאָס געווען, און וויַט הינטער אים, ווען ער האָט עס ערשט דערהערט, נאָר ווי ניט איז האָט עס אים געמאַכט יאָגן זיך פֿאָרויס. דעמאָלט, נאָך אַלץ זייער שוואַך און קוויטשיק, האָט עס זיך געלאָזט הערן וויַט פֿאַר אים, און אים געמאַכט זיך וואַקלען און ווילן זיך נעמען צוריק. ווען ער האָט זיך אָפּגעשטעלט אין וואַקלעניש האָט עס אויסגעבראָכן אויף ביידע זײַטן און האָט געפֿילט ווי אָנגעכאַפּט און צעשפּרייט דורך דער גאַנצער לענג פֿון דעם וואַלד, ביזן וויַטסטן עק. זיי זײַנען געווען וואַך און אָנגעשפּיצט און גרייט, איז עס קלאָר געווען, ווער זיי זאָלן ניט זײַן! און ער – ער איז געווען איינער אַליין, אומבאַוואָפֿנט, און וויַט פֿון הילף, און די נאַכט איז געקומען נעענטער.

דעמאָלט האָט זיך אָנגעהויבן דאָס קלעפּלען.

ער האָט ערשט געמיינט אַז עס איז נאָר פֿאַלנדיקע בלעטער, אַזוי שוואַך און דעליקאַט איז געווען דער קלאַנג דערפֿון. דעמאָלט, בעת עס איז געוואַקסן האָט עס אָנגענומען אַ רעגולערן ריטעם, און ער האָט עס דערקענט פֿאַר נאָר דעם קלאַפּ־קלאַפּ־קלאַפּ פֿון קליינע פֿיס, נאָך אַלץ וויַט אַוועק. צי איז עס אויף פֿאָרנט צי אויף הינטן? עס האָט זיך באַוויזן ערשט אין איין ריכטונג, דעמאָלט אין דער צווייטער, דעמאָלט ביידע. עס איז געוואַקסן און זיך פֿאַרמערט, ביז פֿון יעדן פּונקט, בעת ער הערט זיך צו אומרויִק, זיך אָנגעלענט אַהין און אַהער, האָט עס אים געפֿילט ווי עס דערנעענטערט זיך צו אים. בעת ער איז שטיל געשטאַנען זיך צוצוהערן, איז אַ קיניגל געקומען צו אים צו לויפֿן שווער דורך די ביימער. ער האָט געוואַרט, זיך געריכט אַז ער וועט פֿאַרפּאַמעלעכן דעם טעמפּ אָדער דרייען זיך אַוועק פֿון אים אויף אַן אַנדערן גאַנג. אַנשטאָט דעם האָט די חיה אים שיִער ניט אָנגעשטויסן בעת ער גייט פֿאַרבײַ, דאָס פּנים פֿעסט און האַרט, די אויגן גלאָצנדיק. "נעם זיך אַרויס דערפֿון, נאַר, נעם זיך אַרויס!" האָט דער קראָט אים געהערט מורמלען בעת ער דרייט זיך אַרום אַ קאָרטש און איז פֿאַרשווונדן געוואָרן אין אַ פֿרײַנדלעכער קאַנורע.

דאָס קלעפּלען איז געוואַקסן ביז עס האָט געקלונגען ווי פּלוצעמדיקער האָגל אויף דעם טעפּעך פֿון אויסגעטריקנטע בלעטער אַרום אים. דער גאַנצער וואַלד, עס האָט זיך איצט געדאַכט, לויפֿט, לויפֿט שווער, זיך יאָגנדיק, זוכנדיק, רינגלענדיק זיך אַלץ נעענטער אַרום עפּעס אָדער – עמעצן? אין אַ פּאַניק האָט ער אויך אָנגעהויבן לויפֿן, אָן אַ ציל, האָט ער ניט געוווּסט וווּהין. ער האָט זיך אָנגעשטויסן אויף זאַכן, געפֿאַלן איבער זאַכן און אַרײַן אין זאַכן, ער האָט אַ לאָף געטון אונטער זאַכן און זיך אַרומגעדרייט אַרום זאַכן. סוף־כּל־סוף האָט ער געפֿונען האַרבעריק אין דעם טיפֿן טונקעלן אויסהויל פֿון אַן אַלטן בוכנבוים, וואָס פֿאָדערט אָפּדאַך, באַהעלטעניש – אפֿשר אַפֿילו זיכערקייט, נאָר ווער קען וויסן? סײַ ווי סײַ איז ער געווען צו מיד וויַטער צו לויפֿן און האָט נאָר געקענט זיך טוליען אַראָפּ אין די טרוקענע בלעטער וואָס האָבן געדרייפֿט אַרײַן אין דעם הויל, און האָפֿן אַז ער איז זיכער ווייניקסטנס אויף אַ ווײַלע. און בעת ער ליגט דאָרט, סאָפּענדיק און ציטערנדיק, און זיך

צוגעהערט צו דאָס פּײַפֿן און קלעפּלען אין דרויסן, האָט ער זיך דערוווּסט, אין איר גאַנצקייט, די שוידערלעכע זאַך וואָס אַנדערע קלײנע אײַנוווינער פֿון פֿעלד און קוסטצוים האָבן דאָרט אָנגעטראָפֿן, געוווּסט ווי דער פֿינצטערסטער מאָמענט זייערער – די דאָזיקע זאַך וואָס דער שטשור האָט אומזיסט געפּרוּווט אים דערפֿון באַשירעמען – דאָס שרעקעניש פֿון דעם ווילדן וואַלד!

דערווײַל האָט דער שטשור, וואַרעם און באַקוועם, געדרעמלט פֿאַרן פֿײַער. זײַן פּאַפּיר מיט די האַלב פֿאַרענדיקטע פֿערזן איז אַראָפּגעפֿאַלן פֿון זײַן קני, דאָס קאָפּ איז צוריקגעפֿאַלן, דאָס מויל זיך געעפֿנט, און ער איז אַרומגעגאַנגען אויף די גרינע ברעגן פֿון חלום־טײַכן. דעמאָלט האָט זיך אַ קויל אַראָפּגעגליטשט, דער פֿײַער אַ קנאַקל געגעבן און אַרויפֿגעשיקט אַ שפּריץ פֿלאַם, און ער איז וואַך געוואָרן מיט אַ צאַפּל. געדענקענדיק זײַן אַרבעט האָט ער דערלאַנגט אַ האַנט צו דער פּאַדלאָגע נאָך די פֿערזן, זיי איבערגעלייענט אַ מינוט און דעמאָלט זיך אַרומגעקוקט נאָך דעם קראָט, אים צו פֿרעגן אַן עצה וועגן אַ גוטן גראַם פֿאַר עפּעס.

נאָר דער קראָט איז דאָרט יט געווען.

ער האָט זיך אַ ווײַלע צוגעהערט. דאָס הויז האָט אים געפֿילט ווי גאָר שטיל.

דעמאָלט האָט ער אויסגערופֿן "קראָטל!" עטלעכע מאָל, און ניט באַקומען קיין ענטפֿער, איז ער אַרויף און געגאַנגען אַרײַן אין דעם קאָרידאָר.

דער קראָטס מיצל האָט געפֿעלט פֿון דעם געוויינטלעכן פֿלעקל. די קאַלאָשן זײַנע, שטענדיק ליגנדיק לעבן דעם שירעם־געשטעל, זײַנען אויך אַוועק.

דער שטשור איז אַרויס פֿון הויז און אָפּגעהיט באַטראַכט די בלאָטיקע אייבערפֿלאַך פֿון דער ערד אין דרויסן, זוכנדיק דעם קראָטס שפּורן. אָט זײַנען זיי געווען, אויף געוויס. די קאַלאָשן זײַנען געווען נײַע, נאָר וואָס געקויפֿט פֿאַרן ווינטער, און די פּוקלען אויף די פּאָדעשוועס זײַנען געווען פֿריש און שאַרף. ער האָט געקענט זען די אָפּדרוקן פֿון זיי אין דער בלאָטע, פֿירנדיק פֿאָרויס גלײַך און צילוויסיק, דירעקט צו דעם ווילדן וואַלד צו.

דער שטשור האָט אויסגעזען גאָר ערנסט, איז ער געשטאַנען און טיף געטראַכט אַ מינוט צוויי. דעמאָלט איז ער צוריק אין הויז, צוגעפֿעסטיקט אַ גאַרטל אַרום דער טאַליע, געשטופּט אַ פּאָר פּיסטוילן אין דעם, צוגענומען אַ שווערע בולאַווע וואָס איז געשטאַנען אין אַ ווינקל פֿונעם צימער, און איז אין וועג אַרײַן צו דעם ווילדן וואַלד מיט אַ גיכן טעמפּ.

עס איז שוין אָנגעקומען דער פֿאַרנאַכט ווען ער איז אָנגעקומען בײַם ערשטן ראַנד פֿוןביימער און זיך געוואָרפֿן אַרײַן אינעם וואַלד אָן וואַקלעניש, קוקנדיק נערוועז אויף ביידע זײַטן נאָך אַבי אַ סימן פֿון זײַן פֿרײַנד. דאָ און דאָרט האָבן בייזע קלײנע פּנימער זיך געשטעקט אַרויס פֿון לעכער, נאָר זײַנען תּיכּף פֿאַרשוווּנדן געוואָרן מיטן ערשטן בליק אויף דער גבֿורהדיקער חיה, די פּיסטוילן, און די גרויסע מיאוסע בולאַווע אין זײַן כאַפּ; און דאָס פּײַפֿן און קלעפּלען, וואָס זײַנען געווען קלאָר צו הערן בײַ זײַן ערשטן אַרײַנקום, זײַנען אָפּגעשטאָרבן און גאַנץ אויפֿגעהערט, און אַלץ איז גאָר שטיל געוואָרן. ער איז בראַוו געגאַנגען דורך דער לענג פֿון דעם וואַלד, ביזן ווײַטסטן עק, און דעמאָלט, אָפּזאָגנדיק זיך פֿון די סטעשקעס האָט ער אונטערגענומען איבער אים דורכצוגיין, שווער געאַרבעט איבערן גאַנצן שטח, און די גאַנצע צײַט פֿריילעך אויסשרײַען "קראָטל, קראָטל, קראָטל! ווו ביסטו? ס'איז איך – ס'איז דער אַלטער שטשור!"

ער האָט דורכגעזוכט געדולדיק דורך דעם וואַלד אַ שעה און מער, ווען סוף־כּל־סוף ווי גאָר אַ פֿרייד צו אים האָט ער דערהערט אַ קליין געשריי ווי אַן ענטפֿער. געפֿירט פֿון דעם קלאַנג איז ער געגאַנגען דורך דעם וואַקסנדיקן פֿינצטערניש צופֿוסנס פֿון אַן אַלטן בוכנבוים, מיט אַ לאָך דערין, און אַרויס פֿון דער לאָך איז געקומען אַ שוואַך קול וואָס זאָגט, "**ש**טשורל! איז דאָס טאַקע דו?"

דער **ש**טשור איז געקראָכן אַרײַן אינעם הויל, און דאָרט האָט ער געפֿונען דעם **ק**ראָט, אויסגעמאַטערט און נאָך אַלץ ציטערן. "אָ, **ש**טשור!" האָט ער געשריגן, "איך בין געווען אַזוי דערשראָקן, קענסטו זיך ניט פֿאָרשטעלן!"

"אָ, איך פֿאַרשטיי אין גאַנצן," האָט געזאָגט דער **ש**טשור טרייסטנדיק. "באמת האָסטו דאָס ניט געזאָלט טאָן, **ק**ראָט. איך האָב געטאָן דאָס בעסטע מײַנס דאָס צו פֿאַרהיטן. מיר טײַך־ברעגערס, מיר קומען קוים אַהער איינער אַליין. אויב מיר מוזן אַהערקומען, קומען מיר אַהער ווייניקסטנס פּאָרווײַז; אַזוי איז אונדז געוויינטלעך זיכער. און דערצו זײַנען פֿאַראַן הונדערטער זאַכן וואָס מע דאַרף וויסן, וואָס מיר אַלע גוט פֿאַרשטיין, און דו ניט, נאָך ניט. איך מיין פּאַראָלן, און סימנים, און אויסדרוקן וואָס האָבן שליטה און פּעולה, און געוויקסן וואָס מע האַלט אין קעשענע, און פֿערזן איבערצוחזרן, און פֿאָרטלען און קונצן וואָס מע ניצט; אַלע גאַנץ פּשוט, אַז מע קען זיי, נאָר מע מוז זיי קענען ווען מען איז אַ קליינער, אָדער מע וועט זיך געפֿינען אין צרות. אַוודאי, מיט **ט**אַקס אָדער **וו**ידרע, איז דאָס אַ גאַנץ אַנדער ענין."

"זיכער אַרט עס ניט די גבֿורהדיקע **רב** **ב**ראָסקע, קומען אַהער איינער אַליין, אַיאָ?" האָט געפֿרעגט דער **ק**ראָט.

"די אַלטע **ב**ראָסקע?" האָט דער **ש**טשור געזאָגט, לאַכנדיק האַרציק. "ער וואָלט ניט באַווײַזן דאָס פּנים דאָ איינער אַליין, ניט פֿאַר אַ הוט גאַנץ אָנגעפֿילט מיט גאָלדענע גיניס, ניט **ב**ראָסקע."

דער **ק**ראָט איז שטאַרק אויפֿגעמונטערט געוואָרן פֿון דעם קלאַנג פֿון דעם **ש**טשורס אָפּגעלאָזן געלעכטער, און אויך פֿון דעם בליק אויף יענעמס שטעקן און גלאַנצנדיקע פּיסטוילן, האָט ער אויפֿגעהערט ציטערן און אָנגעהויבן זיך פֿילן דרייסטער און מער צוריק צו זיך נאָך אַ מאָל.

"איצט, הער נאָר," האָט דער **ש**טשור באַלד געזאָגט, "מיר מוזן זיך טאַקע אָננעמען מיט האַרץ און אָנהייבן גיין אַהיים בעת עס בלײַבט נאָך אַ ביסל ליכט. ס'וועט ניט טויגן איבערנעכטיקן דאָ, דו פֿאַרשטייסט. צו קאַלט, פֿאַר איין זאַך."

"טײַער **ש**טשורל," האָט געזאָגט דער נעבעכדיקער **ק**ראָט, "עס טוט מיר שטאַרק באַנג, נאָר איך בין פּשוט טויט מיד און דאָס איז אַ סאָלידער פֿאַקט. דו *מוזסט* מיך לאָזן רוען דאָ נאָך אַ ווײַלע, צונויפֿצוזאַמלען די כּוחות, אויב איך זאָל קענען לגמרי אָנקומען נאָך אַ מאָל אין דער היים."

"אָ, נו, גוט," האָט געזאָגט דער גוטהאַרציקער **ש**טשור, "רו זיך אָפּ. ס'איז שוין שיִער ניט שטאָק פֿינצטער סײַ ווי, און שפּעטער זאָל זיך באַווײַזן אַ שטיקל לבֿנה."

איז, דער **ק**ראָט איז טיף אַרײַן אין די טרוקענע בלעטער און זיך אויסגעצויגן, און איז באַלד אַנטשלאָפֿן געוואָרן, כאָטש אין אַ צעבראָכענעם און אומרויִקן שלאָף, בעת דער

שטשור האָט זיך אויך באַדעקט, אויף וויפֿל ער האָט געקענט, נאָך וואַרעמקייט, און איז געלעגן געדולדיק, מיט אַ פּיסטויל אין דער לאַפּע.

ווען סוף־כּל־סוף האָט דער **ק**ראָט זיך אויפֿגעכאַפּט, גוט דערפֿרישט און אין דעם געוויינטלעכן געמיט, האָט דער **ש**טשור געזאָגט, "נו, שוין! איכ'ל גיב אַ קוק אין דרויסן, זען צי אַלץ איז שטיל, און דעמאָלט מוזן מיר זיכער זײַן אין וועג אַרײַן."

ער איז געגאַנגען צו דעם אַרײַנגאַנג פֿון זייער מיקלט און אַרויסגעשטעקט דעם קאָפּ. דעמאָלט האָט דער **ק**ראָט אים געהערט רעדן שטיל צו זיך אַליין, "גוטהעלף! אָט – איז – שוין – עפּעס!"

"וואָס קומט פֿאָר, **ש**טשורל?" האָט דער **ק**ראָט געפֿרעגט.

"*שניי קומט פֿאָר,*" האָט דער **ש**טשור קורץ געזאָגט; "אָדער בעסער, *קומט אַראָפּ*. עס גייט אַ שווערער *שניי*."

דער **ק**ראָט איז געקומען און געהויערט לעבן אים, און מיט אַ קוק אין דרויסן האָט געזען אַז דער וואַלד, וואָס איז אים געווען אַזוי אימהדיק פֿריִער, איז איצט גאַנץ געביטן געווען. לעכער, הוילן, קאַלוזשעס, כאַפּגריבער, און אַנדערע שוואַרצע סכּנות צו דעם פֿאָרער זײַנען גיך פֿאַרשווונדן געוואָרן, און אַ גלאַנצנדיקער טעפּעך פֿון פֿעענלאַנד איז אומעטום אַרויסגעשפּרונגען, וואָס זעט אויס צו דעליקאַט אָנצוטרעטן מיט גראָבע פֿיס. אַ פֿײַנער פּראָשיק האָט אָנגעפֿילט די לופֿט און געגלעט די באַק מיט אַ דראַזשע בײַם אָנריר, און די שוואַרצע קאָרטשן פֿון די ביימער האָבן זיך באַוויזן אין אַ ליכט וואָס זעט אויס ווי זי קומט פֿון אונטן.

"נו, נו, ס'איז ניט וואָס צו טאָן," האָט דער **ש**טשור געזאָגט נאָך טראַכטן. "מיר מוזן שוין מאַכן אַן אָנהייב און זען ווי עס גייט, נעם איך אָן. דאָס ערגסטע איז, איך ווייס ניט פּינקטלעך ווו מיר זײַנען. און איצט מיט דעם שניי זעט אויס אַלץ גאַנץ אַנדערש."

עס איז טאַקע געווען אַזוי. דער **ק**ראָט וואָלט אים ניט דערקענט פֿאַרן זעלבן וואַלד. פֿונדעסטוועגן זײַנען זיי בראַוו אין וועג אַרײַן, אין דער ריכטונג וואָס האָט זיך זיי געדאַכט ווי דאָס צוזאָגנדיקסטע, יעדער אָנגעהאַלטן אין דעם צווייטן און מאַכנדיק מיט אַ פֿריילעכקייט ניט גובֿר צו זײַן אַן אָנשטעל אַז זיי האָבן דערקענט אַן אַלטן פֿרײַנד אין יעדן נײַעם בוים וואָס האָט זיי שטיל און פֿאַרביסן באַגריסט, אָדער געזען עפֿענונגען, אײַנרײַסן, אָדער סטעשקעס מיט אַ קענטלעכן אויסזע אין זיך, אין מיטן דער איינטאָניקייט פֿון ווײַסע שטחים און שוואַרצע בוימשטאַמען וואָס בײַטן זיך קיין מאָל ניט.

מיט אַ שעה צוויי שפּעטער – זיי האָבן פֿאַרלוירן דעם גאַנצן חשבון פֿון צײַט – האָבן זיי זיך אָפּגעשטעלט, דערשלאָגן, מיד, און גאַנץ פֿאַרפֿלאָנטערט, און זיך אַוועקגעזעצט אויף אַן אַראָפּגעפֿאַלענעם בוימשטאַם, צו כאַפּן דעם אָטעם און איבערטראַכטן וואָס צו טאָן. עס האָט זיי ווײ געטאָן, די מידקייט, און דאָס פֿאַלן האָט זיי צעמזיקט; זיי זײַנען געפֿאַלן אַרײַן אין עטלעכע לעכער און דורכגעווייקט געוואָרן; דער שניי איז אַזוי טיף געוואָרן אַז זיי האָבן קוים געקענט שלעפּן די קליינע פֿיס דורך אים, און די ביימער זײַנען געוואָרן אַלץ געדיכטער און אַלץ מער ענלעך צו זיך ווי אַ מאָל. אַ פּנים האָט דער דאָזיקער וואַלד ניט קיין סוף, און ניט קיין אָנהייב, און אינעווייניק איז אַלץ איינס, און, דאָס ערגסטע, איז ניט קיין וועג אַרויס.

"מיר טאָרן ניט זיצן דאָ צו לאַנג," האָט דער **ש**טשור געזאָגט. "מיר וועלן דאַרפֿן מאַכן נאָך אַ פּרוּוו, און טאָן עפּעס. די קעלט איז צו שרעקלעך פֿאַר ווערטער, און באַלד וועט דער

שניי זײַנען אַזוי טיף אַז מיר וועלן ניט קענען בראָדיען דורך אים." ער האָט זיך אַרומגעקוקט און געטראַכט. "זע נאָר," איז ער ווײַטער געגאַנגען, "אַזוי איז מיר אײַנגעפֿאַלן. ס'איז עפּעס אַ מין טאָלכל דאָרט אונטן אויף פֿאָרנט, ווו די ערד זעט אויס אומעטום בערגלדיק און הויקערדיק און גריבערדיק. מיר וועלן געפֿינען אַ וועג אַהין, אַרײַן דערין, און פּרוּוון געפֿינען אַ מין אָפּדאַך, אַ הייל צי אַ לאָך מיט אַ טרוקענער פּאַדלאָגע, אַרויס פֿון דעם שניי און דעם ווינט, און דאָרט זיך גוט אָפּרוען, איידער מיר מאַכן נאָך אַ פּרוּוו, וואָרן מיר זײַנען ביידע גאַנץ אויסגעמאַטערט. און דערצו, וועט דער שניי אפֿשר אויפֿהערן, אָדער עפּעס וועט זיך אפֿשר אָפּגעפֿינען."

בילד 5 דער **ש**טשור האָט אַ ווײַלע אַרײַנגעקלערט, און באַטראַכט די גרודעס און שיפּועים אומעטום אַרום זיי.

זײַנען זיי נאָך אַ מאָל אַרויף אויף די פֿיס, און געקעמפּט אַראָפּ אַרײַן אין דעם טאָלכל, ווו זיי האָבן אַרומגעזוכט אַ הייל אָדער אַ טרוקענעם ווינקל באַשיצט פֿון דעם שאַרפֿן ווינט און דעם ווירבלענדיקן שניי. זיי האָבן געמישטערט אין איינעם פֿון די גריבערדיקע שטחים וואָס דער **ש**טשור האָט דערמאָנט, ווען מיט אַ מאָל האָט זיך דער **ק**ראָט ספּאָטיקעט און געפֿאַלן פֿאָרויס אויפֿן פּנים מיט אַ קוויטש.

"אָ, מײַן פּוס!" האָט ער געשריגן. "אָ, דער נעבעכדיקער שינביין!" און ער האָט זיך אַוועקגעזעצט אויפֿן שניי און געהאַלטן דעם פּוס מיט ביידע לאַפּעס.

"נעבעכדיקער אַלטער **ק**ראָט!" האָט דער **ש**טשור גוטהאַרציק געזאָגט. "ס'איז דיר געוועזן קוים אַ מזלדיקער טאָג, יאָ? לאָמיך אַ קוק טאָן אויף דעם פּוס. יאָ," איז ער ווײַטער געגאַנגען, אַראָפּ אויף די קני אַ קוק צו טאָן, "דו האָסט געשניטן דעם שין, אויף געוויס. וואַרט ביז איך קריג מײַן טיכל, וועל איך אים צובינדן."

"איך האָב געמוזט ספּאָטיקעט אויף אַ באַהאַלטענעם צווײַג צי קאָרטש," האָט דער **ק**ראָט קלאָגעדיק געזאָגט. "אוי, וויי! אוי, וויי!"

"ס'איז זייער אַ ריינער שניט," האָט געזאָגט דער **ש**טשור, מיט נאָך אַן ענגער קוק. "דאָס איז קיין מאָל ניט געמאַכט פֿון קיין צווײַג צי קאָרטש. ס'זעט אויס ווי געמאַכט פֿון אַ שאַרפֿן קאַנט פֿון עפּעס מעטאַלנס. מאָדנע!" ער האָט אַ ווײַלע אַרײַנגעקלערט, און באַטראַכט די גרודעס און שיפּועים אומעטום אַרום זיי.

"נו, ס'מאַכט ניט אויס וואָס האָט דאָס געשען," האָט געזאָגט דער **ק**ראָט, גאַנץ אויס גראַמאַטיק מיט ווייטיק. "עס טוט מיר ווי אַלץ איינס, מילא וועלכער ס'איז."

נאָר דער **ש**טשור, נאָכדעם וואָס ער האָט אָפּגעהיט צוגעבונדן דעם פּוס מיט זײַן טיכל, האָט אים איבערגעלאָזט און האָט געהאַלטן אין אָפּקראַצן דעם שניי. ער האָט געקראַצט און אָפּגעשאַרט און געזוכט, מיט אַלע פֿיר אבֿרים אַרבעטן שווער, בעת דער **ק**ראָט האָט אומגעדולדיק געוואַרט, און פֿון צײַט צו צײַט געזאָגט, "נו, *קום שוין*, **ש**טשורל!"

מיט אַ מאָל האָט דער **ש**טשור געשריגן "הוראַ!" און דעמאָלט "הוראַ-או-ריי-או-ריי-או-ריי!" און האָט אָנגעהויבן טאַנצן אַ שלאָפֿן דזשיג אינעם שניי.

"וואָס *האָסטו* געפֿונען, **ש**טשורל?" האָט געפֿרעגט דער **ק**ראָט, נאָך אַלץ האַלטנדיק דעם פּוס.

"קום און גיב אַ קוק!" האָט געזאָגט דער דערפֿרייטער **ש**טשור, טאַנצנדיק ווײַטער.

דער **ק**ראָט האָט צוגעהונקען צו דעם אָרט און שאַרף געקוקט.

"נו," האָט ער סוף־כּל־סוף פּאַמעלעך געזאָגט, "איך *זע* עס גאַנץ קלאָר. שוין געזען די זעלבע זאַך פֿריִער, אָפֿט מאָל. אַ קענטלעכער חפֿץ, איז דאָס בײַ מיר. אַ שאָבאַײַזן! נו, וואָס איז? פֿאַר וואָס טאַנצט מען אַ דזשיג אַרום אַ שאָבאַײַזן?"

"נאָר זעסטו ניט וואָס דאָס *באַטײַט*, דו – דו האַרטקעפּיקע חיה?" האָט דער **ש**טשור אומגעדולדיק געשריגן.

"אַוודאי פֿאַרשטיי איך וואָס דאָס באַטײַט," האָט געענטפֿערט דער **ק**ראָט. "ס'באַטײַט נאָר אַז אַ *זייער* אָפּגעלאָזענער און פֿאַרגעסעוודיקער פּאַרשוין האָט איבערגעלאָזט זײַן שאָבאַײַזן ליגנדיק אין מיטן דעם **ו**ילדן **ו**אַלד, *פּונקט* ווו ס'איז *זיכער* אונטערצושטעלן *יעדן* אַ פּוס. גאַנץ אומבאַקלערט איז ער, לויט מיר. ווען איך בין נאָך אַ מאָל אין דער היים וועל איך זיך נעמען באַקלאָגן דערוועגן צו – צו עמעצן, וואַרט נאָר און זע!"

"אוי־וויי! אוי־וויי!" האָט געשריגן דער **ש**טשור, פֿאַרצווייפֿלט פֿון יענעמס טעמפּקייט. "קום שוין, הער אויף מיטן אַמפּערניש און קום קראַצן!" איז ער נאָך אַ מאָל צוריק צו דער אַרבעט, איז דער שניי געפֿלויגן אין אַלע ריכטונגען אַרום.

נאָך אַ ביסל ווײַטערער טירחה האָט די אַרבעט באַקומען דעם באַלוין, האָט זיך אָפּן באַוויזן זייער אַן אָפּגעריבענער טרעטער.

"זע, וואָס האָב איך דיר געזאָגט?" האָט אויסגערופֿן דער **ש**טשור מיט גרויסן נצחון.

"גאָרנישט ניט," האָט דער **ק**ראָט גאַנץ אמתדיק געענטפֿערט. "זע נאָר," איז ער ווײַטער געגאַנגען, "דו האָסט אַ פּנים אַנטפּלעקט נאָך אַ שטיקל שטוב־מיסט, אָפּגעריבן און אַוועקגעוואָרפֿן, און איך נעם אָן אַז דו ביסט פֿולקום גליקלעך. בעסער גיי שוין און טאַנץ דײַן דזשיג אַרום אים, אויב דו מוזסט, און שוין אַ סוף, קענען מיר דעמאָלט ווײַטער גיין און ניט צעפּטרן קיין מער צײַט מיט מיסט־הויפֿנס. צי קענען מיר *עסן* אַ טרעטער? אָדער שלאָפֿן אונטער אַ טרעטער? אָדער זיצן אויף אַ טרעטער און אויף אים גליטשן זיך אַהיים איבערן שניי, דו אויפֿרייצנדיקער נאָגער?"

"צי – ווילסטו – זאָגן," האָט געשריגן דער אויפֿגערייצטער **ש**טשור, "אַז יענער טרעטער *זאָגט* דיר גאָרנישט ניט?"

"אויף אַן אמת, **ש**טשור," האָט דער **ק**ראָט וואָרטשענדיק געזאָגט, "איך מיין אַז ס'איז שוין גענוג מיט דער נאַרישקייט. ווער האָט אַ מאָל געהערט אַז אַ טרעטער זאָל עמעצן אַבי וואָס *דערקלערן*? ס'איז פּשוט ניט וואָס זיי טוען. זיי זײַנען גאָרנישט פֿון אַזאַ מין. טרעטערס קענען זייער אָרט."

"איצט הער זיך אײַן, דו – דו טעמפּע בעסטיע," האָט דער **ש**טשור געענטפֿערט, שטאַרק אין כּעס, "דאָס מוז אויפֿהערן. ניט קיין וואָרט מער, נאָר שאַר אָפּ – שאַר אָפּ און קראַץ און גראָב אויס און נישטער אַרום, בפֿרט אויף די זײַטן פֿון די גרודעס, אויב דו ווילסט שלאָפֿן טרוקן און וואַרעם די נאַכט, וואָרן ס'איז אונדזער לעצטע געלעגנהייט!"

דער **ש**טשור איז אָנגעפֿאַלן אויף אַ זאַווייי לעבן זיי מיט פֿײַער, געשטופּט אומעטום אַרום מיט דער בולאַווע און דעמאָלט אויסגעגראָבן מיט די אַלע כּוחות, און דער **ק**ראָט האָט אויך געקראַצט באַנומען, מער ווי אַ טובֿה פֿאַר דעם **ש**טשור ווי אַבי אַן אַנדער סיבה, וואָרן לויט זײַן מיינונג איז זײַן פֿרײַנד שווינדלדיק געוואָרן.

נאָך אַ צען מינוט שווערער אַרבעט האָט דער שפּיץ פֿון דעם **ש**טשורס בולאַווע אָנגעטראָפֿן אויף עפּעס וואָס קלינגט הויל. ער האָט ווײַטער געאַרבעט ביז ער האָט געקענט שטעקן אַ לאַפּע אַרײַן און אַרומטאַפּן; דעמאָלט האָט ער צוגערופֿן דעם **ק**ראָט, ער זאָל קומען העלפֿן. די צוויי חיות האָבן שווער געאַרבעט, ביז סוף־כּל־סוף איז דער פּעולה פֿון זייער טירחה געשטאַנען קלאָר פֿאַר די אויגן פֿון דעם דערשטוינטן און ביז איצט אומגלייביקן **ק**ראָט.

אין דער זײַט פֿון וואָס האָט אויסגעזען ווי אַ זאַווייי איז געשטאַנען אַ סאָליד־אויסזעענדיקער קליינער טיר, אָפּגעמאָלט אויף טונקל־גרין. אַן אײַזערן גלעקל־הענטל איז געהאַנגען אין אַ זײַט, און אונטער אים, אויף אַ קליין מעשן שילדל, ציכטיק אויסגעקריצט מיט קוואַדראַטישע גרויסהאַנטיקע אותיות, האָבן זיי געקענט לייענען מיט דער הילף פֿון דער לבֿנהליכט:

רב טאַקס

דער **ק**ראָט איז געפֿאַלן הינטערווײַלעכץ אויף דעם שניי צוליב הוילן חידוש און פֿרייד. "**ש**טשור!" האָט ער געשריגן מיט חרטה, "דו ביסט אַ וווּנדער! אַן אמתער וווּנדער איז וואָס דו ביסט. איצט קען איך דאָס אַלץ זען! דו האָסט דאָס אויסגערעכנט, טריט בײַ טריט, אין

דעם שׂכלדיקן קאָפּ דײַנעם, פֿון דעם ערשטן מאָמענט וואָס איך בין געפֿאַלן און געשניטן דעם שין, און דו האָסט געקוקט אויפֿן שניט און תּיכּף האָט דײַן פּראַקטיקער מוח געזאָגט צו זיך אַליין, "שאָבאַײַזן!" און דעמאָלט האָסטו ווײַטער געאַרבעט און געפֿונען דעם סאַמע שאָבאַײַזן וואָס האָט דאָס אָפּגעטאָן! האָסטו דעמאָלט אויפֿגעהערט? ניין. אַ סך לײַט וואָלטן געווען גוט צופֿרידן, אָבער דו ניט. דײַן שׂכל האָט ווײַטער געאַרבעט. 'לאָמיך נאָר געפֿינען אַ טרעטער,' האָסטו געזאָגט אונטער דער נאָז, 'ווי אַ דערווײַז פֿון מײַן טעאָריע!' און זיכער האָסטו געפֿונען דײַן טרעטער. דו ביסט אַזוי קלוג, איך מיין אַז דו קענסט געפֿינען אַבי וואָס דו ווילסט. 'איצט,' זאָגסטו, 'יענע טיר עקסיסטירט, אַזוי קלאָר ווי עס שטייט פֿאַר די אויגן. ס'איז ניט אַנדערש וואָס צו טאָן אַחוץ זי געפֿינען!' נו, איך האָב וועגן אַזעלכע זאַכן געלייענט אין ביכער, נאָר קיין מאָל ניט דערויף אָנגעטראָפֿן אין אמתדיק לעבן. דו זאָלסט זיך באַזעצן ווו מע וואָלט דיך געהעריק אָפּשאַצן. ביסט גאַנץ צעפּטרט דאָ, צווישן אונדז יאַטן. אויב נאָר איך וואָלט געהאַט דײַן קאָפּ, **ש**טשורל —"

"נאָר ווײַל דו האָסט דאָס ניט," האָט דער **ש**טשור איבערגעריסן אומסימפּאַטיש, "איך נעם אָן אַז דו וועסט זיצן אויפֿן שניי די גאַנצע נאַכט און רעדן? שטיי אויף איצט און כאַפּ דאָס גלעקל־הענטל וואָס דו זעסט דאָרט, און קלינג שווער, אַזוי שווער ווי דו קענסט, בעת איך האַמער!"

בעת דער **ש**טשור איז אָנגעפֿאַלן אויף דער טיר מיט זײַן שטעקן איז דער **ק**ראָט געשפּרונגען אַרויף אויף דעם הענטל, עס אָנגעכאַפּט, און דאָרט געבאָמבלט, מיט ביידע פֿיס ווײַט פֿון דער ערד, און פֿון העט ווײַט אַוועק האָבן זיי געקענט שוואַך הערן אַן ענטפֿער פֿון אַ טיף־קלינגענדיק גלעקל.

קאַפּיטל פֿיר

רבֿ טאַקס

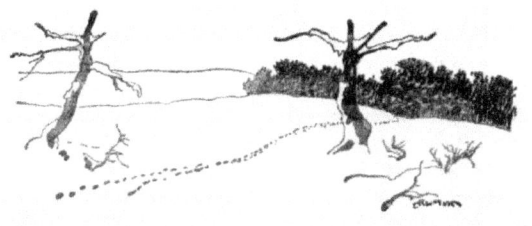

זיי האָבן געדולדיק געוואַרט אויף וואָס האָט זיי געפֿילט ווי זייער אַ לאַנגע צײַט, געטופּעט אין דעם שניי כּדי צו וואַרעמען די פֿיס. סוף־כּל־סוף האָבן זיי געהערט דעם קלאַנג פֿון פֿאַמעלעכע שאַרנדיקע פֿוסטריט וואָס קומען נעענטער צו דער טיר פֿון אינעווייניק. עס האָט געקלונגען, ווי דער קראָט האָט באַמערקט צו דעם שטשור, ווי עמעצער גייט אַרום אין שטעקשיך וואָס זײַנען צו גרויס פֿאַר אים און אָפּגעכוימלט, וואָס איז געווען שטאַרק קלוג פֿון קראָט, ווײַל עס איז טאַקע געווען פּונקט אַזוי.

עס איז געקומען דער קלאַנג פֿון אַ ריגל צוריקגעוואָרפֿן, האָט די טיר זיך געעפֿנט עטלעכע צאָלן, גענוג צו באַווײַזן אַ לאַנגן שנאָבל און אַ פּאָר שלעפֿעריקע פּינטלענדיקע אויגן.

"הערט נאָר, די סאַמע קומעדיקע צײַט וואָס עפּעס אַזוינס קומט פֿאָר," האָט געזאָגט אַ בייזלעך און חשדימדיק קול, "וועל איך זײַן גאָר אין כּעס. ווער איז דאָ דאָס מאָל, וואָס שטערט לײַט אויף אַזאַ נאַכט? רעדט שוין!"

"אָ, טאַקס," האָט געשריגן דער שטשור, "לאָמיר קומען אַרײַן, זײַ אַזוי גוט. ס'איז איך, שטשור, און מײַן פֿרײַנד קראָט, האָבן מיר פֿאַרלוירן דעם וועג אין דעם שניי."

"וואָס, שטשורל, מײַן טײַערער קליינער מענטש!" האָט אויסגערופֿן דער טאַקס, אין אַ גאַנץ אַנדער קול. "קומט אַרײַן, איר ביידע, די רגע. איז, איר מוזט זײַן שיִער ניט טויט. קיין מאָל אַזוינס ניט געהערט! פֿאַרלוירן אין דעם שניי! און אין דעם ווילדן וואַלד דערצו, און אַזוי שפּעט אין דער נאַכט! אָבער אַרײַן מיט אײַך ביידע."

די צוויי חיות האָבן זיך איבערגעקערט, איינע די אַנדערע, אין זייער חשק צו קומען אינעווייניק, און האָבן געהערט די טיר פֿאַרמאַכט הינטער זיי מיט גרויסער פֿרייד און פֿאַרלײַכטערונג.

דער טאַקס, וואָס האָט געטראָגן אַ לאַנגן שלאָפֿראָק, און וועמענס שטעקשיך זײַנען טאַקע גאָר אָפּגעכוימלט געווען, האָט געהאַלטן אַ פּלאַטשיקן לײַכטער אין דער לאַפּע און איז מסתּמא געווען אין מיטן לייגן זיך אַוועק שלאָפֿן ווען זיי האָבן אים צוגערופֿן. ער האָט ליבלעך געקוקט אַראָפּ אויף זיי און זיי ביידע געגלעט אויף די קעפּ. "עס איז ניט דער מין נאַכט פֿאַר קליינע חיות אין דרויסן," האָט ער פֿאָטעריש געזאָגט. "איך האָב מורא אַז דו ביסט נאָך אַ מאָל אין מיטן איינס פֿון דײַנע שפּיצלעך, שטשורל. נאָר קומט ווײַטער, קומט אַרײַן אין קיך. דער פֿײַער דאָרט איז פּרימאַ, מיט וועטשערע און אַלץ."

ער האָט זיך ווײַטער געשאַרט פֿאַר זיי, טראָגנדיק די ליכט, און זיי זײַנען נאָך אים נאָכגעגאַנגען, האָבן זיי זיך אונטערגעשטופּט אין אַ פֿאָרויסזעענדיקן אופֿן, אַראָפּ דורך אַ לאַנגן, אומעטיקן, און דעם אמת זאָגנדיק, זייער אָפּגעטראָגענעם פּאַסאַזש, אַרײַן אין עפּעס אַ צענטראַל־זאַל, וואָס אַרויס פֿון אים האָבן זיי געקענט אומקלאָר זען אַנדערע לאַנגע פּאַסאַזשן ווי טונעלן צעצווײַגנדיק זיך, מיסטעריעזע פּאַסאַזשן, אַ פּנים אָנסופֿיקע. נאָר עס זײַנען אויך געווען טירן אין דעם זאַל – קרעפּקע דעמבענע באַקוועם־אויסזעענדיקע טירן. איינע פֿון זיי האָט דער טאַקס אָפֿן געוואָרפֿן און זיי האָבן זיך תּיכּף געפֿונען אין דעם גאַנצן גלי און וואַרעמקייט פֿון אַ גרויסער קיך באַלויכטן פֿון דעם פֿײַער.

די פּאַדלאָגע איז געווען גוט־אָפּגעטראָגענע רויטע ציגל, און אויף דעם ברייטן קאַמין האָט געברענט אַ פֿײַער פֿון קלעצער, צווישן צוויי שיינע קוימען־ווינקלען אין דער וואַנט, גוט באַשיצט פֿון אַבי אַ צוג לופֿט. אַ פּאָר שטולן מיט הויכע רוקנס, פּנים־אל־פּנים אויף ביידע זײַטן פֿונעם פֿײַער, האָבן אָנגעבאָטן געלעגנהייטן פֿאַר זיצן פֿאַר די געזעלשאַפֿטלעכע. אין מיטן צימער איז געשטאַנען אַ לאַנגער טיש פֿון פּראָסטע ברעטער אויף געשטעלן, מיט בענק אויף יעדער זײַט. בײַ איין עק, ווּ אַ פֿאָטעל איז געשטאַנען אַ ביסל אָפּגערוקט, זײַנען פֿאַרשפּרייט געווען די רעשטלעך פֿון דעם טאַקסעס פּשוטער נאָר גענוגיקער וועטשערע. רייען טעלער אָן אַ פֿלעק האָבן געווונקען פֿון די פּאָליצעס אין דעם קאַמאָד בײַם ווײַטערן עק צימער, און פֿון די באַלקנס אויבן זײַנען געהאַנגען שינקעס, בינטלעך אויסגעטריקנטע קרײַטעכצער, נעצן מיט ציבעלעס און קוישן אייער. עס האָט אויסגעזען ווי אַן אָרט ווּ העלדן קענען זיך אָנזעטיקן ווי געהעריק נאָך אַ נצחון, ווּ מידע פּראַסלערס קענען זיך אויסשטעלן אין אַ ריי פּאַזע טיש און פּראַווען דעם שניט מיט שׂימחה און געזאַנג, אָדער ווּ אַ פֿרײַנד דרײַ מיט פּשוטע גוסטן קענען זיצן ווי זיי ווילן, עסן און רייכערן און שמועסן אין באַקוועמלעכקייט און צופֿרידנקייט. די רויטלעכע פּאַדלאָגע האָט געשמייכלט אַרויף אויף דער פֿאַררייכערטער סטעליע; די דעמבענע שטולן, שײַנענדיק פֿון לאַנגן באַניץ, האָבן זיך פֿריילעך באַגריסט; טעלער אויף דעם קאַמאָד האָבן געשמאָכעט אויף טעפּלעך אויף דער פּאָליצע, און די פֿריילעכע פֿײַערליכט האָט געצאַנקט און געשפּילט איבער אַלץ אָן אויפֿנעם.

דער גוטהאַרציקער טאַקס האָט זיי געשטויסן אַראָפּ אויף אַ דיוואַן זיך אָנצוּוואַרעמען בײַ דעם פֿײַער, און זיי געבעטן אויסטאָן די נאַסע מאַנטלען און שטיוול. דעמאָלט האָט ער זיי געקראָגן שלאָפֿרעק און שטעקשיך און ער אַליין האָט געבאָדן דעם קראָטס שין מיט וואַרעם וואַסער און צו רעכט געמאַכט דעם שניט מיט פּלעסטערלעך ביז די גאַנצע זאַך איז ווי שפּאָגל נײַ, אָדער בעסער. אין דער אַרומוויקלענדיקער ליכט און וואַרעמקייט, צום סוף וואַרעם און טרוקן, מיט די מידע פֿיס אויפֿגעהאַלטן פֿאַר זיי, און אַ באַטײַטנדיקער קלאַנג פֿון טעלער דערלאַנגט צום טיש אויף הינטן, האָט עס געפֿילט צו די שטורעם־געטריבענע חיות, איצט זיכער געאַנקערט, אַז דער קאַלטער און הפֿקרדיקער ווילדער וואַלד נאָר איבערגעלאָזט אין דרויסן איז אַוועק מיט מײַלן און מײַלן, און אַלץ וואָס זיי האָבן אין אים געליטן איז געווען אַ האַלב־פֿאַרגעסענעם חלום.

ווען זיי זײַנען סוף־כּל־סוף גוט צוגעברוינט, האָט דער טאַקס זיי גערופֿן צום טיש, ווּ ער איז פֿאַרנומען געווען דערלאַנגען צום טיש אַ סעודה. זיי זײַנען פֿריִער געווען היפּש הונגעריק, נאָר ווען זיי האָבן טאַקע געזען צום סוף די וועטשערע וואָס וואַרט אויף זיי, איז דאָ געווען די פֿראַגע, אויף וואָס זאָלן זיי ערשט אָנפֿאַלן, ווען אַלץ האָט אויסגעזען אַזוי צוציִיק, און צי די אַנדערע זאַכן וועלן גערולדיק וואַרטן אויף זיי ביז זיי געפֿינען די צײַט אויף זיי צו לייגן אַכט. שמועסן איז געווען אוממיגלעך אַ לאַנגע צײַט און ווען דאָס האָט זיך

פּאַמעלעך אָנגעהויבן, איז עס געווען דער חרטהדיקער מין שמועסן וואָס שטאַמט פֿון רעדן מיט אַ פֿול מויל. וואָס האָט גאָרנישט ניט געאַרט דעם **ט**אַקס, האָט ער אויך ניט באַמערקט עלנבויגן אויפֿן טיש אָדער אַלע רעדן אין איינעם. ווײַל ער אַליין גייט ניט אין **ג**עזעלשאַפֿט, האָט ער געהאַט די אידעע אַז אַזעלכע זאַכן געהערן צו די זאַכן וואָס זײַנען טאַקע ניט זייער וויכטיק. (מיר ווייסן אַוודאי אַז ער איז גאַנץ אומגערעכט געווען און האָט געהאַלטן צו ענג אַ מיינונג, וואָרן זיי זײַנען יאָ זייער וויכטיק, כאָטש עס וואָלט צו לאַנג געדויערן צו דערקלערן ווי אַזוי.) ער איז געזעסן אין זײַן פֿאָטעל צוקאָפּנס פֿון טיש, און געשאָקלט ערנסט מיטן קאָפּ פֿון צײַט צו צײַט בעת די חיות האָבן דערציילט זייער מעשׂה, און ער האָט ניט אויסגעזען ווי פֿאַרחידושט צי דערשראָקן מיט אַבי וואָס, האָט ער קיין מאָל ניט געזאָגט, "האָב איך אײַך דען ניט געזאָגט," אָדער "פּונקט ווי איך שטענדיק זאָגן," אָדער באַמערקט אַז זיי האָבן געזאָלט טאָן דאָס צי יענץ, אָדער האָט ניט געזאָלט טאָן עפּעס אַנדערש. דער **ק**ראָט האָט אָנגעהויבן פֿילן זיך גאָר פֿרײַנדלעך צו אים.

ווען די וועטשערע איז טאַקע סוף־כּל־סוף פֿאַרטיק, און יעדע חיה האָט געפֿילט אַז די הויט איז איצט געווען אַזוי שטײַף ווי זיכער, און אַז איצט זאָרגט ער זיך ניט מיט אַבי וועמען צי אַבי וואָס, האָבן זיי זיך צונויפֿגעזאַמלט אַרום די גלײַענדיקע האָלעוועשקעס פֿון דעם גרויסן הילצערנעם פֿײַער, און האָט געטראַכט פֿון ווי פֿריילעך איז זיי געווען זיצנדיק וואַך *אַזוי* שפּעט, און *אַזוי* אומאָפּהענגיק, און *אַזוי* אָנגעזעטיקט; און נאָכדעם וואָס זיי האָבן אַ ווײַלע געשמועסט וועגן זאַכן אין אַלגעמיין, האָט דער **ט**אַקס האַרציק געזאָגט, "נו, שוין! וואָס איז דאָס נײַעס פֿון אײַער טייל פֿון דער וועלט. וואָס טוט זיך מיט דער אַלטער **ב**ראָסקע?"

"אָ, אַלץ ערגער און ערגער," האָט דער **ש**טשור ערנסט געזאָגט, בעת דער **ק**ראָט, זיצנדיק אויף אַ שטול און אָנקוועלנדיק זיך פֿונעם פֿײַער, מיט די פּיאַטעס העכער ווי דער קאָפּ, האָט געפּרוּווט אויסצוזען געהעריק טרויעריק. "נאָך אַ סיבה מיט אַ וואָך צוריק, און אַ שלעכטע. זעסט, ער באַשטייט אויף פֿירן זיך אַליין, און ער איז אומפֿעיִק אָן האָפֿענונג. אויב נאָר ער וואָלט דינגען אַ לײַטישער, פֿעסטער, גוט־געניטן חיה, אים גוט באַצאָלן, און אים אַלץ איבערלאָזן, וואָלט אַלץ אים גוט גיין. אָבער ניין, ער איז איבערגעצײַגט אַז ער איז אַ געבוירענער פֿירער, און אַז קיינער קען אים גאָרנישט ניט לערנען, און אַלץ קומט נאָך נאָך דעם."

"וויפֿל האָט ער געהאַט?" האָט דער **ט**אַקס כמאַרנע געפֿרעגט.

"סיבות צי מאַשינען?" האָט געפֿרעגט דער **ש**טשור. "נו, מילא, נאָך אַלעמען איז דאָס די זעלבע זאַך – מיט **ב**ראָסקע. אָט איז די זיבעטן. וואָס שייך די אַנדערע – דו געדענקסט זײַן גאַראַזש? נו, ס'איז אָנגעקוויפּט – ממש אָנגעקוויפּט ביז צו דער סטעליע – מיט שטיקער פֿון אויטאָס, קיינער פֿון זיי ניט גרעסער ווי דײַן הוט! דאָס רעכנט אַ די איבעריקע זעקס – אויף וויפֿל מע קען זיי אויפֿקלערן."

"ער איז געווען אין שפּיטאָל דרײַ מאָל," האָט צוגעגעבן דער **ק**ראָט, "און וואָס שייך די געלטשטראָפֿן וואָס ער האָט געמוזט באַצאָלן, איז דאָס פּשוט צו שרעקלעך איבערצוטראַכטן."

"יאָ, און דאָס איז אַ טייל פֿון די צרות," איז ווײַטער געגאַנגען דער **ש**טשור. "**ב**ראָסקע איז אַ רײַכער, ווי מיר אַלע ווייסן, נאָר ער איז ניט קיין מיליאָנער. און ווי אַ פֿירער איז ער שלעכט אָן האָפֿענונג, און לייגט גאָרנישט קיין אַכט ניט אויף דער געזעצלעכער אָרדענונג.

דערהרגעט צי פֿאַרפֿאַלן – עס דאַרף זײַן אָדער דאָס אָדער יענץ, פֿריִער צי שפּעטער. **ט**אַקס! מיר זײַנען זײַנע פֿרײַנד – זאָלן מיר עפּעס טאָן?"

דער **ט**אַקס האָט שווער געטראַכט. "נאָר זעט נאָר!" האָט ער סוף־כּל־סוף געזאָגט, היפּש שטרענג. "אַוודאי ווייסט איר אַז איך קען *איצט* גאָרנישט ניט טאָן?"

די צוויי פֿרײַנד זײַנע האָבן מסכּים געווען, גאַנץ פֿאַרשטאַנען זײַן טענה. קיין חיה, לויט די כּללים פֿון חיה־עטיקעט, קען מען ניט ריכטן טאָן עפּעס אָנשטרענגענדיק, אָדער העלדיש, אָדער אַפֿילו אַ ביסל טוריש במשך פֿון דעם אומסעזאָן פֿון ווינטער. אַלע זײַנען שלעפֿעריק – עטלעכע שלאָפֿן אַפֿילו. אַלע זײַנען מער־וויניקער אײַנגעשפּאַרט פֿונעם וועטער, און אַלע רוען זיך אָפּ פֿון שווערע טעג און נעכט, וואָס במשך פֿון זיי איז יעדן מוסקל פֿון זיי שטרענג געפּרוווט, און די אַלע כּוחות אײַנגעשפּאַנט.

"נו, גוט!" איז ווײַטער געגאַנגען דער **ט**אַקס. "אָבער, ווען דאָס יאָר האָט זיך יאָ געדרייט, און די נעכט זײַנען קירצער, און אין מיטן נאַכט כאַפּט מען זיך אויף און פֿילט זיך ווי אויף שפּילקעס און ווי מע וויל זײַן וואַך און טוריש ווען די זון גייט אויף, אויב ניט פֿריִער – איר ווייסט –!"

ביידע חיות האָבן ערנסט געשאָקלט אויף יאָ. *זיי* האָבן געוווּסט!

"נו, *אויב אַזוי*," איז ווײַטער געגאַנגען דער **ט**אַקס, "מיר – דאָס הייסט, דו און איך און אונדזער פֿרײַנד דער **ק**ראָט דאָ – מיר וועלן נעמען **ב**ראָסקע ערנסט אין די הענט. מיר וועלן לגמרי ניט דערלאָזן קיין נאַרישקייטן. מיר וועלן אים מאַכן זען וואָס איז שׂכלדיק, בגוואַלד אויב נייטיק. מיר וועלן אים *מאַכן* פֿאַר אַ שׂכלדיקע **ב**ראָסקע. מיר וועלן – דו שלאָפֿסט, **ש**טשור!"

"איך ניט!" האָט געזאָגט דער **ש**טשור, וואַך מיט אַ צאַפּל.

"ער האָט געשלאָפֿן אַ צוויי־דרײַ מאָל זינט עסן וועטשערע," האָט געזאָגט דער **ק**ראָט מיט אַ געלעכטער. ער אַליין האָט זיך געפֿילט גאָר וואַך און לעבעדיק אַפֿילו, כאָטש ער האָט ניט פֿאַרשטאַנען ווי אַזוי. די סיבה איז געווען, פֿאַרשטייט זיך, אַז ווײַל ער איז נאַטירלעך אַן אונטערערדישע חיה, איז די סיטואַציע פֿון דעם **ט**אַקסעס הויז אים גאַנץ טויגעוודיק און היימיש, נאָר דער **ש**טשור, וואָס שלאָפֿט יעדע נאַכט אין אַ שלאָפֿצימער מיט פֿענצטער וואָס עפֿענען זיך אויף אַ ווינטלדיקן טײַך, האָט געוויס געפֿילט די אַטמאָספֿער פֿאַר שטיל און באַדריקנדיק.

"נו, ס'איז שוין צײַט מיר אַלע זאָלן זײַן אין בעט," האָט געזאָגט דער **ט**אַקס, איז ער אויפֿגעשטאַנען און געקראָגן פֿלאַטשיקע לײַכטערס. "קומט מיט, איר ביידע, און איך וועל אײַך באַווײַזן אײַער קוואַרטיר. און אײַלט זיך ניט אויף צו מאָרגנס – פֿרישטיק ווען איר ווילט!"

ער האָט די צוויי חיות געפֿירט צו אַ לאַנגן צימער וואָס האָט אויסגעזען האַלב ווי אַ שלאָפֿצימער און האַלב ווי אַ בוידעמשטוב. דעם **ט**אַקסעס ווינטער־זאַפּאַסן, וואָס זײַנען טאַקע צו דערזען אומעטום אַרום, האָבן פֿאַרנומען אַ העלפֿט פֿונעם צימער – קופּעס עפּל, ברוקוועס, און קאַרטאָפֿל, קוישן אָנגעפֿילט מיט ניס, און סלויעס האָניק. אָבער די צוויי ווײַסע בעטן אויף דער איבעריקער פֿאַדלאָגע האָבן אויסגעזען ווייך און צוציִענדיק, און דאָס בעטגעוואַנט אויף זיי, כאָטש שאָרסטיק, איז ריין געווען און שמעקט שטאַרק שיין פֿון לאַווענדל, און דער **ק**ראָט און דער **וו**אַסער־**ש**טשור, אָפּטרייסלענדיק די קליידער אין אַ

דרײַסיק סעקונדעס, זײַנען אַראָפּגעפֿאַלן צווישן די לײַלעכער מיט גרויסער פֿרייד און צופֿרידנקייט.

בילד 6 דעם **ט**אַקסעס ווינטער־זאַפּאַסן, וואָס זײַנען טאַקע צו דערזען אומעטום אַרום, האָבן פֿאַרנומען אַ העלפֿט פֿונעם צימער.

לויט די אָנווײַזונגען פֿון דעם ליבהאַרציקן **ט**אַקס, זײַנען די צוויי מידע חיות אַראָפּ אויף פֿרישטיק זייער שפּעט אויף צו מאָרגנס, און האָבן געפֿונען אַ העלן פֿײַער ברענענדיק אין דער קיך, און צוויי יונגע שטעכלערס זיצנדיק אויף אַ באַנק בײַם טיש, עסנדיק האָבערנע קאַשע פֿון הילצערנע שיסלען. די שטעכלערס האָבן אַראָפּגעלאָזט די לעפֿל, געשטאַנען אויף די פֿיס, און אָפּגעלאָזט די קעפּ מיט דרך־ארץ ווען די צוויי זײַנען אַרײַן.

"נו, נו, זעצט זיך אַוועק, זעצט זיך אַוועק," האָט דער **ש**טשור אײַנגענעם געזאָגט, "און גייט ווײַטער מיט דער קאַשע. פֿון וואַנען זײַט איר יונגע געקומען? פֿאַרלוירן געגאַנגען אין דעם שניי, נעם איך אָן?"

"יאָ, זײַט מוחל, סער," האָט געזאָגט דער עלטערער פֿון די צוויי, מיט דרך־ארץ. "איך מיט דעם קליינעם **ב**ילי דאָ, מיר האָבן געפּרוּווט געפֿינען דעם וועג צו דער שולע – די מאַמע *וואָלט* אַז מיר דאַרפֿן גיין, מילא ווי שלעכט איז דער וועטער – און זיכער האָבן מיר זיך פֿאַרלוירן, סער, און **ב**ילי איז דערשראָקן געוואָרן, האָט ער אָנגעהויבן וויינען, ווײַל ער איז

יונג און מוראוודיק. און סוף־כּל־סוף האָבן מיר צופֿעליק אָנגעטראָפֿן אויף **רב טאַ**קסעס הינטער־טיר, און זײַנען געגנוג דרייסט געווען צו קלאַפּן, סער, נאָך **רב טאַ**קס, איז ער אַ גוטהאַרציקער הער, ווי אַלע ווייסן –"

"איך פֿאַרשטיי," האָט געזאָגט דער **ש**טשור, בעת ער שניט זיך אָפּ עטלעכע פּאַסן פֿון אַ זײַטל פּעטזײַט, בעת דער **ק**ראָט האָט אַראָפּגעלאָזט עטלעכע אייער אַרײַן אין אַ טעפּל. "און ווי איז דער וועטער אין דרויסן? דו דאַרפֿסט ניט אַזוי פֿיל 'סערן' מיט מיר," האָט ער צוגעגעבן.

"אָ, שרעקלעך שלעכט, סער, שרעקלעך טיף איז דער שניי," האָט געזאָגט דער שטעכלער. "ניט קיין גיין אין דרויסן פֿאַר אַזאַ מין הערן ווי אײַך הײַנט."

"ווּ איז **רב טאַ**קס?" האָט דער **ק**ראָט געפֿרעגט, בעת ער דערוואַרעמט דעם קאַוועטאָפּ פֿאַרן פֿײַער.

"דער האַר איז אַרײַן אין זײַן קאַבינעט, סער," האָט געענטפֿערט דער שטעכלער, "און ער האָט געזאָגט אַז ער וועט זײַן גוט פֿאַרנומען דעם אינדערפֿרי, און אויף קיין פֿאַל ניט זאָל מען אים ניט שטערן."

די דאָזיקע דערקלערונג, אַוודאי, האָבן אַלע דאָ גוט פֿאַרשטאַנען. דער פֿאַקט איז, ווי פֿריִער דערמאָנט, אַז ווען מע פֿירט אָן מיט אַ לעבן אָנגעפֿילט מיט אָנגעשפּאַנטע טועניש אַ העלפֿט פֿונעם יאָר, און לפֿי־ערכדיקע אָדער אמתדיקע פֿאַרשלעפֿערטקייט די איבעריקע העלפֿט פֿון יאָר, קען מען ניט כּסדר ניצן שלעפֿעריקייט ווי אַ תּירוץ ווען עס זײַנען מענטשן אַרום אָדער זאַכן צו טאָן. דער תּירוץ ווערט נודנע. די חיות האָבן גוט געוווּסט אַז **ט**אַקס, נאָך אַ געזונטער פֿרישטיק, האָט זיך אַוועקגענומען אין קאַבינעט און זיך אײַנגענורעט אין אַ פֿאָטעל מיט די פֿיס אויף אַ צווייטן און אַ רויט באַוועלן נאָזטיכל איבערן פּנים, און איז "פֿאַרנומען" געווען אין דעם געוויינטלעכן אופֿן אין דער אָ צײַט פֿון יאָר.

דאָס גלעקל בײַ דער פֿאָדערשטער טיר האָט הויך געקלונגען, און דער **ש**טשור, גוט שמאַלציק פֿון טאָסט מיט פּוטער, געשיקט **ב**ילי, דער קלענערער שטעכלער, צו זען ווער איז דאָ. עס איז געקומען דער קלאַנג פֿון אַ סך טופּען מיט פֿיס אין דעם קאָרידאָר, און באַלד איז **ב**ילי צוריק, פֿאַר דער **וו**ידרע, וואָס האָט זיך געוואָרפֿן אויף דעם **ש**טשור מיט אַן אַרומנעם און אַ געשריי פֿון ליבלעכער באַגריסונג.

"לאָז מיך אָפּ!" האָט געשפּריצט דער **ש**טשור, מיט אַ פֿול מויל.

"כ'האָב געמיינט אַז איך וועל דיך דאָ געפֿינען בשלום," האָט די **וו**ידרע פֿריילעך געזאָגט. "אַלע פּאַזע דעם טײַך־ברעג זײַנען געווען שטאַרק איבערגעשראָקן ווען איך בין אָנגעקומען דעם אינדערפֿרי. **ש**טשור ניט אין דער היים די גאַנצע נאַכט – אויך ניט **ק**ראָט – עפּעס שרעקלעך האָט געמוזט געשען, האָבן זיי געזאָגט, און דער שניי האָט באַדעקט אַלע אײַערע שפּורן אַוודאי. נאָר איך האָב געוווּסט אַז ווען מע געפֿינט זיך אין צרות געוויינטלעך גייט מען צו **ט**אַקס, אָדער **ט**אַקס ווערט געוווּיר דערוועגן ווי ניט איז. בין איך דערפֿאַר גלײַך אַהערגעקומען, דורך דעם **וו**ילדן **וו**אַלד און דעם שניי! ווי איך לעב! איז דאָס געווען פּרימאַ, קומענדיק דורך דעם שניי בעת די רויטע זון גייט אויף און באַוויַזט זיך אָקעגן די שוואַרצע בוימשטאַמען! אַז מע גייט ווײַטער דורך דער שטילקייט, האָט אַ מאַסע שניי זיך אַראָפּגעגליטשט פֿון די צווײַגן פֿון צײַט צו צײַט מיט אַ מאָל מיט אַ זעץ! האָט מען אַ שפּרונג געטאָן און געלאָפֿן זוכן אָפּדאַך. שניי־שלעסער און שניי־היילן האָבן זיך באַוויזן פֿון ערגעץ ניט דורך דער נאַכט – און שניי־בריקען, טעראַסעס, ראַמפּאַרטן – איך וואָלט געקענט

בלײַבן און שפּילן מיט זיי אויף שעהען. דאָ און דאָרט זײַנען גרויסע צווײַגן אַראָפּגעריסן געוואָרן צוליב דעם לויטער וואָג פֿונעם שניי, און רויטהעלדזלעך זײַנען געזעסן און געהאָפּקעט אויף זיי אין זייער לעבעדיקן גדלותדיק אופֿן, גלײַך ווי זיי אַליין האָבן דאָס אויפֿגעטאָן. אַן אומגלײַכע ריי ווילדע גענדז איז פֿאַרבײַ איבער די קעפּ, הויך אינעם גראָען הימל, און עטלעכע וואָראָנעס האָבן זיך געדרייט איבער דיביימער, אַ קוק געטאָן, און געפֿלאַטערט אַהיים מיט מינעס פֿול מיט מיגל; נאָר איך האָב ניט אָנגעטראָפֿן קיין שׂכלדיק באַשעפֿעניש, צו פֿרעגן די נײַעס. אַן ערך אויפֿן האַלבן וועג האָב איך אָנגעגעגנט אַ קיניגל זיצנדיק אויף אַ קאָרטש, וואַשנדיק דאָס נאַרישע פּנים מיט די לאַפּעס. ער איז געווען שוין איין מאָל אַ דערשראָקענע חיה ווען איך בין געקראָכן הינטער אים און געשטעלט אַ שווערע פּאָדערלאַפּע אויף זײַן אַקסל. איך האָב געדאַרפֿט אים געבן אַ זעץ אין קאָפּ אַ מאָל צוויי איידער דער קאָפּ איז צוריק צו זיך. צום סוף האָב איך אַרויסגעצויגן פֿון אים אַז **ק**ראָט האָט איינער פֿון זיי געזען אין דעם **וו**ילדן **וו**אַלד נעכטן בײַ נאַכט. עס איז בײַ אַלעמען געווען אין די מײַלער אין די קאַנורעס, האָט ער געזאָגט, ווי **ק**ראָט, רב **ש**טשורס גוטער־פֿרײַנד, איז אין צרות; ווי ער האָט פֿאַרלוירן דעם וועג, און 'יענע' זײַנען וואַך געווען און אויף געיעג, און אים געפּלאָגט פֿון אַלע זײַטן. 'אויב אַזוי, ווי אַזוי האָט קיינער פֿון אײַך ניט עפּעס *געטאָן*?' האָב איך געפֿרעגט. 'איר האָט אפֿשר ניט קיין גרויסע מוחות, נאָר עס זײַנען פֿאַראַן הונדערטער און הונדערטער פֿון אײַך, גרויסע, קרעפּקע יאַטן, פֿעט ווי פּוטער, און אײַערע קאַנורעס לויפֿן אין אַלע ריכטונגען, האָט איר געקענט אים אַרײַננעמען, געמאַכט זיכער און באַקוועם, אָדער ווייניקסטנס אַ פּרוּוו געטאָן.' 'וואָס, *אונדז?*' האָט ער נאָר געזאָגט: '*טאָן* עפּעס? אונדז קיניגלעך?' האָב איך אים געגעבן נאָך אַ זעץ און אים דאָרט איבערגעלאָזט. עס איז ניט געווען אַנדערש וואָס צו טאָן. על־כּל־פּנים, האָב איך עפּעס געלערנט; און וואָלט איך געהאַט דעם מזל זיך אָנצוטרעפֿן מיט איינעם פֿון 'יענע', וואָלט איך נאָך מער געלערנט – אָדער *זיי* וואָלטן."

"צי ביסטו ניט געווען גאַנץ – ער – נערוועז?" האָט געפֿרעגט דער **ק**ראָט, וואָס צו אים איז געקומען צוריק אַ טייל פֿון דער אימה פֿון נעכטן מיט דער דערמאָנונג פֿון דעם **וו**ילדן **וו**אַלד.

"נערוועז?" די **וו**ידרע האָט באַוויזן אַ גלאַנצנדיק געביס שטאַרקע ווײַסע ציין בעת ער לאַכט. "איך וואָלט זיי געגעבן נערוון אויב איינער האָט עפּעס געפּרוּווט מיט מיר. הער נאָר, **ק**ראָט, פּרעגל עטלעכע שטיקער שניטקע, ווי דער גוטער בחור וואָס דו ביסט. איך בין שרעקלעך הונגעריק, און איך האָב גאָר אַ סך צו זאָגן צו **ש**טשור דאָ. כ'האָב אים ניט געזען אין אַ שאָק מיט יאָרן."

האָט דער גוטהאַרציקער **ק**ראָט, נאָכדעם וואָס ער האָט אָפּגעשניטן עטלעכע שטיקער שניטקע, געשטעלט די שטעכלערס צו פּרעגלען זיי, און איז צוריק צו דעם אייגענעם פֿרישטיק, בעת די **וו**ידרע און דער **ש**טשור, מיט די קעפּ צוזאַמען, האָבן גערעדט טײַך־צעך, וואָס איז אַ גרויסער עסק און אַ שמועס אָן אַ סוף, לויפֿנדיק ווײַטער ווי דער פּלאַפּלענדיקער טײַך אַליין.

אַ טעלער געפּרעגלטע שינקע איז אויסגעליידיקט געוואָרן און געשיקט צוריק נאָך מער, ווען דער **ט**אַקס איז אַרײַן, מיט גענעצן און רײַבנדיק די אויגן, און זיי אַלע באַגריסט אין זײַן שטילן, פּשוטן שטייגער, מיט גוטהאַרציקע פֿראַגעס בײַ יעדן. "עס מוז זײַן שוין נאָענט צו אָנבײַסן," האָט ער באַמערקט צו דער **וו**ידרע. "בעסער בלײַב דאָ און עסן מיט אונדז. דו מוזסט זײַן הונגעריק אויף אַזאַ קאַלטן אינדערפֿרי."

"זייער!" האָט די **ווי**דרע געענטפֿערט, מיט אַ ווונק צו דעם **קר**אַט. "קוקן אויף די זשעדנע יונגע שטעכלערס אָנשטאָפּן זיך מיט געפּרעגלטע שינקע מאַכט מיך גאַנץ אויסגעהונגערט."

די שטעכלערס, וואָס האָבן זיך נאָך אַ מאָל אָנגעהויבן פֿילן הונגעריק נאָך דער קאַשע, און נאָך אַרבעטן שווער מיט דעם פּרעגלען, האָבן מוראוודיק געקוקט אַרויף אויף **רב טאַ**קס, נאָר זײַנען געווען צו שעמעוודיק עפּעס צו זאָגן.

"זעט נאָר, איר צוויי יונגע זאָלן גיין אַהיים צו דער מאַמע," האָט דער **טאַ**קס ליבלעך געזאָגט. "איך וועל שיקן עמעצן מיט אײַך צו באַווײַזן דעם וועג. איר וועט ניט ווילן קיין וואַרמעס הײַנט, רעכן איך."

ער האָט זיי געגעבן זעקס־פּעניס צו יעדן און אַ גלעט אויפֿן קאָפּ, און זיי זײַנען אָפּגעגאַנגען מיט אַ סך דרך־ארצדיק פֿאָכען מיט מיצלעך און אָנרירן די טשובן.

באַלד האָבן זיי זיך אַלע אַוועקגעזעצט אויף אָנבײַסן. דער **קר**אַט האָט זיך געפֿונען געשטעלט לעבן **רב טאַ**קס, און ווײַל די צוויי אַנדערע זײַנען נאָך אַלץ טיף אין טײַך־רכילות, וואָס דערפֿון האָט גאָרנישט ניט געקענט זיי אָפּציִען, האָט ער געניצט די געלעגנהייט צו זאָגן צו **טאַ**קס ווי באַקוועם און היימיש דאָס אַלץ פֿילט צו אים. "אַז מע איז גוט אונטער דער ערד," האָט ער געזאָגט, "ווייסט מען פּונקט ווו ער איז. גאָרנישט קען ניט געשען מיט דיר, און גאָרנישט קען דיך ניט כאַפּן. מע איז דער אייגענער האַר, און מע דאַרף ניט פֿרעגן עצות בײַ אַן אַנדערן אָדער זיך צוהערן צו וואָס זיי זאָגן. אַלץ גייט ווײַטער ווי אַלע מאָל אויבן, און ס'איז אַלץ איינס צו דיר און עס אַרט דיך ניט. ווען דו ווילסט גיין אַרויף, גייסטו אַרויף, און דאָרט איז אַלץ, וואַרטנדיק אויף דיר.

דער **טאַ**קס האָט ברייט געשמייכלט אויף אים. "פּונקט אַזוי זאָג איך," האָט ער געענטפֿערט. "ס'איז ניטאָ קיין זיכערקייט, אָדער שלום און רו, אַחוץ אונטער דער ערד. און דעמאָלט, אַז דײַנע אידעעס וואַקסן און דו ווילסט זיך פֿאַרשפּרייטן – איז, אַ ביסל גראָבן און קראַצן, און אָט איז עס! אויב דו פֿילסט אַז דאָס הויז איז אַ ביסל צו גרויס, גיי פֿאַרשטאָפּן אַ לאָך צוויי, און אָט איז עס נאָך אַ מאָל! ניט קיין בויערס, ניט קיין פֿאַכלײַט, ניט קיין באַמערקונגען צו דיר פֿון די יאַטן וואָס קוקן איבער דײַן מויער, און, דער עיקר, ניט קיין *וועטער*. נעם איצט **ש**טשור פֿאַר אַ שטייגער. אַ פּאָר פֿוס פֿלייץ־וואַסער און ער מוז זיך איבערציִען אין אַ געדונגענער ווױנונג: אומבאַקוועם, אין אַן אומבאַקוועמען אָרט, און שרעקלעך טײַער. נעם **ב**ראָסקע. איך זאָג גאָרנישט קעגן **ב**ראָסקע־**ז**אַל; ווײַט דאָס בעסטע הויז אין די אָ מקומות, ווי אַ הויז. אָבער טאָמער עס צינדט זיך אָן אַ פֿײַער – ווו איז **ב**ראָסקע? טאָמער דאַכלקעס ווערן אַוועקגעבלאָזן, אָדער די ווענט זינקען אָדער צעשפּאַלטן זיך, אָדער די פֿענצטער ווערן צעבראָכן – ווו איז **ב**ראָסקע? טאָמער די צימער זײַנען צוגיק – איך האָב אַליין *פֿײַנט* צוגן – ווו איז **ב**ראָסקע? ניין, אַרויף אין דרויסן טויג אויף וואַנדערן אַרום און פֿאַרדינען דאָרט ברויט; נאָר צו אונטער דער ערד צוריקצוקומען צום סוף – דאָס איז בײַ מיר *היים!*"

דער **קר**אַט האָט שטאַרק מסכּים געווען, און ווי אַ פּעולה איז דער **טאַ**קס געוואָרן זייער פֿרײַנדלעך מיט אים. "ווען דאָס אָנבײַסן איז פֿאַרטיק," האָט ער געזאָגט, "וועל איך אײַך אַלע נעמען אַרום מײַן קליינעם אָרט דאָ. איך קען זען אַז דו וועסט עס אָפּשאַצן. דו פֿאַרשטייסט וואָס שטוב־אַרכיטעקטור זאָל זײַן, באמת."

נאָכן אָנבײַסן, ווי געזאָגט, ווען די צוויי אַנדערע האָבן זיך אָוועקגעזעצט אין דעם קוימען ווינקל און אָנגעהויבן אַ היציקן וויכּוח אויף דעם ענין פֿון *וועגנגערס*, האָט דער **טאַקס** אָנגעצונדן אַ לאַמטערן און געבעטן דעם **קראָט** אַז ער זאָל קומען נאָך אים נאָך. איבער דעם זאַל, זײַנען זיי אַראָפּ דורך איינעם פֿון די הויפּט־טונעלן, און די צאַנקענדיקע ליכט פֿונעם לאַמטערן האָט געלאָזט זיך זען אויף ביידע זײַטן פֿון צימערן גרויסע און קליינע, עטלעכע ניט מער ווי שאַפֿעס, אַנדערע שיִער ניט אַזוי ברייט און אימפּאָזאַנט ווי דער **בראָ**סקעס עסצימער. אַן ענגער פּאַסאַזש האָט געפֿירט מיט אַ גראָדן ווינקל צו אַ צווייטן קאָרידאָר, און דאָ איז די גאַנצע זאַך איבערגעחזרט געוואָרן. דער **קראָ**ט איז פֿריטשמעליעט געוואָרן פֿון דער גרייס, דער מאָס, די אַלע צעצווײַגונגען; די לענג פֿון די טונקעלע פּאַסאַזשן, די סאָלידע אַרקעס אין די אָנגעפּאַקטע סקלאַדן, דאָס געמויער אומעטום, די זײַלן, די בויגנס, די ברוקן. "ווי אויף דער וועלט, **טאַק**ס," האָט ער סוף־כּל־סוף געזאָגט, "האָסטו געפֿונען די צײַט און די כּוחות אויפֿצוטאָן דאָס אַלץ? ס'איז חידושדיק!"

בילד 7 איבער דעם זאַל, זײַנען זיי אַראָפּ דורך איינעם פֿון די הויפּט־טונעלן.

"עס *וואָלט* טאַקע געווען אַ חידוש," האָט דער **טאַ**קס פּשוט געזאָגט, "אויב איך *וואָלט* דאָס געטאָן. פֿאַקטיש האָב איך דאָס גאָרנישט ניט געטאָן – נאָר אָפּגערייניקט די פּאַסאַזשן און קאַמערן, אויף וויפֿל איך האָב געדאַרפֿט. עס איז דאָ נאָך אַ סך מער אומעטום אַרום.

איך זע אַז דו פֿאַרשטייסט ניט, מוז איך דאָס דיר דערקלערן. נו, מיט דורות צוריק, אויפֿן אָרט ווו דער ווילדער וואַלד פֿאָכעט זיך איצט, איידער ער האָט זיך אַ מאָל געפֿלאַנצט און אויפֿגעוואַקסן ביז וואָס ער איז איצט, איז דאָ געווען אַ שטאָט – אַ שטאָט מיט מענטשן, ווייסטו. דאָ, ווו מיר שטייען איצט האָבן זיי געלעבט, און אַרומגעגאַנגען, און גערעדט, און געשלאָפֿן, און געפֿירט זייער געשעפֿט. דאָ האָבן זיי באַשטאַלט די פֿערד און געהאַלטן סעודות, פֿון דאַנען האָבן זיי אָפּגעריטן אויף געשלעג אָדער אָפּגעפֿאָרן נאָך מיסחר. זיי זײַנען געווען אַ מאַכטיק פֿאָלק, און רײַך, און גרויסע בויערס. זיי האָבן געבויט לאַנג צו געדויערן, וואָרן זיי האָבן געמיינט אַז זייער שטאָט וועט בלײַבן אויף אייביק."

"אָבער וואָס איז געשען מיט זיי אַלע?" האָט געפֿרעגט דער קראָט.

"ווער קען וויסן?" האָט געזאָגט דער טאַקס. "מענטשן קומען – זיי בלײַבן אַ ווײַלע, זיי בליִען, זיי בויען – און זיי גייען אָפּ. עס איז זייער שטייגער. נאָר מיר בלײַבן. עס זײַנען געווען טאַקסן דאָ, האָב איך געהערט, לאַנג איידער די דאָזיקע שטאָט איז אויפֿגעבויט געוואָרן. און איצט זײַנען דאָ נאָך אַ מאָל טאַקסן. מיר זײַנען אַ געדויערנדיקע גזע, און מיר גייען אָפּ אפֿשר אַ ווײַלע, נאָר מיר וואַרטן, און זײַנען געדולדיק, און קומען צוריק. און אַזוי וועט זײַן אויף אייביק."

"נו, און ווען זיי זײַנען סוף־כּל־סוף אַוועק, די אָ מענטשן?" האָט געזאָגט דער קראָט.

"ווען זיי זײַנען אָפּגעגאַנגען," איז ווײַטער געגאַנגען דער טאַקס, "האָבן די שטאַרקע ווינטן און כּסדרדיקע רעגנס אַלץ צוגעזען, געדולדיק, אָן אויפֿהער, יאָר נאָך יאָר. אפֿשר מיר טאַקסן האָבן אויך געהאָלפֿן, אין אונדזער קליינעם אופֿן, אַ ביסל – ווער ווייסט? עס איז אַלץ אַראָפּ, אַראָפּ, אַראָפּ, ביסלעכווײַז – חורבֿות און אַראָפּפֿאַלן און פֿאַרשווינדונג. דעמאָלט איז אַלץ געווען אַרויף, אַרויף, אַרויף, ביסלעכווײַז, בעת זוימען ווערן ביימעלעך, און ביימעלעך ווערן וואַלד־ביימער, און דאָרנקוסטן און פֿעדערגראָזן האָבן אַרײַנגעקראָכן העלפֿן. בלאַטשימל איז אויפֿגעוואַקסן און אָפּגעמעקט, שטראָמען אין די ווינטער־פֿלייצן האָבן געבראַכט זאַמד און ערד אָפּצושטאָפּן און צו באַדעקן, און מיט דער צײַט איז אונדזער היים גרייט פֿאַר אונדז נאָך אַ מאָל, האָבן מיר זיך אַרײַנגעצויגן. איבער אונדז, אינעם אָפֿן, איז די זעלבע זאַך געשען. חיות זײַנען אָנגעקומען, זײַנען געפֿעלן געוואָרן מיטן אויסזע פֿון דעם אָרט, געפֿונען קוואַרטירן, זיך באַזעצט, פֿאַרשפּרייט, און געבליט. עס האָט זיי ניט געאַרט, די פֿאַרגאַנגענהייט – ס'איז שטענדיק אַזוי, זײַנען זיי צו פֿאַרנומען. דער אָרט איז געווען אומגלײַך און בערגלדיק, נאַטירלעך, און אָנגעפֿילט מיט לעכער; נאָר דאָס איז אין דער אמתן אַ מילא. און עס גייט זיי אויך ניט אָן די צוקונפֿט – די צוקונפֿט ווען אפֿשר וועלן די מענטשן קומען נאָך אַ מאָל – אויף אַ ווײַלע – ווי עס קען גרינג זײַן. דער ווילדער וואַלד איז שוין גוט באַפֿעלקערט איצט, מיט די געוויינטלעכע באַנדעס, גוטע, שלעכטע, און גלײַכגילטיקע – איך רעד אַרויס ניט קיין נעמען. עס באַדאַרפֿט אַלערליי מינים צו שאַפֿן אַ וועלט. נאָר איך שטעל זיך פֿאָר אַז דו אַליין ווייסט שוין עפּעס דערוועגן."

"טאַקע אמת," האָט געזאָגט דער קראָט מיט אַ קליינעם ציטער.

"נו, נו," האָט געזאָגט דער טאַקס, מיט אַ גלעט אויף זײַן פּלייצע. "עס איז געווען דײַן ערשטע איבערלעבונג מיט זיי, דו זעסט. אין דער אמתן זײַנען זיי ניט קיין שלעכטע, און מיר מוזן לעבן און לאָזן לעבן. נאָר איך וועל פֿאַרשפּרייטן די ידיעה אויף מאָרגן, און איך מיין אַז דו וועסט האָבן מער ניט קיין צרות. אַבי אַ פֿרײַנד *מײַנע* גייט ווו ער וויל אין די אָ מקומות, אָדער איך וועל זיך דערוויסן וואָס טוט זיך!"

ווען זיי זײַנען נאָך אַ מאָל צוריק אין קיך, האָבן זיי געפֿונען דער **ש**טשור גייענדיק אַהין און צוריק, שטאַרק אויף שפּילקעס. די אונטערערדישע אַטמאָספֿער האָט אים באַדריקט, איז אים נימאס געוואָרן, און ער האָט אויסגעזען ווי דער טײַך וואָלט אַנטלויפֿן אויב ער איז ניט דאָרט אים צוצוזען. איז, ער האָט אָנגעטאָן דעם מאַנטל און די פּיסטוילן געשטעקט נאָך אַ מאָל אַרײַן אינעם גאַרטל. "קום שוין, קראָט," האָט ער אומרויִק געזאָגט, באַלד ווי ער האָט זיי דערזען. "מיר מוזן אָפּגיין בעת ס'איז נאָך טאָגליכט. וויל ניט איבערנעכטיקן נאָך אַ נאַכט אין דעם **ווי**לדן **ווא**לד."

"אַלץ וועט זײַן גוט, מײַן פֿײַנער חבֿר," האָט געזאָגט די **ווי**דרע. "איך קום מיט מיט אײַך, און איך קען יעדע סטעשקע מיט פֿאַרבונדענע אויגן; אויב ס'איז דאָ אַ קאָפּ וואָס ווילט זיך אַ שלאָג, זײַט זיכער, וועל איך אים דעם שלאָג געבן."

"נישט געדאגהעט, **ש**טשורל," האָט רויִק צוגעגעבן דער **ט**אַקס. "מײַנע פּאַסאַזשן פֿירן ווײַטער ווי דו ווייסט, און איך האָב אַנטלויף־לעכער ביזן קאַנט פֿון דעם וואַלד אין עטלעכע ריכטונגען, כאָטש מיר איז בעסער אַז נאָר ווייניקע ווייסן דאָס. ווען איר דאַרפֿט באמת אָפּגיין, וועט איר אָפּגיין דורך איינעם פֿון מײַנע דורכוועגן. דערווײַל, שפּאַן זיך אויס און זעצט זיך ווידער אַוועק."

פֿונדעסטוועגן איז דער **ש**טשור להוט אָפּצוגיין צוצוזען זײַן טײַך; האָט דער **ט**אַקס דערפֿאַר אויפֿגעהויבן זײַן לאַמטערן נאָך אַ מאָל און געפֿירט דעם וועג דורך אַ פֿײַכטן טונעל אָן לופֿט וואָס דרייט זיך און גייט אַראָפּ, טיילווײַז מיט אַרקעס, טיילווײַז געשניטן דורך האַרטן שטיין, אויף אַ מידן מהלך וואָס האָט געפֿילט ווי מײַלן. סוף־כּל־סוף האָט טאָגליכט זיך אָנגעהויבן באַווײַזן צעמישט דורך דעם פֿאַרפֿלאָנטערטן געוועקס וואָס הענגט איבערן מויל פֿונעם פּאַסאַזש; און דער **ט**אַקס האָט זיך גיך מיט זיי געזעגנט, זיי אײַליק געשטופּט דורך דער עפֿענונג, מאַכט אַלץ ווידער נאָך אַ מאָל וואָס נאַטירלעכער, מיט בתולה־בלומען, רוישט, און טויטע בלעטער, און איז צוריקגעגאַנגען.

זיי האָבן זיך געפֿונען שטיין אויף דעם סאַמע קאַנט פֿון דעם **ווי**לדן **ווא**לד. שטיינער און דאָרנקוסטן און בוימוואָרצלען אויף הינט, צעמישט אָנגעקויפּט און פֿאַרפֿלאָנטערט; אויף פֿאָרנט, אַ גרויסער שטח שטילע פֿעלדער, אײַנגעצוימט מיט רייען לעבעדיקע פּלויטן, שוואַרץ אַנטקעגן דעם שניי, און ווײַט פֿאָרויס, אַן אָפּגלאַנץ פֿון דעם היימישן אַלטן טײַך, בעת די ווינטער־זון הענגט רויט און נאָענט צו דעם האָריזאָנט. די **ווי**דרע, דער קענער פֿון די אַלע סטעשקעס, האָט זיך געשטעלט בראָש פֿון דער פּאַרטיע, און זיי זײַנען געגאַנגען אין אַ ריי דירעקט צו אַ ווײַטערן וואַנט־איבערגאַנג. דאָרט האָבן זיי זיך אָפּגעשטעלט און געקוקט צוריק, האָבן זיי געזען די גאַנצע מאַסע פֿון דעם **ווי**לדן **ווא**לד, געדיכט, דראָענדיק, סאָליד, אײַנגעזעצט פֿאַרביסן אין דעם ריזיקן ווײַסן אַרום. אין איינעם האָבן זיי זיך אַרומגעדרייט און גיך געגאַנגען אַהיים, נאָך פֿײַערליכט און די היימישע זאַכן וואָס דערויף זי שפּילט, נאָך דעם קול, קלינגענדיק פֿריילעך אין דרויסן פֿון זייער פֿענצטער, פֿון דעם טײַך וואָס זיי האָבן געקענט און געטרויט אין אַלע זײַנע געמיטער, וואָס האָט זיי קיין מאָל ניט דערשראָקן מיט עפּעס דערשטוינענדיק.

בעת ער אײַלט זיך ווײַטער, קוקנדיק אַרויס מיט חשק אויף דעם מאָמענט ווען ער וועט נאָך אַ מאָל זײַן אין דער היים צווישן די חפֿצים וואָס זײַנען אים באַקאַנט און וואָס ער האָט ליב, האָט דער קראָט קלאָר געזען אַז ער איז אַ חיה פֿון געאַקערטע פֿעלדער און קוסטצוימען, צוגעבונדן צו דער געאַקערטע בראָזדע, צו דער באַווינטער לאָנקע, דעם געסל פֿאַר אָוונט־שמועסן, דעם באַאַרבעטן גאָרטן. פֿאַר אַנדערע די שאַרפֿקייטן, דער עקשנותדיקער

אויסהאַלט, אָדער דאָס געשלעג פֿון אמתדיקן קאָנפֿליקט, וואָס באַלייטן די פּראָסטע נאַטור. ער מוז האַלטן דעם שׂכל, מוז זיך האַלטן אין די אײַנגענעמע ערטער ווו זײַן ייִחוס איז, און וואָס האַלט גענוג אַוואַנטורע, לויט זייער שטייגער, צו קלעקן אַ גאַנץ לעבן.

קאַפּיטל פֿינף

שלום־בית

די שאָף זײַנען געלאָפֿן אין איין רעדל אויף די באַריערן, בלאָזנדיק אַרויס די דינע נאָזלעכער, און טופּענדיק מיט די דעליקאַטע פֿאָדערשטע פֿיס, די קעפּ צוריקגעוואָרפֿן און אַ לײַכטע פּאַרע איז אַרויף פֿון דער אײַנגעפּאַקטער שאָף־אַרומצוימונג אין דער פֿרעסטלדיקער לופֿט אַרײַן, בעת די צוויי חיות האָבן זיך פֿריילעך געאײַלט פֿאַרבײַ, מיט אַ סך פּלאַפּלען און געלעכטער. זיי זײַנען געקומען צוריק איבערן לאַנד נאָך אַ גאַנצטאָגיקן אַרויספֿאָר מיט ווידרע, אויף געיעג און אויספֿאָרשן אויף די ברייטע הויכלענדער ווו געוויסע שטראָמען, בײַטײַכן צו דעם אייגענעם טײַך, האָבן זייערע קליינע אָנהייבן, און די שאָטנס פֿון דעם קורצן ווינטער־טאָג זײַנען זיי נעענטער געקומען, און זיי האָבן נאָך געהאַט אַ היפּש מהלך פֿאַר זיי. טאָפּטשענדיק זיך אויף טראַף איבער דער געאַקערטער ערד, האָבן זיי דערהערט די שאָף און זײַנען געגאַנגען צו זיי צו, און איצט, פֿירנדיק אַוועק פֿון דער שאָף־אַרומצוימונג, האָבן זיי געפֿונען אַן אויסגעטראָטענעם וועג וואָס האָט געמאַכט דאָס גיין גאָר לײַכטער, און וואָס האָט דערצו געענטפֿערט דעם קליינעם פֿרעגנדיקן חפֿץ וואָס אַלע חיות טראָגן אין זיך, זאָגנדיק אָן ספֿק, "יאָ, גאַנץ גערעכט, דאָס פֿירט אַהיים!"

"עס זעט אויס אַז מיר קומען אָן אין אַ דאָרף," האָט ספֿקדיק געזאָגט דער קראָט, גייענדיק נאָך פּאַמעלעכער בעת דער שטעג, וואָס מיט דער צײַט איז געוואָרן אַ סטעשקע און דערנאָך איז געוואַקסן ביז אַ געסל, האָט זיי איצט איבערגעגעבן אין דעם רשות פֿון אַ גוט־ברוקירטן שטראָז. די חיות האָבן ניט געהאַלטן פֿון דערפֿער, און די אייגענע שאָסייען, שווער געניצט ווי זיי זײַנען, האָבן גענומען אַן אומאָפּהענגיקן גאַנג, ניט קוקנדיק אויף קירך, פּאָסטאַמט, צי שענק.

"אָ, ס'מאַכט ניט אויס!" האָט געזאָגט דער שטשור. "צו דער אָ צײַט פֿון יאָר זײַנען זיי אַלע בשלום שוין אינעווייניק, זיצנדיק אַרום פֿײַער, מאַנצבילן, נקבֿות, און קינדער, הינט און קעץ און אַלץ. מיר קענען זיך בשלום דורכגליטשן, אָן צרות אָדער פּריקרעקייט, און מיר קענען כאַפּן אַ בליק אויף זיי דורך די פֿענצטער זייערע, אויב דו ווילסט, כּדי צו זען וואָס זיי טוען."

דער גיכער אָנקום פֿון דער נאַכט אין מיטן דעצעמבער האָט גאַנץ באַדעקט דאָס קליינע דאָרף בעת זיי קומען נעענטער אויף שטילע פֿיס איבער דעם ערשטן דינעם פֿאַל פֿון שניי ווי פּודער. עס איז געווען קוים וואָס צו זען אַחוץ קוואַדראַטן פֿון פֿינצטערלעכן אָראַנזש־רויט אויף ביידע זײַטן גאַס, ווו די פֿײַערליכט צי לאָמפּנשײַן פֿון יעדער כאַטע האָט זיך געפֿלייצט דורך די פֿענצטער אַרײַן אין דער פֿינצטערער וועלט אין דרויסן. ס'רובֿ פֿון די נידעריקע געקראַטעטע פֿענצטער האָבן ניט געהאַט קיין רולעטן, און צו די אַרײַנקוקערס אין דרויסן, האָבן די אײַנוווינערס, געזאַמלט אַרום דעם טיי־טיש, פֿאַרנומען מיט

האַנטאַרבעט, אָדער שמועסן מיט געלעכטער און מאַכן מיט די הענט, געהאַט די גליקלעכע גראַציע וואָס איז די לעצטע זאַך אויסגעלערנט פֿון אַ גענייטן אַקטיאָר – די נאַטירלעכע גראַציע וואָס באַלייט די פֿולקום אומוויסיקייט אַז מע קוקט אויף זיי. גייענדיק פֿרײַ פֿון איין טעאַטער צום צווייטן, האָבן די צוויי צוקוקערס, אַליין אַזוי ווײַט פֿון דער היים, געהאַט עפּעס ווי פֿאַרבענקטקייט אין זייערע אויגן בעת זיי האָבן באַטראַכט אַ קאַץ געגלעט, אַ שלעפֿעריק קינד אויפֿגעהויבן און געטראָגן אין בעט, אָדער אַ מידער מענטש ציִענדיק זיך און אויסזעצנדיק די ליולקע אויפֿן עק פֿון אַ טליִענדיקן קלאָץ.

נאָר עס איז געווען פֿון איין קליינעם פֿענצטער, מיט זײַן רולעט אַראָפּגעצויגן, בלויז אַ ליידיקע דורכזעעוודיקייט אויף דער נאַכט, ווו דאָס געפֿיל פֿון דער היים און פֿון דער קליינער באַהאַנגענער וועלט אינעווייניק – די גרעסערע אָנגעשטרענגטע וועלט פֿון דרויסנדיקער נאַטור אויסגעשלאָסן און פֿאַרגעסן – האָט דאָס שטאַרקסטע פּולסירט. נאָענט צו דעם ווײַסן רולעט איז געהאַנגען אַ שטײַגל, קלאָר סילועטירט, יעדן דראָט, סידעלע, און געשלידער דײַטלעך און דערקענעוודיק, אַפֿילו ביז דעם אָפּגעריבענעם שטיקל צוקער פֿון נעכטן. אויף דער מיטנדיקער סידעלע האָט דער פּוכיקער אײַנוווינער, מיטן קאָפּ גוט געשטעקט אַרײַן אין די פֿעדערן, אויסגעזען אַזוי נאָענט צו זיי אַז זיי וואָלט געקענט אים גרינג גלעטן, אויב זיי וואָלטן אַ פּרוּוו געטאָן; אַפֿילו די דעליקאַטע שפּיצן פֿון דער אויסגעפּוישטער באַפֿעדערונג איז בולט אָפּגעמאָלט אויף דעם באַלויכטענעם עקראַן. בעת זיי האָבן אָנגעקוקט האָט דער שלעפֿעריקער קליינער יאַט זיך אומרויִק גערירט, זיך אויפֿגעכאַפּט און געטרייסלט, און אויפֿגעהויבן דעם קאָפּ. זיי האָבן געקענט זען זײַן ברייט געעפֿנטן פּיצינקן שנאָבל ווען ער האָט אַ געגעץ געגעבן צוליב נודנעקייט, געקוקט זיך אַרום, און דעמאָלט געשטעלט דעם קאָפּ נאָך אַ מאָל אַרײַן אינעם רוקן, בעת די אויסגעשפּרייטע פֿעדערן זײַנען ביסלעכווײַז צוריק אין פֿולקום שטילקייט. דעמאָלט האָט אַ צוג ביטערער ווינט זיי געשלאָגן אויפֿן נאַקן, אַ קליינער שטאָך פֿון אָפּגעפֿרוירענעם אײַזרעגן אויף דער הויט האָט זיי אויפֿגעוועקט ווי פֿון אַ חלום, האָבן זיי געפֿילט ווי קאַלט זײַנען די פֿוס־פֿינגער און ווי מיד די פֿיס, מיט דער אייגענער היים ווײַט אַ מידן מהלך.

ערשט הינטער דעם דאָרף, ווו די כאַטעס האָבן זיך מיט אַ מאָל געענדיקט, האָבן זיי געקענט שמעקן דורך דעם פֿינצטערניש אויף ביידע זײַטן וועג די פֿריילעכע פֿעלדער נאָך אַ מאָל, און זיי האָבן זיך אָנגענומען מיט האַרץ פֿאַרן לעצטן לאַנגן גאַנג, דעם גאַנג אַהיים, דעם גאַנג וואָס מיר ווייסן מוזן זיך ענדיקן, ווען ניט איז, מיט דעם גראַגערן פֿונעם ריגל, דער פּלוצעמדיקער פֿײַערליכט, און דעם בליק אויף באַקאַנטע זאַכן וואָס באַגריסן אונדז ווי לאַנג־פֿעלנדיקע פֿאָרערס פֿון ווײַט איבערן ים. זיי האָבן זיך ווײַטער געטאָפּטשעט, כּסדר און שטילערהייט, יעדער מיט די אייגענע מחשבֿות. דעם קראָטס מוח האָט זיך פֿאַרפֿעסטיקט אויף וועטשערע, ווײַל עס איז געווען שטאָק פֿינצטער, און אומעטום אַרום איז אים אַלץ אַ פֿרעמד לאַנד אויף וויפֿל ער האָט געוווּסט, איז ער געגאַנגען פֿאָלגעוודיק נאָך דעם שטשור, איבערגעלאָזט די אָנפֿירונג גאַנץ אין יענעמס הענט. וואָס שייך דעם שטשור, איז ער געגאַנגען אַ ביסל פֿאָרויס, ווי זײַן שטייגער איז, די פּלייצעס אָנגעבויגן, די אויגן פֿעסט אויף דעם גלײַכן גראָען וועג פֿאַר זיך. האָט ער דערפֿאַר ניט באַמערקט דעם נעבעכדיקן קראָט ווען מיט אַ מאָל האָט דער רוף אים דערגרייכט און אים געשלאָגן ווי אַן עלעקטרישער שאָק.

מיר אַנדערע, וואָס האָבן שוין לאַנג צוריק פֿאַרלוירן די סובטילערע פֿון די פֿיזישע חושים, האָבן ניט אַפֿילו די געהעריקע טערמינען אויסצודריקן ווי אַ חיה פֿאַרבינדט זיך מיט דעם אַרום, צי לעבעדיק צי ניט, און האָבן בלויז דאָס וואָרט "שמעקן", למשל, אַרײַנצונעמען

די גאַנצע גאַמע פֿון די דעליקאַטע תּענוגים וואָס מורמלען אין דער נאָז פֿון דער חיה, טאָג ווי נאַכט, צורופֿן, וואָרענען, אויפֿהעצן, אָפּשטויסן. עס איז געווען איינער פֿון יענע מיסטעריעזע פּעע־אויפֿרופֿן אַרויף פֿון דער ליידיקייט וואָס האָט מיט אַ מאָל אָנגעקומען בײַ קראַט אין דעם פֿינצטערניש, וואָס האָט אים געמאַכט דראָזשען דורך און דורך מיט זײַן גאָר קענטלעכער צוציִונג, כאָטש אַפֿילו האָט ער נאָך ניט געקענט געדענקען וואָס דאָס איז. ער האָט זיך אָפּגעשטעלט פּונקט אויפֿן אָרט, די נאָז זוכנדיק אַהין און צוריק אין די פּרוּוון ווידער אײַנצונעמען דעם פֿײַנעם פֿעדעם, דעם טעלעגראַפֿישן שטראָם, וואָס האָט אים אַזוי שטאַרק גערירט. נאָך אַ רגע און ער האָט עס נאָך אַ מאָל געכאַפּט, און דאָס מאָל מיט דעם איז געקומען געדעכעניש אין פֿולן פֿלייץ.

היים! אַזוי איז דער טײַטש, די גלעטנדיקע צוציִונגען, די ווייכע אָנרירן שוועבנדיק דורך דער לופֿטן, די אומזעעוודיקע הענט ציִען און שלעפּן, אַלע אין איין ריכטונג! הער נאָר, עס מוז זײַן גאָר נאָענט צו אים אין דער רגע, זײַן אַלטע היים וואָס ער האָט אָפּגעלאָזט אין אײַלעניש און ניט נאָך אַ מאָל געזוכט, דעם טאָג ווען ער האָט ערשט געפֿונען דעם טײַך. און איצט שיקט עס אָפּ די אויסקוקערס און שליחים אים צו פֿאַרכאַפּן און ברענגען אַרײַן. זינט זײַן אַנטלויף דעם העלן פֿרימאָרגן האָט ער קוים אַ טראַכט געטאָן דערוועגן, אַזוי פֿאַרנומען איז ער געווען מיטן נײַעם לעבן, מיט די אַלע הנאָות, חידושים, פֿרישע און פֿאַרכאַפּנדיקע איבערלעבונגען. איצט, אין אַ פֿלייץ פֿון אַלטע דערמאָנונגען, ווי קלאָר עס שטייט פֿאַר אים אין דעם פֿינצטערניש! טאַקע אָפּגעריבן און קליין און שלעכט מעבלירט, און פֿאָרט זײַנע, די היים וואָס ער אַליין האָט געשאַפֿן פֿאַר זיך, די היים וואָס דערפֿרייט אים ווען ער איז צוריק נאָך אַ טאָגס אַרבעט. און די היים האָט זיך אַ פּנים דערפֿרייט מיט אים, געבענקט נאָך אים, און געוואָלט אַז ער זאָל קומען צוריק, און האָט אים אַזוי געזאָגט, דורך זײַן נאָז, טרויעריק, מיט אויפֿוואָרפֿן, נאָר ניט ביטער צי אין כּעס, נאָר מיט אַ רירנדיקער דערמאָנונג אַז עס איז נאָך דאָרט און ווילט אים.

דער רוף איז בולט געווען, דער צוצי קלאָר. ער מוז דאָס תּיכּף פֿאָלגן, און גיין. "שטשורל," האָט ער אויסגערופֿן, אָנגעפֿילט מיט פֿריילעכער צערודערונג, "וואַרט נאָר! קום צוריק! איך וויל דיך, גיך!"

"אָ, *קום* שוין, קראָט, קום!" האָט דער שטשור פֿריילעך געענטפֿערט, נאָך אַלץ טאָפּטשען זיך ווײַטער.

"איך *בעט* דיר, שטעל זיך אָפּ, שטשורל!" האָט געבעטן דער נעבעכדיקער קראָט, מיט אַ געפּײַניקט האַרץ. "דו פֿאַרשטייסט ניט! ס'איז מײַן היים, מײַן אַלטע היים! איך האָב נאָר וואָס אָנגעטראָפֿן דעם גערוך פֿון איר, און זי איז נאָענט, גאָר נאָענט. און איך *מוז* אַהינגיין, מוז איך, מוז איך! אָ, קום צוריק, שטשורל! זײַ אַזוי גוט און קום צוריק!"

שוין דעמאָלט איז דער שטשור ווײַט פֿאָרויס, צו ווײַט אַוועק קלאָר צו הערן וואָס דער קראָט רופֿט אויס, צו ווײַט אַוועק צו כאַפּן דעם שאַרפֿן טאָן פֿון ווייטיקדיקע בקשה אין זיין קול. און ער איז געווען צו פֿאַרנומען מיטן וועטער, וואָרן ער אויך האָט געקענט עפּעס שמעקן – עפּעס וואָס זעט אויס שטאַרק ווי עס קומט אַ שניי.

"קראָט, מיר טאָרן ניט זיך אָפּשטעלן איצט, באמת!" האָט ער אויסגערופֿן צוריק. "מיר וועלן קומען צוריק נאָך אים אויף מאָרגן, וואָס עס זאָל ניט זײַן וואָס דו האָסט געפֿונען. נאָר איך דערוועג זיך ניט אָפּהאַלטן איצט – ס'איז שפּעט, און דער שניי קומט אָן נאָך אַ מאָל,

און איך בין ניט זיכער וועגן דעם וועג! און איך וויל דײַן נאָז, קראָט, איז, קום גיך, ווי אַ גוטער בחור!" און דער שטשור איז װײַטער פֿאָרויס געגאַנגען אָן וואַרטן אויף קיין ענטפֿער.

נעבעכדיקער קראָט איז געשטאַנען איינער אַליין אין דעם וועג, דאָס האַרץ צעצווייט, מיט אַ גרויסן כליפּ קלײַבן זיך צונויף, צונויף אין ערגעץ טיף אינעווייניק אין אים, וואָס וועט באַלד שפּרינגען אַרויס אויף דער אייבערפֿלאַך, האָט ער געוווּסט, אין לײַדנשאַפֿטלעכן אַנטלויף. נאָר אַפֿילו אין אַזאַ פּראָבע ווי דאָס, איז זײַן געטרײַשאַפֿט צו דעם פֿרײַנט פֿעסט געהאַלטן. ניט אַפֿילו אויף קיין רגע האָט עס אים ניט געוואָלט יענעם אָפּלאָזן. דערווײַל האָבן די ווייען פֿון דער אַלטער היים געבעטן, געשעפּטשעט, אַרויסגערופֿן, און צום סוף אים באַפֿעלעריש אָפּגענומען. ער האָט זיך ניט דערוועגט בלײַבן אינעווייניק פֿון זייער כּישופֿדיקן קרײַז. מיט אַ צי וואָס האָט אַרויסגעריסן דאָס האַרץ, האָט ער געשטעלט דאָס פּנים אויפֿן וועג און איז נאָכגעגאַנגען אונטערטעניק נאָך דעם שטשור, בעת שוואַכע דינע קליינע ריחות, נאָך אַלץ רודפֿנדיק זײַן אָפּגייענדיקע נאָז, האָבן אים אויסגעמוסרט צוליב זײַן נײַער פֿרײַנדשאַפֿט און זײַן פֿאַרהאַרטעוועטער פֿאַרגעסעוודיקייט.

מיט מי האָט ער דעריאָגט דעם ניט־וויסנדיק שטשור, וואָס האָט אָנגעהויבן פּלאַפּלען פֿריילעך וועגן וואָס זיי וועלן טאָן ווען זיי זײַנען שוין צוריק, און ווי אויפֿגעלייגט וועט זײַן דער קלאָץ־פֿײַער אין דעם גאַסטצימער, און וואָס פֿאַר אַ וועטשערע ער וועט עסן, האָט ער קיין מאָל ניט באַמערקט דעם באַלייטערס שווײַגן און צרהדיק געמיט. סוף־כּל־סוף ווען זיי זײַנען אַ היפּש ביסל װײַטער געגאַנגען און זײַנען פֿאַרבײַ עטלעכע בוימוואָרצלען בײַם קאַנט פֿון אַ וועלדל לעבן דעם וועג, האָט ער זיך אָפּגעשטעלט און ליבלעך געזאָגט, "זע נאָר, קראָט, אַלטער בחור, דו זעסט אויס גאַנץ אויסגעמאַטערט. מער ניט קיין שמועס אין דיר, און די פֿיס דײַנע שלעפּן זיך נאָך ווי בלײַ. מיר וועלן דאָ זיך אַוועקזעצן אַ װײַלט און רוען. דער שניי האָט זיך ביז איצט אָפּגעהאַלטן און ס'רובֿ פֿון דער נסיעה איז שוין פֿאַרבײַ."

דער קראָט האָט זיך פֿאַרלאָזן אַראָפּגעלאָזט אויף אַ בוים־וואָרצל און האָט זיך געפּרוּווט אײַנהאַלטן, וואָרן ער האָט זיכער געפֿילט ווי עס קומט אָן. דער כליפּ וואָס דערמיט האָט ער אַזוי לאַנג געראַנגלט האָט זיך אָפּגעזאָגט צעשלאָגן צו ווערן. אַרויף און אַרויף, האָט עס געצוווּנגען אַ וועג אין דער לופֿטן, און דערנאָך נאָך אַזאַ, און נאָך, און אַנדערע, געדיכט און גיך, ביז דער נעבעכדיקער קראָט האָט סוף־כּל־סוף אָפּגעלאָזט דעם קאַמף און האָט פֿרײַ געוויינט, אָפֿן און אומבאַהאָלפֿענערהייט, איצט וואָס ער האָט געוווּסט אַז עס איז גאַנץ פֿאַרטיק, און ער האָט פֿאַרלוירן וואָס ער האָט קוים געפֿונען.

דער שטשור, דערשטוינט און צערודערט פֿון דער גוואַלד פֿון דעם קראָטס אָנפֿאַל מיט יסורים, האָט זיך ניט דערוועגט רעדן אַ װײַלע. סוף־כּל־סוף האָט ער געזאָגט, גאָר שטיל און מיטפֿילנדיק, "וואָס איז עס, אַלטער יאַט? וואָס אויף דער וועלט איז דער מער? זאָג וואָס איז די צרה און לאָמיך זען וואָס איך קען טאָן."

דער נעבעכדיקער קראָט האָט שווער געפֿונען ברענגען אַרויס אַבי אַ וואָרט צווישן די ספּאַזמעס פֿון זײַן ברוסט וואָס קומען איינער נאָכן אַנדערן גאָר גיך און האָט צוריקגעהאַלטן דאָס רעדן, עס דערשטיקט בעת עס קומט. "איך ווייס אַז ס'איז אַ – אַן אָפּגעריבענער, אָפּגעלאָזענער אָרט," האָט ער סוף־כּל־סוף אַרויסגעכליפּעט, צעבראָכענערהייט, "ניט ווי – דײַן היימלעכע קוואַרטיר – אָדער בראָסקעס שיינער זאַל – אָדער טאַקסעס גרויס הויז – נאָר עס איז געווען מײַן אייגענע קליינע היים – איך האָב זי ליב געהאַט – און איך בין אָפּגעגאַנגען און זי גאַנץ פֿאַרגעסן – און דעמאָלט האָב איך זיך מיט אַ מאָל דערשמעקט – אויפֿן וועג, ווען איך האָב צו דיר צוגערופֿן, האָסטו זיך ניט צוגעהערט, שטשור – און אַלץ

איז געקומען צוריק צו מיר אין אַ יאָגעניש – און איך האָב זי *געוואָלט*! – אוי־ווײ, אוי־ווײ! – און ווען דו האָסט זיך *אָפּגעזאָגט* גיין צוריק, **ש**טשורל – און איך האָב זי געמוזט איבערלאָזן, כאָטש איך האָב זי די גאַנצע צײַט געשמעקט – איך האָב געמיינט אַז דאָס האַרץ וועט זיך צעברעכן. מיר וואָלטן געקענט גיין בלויז אַ קוק צו טאָן, **ש**טשורל, בלויז איין קוק – זי איז אַזוי נאָענט געווען – נאָר דו ווילסט ניט צוריקגיין, **ש**טשורל, דו ווילסט ניט צוריקגיין! אוי־ווײ, אוי־ווײ!"

געדעכעניש האָט געבראַכט נײַע כוואַליעס צער, און דאָס כליפּען האָט אים נאָך אַ מאָל באַהערשט, פֿאַרשטעלט רעדן ווײַטער.

דער **ש**טשור האָט געשטאַרט גלײַך פֿאָרויס, גאָרנישט ניט געזאָגט, נאָר געגלעט **ק**ראָט צאַרט אויף דער פּלייצע. נאָך אַ ווײַלע האָט ער כמאַרנע געמורמלט, "איך זע דאָס אַלץ איצט! אַזאַ חזיר בין איך געווען! אַ חזיר – דאָס בין איך! בלויז אַ חזיר – סתּם אַ חזיר!"

ער האָט געוואַרט ביז דעם **ק**ראָטס כליפּען איז ביסלעכווײַז ניט אַזוי שטורמיש געוואָרן און מער ריטמיש; ער האָט געוואַרט ביז סוף־כּל־סוף איז זיפּן מיט דער נאָז עפּטער געקומען ווי כליפּן. דעמאָלט איז ער אַרויף פֿון זײַן שטול און מיט דעם אָפּגעלאָזן באַמערק, "נו, שוין, מיר זאָלן בעסער איצט ווײַטער גיין, אַלטער בחור!" איז ער געגאַנגען נאָך אַ מאָל אויף דעם וועג, צוריק אין דער מאַטערנדיקער ריכטונג וואָס פֿון דאָרט זײַנען זיי געקומען.

"וווּהין (היק) גייסטו (היק), **ש**טשורל?" האָט געוויינט דער פֿאַרוויינטער **ק**ראָט, קוקנדיק דערשראָקן אַרויף.

"מיר גייען זוכן יענע היים דײַנע, אַלטער יאַט," האָט אײַנגענעם געענטפֿערט דער **ש**טשור. "בעסער קומסטו מיט, וואָרן ס'וועט דאַרפֿן אַ היפּש ביסל זוכן, און מיר וועלן דאַרפֿן דײַן נאָז."

"אָ, קום צוריק, **ש**טשורל, איך בעט דיר!" האָט אויסגעשריגן דער **ק**ראָט, אַרויף און יאָגנדיק זיך נאָך אים. "ס'טויג ניט, זאָג איך דיר! ס'איז צו שפּעט, און צו פֿינצטער, און דער אָרט איז צו ווײַט אַוועק, און ס'קומט אַ שניי! און – איך האָב קיין מאָל ניט בדעה געהאַט לאָזן דיך וויסן אַז ס'גילט זיך מיר אַזוי – ס'איז אַלץ אַ צופֿאַל געווען און אַ טעות! און האַלט אין זינען **ט**ײַך־**ב**רעג, און דײַן וועטשערע!"

"אין דר'ערד מיט **ט**ײַך־**ב**רעג, און וועטשערע אויך!" האָט דער **ש**טשור האַרציק געזאָגט. "איך זאָג דיר, איך וועל דעם אָרט געפֿינען איצט, אויב איך דאַרף בלײַבן זוכן די גאַנצע נאַכט. איז, זײַ מונטער, אַלטער יאַט, און נעם מײַן אָרעם, און מיר וועלן זייער באַלד זײַן דאָרט צוריק נאָך אַ מאָל."

נאָך זיפּן מיט דער נאָז, בעטנדיק און אומוויליק, האָט **ק**ראָט זיך געלאָזט ווערן צוריקגעשלעפּט אויף דעם וועג פֿון זײַן באַפּעלערישן באַלייטער, וואָס, מיט אַ שטראָם פֿריילעכע רייד און אַנעקדאָטן, האָט געפּרוּווט צוריקצײַען יענעמס געמיט און קירצער מאַכן דעם מידן וועג צוריק. ווען סוף־כּל־סוף האָט דער **ש**טשור געמיינט אַז זיי זײַנען געקומען נאָענט צו דעם טייל פֿון דעם וועג ווו דער **ק**ראָט איז "אָפּגעהאַלטן געוואָרן," האָט ער געזאָגט, "איצט, מער ניט קיין שמועסן. געשעפֿט! ניץ דײַן נאָז און לייג אַכט דערויף."

זיי זײַנען ווײַטער געגאַנגען שטילערהייט אַ ווײַלע, ווען מיט אַ מאָל האָט דער **ש**טשור געשפּירט דורך דעם אָרעם פֿאַרבינדן מיט **ק**ראָטס אָרעם, אַ שוואַכן מין עלעקטרישע

דערקוויקונג דורך יענער חיהס קערפּער. תּיכּף האָט ער זיך באַפֿרײַט, גענומען אַ טראָט צוריק, און געוואַרט, מיט אָנגעשטעלטע אויערן.

די סיגנאַלן זײַנען דורכגעקומען!

קראָט איז געשטאַנען שטײַף אַ רגע, בעת זײַן אויפֿגעהויבענע נאָז, צאַפּלענדיק זיך אַ ביסל, האָט געפֿילט די לופֿט.

דעמאָלט אַ גיכער קורצער לויף פֿאָרויס – אַ טעות – אַן אָפּהאַלט – אַ פּרווו צוריק; און דעמאָלט אַ פּאַמעלעכער, כּסדרדיקער, זיכערער פֿאָרויסגאַנג.

דער **ש**טשור, שטאַרק אויפֿגערעגט, איז געגאַנגען אויף יענעמס פּיאַטעס, בעת דער **ק**ראָט, מעשׂה סאָמנאַמבוליסט, איז אַריבער איבער אַ טרוקענער קאַנאַווע, זיך געשטויסן דורך אַ קוסטצוים, און געשמעקט זײַן וועג איבער אַ פֿעלד, אָפֿן און אָן סטעשקעס און נאַקעט אין דער שוואַכער שטערנליכט.

מיט אַ מאָל, אָן שום וואָרענונג, האָט ער זיך אַראָפּגעוואָרפֿן, נאָר דער **ש**טשור איז געווען וואַכיק און איז גיך נאָך אים נאָכגעגאַנגען אַראָפּ אין דעם טונעל, וואָס צו דעם האָט זײַן אומטעותדיקע נאָז זיי געטרײַ געפֿירט.

עס איז געווען דושנע, אָן לופֿט, און דאָס ערדיש גערוך איז שטאַרק געווען, און עס האָט זיך געפֿילט דעם **ש**טשור אַ לאַנגע צײַט איידער דער פּאַסאַזש ענדיקט זיך און ער האָט געקענט שטיין אויפֿגעהאָדערט און זיך אויסציִען און טרייסלען. דער **ק**ראָט האָט אָנגעצונדן אַ שוועבעלע, און מיט דער ליכט האָט דער **ש**טשור געזען אַז זיי שטייען אין אַ אָפֿענעם שטח, ציכטיק אויסגעקערט און מיט זאַמד אונטער די פֿיס, און פּנים־אל־פּנים מיט זיי איז געווען **ק**ראָטס קליינע פֿאָדערשטע טיר, מיט "**ק**ראָט **עק**" אויסגעמאָלט אין גאָטישע אותיות איבער דעם גלעקל־ציִער אויף איין זײַט.

קראָט האָט אַראָפּגענומען אַ לאַמטערן פֿון אַ נאָגל אין דער וואַנט און אים אָנגעצונדן, און דער **ש**טשור, קוקנדיק זיך אַרום, האָט געזען אַז זיי זײַנען געווען אין עפּעס אַ פֿאָדערהויף. אַ גאָרטן־שטול איז געשטאַנען אויף איין זײַט טיר, און אויף דער צווייטער, אַ וואַלץ, וואָרן דער **ק**ראָט, וואָס איז אַ ציכטיקע חיה אין דער היים, האָט ניט געקענט אויסהאַלטן אַז זײַן הויף זאָל געקאָפּעט ווערן אין קליינע סטעשקעלעך וואָס ענדיקן זיך אין הויפֿנס ערד. אויף די ווענט זײַנען געהאַנגען דראָטענע קוישן מיט פֿעדערגראָזן, צווישן געשטעלן מיט גיפּסענע סטאַטועס – **ג**אַריבאַלדי, און דאָס עופֿעלע **ש**מואל, און **ק**יניגין **וו**יקטאָריע, און אַנדערע העלדן פֿון הײַנטצײַטיקער איטאַליע. אויף איין זײַט פֿונעם פֿאָדערהויף איז געלאָפֿן אַ קעגל־שפּאַליר, מיט בענק דערלעבן און קליינע הילצערנע טישן באַצייכנט מיט רינגען וואָס געבן אָנצוהערן פֿון ביר־קופֿלען. אין דער מיט איז געווען אַ קליינע, קײַלעכדיקע סאַזשלקע מיט גאָלדפֿישן און אַרומגערינגלט מיט אַ שליאַק פֿון קאָקל־שאָלן. אין מיטן סאַזשלקע האָט זיך אויפֿגעהויבן אַ דמיונדיקע געבײַדע באַדעקט מיט נאָך מער קאָקל־שאָלן און אויפֿן אויבן אַ גרויסע באַזילבערטע גלעזערנע קויל וואָס האָט אַלץ מאָדנע אָפּגעשפּיגלט מיט אַן אײַנגענעמער פּעולה.

קראָטס פּנים האָט געשטראַלט מיטן בליק אויף די אַלע חפֿצים אַזוי טײַער צו אים, און ער האָט **ש**טשור געאײַלט דורך דער טיר, אָנגעצונדן אַ לאָמפּ אינעם קאָרידאָר, און אַ קוק געטאָן אויף דער אַלטער היים. ער האָט געזען דעם שטויב געדיכט אויף אַלץ, געזען דעם אומעטיקן, פֿאַרלאָזענעם אויסזע פֿון דעם לאַנג אָפּגעלאָזענעם הויז, און זײַן ענגע, קאַרגע גרייס, דער אָפּגעניצטער און דלותדיקער אינהאַלט – און איז צונויפֿגעפֿאַלן נאָך אַ מאָל אין

אַ קאָרידאָר־שטול, מיט די נאָז אין די לאַפּעס. "אָ, **ש**טשורל!" האָט ער נעבעכדיק געוויינט, "פֿאַר וואָס האָב איך דאָס אַ מאָל געטאָן? פֿאַר וואָס האָב איך דיך געבראַכט צו אָט דעם וויסטן, קאַלטן קליינעם אָרט, אויף אַזאַ נאַכט ווי איצט, ווען דו וואָלסט געקענט זײַן שוין אין **ט**ײַך־**ב**רעג, אָנוואַרעמען די פֿוס־פֿינגער פֿאַר אַ פֿלאַמענדיקן פֿײַער, מיט אַלע דײַנע שיינע חפֿצים אַרום און אַרום!"

דער **ש**טשור האָט איגנאָרירט זײַנע טרויעריקע אויפֿרופֿן אויף זיך. ער האָט געהאַלטן אין לויפֿן אַהין און צוריק, געעפֿנט טירן, באַטראַכט צימערן און שאַפֿעס, אָנגעצונדן לאָמפּן און ליכטלעך און זיי אַוועקגעשטעלט אומעטום. "אַזאַ פֿײַן הויז איז דאָס!" האָט ער פֿריילעך אויסגערופֿן. "אַזוי קאָמפּאַקט! אַזוי וווּל געפּלאַנעוועט! אַלץ איז דאָ און אַלץ איז אין זײַן אָרט! מיר וועלן פֿראַוּוען אַ פֿריילעכע נאַכט. די ערשטע זאַך וואָס מיר דאַרפֿן איז אַ גוטן פֿײַער; דאָס וועל איך צוזען – איך ווייס שוין ווו צו געפֿינען זאַכן. אָט דאָס איז דער גאַסטצימער? פּרימאַ! דו האָסט אויסגעטראַכט יענע קליינע שלאָפֿבענק אין דער וואַנט? ווונדערלעך! איצט, איכ'ל קריגן דעם האָלץ און קוילן, און דו קריגסט אַ פֿלעדערוויש, **ק**ראָט – דו וועסט איינעם געפֿינען אין דעם שופֿלאָד אין דעם קיך־טיש – און גיב אַ פּרווו אַלץ אויספּוצן אַ ביסל. האָווע אַרום, אַלטער יאַט!"

אויפֿגעמונטערט פֿון זײַן אויפֿלעבנדיקן באַלייטער, האָט דער **ק**ראָט זיך באַגײַסטערט און אָפּגעשטויבט און פֿאָלירט מיט כּוח און האַרציקייט, בעת דער **ש**טשור, לויפֿנדיק אַהין און צוריק מיט אַ ברעמן מיט האָלץ, האָט באַלד געשאַפֿן אַ פֿריילעכע שׂרפֿה רעוועוענדיק אַרויף אינעם קוימען. ער האָט דעם **ק**ראָט צוגערופֿן קומען זיך וואַרעמען, נאָר **ק**ראָט האָט מיט אַ מאָל געליטן נאָך אַן אָנפֿאַל פֿון אומער, איז ער אַראָפּגעפֿאַלן אויף אַ סאָפֿע טיף אין ייִאוש, און באַגראָבן דאָס פּנים אינעם פֿלעדערוויש.

"**ש**טשור," האָט ער געקרעכצט, "וואָס איז מיט דײַן וועטשערע, דו נעבעכדיקע, קאַלטע, הונגעריקע, מידע חיה? איך האָב גאָרנישט וואָס דיר צו געבן – גאָרנישט – ניט קיין ברעקל אַפֿילו!"

"אַזאַ בחור ביסטו, מיט אונטערגעבן זיך!" האָט דער **ש**טשור גוזאָגט מיט פֿירוואָרף. "נו, איך האָב נאָר וואָס געזען אַ סאַרדין־אויפֿבלעכלער אויף דעם קיך־אַלמער, גאַנץ קלאָר, און אַלע ווייסן אַז דאָס מיינט עס זײַנען פֿאַראַן סאַרדינען ערגעץ ווו אינעם געגנט. באַוועג זיך שוין! נעם זיך אין די הענט, און קום מיט מיר זוכן."

זיי זײַנען דערפֿאַר געגאַנגען זוכן, געניששטערט דורך יעדער שאַפֿע און איבערגעקערט יעדן שופֿלאָד. די פּעולה איז ניט געווען צו דערשלאָגנדיק נאָך אַלעמען, כאָטש עס האָט זיכער געקענט בעסער זײַן; אַ בלעכל סאַרדינען – אַ קעסטל שיפֿביסקוויטן, שיִער ניט פֿול – און אַ דײַטשישער וווּרשט אײַנגעוויקלט אין זילבערן פּאַפּיר.

"אָט האָסטו אַ באַנקעט!" האָט באַמערקט דער **ש**טשור, בעת ער דערלאַנגט צום טיש. "איך קען עטלעכע חיות וואָס וועלן אָפּגעבן די אויערן צו זיצן מיט אונדז הײַנט בײַ דער וועטשערע!"

"ניט קיין ברויט!" האָט טרויעריק געקרעכצט דער **ק**ראָט, "ניט קיין פּוטער, ניט –"

"ניט קיין פּאַשטעט פֿון גענדז־לעבער, ניט קיין שאַמפּאַניע!" איז ווײַטער געגאַנגען דער **ש**טשור, מיט אַ שמאָך אויפֿן פּנים. "וואָס דערמאָנט מיר – וואָס איז יענע קליינע טיר בײַם עק פּאַסאַזש? דײַן קעלער, זיכער! יעדער לוקסוס דאָ אין הויז! וואַרט נאָר אַ מינוטקעלע."

ער האָט זיך גענומען צו דער קעלער־טיר און איז באַלד צוריק, אַ ביסל פֿאַרשטויבט, מיט אַ פֿלאַש ביר אין יעדער לאַפּע און נאָך איינע אונטער יעדן אָרעם. "פֿאַרגינסט זיך גוט און וויל, אַ פּנים, קראָט," האָט ער באַמערקט. "ס'פֿעלט גאָרנישט ניט. דאָס איז טאַקע דער אויפֿגעלייגסטער אָרט וווּ איך בין אַ מאָל געווען. זע נאָר, ווו זשע האָסטו געפֿונען יענע צייכענונגען? מאַכן דעם אָרט זייער היימיש, טוען זיי. קיין ווונדער ניט וואָס דו האָסט עס אַזוי ליב, קראָט. דערצייל פֿאַר אונדז אַלץ דערוועגן, און ווי אַזוי דו האָסט עס אַזוי געשאַפֿן."

בילד 8 ער איז באַלד צוריק, אַ ביסל פֿאַרשטויבט, מיט אַ פֿלאַש ביר אין יעדער לאַפּע און נאָך איינע אונטער יעדן אָרעם.

דעמאָלט, בעת דער **ש**טשור איז פֿאַרנומען געווען קריגן טעלער, און מעסערס און גאָפּלען, און זענעפּט וואָס ער האָט צונויפֿגעמישט אין אַן אייער־בעכער, האָט דער **ק**ראָט, זײַן ברוסט נאָך אַלץ הייבנדיק זיך מיט דער דריקונג פֿון דער אַנומלטיקער עמאָציע, דערציילט – אַ ביסל שעמעוודיק בײַם אָנהייב, נאָר אַלץ פֿרײַער בעת ער גייט ווײַטער מיט דער טעמע – ווי מען האָט דאָס געפּלאַנעוועט, און ווי מע האָט דאָס אויסגעטראַכט, און ווי מע האָט דאָס געקראָגן צוליב אַ ווינטבראָך פֿון אַ מומע, און דאָס איז געווען אַ וווּנדערלעך געפֿינס און אַ מציאה, און יענעם חפֿץ האָט ער געקויפֿט מיט פֿלײַסיקן אָפּשפּאָר און אַ געוויסן סכום "באַגיין זיך אָן דעם." זײַן געמיט סוף־כּל־סוף דערקוויקט, האָט ער געמוזט

גיין גלעטן דאָס אייגנס, און נעמען אַ לאָמפּ און באַווײַזן זייערע מעלות צו זײַן גאַסט, און דערציילן וועגן זיי, די וועטשערע וואָס זיי שטאַרק באַדאַרפֿן גאַנץ פֿאַרגעסן; **ש**טשור, וואָס איז געווען הונגעריק ביז טויט אָבער האָט געפּרווּווט דאָס צו באַהאַלטן, האָט ערנסט געשאָקלט מיטן קאָפּ, אַלץ באַטראַכט מיט אַ צעקנייטשטן שטערן, און געזאָגט "וווּנדערלעך," און "גאָר מערקווערדיק," פֿון צײַט צו צײַט, ווען עס איז אים געקומען די געלעגנהייט פֿאַר אַ באַמערקונג.

סוף־כּל־סוף איז דעם **ש**טשור געלונגען אים פֿאַרנאַרן צום טיש, און האָט נאָר וואָס אָנגעהויבן ערנסט אַרבעטן מיטן סאַרדין־אויפֿבלעכלער ווען קלאַנגען האָבן זיך געלאָזט הערן פֿון דעם פֿאָרנטהויף אין דרויסן – קלאַנגען ווי דאָס שאַרן פֿון קליינע פֿיס אויפֿן זשוויר און אַ צעמישטן מורמל פֿון פּיצינקע קולער, בעת שטיקער זאַצן האָבן זיי דערגרייכט – "איצט, אַלע אין איין ריי – האַלט דעם לאַמטערן אַ ביסל העכער, **ט**אָמי – הוסט אָפּ אַפֿריִער – הוסט ניט נאָכדעם וואָס איך זאָג איינס, צוויי, דריי. – ווו איז דער יונגער **ב**יל? – נו, קום שוין, מיר וואַרטן אַלע –"

"וואָס טוט זיך? האָט געפֿרעגט דער **ש**טשור, מיט אַ פּויזע אין דער אַרבעט.

"איך מיין אַז עס מוז זײַן די פֿעלדמײַז," האָט דער **ק**ראָט געענטפֿערט מיט אַ שטיקל שטאָלץ אין זײַן אויפֿפֿיר. "זיי גייען כּסדר אַרום זינגען קאַלענדעס די צײַט פֿון יאָר. זיי זײַנען גאָר אַן אַנשטאַלט אין די אָ מקומות. און זיי קומען שטענדיק צו מיר – זיי קומען צולעצט צו **ק**ראָט **ע**ק, און איך פֿלעג זיי געבן הייס געטראַנק און אַ מאָל אויך וועטשערע, ווען איך האָב זיך דאָס געקענט פֿאַרגינען. ס'וועט זײַן ווי די אַלטע צײַטן זיי נאָך אַ מאָל צו הערן."

"לאָמיר אַ קוק טאָן אויף זיי!" האָט דער **ש**טשור אויסגעשריגן, שפּרינגענדיק אַרויף און לויפֿנדיק צו דער טיר.

עס איז געווען אַ שיין בילד, און צוגעפּאַסט צום סעזאָן, וואָס שטייט פֿאַר זייערע אויגן ווען זיי האָבן אָפֿן געוואָרפֿן די טיר. אינעם פֿאָרנטהויף, באַלויכטן פֿון די שוואַכע שטראַלן פֿון אַ האָרנעם לאַמטערן, זײַנען אַן אַכט־צען קליינע פֿעלדמײַז געשטאַנען אין אַ האַלבקרײַז, מיט רויטע קאַנגאַרענע שאַלן אַרום די העלדזער, די פֿאָדערשטע לאַפּעס טיף געשטעקט אין די קעשענעס, טופּענדיק מיט די פֿיס נאָך וואַרעמקייט. מיט העלע אויגן ווי קרעלן, האָבן זיי בליקן געוואָרפֿן שעמעוודיק איינע אויף דער צווייטער, כיכען אַ ביסל, אונטערכליפּען און אָפּווישן זיך אָפּט מיט די מאַנטל־אַרבל. ווען די טיר איז אָפֿן געוואָרן, האָט איינע פֿון די עלטערע מיט דעם לאַמטערן נאָר וואָס געזאָגט, "איצט, הערט, איינס, צוויי, דרײַ!" און מיט אַ מאָל זײַנען זייערע קוויטשיקע קולער אַרויף אין דער לופֿטן, האָבן זיי געזונגען איינע פֿון די אַמאָליקע קאַלענדעס וואָס די עלטער־עלטערן האָבן געשאַפֿן אין די פּוסטע פֿעלדער געכאַפּט פֿון פֿראָסט, אָדער אײַנגעשנייט אין קוימען־ווינקלען, אָפּגעשריבן געזונגען צו ווערן אין דער בלאָטיקער גאַס אונטער לאָמפּ־באַלויכטענע פֿענצטער ניטל־צײַט.

קאַלענדע

דאָרפֿסלײַט אַלע, אין די קאַלטע צײַטן,
וואַרפֿט ברייט אָפֿן אײַערע טירן,
כאָטש אַ ווינט קומט, און שניי בתוכם,
ציט אונדז אַרײַן בײַם פֿײַער צו וואַרטן;

פֿרייד צו אײַך אויף מאָרגן!

דאָ שטייען מיר אין דער קעלט און אײַזרעגן,
אויף די פֿינגער בלאָזן, מיט די פֿיס טופּען,
געקומען פֿון ווײַט אַוועק אײַך צו באַגריסן –
איר בײַ דעם פֿײַער און מיר דאָ אין דרויסן –
פֿרייד פֿאַר אײַך אויף מאָרגן!

איידער די נאַכט איז אַוועקגעפֿלויגן,
האָט אונדז פּלוצעם אָנגעפֿירט אַ שטערן,
מיט חדווה און מיט ברכה גייט אַ רעגן –
חדווה אויף מאָרגן און מער אין גיכן,
פֿרייד אויף יעדן מאָרגן!

גוטער יוסף האָט געטוואָרעט דורך די שנייען –
האָט געזען נידעריק איבערן שטאַל דעם שטערן;
מאַריע, קען זי ניט מער ווײַטער גיין –
אַ גרוס דעם דאַך און דער שטרוי אונטן!
פֿרייד צו איר אויף מאָרגן!

און ווען זיי האָבן געהערט די מלאָכים זאָגן,
"ווער זײַנען די ערשטע 'הוראַ' צו שרײַען?
די חיות אַלע, ווי עס איז געשען,
אין דער שטאַל וווּ זיי אַלע וווינען!
פֿרייד צו זיי אויף מאָרגן!"

די קולער האָבן אויפֿגעהערט, די זינגערס, שעמעוודיק נאָר מיט שמייכלען, האָבן אויף זיך געקוקט אין אַ זײַט, און אַ שטילקייט איז דעמאָלט געקומען – אָבער בלויז אויף אַ רגע. דעמאָלט, פֿון אויבן און ווײַט אַוועק, אַראָפּ דורך דעם טונעל וואָס דורך אים זײַנען זיי נאָר וואָס געקומען, האָט זיך געלאָזט הערן אַ שוואַכן מוזיקאַלישן זשום, דער קלאַנג פֿון ווײַטע גלעקער לאָזנדיק אַרויס אַ פֿריילעך און טומלדיק קלינגען.

"גאַנץ ווויל געזונגען, בחורים!" האָט האַרציק אויסגעשריגן דער **ש**טשור. "און איצט, קומט אַרײַן, איר אַלע, וואַרעמט זיך פֿאַרן פֿײַער, און נעמט אַ ביסל הייס עסן!"

"יאָ, קומט אַרײַן, פֿעלדמײַז," האָט דער קראָט אויסגעשריגן מיט חשק. "ס'איז שטאַרק ווי די אַלטע צײַטן! מאַכט צו די טיר הינטער זיך. ציט יענע באַנק פֿאַרן פֿײַער. איצט, וואַרט נאָר אַ מינוטקעלע, בעת מיר – אָ, **ש**טשורל!" האָט ער אויסגעשריגן, מיט ייִאוש, וואַרפֿנדיק זיך אַוועק אין אַ שטול, מיט קומעדיקע טרערן. "וואָס אויף דער וועלט טוען מיר? מיר האָבן גאָרנישט וואָס זיי צו געבן!"

"לאָז דאָס אַלץ צו מיר," האָט געזאָגט דער מײַסטערישער **ש**טשור. "הער נאָר, דו מיטן לאַמטערן! קום אַהער. איך וויל רעדן מיט דיר. איצט, זאָג מיר, צי זײַנען דאָ אַ קראָמען צוויי אָפֿן צו אָט דער צײַט פֿון נאַכט?"

"אָ, זיכער, סער," האָט געענטפֿערט די פֿעלדמויז מיט ערך־ארץ. "צו דער אָ צײַט פֿון יאָר זײַנען אונדזערע קראָמען געבליבן אָפֿן אַלערליי שעהען."

"און דעם פֿאַל, זע נאָר!" האָט געזאָגט דער שטשור. "גיי אָפּ תּיכּף, דו מיטן לאַמטערן, און קריג פֿאַר מיר –"

דאָ איז ווײַטער געגאַנגען אַ געמורמלטער שמועס, און דער קראָט האָט נאָר געהערט שטיקלעך, ווי למשל – פֿריש, הערסט! – ניין, אַ פֿונט פֿון דעם וועט קלעקן – קריג נאָר בוגינסעס, וואָרן די אַנדערע טויגן ניט – ניין, נאָר דאָס בעסטע – אויב דו קענסט דאָס דאָרט ניט געפֿינען, זוך ערגעץ אַנדערש – יאָ, אַוודאי, היימיש, ניט קיין בלעכלעך – נו, טו וואָס דו קענסט!" צום סוף איז געקומען דאָס קלינגען פֿון מטבעות גיין פֿון לאַפּע צו לאַפּע, האָט ער דער פֿעלדמויז געגעבן אַ קויש גענוג גרויס פֿאַר די אײַנקויפֿן, און ער איז אײַליק אָפּגעגאַנגען, ער מיטן לאַמטערן.

די איבעריקע פֿעלדמײַז, זיצנדיק אין אַ ריי אויף דער באַנק, די קליינע פֿיס באָמבלען זיך אונטן, האָבן זיך איבערגעגעבן צו דער הנאה פֿון דעם פֿײַער, און האָבן אָנגעוואַרעמט די ווינטערבײַלן ביז עס האָט זיי געדראָזשעט, בעת דער קראָט, וואָס איז אים ניט געלונגען זיי צו ברענגען אַרײַן אין אַ שמועס, האָט זיך געוואָרפֿן אין משפּחה־געשיכטעס, און האָט יעדע געפֿאָדערט דעקלאַמירן די נעמען פֿון די פֿילצאָליקע ברידער, וואָס זײַנען אַ פּנים צו יונג דעם יאָר צו גיין זינגען קאַלענדעס, נאָר זיי קוקן אַרויס באַלד צו געווינען דערלויב פֿון די עלטערן.

דער שטשור דערווײַל האָט געהאַלטן אין באַטראַכטן דעם צעטל אויף איינער פֿון די ביר־פֿלעשער. "איך זע אַז דאָס איז אַלטער בורטאָן," האָט ער באַמערקט מיט הסכּמה. "*שׂכלדיקער* קראָט! די סאַמע זאַך! איצט קענען מיר צוווירצן אַ ביסל אייל! גרייט צו די כּלים, קראָט, בעת איך צי אַרויס די קאָרקעס."

עס האָט ניט לאַנג געדויערט צוגרייטן דאָס געברײַ און שטעקן דעם צינערנעם הייצער אין דעם רויטן האַרץ פֿונעם פֿײַער. און באַלד האָט יעדע פֿעלדמויז געזופּט און געהוסט און זיך דערשטיקט (וואָרן אַ ביסל געווירצטן אייל ציט זיך ווײַט) און געווישט די אויגן און געלאַכט און פֿאַרגעסן אַז ער איז אַ מאָל געווען קאַלט אין לעבן.

"זיי שפּילן טעאַטער אויך, אָט די בחורים," האָט דער קראָט דערקלערט צו דעם שטשור. "זיי אַליין שאַפֿן די פּיעסעס און דערנאָך שפּילן די ראָלעס. און גאַנץ ווויל אויפֿגעטאָן באמת! פֿאַר אַ יאָר האָבן זיי פֿאָרגעשטעלט אַ פֿײַנע, וועגן אַ פֿעלדמויז וואָס איז געווען פֿאַרכאַפּט אויפֿן ים פֿון אַ ים־גזלן פֿון דעם באַרבאַר־ברעג, האָבן זיי געמוזט רודערן אין אַ גאַליע, און ווען ער איז אַנטלאָפֿן און איז צוריק אין דער היים, האָט זײַן ליבע זיך געהאַט אָוועקגענומען אין אַ קאָנוועגט. הער נאָר, *דו!* דו האָסט געשפּילט אַ ראָלע, איך געדענק. שטיי אויף און רעציטיר אַ ביסל."

די פֿעלדמויז אַזוי דערמאָנט איז אַרויף אויף די פֿיס, האָט שעמעוודיק געכיכעט, געקוקט זיך אַרום דעם צימער, און איז געבליבן אָן לשון. זײַנע חבֿרים האָבן אים אָנגעמוטיקט, קראָט האָט אים צוגערעדט און אויפֿגעמונטערט, און דער שטשור איז אַזוי ווײַט געגאַנגען אים צו נעמען מיט די פּלייצעס און טרייסלען, נאָר גאָרנישט האָט ניט געקענט גובֿר זײַן דעם לאָמפּן־פֿיבער. זיי זײַנען אַלע געווען פֿאַרנומען מיט אים ווי ראַטירערס פֿאָלגן די תּקנות פֿון דעם רויטן קרייץ מיט אַ שיִער ניט דערטרונקענעם, ווען עס איז געקומען אַ קנאַק פֿון דער קליאַמקע, האָט זיך געעפֿנט די טיר, און די פֿעלדמויז מיטן לאַמטערן האָט זיך ווידער באַוויזן, טאַמלענדיק אונטער דעם וואָג פֿון זײַן קויש.

עס איז ניט געווען קיין מער רעדן פֿון שפּילן טעאַטער ווען דער זייער ממשותדיקער און סאָלידער אינהאַלט פֿון דעם קויש איז אַרויסגעפֿאַלן אויפֿן טיש. אונטער דער פֿירערשאַפֿט פֿון שטשור האָט יעדער געהאַט עפּעס צו טאָן אָדער צו קריגן. אין נאָר עטלעכע מינוטן אַרום איז די וועטשערע גרייט געווען, און קראָט, ווען ער האָט זיך אַוועקגעזעצט צוקאָפּנס פֿונעם טיש אין עפּעס אַ חלום, האָט געזען דעם ביז־איצט וויסטן טיש געדיכט באַדעקט מיט באַטעמטע פּאָטראַוועס; האָט געזען די פּנימער פֿון די קליינע פֿרײַנד העל ווערן און שטראַלן בעת זיי האָבן זיך גענומען צו דער אַרבעט אָן אָפּהאַלט. דעמאָלט האָט ער זיך געלאָזט אָנפֿאַלן – וואָרן ער איז טאַקע פֿאַרהונגערט געווען – אויף דעם פּראָוויאַנט אַזוי כּישופֿדיק צו דער האַנט, און געטראַכט אַז דאָס איז געוואָרן נאָך אַלעמען אַ פֿריילעכער צוריקקער אַהיים. בײַם עסן האָבן זיי גערעדט פֿון די אַלטע צײַטן, און די פֿעלדמײַז האָבן אים געגעבן דאָס רכילות ביז איצט, און האָבן געענטפֿערט אויף וויפֿל זיי האָבן געקענט די הונדערטער פֿראַגעס וואָס ער האָט זיי געשטעלט. דער שטשור האָט ווייניק געזאָגט אָדער גאָרנישט, נאָר זיך באַזאָרגט צו זען אַז יעדער גאַסט קריגט וואָס ער וויל און אַ סך דערפֿון, און אַז קראָט האָט ניט געדאַרפֿט זאָרגן זיך אָדער מיִען זיך מיט גאָרנישט.

סוף־כּל־סוף האָבן זיי אָפּגעטראַסקעט, גאַנץ פֿול מיט דאַנק און אַרויס מיט באַגריסונגען פֿון דער צײַט יאָר, מיט די רעקל־קעשענעס אָנגעפּאַקט מיט מתּנות פֿון די קליינע ברידער און שוועסטער אין דער היים. ווען די טיר איז צוגעמאַכט נאָך דעם לעצטן פֿון זיי און דער קלאַנג פֿון די לאַמטערנס איז אָפּגעשטאָרבן, האָבן קראָט און שטשור אויפֿגעבריקעט דעם פֿײַער, צוגעצויגן די שטולן, אויפֿגעקאָכט אַ לעצט שלאָפֿגעטראַנק פֿון געווירצטן אייל, און געשמועסט וועגן די געשעענישן פֿונעם לאַנגן טאָג. סוף־כּל־סוף האָט דער שטשור געזאָגט מיט אַן אומגעהײַערן גענעץ, "קראָט, אַלטער יאַט, איך בין גרייט אַראָפּצופֿאַלן. שלעפֿעריק איז פּשוט ניט דאָס פּאַסיקע וואָרט. צי איז דאָס דײַן געלעגער דאָרט אויף יענער זײַט? נו, גוט, וועל איך דאָס דאָ נעמען. אַזאַ פּראַקטיק הויז איז דאָס! אַלץ צו דער האַנט!"

ער האָט אַרויפֿגעקלעטערט אויף זײַן שלאָפֿבאַנק און זיך גוט אײַנגעוויקלט אין די קאָלדרעס, און שלאָף האָט אים גיך אַרײַנגענומען, ווי אַ פּאַס גערשט אַרײַנגענומען אין די אָרעמס פֿון אַ שניטמאַשין.

דער מידער קראָט איז אויך געווען דערפֿרייט זיך אַוועקצולייגן שלאָפֿן אָן אָפּהאַלט, און באַלד אַוועקגעלייגט דעם קאָפּ אויפֿן קישן, מיט גרויסן פֿאַרגעניגן און צופֿרידנקייט. נאָר איידער ער האָט פֿאַרמאַכט די אויגן האָט ער זיי געלאָזט וואַנדערן אַרום זײַן אַלטן צימער, ווייך אינעם גלי פֿון דער פֿײַערליכט וואָס ליגט צי שפּילט אויף די באַקאַנטע און פֿרײַנדלעכע זאַכן וואָס זײַנען געווען אומוויסיק אַ טייל פֿון אים, און איצט האָבן אים צוריקגענומען מיט שמייכלען, אָן פֿאַרביסנקייט. ער איז איצט געווען פּונקט אין דער שטימונג וואָס דער דיפּלאָמאַטישער שטשור האָט שטילערהייט געאַרבעט צו שאַפֿן אין אים. ער האָט בפֿירוש געזען ווי פּראָסט און פּשוט – ווי שמאָל, אַפֿילו – איז דאָס אַלץ געווען, נאָר אויך בפֿירוש וויפֿל דאָס מיינט צו אים, און די ספּעציעלע מעלה פֿון אַזאַ אַנקעראָרט אין אַ לעבן. ער האָט שטאַרק ניט געוואָלט אָפּגעבן דאָס נײַע לעבן און זײַנע פּראַכטיקע ערטער, אָפּצוקערן זיך פֿון דער זון און דער לופֿט און אַלץ וואָס זיי אָנבאָטן, צו קריכן אַהיים און בלײַבן דאָרט. די אייבערשטע וועלט איז צו שטאַרק געווען, האָט אים נאָך אַלץ צוגערופֿן, דאָרט אונטן אַפֿילו, און ער האָט געוווּסט אַז ער מוז זיך צוריקנעמען אויף דער גרעסערער בינע. נאָר עס איז געווען גוט צו טראַכטן אַז ער האָט דאָס געהאַט, אַן אָרט פֿאַר

אים צוריקצוקומען, דער אָרט וואָס איז גאַנץ זײַנס, די חפֿצים וואָס דערפֿרייען זיך אים צו זען נאָך אַ מאָל, און וואָס אויף זיי קען מע זיך פֿאַרלאָזן פֿאַר דער זעלבער פּשוטער באַגריסונג.

קאַפּיטל זעקס

רב בראָסקע

עס איז געווען אַ העלער פֿרימאָרגן אינעם ערשטן טייל פֿונעם זומער; דער טײַך איז געווען צוריק צווישן די געוויינטלעכע ברעגן און צו דער געוויינטלעכער גיכקייט, און אַ הייסע זון האָט אויסגעזען ווי זי ציט יעדע גרינע און קוסטיקע און שטעכלדיקע זאַך אַרויס פֿון דער ערד צו זיך צו, ווי אויף שנירלעך. דער **ק**ראָט און דער **ש**טשור זײַנען וואַך געווען זינט באַגינען, גאַנץ פֿאַרנומען מיט ענינים האָבן צו טאָן מיט שיפֿלעך און דעם אָנהייב פֿון דעם שיפֿלערײַ־סעזאָן: מאָלן און לאַקירן, פֿאַרריכטן רודערלעך, צו רעכט מאַכן קישנס, זוכן נאָך פֿאַרלוירענע שיפֿל־קרוקעס, און אַזוי ווײַטער; און געענדיקט פֿרישטיק אין זייער קליינעם גאַסטצימער, דורכגערעדט מיט חשק די פּלענער פֿאַרן טאָג, ווען עס האָט געקלונגען אַ שווערן קלאַפּ אויף דער טיר.

"אַ קלאָג!" האָט געזאָגט דער **ש**טשור, מיט אייער אומעטום אויף אים. "זע ווער איז דאָ, **ק**ראָט, ווי אַ גוטער, ווײַל דו ביסט שוין פֿאַרטיק."

דער **ק**ראָט איז געגאַנגען ענטפֿערן דעם רוף, און דער **ש**טשור האָט פֿון אים געהערט אַ געשריי פֿון חידוש. האָט ער דעמאָלט אָפֿן געוואָרפֿן די טיר פֿונעם גאַסטצימער און וויכטיק אָנגעזאָגט, "**רב ט**אַקס!"

דאָס איז געווען טאַקע אַ ווונדערלעכע זאַך, וואָס דער **ט**אַקס זאָל קומען צו גאַסט פֿאָרמעל צו זיי, אָדער דעם אמת געזאָגט צו אַבי וועמען. געוויינטלעך האָט מען אים געמוזט כאַפּן, אויב מע ווילט אים שטאַרק זען, בעת ער גליטשט זיך שטילערהייט פּאַזע אַ קוסטצוים אין דער מיט פֿון דעם וואַלד, וואָס איז אַן ערנסטע אונטערנעמונג.

דער **ט**אַקס האָט שווער געשפּאַנט אַרײַן אין צימער, און געשטאַנען קוקנדיק אויף די צוויי חיות מיט אַ מינע פֿול מיט ערנסטקייט. דער **ש**טשור האָט אַראָפּגעלאָזט דעם אייערלעפֿל אויפֿן טישטעך, און און איז געזעסן מיט אַן אָפֿן מויל.

"די שעה איז געקומען!" האָט דער **ט**אַקס סוף־כּל־סוף געזאָגט מיט גרויסער פֿײַערלעכקייט.

"וואָסערע שעה?" האָט דער **ש**טשור אומרויִק געפֿרעגט, מיט אַ גיכן קוק אויף דעם זייגער אויף דעם קאַמינגזימס.

"*וועמענס* שעה, זאָלסטו בעסער זאָגן," האָט דער **ט**אַקס געענטפֿערט. "הערט, **ב**ראָסקעס שעה! די שעה פֿון **ב**ראָסקע! איך האָב געזאָגט אַז איך וועל זיך מיט אים באַגיין באַלד ווען עס קומט דער סוף ווינטער, און איך וועל זיך מיט אים באַגיין הײַנט!"

"**ב**ראָסקעס שעה, אַוודאי!" האָט אויסגעשריגן דערפֿרייט דער **ק**ראָט. "הוראַ! איך געדענק איצט! *מיר וועלן* אים לערנען צו זײַן אַ שׂכלדיקע **ב**ראָסקע!"

"דעם סאַמע אינדערפֿרי," איז ווײַטער געגאַנגען דער **ט**אַקס, אַראָפּ אין אַ פֿאָטעל, "ווי איך האָב זיך דערוווּסט נעכטן בײַ נאַכט פֿון אַ געטרײַען מקור, וועט אָנקומען אין **ב**ראָסקע־**ז**אַל נאָך אַ נײַער און אויסערגעוויינטלעך כּוחדיקער אויטאָ אויף הסכּמה צי צוריקקער. דעם ליאַדע מינוט, אפֿשר, טוט **ב**ראָסקע זיך אָן פֿאַרנומען יענע באַזונדער מיאוסע מלבושים וואָס זײַנען אים אַזוי ליב, וואָס מאַכן אים פֿון אַ (לפֿי־ערך) גוט־אויסזעענדיקער **ב**ראָסקע פֿאַר אַ חפֿץ וואָס שטאַרק צעשטערט אַבי אַ חיה וואָס טרעפֿט זיך מיט אים. מיר מוזן זיך שוין נעמען צו דער אַרבעט, איידער עס איז צו שפּעט. איר צוויי חיות וועט תּיכּף מיטקומען מיט מיר צו **ב**ראָסקע־**ז**אַל, וועלן מיר אויפֿטאָן די ראַטירונג."

"טאַקע גערעכט!" האָט אויסגעשריגן דער **ש**טשור, אַרויף אויף די פֿיס. "מיר וועלן ראַטעווען די נעבעכדיקע אומגליקלעכע חיה! מיר וועלן אים איבערמאַכן! ער וועט זײַן די העכסט איבערגעמאַכטע **ב**ראָסקע אַ מאָל אויף דער וועלט איידער מיר זײַנען פֿאַרטיק מיט אים!"

זיי זײַנען אין וועג אַרײַן אויף דעם רחמנות־שליחות, מיט **ט**אַקס אַפֿריִער. חיות, ווען זיי גייען צוזאַמען, גייען אין אַ געהעריקן און שׂכלדיקן אופֿן, איינע נאָך דער אַנדערער, אַנשטאָט צעשפּרייטן זיך איבערן גאַנצן וועג און טויגן אויף גאָרנישט ווי אַ הילף טאָמער עס קומען אָן מיט אַ מאָל צורות צי סכּנה.

זיי זײַנען אָנגעקומען בײַ דעם קאַרעטע־אַרײַנפֿאָר פֿון **ב**ראָסקע־**ז**אַל צו געפֿינען, ווי דער **ט**אַקס האָט פֿאָרויסגעזאָגט, אַ שײַנענדיקן נײַעם אויטאָ, גאָר אַ גרויסער, באַמאָלט אויף העל רויט (**ב**ראָסקעס באַליבטע פֿאַרב), שטייענדיק פֿאַרן הויז. ווען זיי זײַנען נאָענט צו דער טיר איז זי אָפֿן געוואָרפֿן, און **ר**ב **ב**ראָסקע, באַדעקט מיט שיצברילן, מיצל, געטרעס, און אַ ריזיקן מאַנטל, איז אַראָפּ אויף די טרעפּ מעשׂה קנאַקער, אָנציִענדיק די לאַנגע הענטשקעס.

"גוטהעלף! קומט שוין, חבֿרים!" האָט ער פֿריילעך אויסגעשריגן ווען ער האָט זיי דערזען. "איר זײַט אָנגעקומען פּונקט בײַ צײַטנס צו קומען מיט מיר אויף אַ פֿריילעך – צו קומען אויף אַ פֿריילעך – אויף אַ – ער – פֿריילעך –"

זײַן האַרציקער טאָן איז פֿאַרשוואַכט געוואָרן און אָפּגעשטאָרבן ווען ער האָט באַמערקט די שטרענגע אומבייגעוודיקע מינע אויף די פּנימער פֿון די שווײַגנדיקע פֿרײַנד, איז זײַן פֿאַרבעטונג געבליבן אָן אַ סוף.

דער **ט**אַקס האָט געשפּאַנט אַרויף אויף די טרעפּ. "נעמט אים אַרײַן," האָט ער ערנסט געזאָגט צו די באַלייטערס. דעמאָלט, בעת **ב**ראָסקע איז געשטופּט געוואָרן דורך דער טיר, מיט אַ געראַנגל און פּראָטעסטן, האָט ער זיך געווענדט צו דעם שאָפֿער פֿון דעם נײַעם אויטאָ.

"איך האָב מורא אַז מע דאַרף אײַך ניט הײַנט," האָט ער געזאָגט. "**ר**ב **ב**ראָסקע האָט געביטן די מיינונג. ער דאַרף ניט דעם אויטאָ. זײַט אַזוי גוט און פֿאַרשטייט אַז דאָס איז לעצטגילטיק. איר דאַרפֿט ניט וואַרטן." דעמאָלט איז ער געגאַנגען נאָך די אַנדערע אַרײַן און פֿאַרמאַכט די טיר.

"איצט, שוין!" האָט ער געזאָגט צו דער **ב**ראָסקע ווען זיי אַלע פֿיר זײַנען געשטאַנען אינעם קאָרידאָר, "תּחילת, טו אויס יענע לעכערלעכע זאַכן!"

"כ'וועל ניט!" האָט בראָסקע געענטפֿערט, באַגײַסטערט. "וואָס איז דער באַטײַט פֿון אָט דער גרויסער באַליידיקונג? איך וויל אַ תּיכּפֿדיקע דערקלערונג."

"טו אים אויס, אירביידע," האָט קורץ געפֿאָדערט דער טאַקס.

זיי האָבן געדאַרפֿט אויסלייגן בראָסקע אויף דער פּאַדלאָגע, מיט בריקעס פֿון אים און אויסשרײַען אַלערליי מינים נעמען, איידער זיי האָבן געקענט ווירקעוודיק אַרבעטן. איז דער שטשור דעמאָלט אויף אים געזעסן און דער קראָט האָט ביסלעכווײַז אויסגעטאָן די קליידער, און זיי האָבן אים ווידער אויפֿגעשטעלט אויף די פֿיס. אַ סך פֿון זײַן בלאָזנדיקן אויפֿפֿיר איז אַ פּנים זיך צעגאַנגען מיט דעם אויסטאָן פֿון זײַנעם פֿײַנעם אויסריכט. איצט וואָס ער איז פּשוט בראָסקע, און מער ניט דאָס שאָסיי־שרעקעניש, האָט ער שלאַף געכיכעט, און געקוקט אויף זיי נאָך אַנאַנד בעטנדיק, אַ פּנים גוט פֿאַרשטאַנען די סיטואַציע.

"דו האָסט געוווּסט אַז עס מוז קומען אַזוי צו שטאַנד, פֿרײַער צי שפּעטער, בראָסקע," האָט דער טאַקס שטרענג דערקלערט. "דו האָסט איגנאָרירט די אַלע וואָרענונגען מיר האָבן דיר געגעבן, דו גייסט ווײַטער צעפּטרן דאָס געלט פֿון דעם פֿאָטערס ירושה, און דו פֿאַרשוואַרצט דאָס פּנים פֿון אונדז חיות אין דעם געגנט מיט דײַן רציחהדיק פֿאָרן און דײַן צעשמעטערן און מחלוקתן מיט דער פּאָליציי. אומאָפּהענגיקייט איז גוט און וווּיל, נאָר מיר חיות דערלאָזן קיין מאָל ניט אַז די פֿרײַנד זאָלן זיך מאַכן נאַריש איבער אַ געוויסער מאָס, און יענע מאָס האָסטו דערגרייכט. איז, דו ביסט אַ גוטער יאַט אין אַ סך אופֿנים, און איך וויל ניט זײַן צו שווער מיט דיר. איכ'ל מאַכן נאָך איין פּרווו דיך צו ברענגען צום שׂכל. דו וועסט קומען מיט מיר אין דעם רייכער־צימער, און דאָרט וועסטו הערן עטלעכע פֿאַקטן וועגן דיר אַליין, און מיר וועלן זען צי דו קומסט אַרויס פֿון יענעם צימער די זעלבע בראָסקע וואָס איז דאָרט אַרײַן."

ער האָט בראָסקע פֿעסט גענומען בײַם אָרעם, אים געפֿירט אַרײַן אינעם רייכער־צימער, און פֿאַרמאַכט די טיר הינטער זיי.

"דאָס וועט ניט טויגן!" האָט געזאָגט דער שטשור מיט ביטול. "*רעדן* מיט בראָסקע וועט אים קיין מאָל ניט אויסהיילן. ער וועט *זאָגן* אַבי וואָס."

זיי האָבן זיך באַקוועם געמאַכט אין פֿאָטעלן און געדולדיק געוואַרט. דורך דער פֿאַרמאַכטער טיר האָבן זיי נאָר געקענט הערן דאָס לאַנגע כסדרדיקע זשומען פֿון דעם טאַקסעס קול, אַרויף און אַראָפּ אין כוואַליעס רעדנערקונסט, און באַלד האָבן זיי באַמערקט אַז די דרשה האָט אָנגעהויבן איבערגעריסן געוואָרן פֿון צײַט צו צײַט פֿון לאַנג־אויסגעצויגענע כליפּן, אַ פּנים אַרויס פֿון דער ברוסט פֿון בראָסקע, וואָס איז געווען אַ ווייכהאַרציקער און צערטלעכער בחור, גרינג איבערצומאַכן – אויף אַ ווײַלע – אויף אַבי אַ קוקווינקל.

נאָך אַ דרײַ־פֿערטל שעה האָט די טיר זיך געעפֿנט און דער טאַקס האָט זיך ווידער באַוויזן, פֿײַערלעך פֿירנדיק מיט דער לאַפּע זייער אַ שלאַפּע און דערשלאָגענע בראָסקע. די הויט איז געהאַנגען לויז אַרום אים, די פֿיס האָבן זיך געוואַקלט, און די באַקן זײַנע זײַנען געאַקערט געווען מיט די טרערן אַזוי שפּעדיק אַרויסגערופֿן פֿון דעם טאַקסעס רירנדיקע רעדע.

זעץ זיך אַוועק דאָרט, בראָסקע," האָט דער טאַקס ליבלעך געזאָגט, טײַטלענדיק אויף אַ שטול. מײַנע פֿרײַנד," איז ער ווײַטער געגאַנגען, "עס פֿרייט מיך אײַך אָנצוזאָגן אַז בראָסקע האָט סוף־כּל־סוף דערזען די טעותן אין זײַן טבֿע. עס טוט אים שטאַרק באַנג, זײַן

פֿאַרפֿירטער אויפֿפֿיר אין דער פֿאַרגאַנגענהייט, און ער האָט זיך אונטערגענומען זיך אָפּצוזאָגן פֿון אויטאָס אין גאַנצן און אויף אייביק. ער האָט מיר פֿײַערלעך צוגעזאָגט אַזוי."

"דאָס איז זייער גוט נײַעס," האָט דער **ק**ראָט ערנסט געזאָגט.

"באמת זייער גוט נײַעס," האָט דער **ש**טשור באַמערקט מיט ספֿקות, "אויב נאָט, אויב נאָר –"

ער האָט שווער געקוקט אויף **ב**ראָסקע בײַם רעדן, און האָט ניט געקענט אויסמײַדן טראַכטן אַז ער האָט עפּעס באַמערקט ענלעך אויף אַ פֿינקל אין יענער חיהס נאָך טרויעריק אויג.

"עס בלײַבט נאָר איין זאַך מער צו טאָן," האָט ווײַטער גערעדט דער באַפֿרידיקטער **ט**אַקס. "**ב**ראָסקע, איך וויל אַז דו זאָלסט איבערחזרן פֿײַערלעך, פֿאַר די פֿרײַנד דאָ, וואָס דו האָסט זיך מיר מודה געווען אַנומלט אין דעם רייכער־צימער. ערשט, צי האָסטו חרטה פֿאַר וואָס דו האָסט אָפּגעטאָן, און צי פֿאַרשטייסט דו די נאַרישקייט פֿון דעם אַלץ?"

עס איז געקומען אַ לאַנגע פּויזע. **ב**ראָסקע האָט פֿאַרצווייפֿלט געקוקט דאָ און דאָרט, בעת די אַנדערע חיות האָבן געוואַרט אין אַן ערנסטער שטילקייט. צום סוף האָט ער גערעדט.

"ניין!" האָט ער געזאָגט, אַ ביסל ברוגזלעך נאָר פֿעסט. "איך האָב *ניט* קיין חרטה, און עס איז לגמרי ניט געווען נאַריש! עס איז פּשוט געווען גלענצנדיק!"

"וואָס?" האָט דער **ט**אַקס געשריגן, גאַנץ שאָקירט. "דו צוריקפֿאַלנדיקע חיה, האָסטו מיר נאָר וואָס געזאָגט דאָרט –"

"אָ, יאָ, יאָ, *דאָרט*," האָט **ב**ראָסקע אומגעדולדיק געזאָגט. "*דאָרט* וואָלט איך געזאָגט אַבי וואָס. דו ביסט אַזוי עלאָקווענט, טײַערער **ט**אַקס, און אַזוי רירנדיק, און אַזוי איבערצײַגיק, און דערקלערן די אַלע טענות שרעקלעך קלאָר – דו קענסט טאָן וואָס דו ווילסט מיט מיר *דאָרט*, און דו ווייסט דאָס. נאָר איך האָב געזוכט אין מוח און אַלץ איבערגעטראַכט און איצט געפֿין איך אַז איך האָב גאָר ניט קיין חרטה, ס'טוט מיר ניט באַנג אין דער אמתן. דערפֿאַר טויג עס אויף כּפּרות זאָגן אַזוי איצט, יאָ?"

"איז, דו זאָגסט דען ניט צו," האָט דער **ט**אַקס געזאָגט, "צו האָבן גאָרנישט ניט צו טאָן מיט אויטאָס נאָך אַ מאָל?"

"זיכער ניט," האָט **ב**ראָסקע שטאַרק געענטפֿערט. "פֿאַרקערט, איך זאָג געטרײַ צו אַז דעם סאַמע ערשטן אויטאָ וואָס איך זע, פּופּ־פּופּ! פֿאָר איך אָפּ אין אים!"

"כ'האָב דיר געזאָגט, אַיאָ? האָט דער **ש**טשור באַמערקט צו דעם **ק**ראָט.

"נו, גוט," האָט פֿעסט געזאָגט דער **ט**אַקס, אַרויף אויף די פֿיס. "אויב מיר קענען דיך ניט אַרײַנרעדן, וועלן מיר אַ פּרווו טאָן מיט גוואַלד. איך האָב שטענדיק מורא געהאַט אַז דאָס וועט זײַן בײַטיק. דו האָסט אונדז דרײַ אָפֿט פֿאַרבעטן קומען בלײַבן בײַ דיר, **ב**ראָסקע, אין דעם שיינעם הויז דײַנעם; נו, איצט וועלן מיר דאָס טאָן. ווען מיר האָבן דיך געבראַכט צו אַ לײַטישן קוקווינקל, וועלן מיר אפֿשר אָפּגיין, נאָר ניט פֿריִער. נעמט אים טרעפּ־אַרויף, איר ביידע, און פֿאַרשליסט אים אין זײַן שלאָפֿצימער, וועלן מיר צווישן זיך אויססדרן עסקים."

"ס'איז נאָר פֿון דײַנעט וועגן, **ב**ראָסקעלע, דו ווייסט," האָט ליבלעך געזאָגט דער **ש**טשור, בעת די צוויי געטרײַע פֿרײַנד האָבן **ב**ראָסקע, בריקענדיק און קעמפֿנדיק,

געשלעפּט טרעפּ־אַרויף. "טראַכט פֿון דער הנאה מיר וועלן האָבן אַלע צוזאַמען, פּונקט ווי אַ מאָל, ווען דו ביסט פֿאַרבײַ אָט דעם – דעם ווייטיקדיקן אָנפֿאַל דײַנעם!"

"מיר וועלן אַלץ צוזען פֿאַר דיר, ביז דו ביסט נאָך אַ מאָל צו זיך, **ב**ראָסקע," האָט דער קראָט געזאָגט. "און מיר וועלן זען אַז דײַן געלט וועט ניט צעפּטרט ווערן, ווי פֿריִער."

"מער ניט יענע באַדויערלעכע ענינים מיט דער פּאָליציי, **ב**ראָסקע," האָט געזאָגט דער **ש**טשור בעת זיי האָבן אים געשטויסן אַרײַן אינעם שלאָפֿצימער.

"און מער ניט קיין וואָכן אין שפּיטאָל, באַפֿעלט פֿון די קראַנקן־שוועסטער, **ב**ראָסקע," האָט צוגעגעבן דער קראָט, און געדרייט דעם שליסל אויף אים.

זיי זײַנען אַראָפּ אויף די טרעפּ, בעת **ב**ראָסקע האָט שלעכטס געשריגן אויף זיי דורך דער שליסללאָך, און די דרײַ פֿרײַנד האָבן דעמאָלט זיך גענומען אויף אַ זיצונג וועגן דער סיטואַציע.

"עס וועט זײַן אַ נודנע געשעפֿט," האָט דער **ט**אַקס געזאָגט מיט אַ זיפֿץ. "איך האָב **ב**ראָסקע ניט געזען אַזוי אײַנגעעקשנט. נאָר מיר וועלן דאָס דורכפֿירן. עס מוז זײַן אַ וואַך אויף אים יעדע רגע. מיר וועלן דאַרפֿן גייען נאָך דער ריי מיט אים, ביז דער סם איז אַרויס פֿון זײַן סיסטעם."

זיי האָבן דערפֿאַר אויסגעסדרט וואַכן. יעדע חיה נאָך דער ריי האָט געשלאָפֿן אין **ב**ראָסקעס צימער בײַ נאַכט, און זיי האָבן אָפּגעטיילט דעם טאָג צווישן זיך. תּחילת איז **ב**ראָסקע אָן ספֿק געווען גאָר אָנשטרענגיק צו זײַנע אָפּגעהיטע וועכטערס. ווען אַ גוואַלדיקער אָנפֿאַל האָט אים אין רשות, פֿלעגט ער צעשטעלן די שטולן אין שלאָפֿצימער ווי אַ גראָבע ענלעכקייט פֿון אַן אויטאָ און הויערן אויף דעם פֿאָדערשטן, אָנגעבויגן פֿאָרויס און שטאַרנדיק פֿעסט אויף פֿאָרנט, געמאַכט מגושמדיקע און גרויליקע קלאַנגען, ביז עס איז געקומען דער קלימאַקס, ווען נאָך אַ שלמותדיקער קאָזשלקע, פֿלעגט ער ליגן אויסגעצויגן צווישן די חורבֿות פֿון די שטולן, אַ פּנים גאַנץ צופֿרידן אויף אַ רגע. מיט דער צײַט אָבער, זײַנען אָט די ווייטיקדיקע אָנפֿאַלן ביסלעכווײַז זעלטענער געוואָרן, און זײַנע פֿרײַנד האָבן געפּרוּווט פֿירן זײַן מוח אַרײַן אין נײַע ריכטונגען. אָבער זײַן אינטערעס אין אַנדערע ענינים איז ניט, עס האָט זיך געדאַכט, צוריק צום לעבן, און ער האָט זיך אויסגעוויזן פֿאַר שמאַכטיק און דערשלאָגן.

איין פֿײַנעם אינדערפֿרי איז דער **ש**טשור, וואָס נאָך דער ריי גייט דעמאָלט אויף דיזשור, אַרויף אויף די טרעפּ צו פֿאַרבײַטן **ט**אַקס, וואָס ער האָט געפֿונען ווי אויף שפּילקעס אָפּצוגיין אויסציִען די פֿיס מיט אַ לאַנגן שפּאַציר אַרום זײַן וואַלד און אַראָפּ אין זײַנע נאָרעס און טונעלן. "**ב**ראָסקע איז נאָך אַלץ אין בעט," האָט ער דערציילט דעם **ש**טשור, אין דרויסן פֿון דער טיר. "כ'קען ניט קיין סך אַרויסציִען פֿון אים, אַחוץ, 'אָ, לאָז אים צו רו, ער וויל גאָרנישט, אפֿשר וועט ער באַלד בעסער ווערן, עס וועט אָפּגיין מיט דער צײַט, האָב ניט קיין מורא,' און אַזוי ווײַטער. הער נאָר, קוק מיט אויגן, **ש**טשור! ווען **ב**ראָסקע איז שטיל און אונטערטעניק, און שפּילט די ראָלע פֿון דעם העלד פֿון אַ זונטיקשול־פּרעמיע, איז ער דעמאָלט היפּש כיטרע. זיכער אַז עפּעס טוט זיך. איך קען אים. נו, איצט מוז איך אָפּגיין."

"וואָס מאַכסטו הײַנט, אַלטער חבֿר?" האָט פֿריילעך געפֿרעגט דער **ש**טשור, בעת ער גייט נעענטער צו **ב**ראָסקעס געלעגער.

ער האָט געדאַרפֿט וואַרטן עטלעכע מינוטן אויף אַן ענטפֿער. סוף־כּל־סוף האָט אַ שוואַך קול געענטפֿערט, "אַ גרויסן דאַנק דיר, טײַער **ש**טשורל! אַזוי גוט אין דיר צו פֿרעגן! אָבער ערשט דערצייל מיר, ווי גייט'ס מיט דיר, און מיט דעם גלענצנדיקן **ק**ראָט?"

"אָ, בײַ אונדז איז נישקשה," האָט דער **ש**טשור געענטפֿערט. "**ק**ראָט," האָט ער אומאָפּגעהיט צוגעגעבן, "גייט אַרויס אויף אַ שפּאַציר מיט **ט**אַקס. זיי וועלן זײַן אויף די פּיס ביז דער צײַט פֿאַרן אָנבײַסן, וועלן מיר פֿאַרברענגען אַן אײַנגענעמען אינדערפֿרי צוזאַמען, און איך וועל טאָן דאָס בעסטע דיך צו פֿאַרווײַלן. איצט, שפּרינג אַרויף, ווי אַ גוטער בחור, און ליג מער ניט דאָרט פּוסט־און־פּאַס אויף אַזאַ פֿײַנעם פֿרימאָרגן ווי הײַנט!"

"טײַערער, גוטהאַרציקער **ש**טשור," האָט געמורמלט **בר**אָסקע, "ווי ווייניק דו פֿאַרשטייסט מײַן מצבֿ, און ווי ווײַט איך בין פֿון "שפּרינגען אַרויף" די רגע – אויב אַ מאָל אַפֿילו! נאָר זאָרג זיך ניט מיט מיר. איך האָב פֿײַנט זײַן אַ לאַסט אויף די פֿרײַנד, און איך ריכט זיך ניט בלײַבן אַזוינער קיין סך מער צײַט. באמת, האָף איך אַ ביסל אַזוי."

"נו, איך אויך האָף אַז ניט," האָט דער **ש**טשור האַרציק געזאָגט. "דו ביסט געווען אַ פֿײַנע צרה פֿאַר אונדז שוין אַ צײַט, און עס פֿרייט מיך צו הערן אַז עס וועט זיך ענדיקן. און אין אַזאַ וועטער ווי איצט, און דער סעזאָן פֿאַר שיפֿלערײַ נאָר וואָס אין גאַנג! ס'איז שלעכט פֿון דיר, **בר**אָסקע! עס איז ניט די צרה וואָס גייט אונדז אָן, נאָר דו האָסט אונדז געמאַכט אָפּגעבן גאָר אַ סך."

"איך האָב מורא אָבער אַז עס *איז* די צרה וואָס טשעפּעט דיך," האָט דער **בר**אָסקע שמאַכטיק געענטפֿערט. "איך קען דאָס גרינג פֿאַרשטיין. ס'איז זיכער נאַטירלעך. עס איז דיר נימאס געוואָרן זאָרגן זיך מיט מיר. איך טאָר ניט בעטן מער בײַ דיר. איך בין אַ צוטשעפּעניש, איך ווייס."

"דאָס ביסטו, טאַקע," האָט דער **ש**טשור געזאָגט. "נאָר איך זאָג דיר אַז איך וואָלט אָננעמען די אַלע צרות אויף דער וועלט פֿאַר דיר, אויב נאָר דו וואָלסט זײַן אַ שׂכלדיקע חיה."

"וואָלט איך אַזוי געמיינט, **ש**טשורל," האָט **בר**אָסקע געמורמלט, שוואַכער ווי אַ מאָל, "וואָלט איך דיר בעטן – דאָס לעצטע מאָל, מסתּמא – נעם זיך וואָס גיכער צו דעם דאָרף – עס איז אפֿשר שוין צו שפּעט – און קריג דעם דאָקטער. נאָר זאָרג זיך ניט. ס'איז נאָר אַ צרה, און אפֿשר איז בעסער אַז מיר לאָזן אַלץ דערגיין ביזן סוף."

"נו, פֿאַר וואָס ווילסטו אַ דאָקטער?" האָט געפֿרעגט דער **ש**טשור, איז ער נעענטער געקומען און אים באַטראַכט. געוויס ליגט ער גאָר שטיל און פּלאַטשיק, און זײַן קול איז שוואַכער און זײַן שטייגער איז שטאַרק אַנדערש.

"זיכער האָסטו באַמערקט אַנומלט –" האָט **בר**אָסקע געמורמלט. "אָבער ניין – ווי אַזוי זאָלסטו באַמערקן? באַמערקן זאַכן איז נאָר אַ צרה. אויף מאָרגן, באמת, וועסטו אפֿשר זאָגן צו זיך אַליין, 'אָ, אויב נאָר איך וואָלט פֿריִער באַמערקט! אויב נאָר איך וואָלט עפּעס געטאָן!' אָבער, ניין, ס'איז אַ צרה. מילא – פֿאַרגעס וואָס איך האָב געבעטן."

"הער זיך אײַן, אַלטער חבֿר," האָט געזאָגט דער **ש**טשור, מער ווי אַ ביסל איבערגעשראָקן. "זיכער וועל איך דיר קריגן אַ דאָקטער, אויב דו ביסט זיכער אַז דו ווילסט דאָס. נאָר עס קען דיר ניט זײַן אַזוי שלעכט איצט. לאָמיר רעדן פֿון עפּעס אַנדערש."

"איך האָב מורא, טייַערער פֿרייַנד," האָט **ב**ראָסקע געזאָגט, מיט אַ טרויעריקן שמייכל, "אַז 'רעדן' קען קוים העלפֿן אין אַזאַ פֿאַל ווי דאָס – אָדער אויך דאָקטוירים, אין דער אמתן. פֿאָרט מוז מען זיך אָנכאַפּן אין אַ שטרוי. און אַגבֿ – כּל־זמן דו ביסט שוין אין גאַנג – איך האָב *פֿייַנט* באַמיִען דיך נאָך מער, נאָר עס איז מיר אייַנגעפֿאַלן אַז דו וועסט גיין פֿאַרבייַ דער טיר – זייַ אַזוי גוט דעמאָלט און פֿרעג בייַ דעם אַדוואָקאַט, ער זאָל קומען זיך זען מיט מיר? עס וואָלט מיר זייַן אַ הילף, און עס זייַנען פֿאַראַן מאָמענטן – אפֿשר זאָל איך זאָגן עס איז פֿאַראַן איין מאָמענט – ווען מען מוז קוקן אומאייַנגענעמע עובֿדות אין די אויגן, אָן קוקן אויף דעם קאָסט צו אַן אויסגעמאַטערט נפֿש!"

"אַן אַדוואָקאַט! אָ, עס מוז אים זייַן גאַנץ שלעכט!" האָט דער דערשראָקענער **ש**טשור געזאָגט אונטער דער נאָז בעת ער אייַלט זיך אַרויס פֿון צימער, ניט פֿאַרגעסנדיק צו פֿאַרשליסן אָפּגעהיט די טיר הינטער זיך.

אין דרויסן האָט ער זיך אָפּגעשטעלט אַ טראַכט צו טאָן. די צוויי אַנדערע זייַנען געווען ווייַט אַוועק, און ער האָט קיינעם ניט געהאַט צו פֿרעגן בייַ אים אַן עצה.

"ס'איז בעסער צו זייַן זיכער," האָט ער געזאָגט נאָכן טראַכטן. "איך געדענק ווי **ב**ראָסקע האָט זיך פֿריִער געהאַלטן פֿאַר שרעקלעך שלעכט, אָן דער קלענסטער סיבה, נאָר איך האָב אים קיין מאָל ניט געהערט בעטן נאָך אַן אַדוואָקאַט! אויב אַלץ איז אים טאַקע גוט, וועט דער דאָקטער אים זאָגן אַז ער איז אַן אַלטער נאַר, און אים אויפֿמונטערן, און דאָס איז עפּעס גוטס. בעסער זאָל איך אים פֿאַרגינען און גיין. עס וועט ניט לאַנג געדויערן." איז, איז ער אָפּגעלאָפֿן צו דעם דאָרף אויף זייַן רחמנותדיקן גאַנג.

די **ב**ראָסקע, וואָס איז לייַכט געשפּרונגען אַרויס באַלד ווי ער האָט געהערט דעם שליסל געדרייט אין דעם שלאָס, האָט אויף אים געקוקט מיט חשק דורך דעם פֿענצטער ביז ער איז פֿאַרשוווּנדן געוואָרן אַראָפּ אויף דעם קאַרעטע־וועג. דעמאָלט, לאַכנדיק האַרציק, האָט ער זיך אָנגעטאָן וואָס גיכער אין דעם עלעגאַנטסטן אָנצוג וואָס ער האָט געפֿונען אין דער רגע, אָנגעפֿילט די קעשענעס מיט געלט וואָס ער האָט צוגענומען פֿון אַ קליינעם שופֿלאָד אין דעם טואַלעט־טישל, און דערנאָך, קניפּנדיק צונויף די לייַלעכער פֿונעם געלעגער און צופֿעסטיקנדיק איין עק אַרום דעם צענטראַלן מוליאָן פֿון דעם שיינעם טודאָר־פֿענצטער וואָס פֿורעמט אַ קענצייכן פֿון זייַן שלאָפֿצימער, האָט ער זיך אַרויסגעדראַפּעט, זיך לייַכט געגליטשט צו דער ערד, און אין דער קעגנדיקער ריכטונג ווי דעם **ש**טשור מאַרשירט אַוועק לייַכט אויפֿן האַרצן, פֿייַפֿנדיק אַ פֿריילעכן ניגון.

עס איז געווען אַן אומעטיק אָנבייַסן פֿאַר **ש**טשור ווען דער **ט**אַקס און דער **ק**ראָט זייַנען צוריק און ער האָט זיי געדאַרפֿט קוקן אין די אויגן מיט זייַן קלאָגעדיקער און ניט־איבערצייַגיקער מעשׂה. דעם **ט**אַקסעס בייַסיקע, ניט צו זאָגן ברוטאַלע באַמערקונגען קען מען זיך פֿאָרשטעלן, און דערפֿאַר היפּן מיר דאָ איבער זיי; נאָר עס איז דעם **ש**טשור ווייטיקדיק געווען וואָס דער **ק**ראָט אַפֿילו, כאָטש ער האָט גענומען דעם פֿרייַנדס צד אויף וויפֿל עס איז אים מיגלעך, האָט ניט געקענט אויסמייַדן זאָגן, "דו ביסט געווען דאָס מאָל אַ ביסל אַ נאַר, **ש**טשורל! מיט **ב**ראָסקע דערצו, פֿון די אַלע חיות!"

"ער האָט דאָס גאַנץ ווויל אָפּגעטאָן," האָט געזאָגט דער דערשלאָגענער **ש**טשור.

"ער האָט דיך גאַנץ ווויל אָפּגעטאָן!" האָט היציק אָפּגעענטפֿערט דער **ט**אַקס. "נאָר רעדן וועט ניט פֿאַרריכטן ענינים. ער איז פֿרייַ אַנטלאָפֿן אַ ווייַלע, איז דאָס זיכער, און דאָס ערגסטע איז, אַז ער וועט זייַן אַזוי גרויס בייַ זיך מיט וואָס ער וועט האַלטן פֿאַר כיטרעקייט,

אַז ער וועט נאָך אָפּטאָן אַבי אַ נאַרישקייט. איין טרייסט איז דאָ, אָבער, וואָס מיר זײַנען איצט פֿרײַ, דאַרפֿן מיר ניט צעפּטרן קיין מער טײַערע צײַט שטיין אויף שמירה. נאָר מיר זאָלן בעסער נאָך שלאָפֿן אין **ב**ראָסקע־זאַל אַ ווײַלע. **ב**ראָסקע וועט מען אפֿשר צוריקשלעפּן אַ ליאַדע מאָמענט – אויף אַ טראָגבעטל אָדער צווישן צוויי פּאָליציאַנטן."

אַזוי האָט גערעדט דער **ט**אַקס, ניט וויסנדיק וואָס די צוקונפֿט וועט ברענגען, אָדער וויפֿל וואַסער, און ווי מוטנע דאָס וואַסער, זאָל שטראָמען אונטער בריקן איידער **ב**ראָסקע זאָל קענען זיצן בשלום נאָך אַ מאָל אין זײַן אָבֿותדיקן זאַל.

*

דערווײַל איז **ב**ראָסקע, פֿריילעך און הפֿקרדיק, געגאַנגען לעבעדיק אויף דעם הויכוועג, עטלעכע מײַלן פֿון דער היים. בײַם אָנהייב איז ער געגאַנגען אויף בײַוועגן, און אַריבער אַ סך פֿעלדער, און געביטן די ריכטונג עטלעכע מאָל, טאָמער מע זוכט אים. נאָר איצט, פֿילנדיק זיך שוין זיכער פֿון נאָך אַ פֿאַרכאַפּונג, מיט דער זון שמייכלענדיק העל אויף אים, און דער גאַנצער **נ**אַטור צוזאַמען אין אַ כאָר פֿון הסכּמה מיט דעם ליד פֿון לויבן זיך וואָס דאָס אייגענע האַרץ זינגט צו אים, האָט ער שיִער ניט געטאַנצט לענג־אויס דעם וועג מיט צופֿרידינקייט און גדלות.

"קלוג שטיקל אַרבעט איז דאָס געווען!" האָט ער באַמערקט צו זיך אַליין, מיט אַן אונטערשמייכל. "מוח אַנטקעגן רייַנער גוואַלד – און מוח איז אַרויס דער ערשטער – ווי ס'מוז טאָן. נעבעכדיק אַלט **ש**טשורל! אײַ! וועט ער שוין כאַפּן אַ פּסק ווען דער **ט**אַקס איז צוריק! אַ ווערדיקער בחור, **ש**טשורל, מיט אַ סך גוטע מעלות, נאָר זייער וויניקער שׂכל און גאָר ניט קיין דערציִונג. איך מוז אים נעמען אין די הענט אין איינעם אַ טאָג, אפֿשר קען איך עפּעס מאַכן פֿון אים."

אָנגעפֿילט מיט גאווהדיקע מחשבֿות ווי יענע בעת ער שפּאַנט ווײַטער, דער קאָפּ אין דער לופֿטן, ביז ער איז אָנגעקומען אין אַ קליין שטעטל, ווו די שילד פֿון "**ד**ער **ר**ויטער **ל**ייב," וויגנדיק זיך איבערן וועג אויפֿן האַלבן וועג אַראָפּ אויף דער הויפּטגאַס, האָט אים דערמאָנט אַז ער האָט ניט געגעסן פֿרישטיק דעם אינדערפֿרי, און אַז ער איז שטאַרק הונגעריק נאָך זײַן לאַנגן שפּאַציר. ער האָט מאַרשירט אַרײַן אין דער אַכסניא, באַשטעלט דאָס בעסטע אָנבײַסן צו דער האַנט מיט אַזאַ קורצער וואָרענונג, און זיך אַוועקגעזעצט צו עסן אין דעם קאַווע־צימער.

ער האָט אויפֿגעגעסן אַ העלפֿט פֿון דעם מאָלצײַט ווען אַ גאָר איבערקענטלעכער קלאַנג, קומענדיק נעענטער אויף דער גאַס, האָט אים געמאַכט אַ צאַפּל טאָן און פֿאַלן ציטערן מיטן גאַנצן קערפּער. דער פּופּ־פּופּ! איז געקומען אַלץ נעענטער און נעענטער, דער אויטאָ האָט זיך געלאָזט הערן ווען עס האָט זיך געדרייט אַרײַן אין דעם אַכסניא־הויף און זיך אָפּגעשטעלט, און **ב**ראָסקע האָט געדאַרפֿט אָנהאַלטן אויפֿן פֿיסל פֿונעם טיש צו באַהאַלטן די ניט גובֿר צו זײַן עמאָציעס. באַלד איז די פּאַרטיע אַרײַן אין דעם קאַווע־צימער, הונגעריק, רעדעוודיק, און פֿריילעך, באַרעדעוודיק וועגן זייערע איבערלעבונגען פֿון דעם אינדערפֿרי, און די מעלות פֿון דעם רײַטוואָגן וואָס האָט זיי אַזוי וווּיל געטראָגן. **ב**ראָסקע האָט זיך גיריק צוגעהערט מיט געשפּיצטע אויערן אַ ווײַלע. צום סוף האָט ער מער ניט געקענט אויסהאַלטן. ער האָט זיך שטילערהייט געגנבֿעט אַרויס פֿון צימער, באַצאָלט דעם חשבון בײַ דער שענק, און באַלד ווי ער איז אין דרויסן האָט ער געשליאָנדערט שטילערהייט אַרום אין דעם

אַכסניא־הויף. "ס'קען ניט שאַטן," האָט ער געזאָגט צו זיך אַליין, "וואָס איך פּשוט *קוק* אויף אים!"

דער אויטאָ איז געשטאַנען אין מיטן הויף, גאַנץ אָפּגעלאָזן, ווײַל די שטאַל־געהילפֿן און אַנדערע פּוסטעפּאַסניקעס זײַנען אַלע בײַ דעם וואַרמעס געווען. בראָסקע איז געגאַנגען פּאַמעלעך אַרום אים, איבערקוקן, קריטיקירן, טראַכטן טיף.

"איך וווּנדער זיך," האָט ער באַלד געזאָגט צו זיך, "איך וווּנדער זיך צי דער מין אויטאָ לאָזט זיך גרינג *אָנשטעלן*?"

אין אַ רגע אַרום, קוים ווייסן ווי עס איז אַזוי אויסגעקומען, האָט ער זיך געפֿונען מיטן הענטל אין דער האַנט און דאָס האַלטן אין דרייען. ווען דער קענטלעכער קלאַנג האָט זיך אויסגעבראָכן, האָט דאָס אַלטע אָנשיקעניש געכאַפּט בראָסקע און אים גאַנץ איבערגעוועלטיקט, מיטן גאַנצן לײַב און לעבן. ווי אין אַ חלום האָט ער זיך געפֿונען, ווי ניט איז, אין דעם שאָפֿערזיץ; ווי אין אַ חלום האָט ער געצויגן דאָס גאַנגשטעקל און געדרייט דעם אויטאָ אַרום הויף און אַרויס דורכן בויגן; און ווי אין אַ חלום זײַנען דער גאַנצער חוש פֿון גוטס און שלעכטס, די גאַנצע מורא פֿון די בולטע פּעולות, אָפּגעשטעלט געוואָרן אויף דער ווײַל. ער איז גיכער געפֿאָרן, און בעת דער אויטאָ האָט אויפֿגעפֿרעסן די גאַס און געשפּרונגען פֿאָרויס אויף דעם הויכוועג אַרײַן אין די אָפֿענע ערטער, האָט ער בלויז געהאַט אין זינען אַז ער איז נאָך אַ מאָל בראָסקע, בראָסקע אויף זײַנע בעסטן און העכסטן, בראָסקע דאָס שרעקעניש, דער פֿאַרקער־אײַנשטילער, דער לאָרד פֿון דער עלנטער סטעשקע, וואָס פֿאַר אים מוזן אַלע נעמען זיך אין אַ זײַט אָדער ווערן דערשלאָגן ביז גאָרנישט אַרײַן אין דער אייביקער נאַכט. ער האָט געזונגען אין מיטן פֿליִען, און דער אויטאָ האָט אים געענטפֿערט מיט אַ קלינגעוודיק זשומען; די מײַלן זײַנען אויפֿגעגעסן געוואָרן אונטער אים בעת ער פֿליט, ווּהין האָט ער ניט געוווּסט, לויט זײַן אייגענעם חוש, לעבעדיק אויף זײַן שעה, הפֿקרדיק וועגן וואָס וועט אים אפֿשר אָנטרעפֿן.

*

"ווי איך זע עס," האָט פֿריילעך באַמערקט דער פֿאָרזיצער פֿון דער באַנק פֿון אָרטיקע ריכטערס, "איז די *איינציקע* שוועריקייט וואָס באַווײַזט זיך אין דעם פֿאַל, אַ קלאָרער אין די אַלע אַנדערע פּרטים, איז ווי איז עס אונדז מיגלעך צו מאַכן זאַכן גענוג הייס פֿאַר דעם פֿאַרפֿאַלענעם שעלמאַק און פֿאַרהאַרטעוועטן כוליגאַן וואָס קאָרטשעט זיך אײַן פֿאַר אונדז אין דער שולדבאַנק. לאָמיך זען: שולדיק געפּסקנט, מיט די בולטסטע באַווײַזן, ערשטנס, גנבֿענען אַ ווערטיקן מאָטאָר; צווייטנס, פֿירן אים ווי אַן עפֿנטלעכע סכּנה; און דריטנס, שרײַיִק עזות צו דער דאָרפֿישער פּאָליציי. רב געהילף, זײַט אַזוי גוט און זאָגט אונדז, וואָס איז דער שטרענגסטן שטראָף וואָס מיר קענען אַרויפֿלייגן פֿאַר יעדן פֿון די פֿאַרברעכנס? אָן, פֿאַרשטייט זיך, האַלטן אין זינען קיין ספֿקות, וואָרן עס איז ניטאָ קיין ספֿק דאָ."

דער געהילף האָט די נאָז געקראַצט מיט זײַן פּען. "עטלעכע מענטשן וואָלטן האַלטן," האָט ער באַמערקט, "אַז גנבֿענען דעם מאָטאָר איז דער ערגסטער פֿאַרברעכן; און אַזוי איז עס. אָבער מאַכן חוזק פֿון דער פּאָליציי אָן ספֿק ברענגט די שטרענגסטע שטראָפֿן; און עס איז פּאַסיק אַזוי. לייג איך פֿאָר אַז איר גיט, למשל, צוועלף חדשים פֿאָר דער גנבֿה, וואָס איז מילד; און דרײַ יאָר פֿאַר דעם רציחהדיקן פֿירן, וואָס איז מילד; און פֿופֿצן יאָר פֿאַר דער חוצפּה, וואָס איז געווען גאָר אַ שלעכטער מין חוצפּה, לויט וואָס מיר האָבן געהערט פֿון דער עדות־באַנק, אַפֿילו אַז מע גלייבט נאָר אַ צענטל פֿון וואָס האַרט זיך, און איך אַליין

גלייב מער ווי דאָס קיין מאָל ניט – די צאָלן, אויב מײַן חיבור איז אין אָרדענונג, מאַכן אַ סך־הכּל פֿון נײַנצן יאָר –"

"פּרימאַ!" האָט געזאָגט דער פֿאָרזיצער.

"– איז, איר זאָלט דאָס בעסער מאַכן אַ קײַלעכדיקע צוואַנציק יאָר, צו זײַן זיכער," האָט דער געהילף געענדיקט רעדן.

"אַ פּראַקטיקער פּירלייג!" האָט דער פֿאָרזיצער געזאָגט מיט הסכּמה. "אַרעסטאַנט! מאַך זיך האַרץ און פּרווו שטיין אויפֿגעהאָדערט. עס איז דאָס מאָל צוואַנציק יאָר פֿאַר דיר. און געדענק, זאָלסטו קומען פֿאַר אונדז נאָך אַ מאָל, אויף אַבי אַן אָנקלאָג, וועלן מיר דאַרפֿן שאַפֿן זיך מיט דיר גאָר ערנסט!"

זײַנען דעמאָלט די אַכזריותדיקע משרתים פֿון דער יורי אָנגעפֿאַלן אויף דעם שלימזלדיקע בראָסקע, אים אָנגעלאָדן מיט קייטן און געשלעפּט פֿון דעם געריכטהויז, קוויטשענדיק, בעטנדיק, פּראָטעסטירנדיק, אַריבער דעם מאַרק, ווו די שפּילעוודיקע באַפֿעלקערונג, ווי אַלע מאָל אַזוי שטרענג מיט אויסגעפֿונען פֿאַרברעכערײַ ווי זיי זײַנען מיטפֿיליק און נוציק צו דעם וואָס איז נאָר "געזוכט," האָט אויף אים אָנגעפֿאַלן מיט שפּאָטווערטער, מערן, און פֿאַפּולערע לאָזונגען; פֿאַרבײַ שולע־קינדער מאַכן קולות, זייערע ריינע פּנימער באַלויכטן מיט דער הנאה וואָס זיי קריגן שטענדיק פֿון זען אַ האַר אין צרות; אַריבער אויף דער הויל קלינגענדיקער הייבבריק, אונטער דעם שפּיציקן פֿאַלטויער, אונטער דעם קרום אויסזעענדיקן בויגן־פּאַסאַזש פֿון דעם פֿאַרביסענעם אַלטן פּאַלאַץ, וועמענס אוראַלטע טורעמס האָבן זיך אויפֿגעהויבן הויך איבער די קעפּ; פֿאַרבײַ וואַכצימער פֿול מיט שמאָכענדיק מיליטער פֿרײַ פֿון דיזשור, פֿאַרבײַ שומרים וואָס האָבן געהוסט אין אַ מיגלדיקן סאַרקאַסטישן אופֿן, וואָרן דאָס איז אַזוי פֿיל ווי אַ שומר אויף דיזשור דערוועגט זיך צו באַווײַזן זײַן ביטול און דערווידער צו פֿאַרברעכערײַ; אַרויף אויף צײַט־געריבענע שווינדלטרעפּן, פֿאַרבײַ באַוואָפֿנטע וועכטערס אָנגעטאָן אין לײַכטע קאַסקעס און שטאָלענעם גוף־פּאַנצער, וואַרפֿנדיק דראָענדיקע בליקן דורך די דאַשיקעס; דורך הויפֿן ווו מאַסטיפֿס האָבן געצויגן אויף די רימענס און געקראַצט אויף דער לופֿט אים צו כאַפּן; פֿאַרבײַ פֿאַרצײַטיקע טירוועכטערס, די שפּיזהעק אָנגעלענט אינעם וואַנט, דרעמלענדיק איבער אַ פּיראָג און אַ קרוג ברוינער אייל; ווײַטער און ווײַטער, פֿאַרבײַ דער עינוי־קאַמער און פֿינגערשרויף־צימער, פֿאַרבײַ דעם אויסדריי וואָס פֿירט צו דער פּריוואַטער תּליה, ביז זיי זײַנען אָנגעקומען בײַ דער טיר פֿון דעם גרויליקסטן קאַרצער וואָס ליגט אין דעם האַרץ פֿון דער אינעווייניקסטער באַפֿעסטיקונג. דאָרט צום סוף האָבן זיי זיך אָפּגעשטעלט, ווו אַן אוראַלטער שליסלער איז געזעסן און אָנגעטאַפּט אַ בינטל מעכטיקע שליסלען.

"אַ קלאָג צו דיר!" האָט געזאָגט דער פּאָליציי־סערזשאַנט, אויסטוענדיק די קאַסקע און ווישנדיק דעם שטערן. "וואַך אויף, אַלטער צעדרייטער, און נעם פֿון אונדז די פֿאַרשיווע בראָסקע, אַ פֿאַרברעכער פֿון דעם טיפֿסטן שולד, מיט כיטרעקייט און רעסורסן אָן אַ גלײַכן. האַלט אַן אויג אויף אים און היט אים מיטן גאַנצן בקיאות. און האַלט פֿעסט אין זינען, גראַבאָרד, זאָל עפּעס שלעכטס געשען, וועט דײַן אַלטער קאָפּ טראָגן דאָס אַחריות פֿאַר זײַנעם – און אַ מכּה אויף זיי בײדע!"

דער שליסלער האָט פֿאַרביסן געשאָקלט דעם קאָפּ, און געלייגט זײַן אויסגעדאַרטע האַנט אויף דער פּלייצע פֿון דער נעבעכדיקער בראָסקע. דער פֿאַרזשאַווערטער שליסל האָט געסקריפּעט אין דעם שלאָס, די גרויסע טיר איז פֿאַרמאַכט געוואָרן הינטער זיי מיט אַ

טראַסק, און בראָסקע איז געווען אַן אומבאַהאָלפּענער געפֿאַנגענער אין דעם וויטסטן קאַרצער אין דער בעסט באַוואַכטער באַפֿעסטיקונג אין דעם שטאַרקסטן שלאָס אין דער גאַנצער לענג און ברייט פֿון פֿריילעך ענגלאַנד.

קאַפּיטל זיבן

דער פֿײַפֿער בײַ די טויערן פֿון קאַיאָר

די ווערבע־זינגפֿויגל האָט געצוויטשעט זײַן דין קליין לידל, אַליין באַהאַלטן אין דער טונקעלער קרײַקע פֿון דעם טײַך־ברעג. כאָטש שוין שפּעטער ווי צען אַ זייגער בײַ נאַכט, האָט דער הימל נאָך אַלץ געכאַפּט און געהאַלטן עטלעכע אָנהאַלטעוודיקע זוימען פֿון ליכט פֿון דעם אָפּגעגאַנגענעם טאָג, און די אָנגעכמורעטע היצן פֿון דעם ברענענדיקן נאָכמיטאָג זײַנען צעבראָכן געוואָרן און זיך אַוועקגעקײַקלט מיט דעם צעטרײַבנדיקן אָנריר פֿון די קילע פֿינגער פֿון דער קורצער מיטלזומערדיקער נאַכט. קראָט איז געלעגן אויסגעצויגן אויף דעם ברעג, נאָך אַלץ געהאַלטן אין סאָפּען פֿון דער דריקונג פֿון דעם רציחהדיקן טאָג, אָן וואָלקנס פֿון באַגינען ביז דעם שפּעטן זון־אונטערגאַנג, און געוואַרט אויפֿן צוריקקער פֿונעם פֿרײַנד. ער איז געווען אויף דעם טײַך מיט עטלעכע באַלייטערס, געלאָזט דעם וואַסער־שטשור פֿרײַ אויף אַ לאַנגאָנעדיקער באַשטעלונג מיט ווידרע, און ער איז צוריק צו געפֿינען דאָס הויז פֿינצטער און פֿאַרלאָזן, אָן שום סימנים פֿון שטשור, וואָס אָן ספֿק בלײַבט שפּעט מיט זײַן אַלטן חבֿר. עס איז נאָך אַלץ געווען צו הייס צו טראַכטן פֿון בלײַבן אינעווייניק, איז ער דערפֿאַר געלעגן אויף אַ ביסל קילע שטשאַוו־בלעטער, און געטראַכט וועגן דעם פֿאַרגאַנגענעם טאָג און זײַנע טווּנגען, און ווי גוט דאָס אַלץ איז געווען.

דעם שטשורס לײַכטע טריט האָבן זיך געלאָזט הערן קומענדיק נעענטער איבער דעם אויסגעטריקנטן גראָז. "אָ, די געבענטשטע קילקייט," האָט ער געזאָגט, און זיך אַוועקגעזעצט, געשטאַרט פֿאַרקלערט אויפֿן טײַך, שטיל און פֿאַרזאָרגט.

"דו ביסט געבליבן עסן וועטשערע, אַוודאי?" האָט דער קראָט באַלד געזאָגט.

"כ'האָב פּשוט געדאַרפֿט," האָט געזאָגט דער שטשור. "זיי האָבן ניט געוואָלט הערן אַז איך זאָל פֿריִער אָפּגיין. דו ווייסט ווי גוטהאַרציק זיי זײַנען אַלע מאָל. און זיי האָבן אַלץ וואָס פֿריילעכער געמאַכט, פּונקט ביזן מאָמענט אָפּצוגיין. נאָר איך האָב זיך געפֿילט ווי אַן אַכזר די גאַנצע צײַט, ווײַל ס'איז מיר קלאָר געווען אַז זיי זײַנען געווען גאָר אומגליקלעך, כאָטש זיי האָבן געפּרוּווט דאָס צו באַהאַלטן. קראָט, איך האָב מורא אַז זיי זײַנען אין צרות. די קליינע פּוכקע איז נאָך אַ מאָל פֿאַרלוירן געגאַנגען, און דו ווייסט ווי שטאַרק זײַן פֿאָטער האַלט אים, כאָטש ער רעדט נאָר ווייניק דערוועגן."

"וואָס, דאָס קינד?" האָט לײַכט געזאָגט דער קראָט. "נו, אפֿשר איז ער אַזוי; פֿאַר וואָס זאָרגן זיך דערוועגן? ער פֿלעגט אַלע מאָל וואַנדערן אַרום און גיין פֿאַרלוירן, און זיך באַווײַזן נאָך אַ מאָל, איז ער אַזוי אײַנשטעלעריש. נאָר ער איז קיין מאָל ניט געשאַט געווען.

אַלע דאָ אַרום קענען אים און האָבן אים ליב, גלײַך ווי מיט דער אַלטער ווידרע, און מע קען זיכער זײַן אַז אַבי אַ חיה וועט אים אָנטרעפֿן און נעמען צוריק בשלום אין דער היים. געדענק, מיר אַליין האָבן אים געפֿונען, מײַלן פֿון דער היים, און גאַנץ נאָך מיט שליטה איבער זיך און פֿריילעך!"

"יאָ, אָבער דאָס מאָל איז ערנסטער," האָט דער שטשור שווער געזאָגט. "ער איז פֿאַרפֿעלן געוואָרן שוין עטלעכע טעג, און די ווידרעס האָבן געזוכט אומעטום מיט ליכט, אָן געפֿינען דעם מינדסטן סימן. און זיי האָבן געפֿרעגט אויך בײַ יעדער חיה, ביז מײַלן אַרום, און קיינער ווייסט גאָרנישט ניט וועגן אים. ווידרע איז אַ פּנים מער באַזאָרגט ווי ער איז זיך מודה. איך האָב זיך פֿון אים דערוווּסט אַז דער יונגער פּוּקע האָט זיך נאָך ניט גוט געלערנט שווימען, און איך קען זען אַז ער טראַכט וועגן דער גרעבליע. ס'איז נאָך אַ סך וואַסער שטראָמען אַראָפּ, קוקנדיק אויף דער צײַט פֿון יאָר, און דער אָרט האָט שטענדיק געהאַט אַ פֿאַרכאַפּטקייט פֿאַר דעם קינד. און עס זײַנען אויך — נו, פֿאַסטקעס און זאַכן — דו ווייסט. ווידרע איז ניט דער מין בחור צו ווערן נערוועז צו פֿרי וועגן אַ זון זײַנעם. און ער איז איצט נערוועז. ווען איך האָב זיך געזעגנט איז ער אַרויס מיט מיר — געזאָגט אַז ער וויל אַ ביסל לופֿט און גערעדט וועגן אויסציִען די פֿיס. נאָר איך האָב געקענט זען אַן דאָס איז ער ניט אויסן, האָב איך אים אויסגעפֿרעגט און זיך דערוווּסט אַלץ פֿון אים סוף־כּל־סוף. ער האָט געהאַט אין זינען איבערנעכטיקן בײַ דעם איבערפֿאָר. דו קענסט דעם אָרט ווו דער אַלטער בראָד איז אַ מאָל געווען, אין די אַלטע טעג איידער מע האָט אויסגעבויט די בריק?"

"איך קען אים גוט," האָט דער קראָט געזאָגט. "אָבער פֿאַר וואָס האָט ווידרע באַשלאָסן דאָרט צו באַוואַכן?"

"נו, ס'דאַכט זיך אַז דאָרט האָט ער ערשט געלערנט פּוּקע שווימען," איז ווײַטער געגאַנגען ער שטשור. "פֿון דער פּלאַטשיקער צונג פֿון זשוויר לעבן ברעג. און ס'איז דאָרט געווען ווו ער פֿלעגט אים לערנען כאַפּן פֿיש, און דאָרט האָט דער יונגער פּוּקע געכאַפּט זײַן ערשטן פֿיש, וואָס דערמיט האָט ער שטאַרק שטאָלצירט. דאָס קינד האָט ליב דעם אָרט און ווידרע מיינט אַז אויב ער קומט וואַנדערנדיק צוריק פֿון ווו ער זאָל ניט זײַן — אויב איצט איז ער אין ערגעץ, נעבעכדיק קליין קינד — וועט ער אפֿשר נעמען זיך צו דעם בראָד וואָס איז אים אַזוי געפֿעלן, אָדער אויב ער צופֿעליק געפֿינט זיך דאָרט, וועט ער דאָס גוט געדענקען און דאָרט בלײַבן שפּילן, אפֿשר. איז, גייט ווידרע דאָרט אַלע נעכט און האַלט אַן אויג — נאָר טאָמער ...., דו ווייסט, נאָר טאָמער!"

זיי האָבן ביידע געשוויגן אַ ווײַלע, ביידע געטראַכט פֿון דער זעלבער זאַך — די עלנטע, האַרץ־אײַנגעפֿאַלענע חיה, הויערן לעבן דעם בראָד, קוקן און וואַרטן דורך דער לאַנגער נאַכט — נאָר טאָמער ....

"נו, נו," האָט באַלד געזאָגט דער שטשור, "איך נעם אָן אַז מיר זאָלן טראַכטן פֿון שלאָף." נאָר ער האָט זיך ניט אָנגעהויבן באַוועגן.

"שטשור," האָט דער קראָט געזאָגט, "איך קען ניט פּשוט גיין שלאָפֿן, און טאָן גאָרנישט ניט, כאָטש אַפֿילו אַז עס זעט אויס אַז ס'איז ניט וואָס צו טאָן. מיר וועלן נעמען אַרויס דאָס שיפֿל און רודערן טײַך־אַרויף. די לבֿנה גייט אויף אין אַ שעה מער־ווייניקער, און דעמאָלט וועלן מיר אַרומזוכן אויף וויפֿל מיר קענען — סײַ ווי וועט דאָס זײַן בעסער ווי לייגן זיך אַוועק אין בעט און טאָן *גאָרנישט*."

"פּונקט וואָס איך אַליין האָב געמיינט," האָט דער **ש**טשור געזאָגט. "ס'איז ניט דער מין נאַכט פֿאַר שלאָפֿן סײַ ווי סײַ, און דער פֿאַרטאָג איז ניט ווײַט אַוועק, און דעמאָלט וועלן מיר אפֿשר זיך דערוויסן עפּעס נײַעס וועגן אים פֿון די פֿרי־אויפֿשטייערס בעת מיר גייען."

זיי האָבן גענומען דאָס שיפֿל אַרויס און דער **ש**טשור האָט צוגענומען די רודערלעך, האָט ער אָפּגעהיט גערודערט. אַרויס אין מיטן שטראָם איז געווען אַ קלאָרער, ענגער פּאַס וואָס האָט שוואַך אָפּגעשפּיגלט דעם הימל, נאָר ווו נאָר שאָטנס זײַנען געפֿאַלן אויפֿן וואַסער פֿון ברעג, קוסט, צי בוים, האָבן זיי אויסגעזען אַזוי סאָליד ווי די ברעגן אַליין, און דער **ק**ראָט האָט געדאַרפֿט קערעווען מיט שׂכל דערפֿאַר. פֿינצטער און פֿאַרלאָזן ווי עס איז געווען, איז די נאַכט אָנגעפֿילט געווען מיט קליינע קלאַנגען, געזאַנג און פּלאַפּלערײַ און שאָרכען, וואָס באַווײַזט די פֿאַרנומענע קליינע באַפֿעלקערונג וואָס זײַנען אויף די פֿיס, פֿאַרנומען מיט זייער געשעפֿט און מלאָכות דורך דער נאַכט, ביז די זונענשײַן פֿאַלט אויף זיי צום סוף און זיי אָפּשיקן צו אַ גוט פֿאַרדינטער רו. דעם וואַסערס אייגענע קלאַנגען זײַנען אויך געווען מער קענטיק ווי בײַ טאָג, דאָס ריזלען און די "קלופּס" מער אומגעריכט און נאָענט, און זיי האָבן שטענדיק צאַפּלען געגעבן אויף וואָס האָט זיי זיך געדאַכט פֿאַר אַ פּלוצעמדיקן קלאָרן רוף פֿון אַן אמתדיק דײַטלעך קול.

די ליניע פֿונעם האָריזאָנט איז קלאָר געווען און האַרט אַנטקעגן דעם הימל, און אין איין באַזונדערן שטח האָט זי זיך באַוויזן שוואַרץ אַנטקעגן אַ זילבערנער אויפֿשטײַגנדיקער פֿאָספֿאָרעסצענץ וואָס וואַקסט און וואַקסט. צום סוף איבערן קאַנט פֿון דער וואַרטנדיקער ערד האָט די לבֿנה זיך אויפֿגעהויבן מיט פּאַמעלעכער מאַיעסטעט, ביז זי שווינגט זיך פֿרײַ פֿון דעם האָריזאָנט און רײַט אַוועק, פֿרײַ פֿון צושיפֿשטעלן; און נאָך אַ מאָל האָבן זיי אָנגעהויבן דערזען געשטאַלטן – ברייט פֿאַרשפּרייטע לאָנקעס, און שטילע גערטנער, און דער טײַך אַליין פֿון ברעג צו ברעג, אַלץ ווייך אַנטפּלעקט, אַלץ ריין אָפּגעוואַשן פֿון סוד און אימה, אַלץ שטראַלנדיק ווי בײַ טאָג נאָר מיט אַ חילוק אַן אומגעהײַערן. די אַלטע באַליבטע ערטער האָבן זיי באַגריסט אין אַנדערער הלבשה, גלײַך ווי זיי האָבן זיך אַוועקגעמאַכט און אָנגעטאָן די ריינע נײַע קליידונג און זײַנען גיך צוריק, שמייכלענדיק בעת זיי וואַרטן שעמעוודיק צו זען צי וועט מע זיי דערקענען אַזוי באַקליידט.

צופֿעסטיקן דאָס שיפֿל צו אַ ווערבע האָבן די פֿרײַנד געלאַנדט אין דעם אָ שטילן, זילבערנעם מלכות, און געדולדיק דורכגעזוכט די קוסטצוימען, די הוילע ביימער, די רינוועס און זייערע קליינע ריוון, די קאַנאַוועס און אויסגעטריקנטע וואַסערוועגן. צוריק אינעם שיפֿל און אַריבערן טײַך, האָבן זיי געאַרבעט אויף אַ גאַנג טײַך־אַרויף אין דעם דאָזיקן שטייגער, בעת די לבֿנה, רויִק און אָפּגעזונדערט אין אַ הימל אָן וואָלקנס, האָט אירס געטאָן, כאָטש ווײַט אַוועק, זיי צו העלפֿן מיטן זוכעניש, ביז איר שעה איז געקומען און זי איז אַראָפּ ערד־צו אומווילִיק, און זיי איבערגעלאָזט, און מיסטעריע האָט נאָך אַ מאָל געהאַלטן פֿעלד און טײַך.

דעמאָלט האָט אַ שינוי זיך פּאַמעלעך אַנטפּלעקט. דער האָריזאָנט איז קלאָרער געוואָרן, פֿעלד און בוים קלאָרער צו דערזען און ווי ניט איז אויסזעענדיק אַנדערש; דער סוד האָט אָנגעהויבן אַראָפּפֿאַלן פֿון זיי. אַ פֿויגל האָט פּלוצעם געפּיפּט, און איז שטיל געוואָרן, און אַ לײַכט ווינטל איז אויפֿגעשפּרונגען און געמאַכט שאָרכען דעם ראָר און דעם טשערעט. **ש**טשור, וואָס איז געווען אויף הינטן אינעם שיפֿל, בעת **ק**ראָט רודערט, האָט זיך מיט אַ מאָל אויפֿגעזעצט און זיך צוגעהערט מיט פֿאַרברענטער שטאַרקייט. **ק**ראָט, וואָס מיט ווייכע

שטויסן האָט געהאַלטן דאָס שפּיל אין באַוועגונג בעת ער קוקט מיט אויגן אויף די ברעגן, האָט אויף אים נײַגעריק געקוקט.

"ס'איז אַוועק!" האָט געזיפּצט דער שטשור, לאָזנדיק זיך אַראָפּ אויפֿן זיץ נאָך אַ מאָל. "אַזוי שיין און מאָדנע און נײַ! ווי עס ענדיקט זיך אַזוי באַלד, ווינטש איך שיִער ניט אַז איך האָב עס קיין מאָל ניט געהערט. וואָרן עס האָט אויפֿגעוועקט אין מיר אַ בענקעניש וואָס איז ווייטיקדיק, און גאָרנישט אַנדערש האָט מער ניט קיין ווערט אַחוץ הערן נאָך אַ מאָל דעם קלאַנג און זיך אים צוצוהערן אויף אייביק. ניין! אָט איז עס נאָך אַ מאָל!" האָט ער געשריגן, נאָך אַ מאָל אָנגעשפּיצט. פֿאַרכּישופֿט, האָט ער געשוויגן אַ לאַנגע ווײַלע אַ פֿאַרכאַפּטער.

"איצט גייט עס אַוועק און איך הייב אָן דאָס צו פֿאַרלירן," האָט ער באַלד געזאָגט. "אָ, קראָט! די שיינקייט אין אים! דאָס לעבעדיקע בלעזלען און פֿרייד, דער דינער, בולטער, פֿריילעכער רוף פֿון דעם ווײַטערן פֿײַפֿן! אַזאַ מוזיק האָב איך דערוועגן קיין מאָל ניט געחלומט, און דער רוף אין אים איז שטאַרקער אַפֿילו ווי די מוזיק איז זיס! רודער ווײַטער, קראָט, רודער! וואָרן די מוזיק און דער רוף מוזן זײַן געצילט אויף אונדז."

דער קראָט, אָנגעפֿילט מיט ווונדער, האָט געפֿאָלגט. "איך אַליין הער גאָרנישט ניט," האָט ער געזאָגט, "אַחוץ דער ווינט שפּילן אין דעם ראָר און דעם טשערעט און ווערבעס."

דער שטשור האָט קיין מאָל ניט געענטפֿערט, אויב ער האָט טאַקע געהערט. געשפּאַנט, אַוועקגעטראָגן, ציטערן, זײַנען די אַלע חושים זײַנע באַנומען געוואָרן פֿון דער דאָזיקער נײַער הייליקער זאַך וואָס האָט געכאַפּט זײַן אומבאַהאָלפֿענע נשמה און זי אַרומגעשווונגען און אים געהאָצקעט, אַ פֿריילעך עופֿעלע אָן כּוח אין אַ שטאַרקן אָנהאַלטנדיקן כאַפּ.

שטילערהייט האָט קראָט כּסדר גערודערט, און באַלד זײַנען זיי געקומען צו אָן אָרט וווּ דער טײַך צעשפּאַלט זיך אין צווייען, מיט אַ לאַנגן שטילשטראָם צעצווײַגט אויף איין זײַט. מיט אַ קליינער באַוועגונג מיטן קאָפּ האָט שטשור, וואָס האָט שוין לאַנג אַראָפּגעלאָזט די קערמע־שטריקן, אָנגעוויזן דעם רודערער אַז ער זאָל רודערן אויף דעם שטילשטראָם. דער קריכנדיקער פֿלייץ פֿון ליכט איז אַלץ שטאַרקער און שטאַרקער געוואָרן, און איצט האָבן זיי געקענט זען די פֿאַרב פֿון די בלומען ווי איידלשטיינער אויפֿן ברעג וואַסער.

"נאָך קלאָרער און נעענטער אויך," האָט דער שטשור בשׂימחה געשריגן. "איצט מוזסט דו דאָס זיכער הערן! אַ – צום סוף – איך זע אַז דו הערסט!"

אָן אָטעם און פֿאַרגליווערט האָט דער קראָט אויפֿגעהערט רודערן בעת דער פֿליסיקער לויף פֿון דעם פֿריילעכע פֿײַפֿן האָט זיך אויף אים צעבראָכן ווי אַ כוואַליע, אים געכאַפּט און געהאַלטן אין רשות. ער האָט געזען די טרערן אויף דעם חבֿרס באַקן, און אַראָפּגעלאָזט דעם קאָפּ און האָט פֿאַרשטאַנען. אויף אַ רגע זײַנען זיי דאָרט געבליבן, אָנגערירט פֿון די לילאַ ליסימאַכיע וואָס מאַכט אַ פֿראַנדז פֿאַזע ברעג; דעמאָלט האָט דער קלאָרער, באַפֿעלערישער צורוף, וואָס מאַרשירט האַנט בײַ האַנט מיט דעם פֿאַרשיכּורנדיקן ניגון, באַהערשט קראָט, און מעכאַניש האָט ער זיך נאָך אַ מאָל גענומען צו די רודערס. און די ליכט איז כּסדר שטאַרקער געוואָרן, אָבער קיין פֿייגל האָבן ניט געזונגען ווי געוויינטלעך בײַם אָנקום פֿון באַגינען, און אַחוץ פֿון דער מחיהדיקער מוזיק איז אַלץ געווען ווונדערלעך שטיל.

אויף ביידע זײַטן פֿון זיי, בעת זיי האָבן זיך געגליטשט פֿאָרויס, האָט דאָס רײַכע לאָנקע־גראָז אויסגעוויזן דעם אינדערפֿרי אַ פֿרישקייט און גרינקייט ניט איבערצושטײַגן. קיין מאָל פֿריִער האָבן זיי ניט באַמערקט ווי העל זײַנען די רויזן, ווי ווילד די ווערבע־קרײַטעכצער, ווי שמעקעדיק און דורכדרינגלעך די שפּירבלום. דעמאָלט האָט דער מורמל פֿון דער

קומענדיקער גרעבליע אָנגעהויבן כאַפּן די לופֿט, און זיי האָבן געפֿילט אַ וויסיקייט אַז זיי קומען צו דעם סוף, וואָס דאָס זאָל ניט זײַן, וואָס האָט זיכער אָפּגעוואַרט זייער עקספּעדיציע.

אַ ברייטער האַלב־קרײַז פֿון שוים און פֿינקלענדיקע ליכט און שײַנענדיקע אַקסלען פֿון גרין וואַסער, האָט די גרויסע גרעבליע פֿאַרמאַכט דעם שטילשטראָם פֿון ברעג צו ברעג, געשטערט די גאַנצע שטילע אייבערפֿלאַך מיט דרייענדיקע ווירבלען און שווימענדיקע פּאַסן שוים, און פֿאַרטויבט די אַלע אַנדערע קלאַנגען מיט איר פֿײַערלעך און טרייסטנדיק גערויש. אין דער סאַמע מיט פֿונעם שטראָם, אַרומגענומען צווישן דער גרעפּליעס שימערירנדיקע אָרעמס, איז געאַנקערט געווען אַ קליין אינדזל, ענג אַרומגערינגלט מיט ווערבע און זילבער־בערעזע און אָלכע. שעמעוודיק און באַשיידן, נאָר שטאַרק באַטײַטיק, האָט עס באַהאַלטן אַבי דעם אינהאַלט הינטער אַ שלייער, געהאַלטן ביז עס קומט די שעה, און מיט דער שעה, אויך די צוגערופֿענע און די אויסגעקליבענע.

פּאַמעלעך, נאָר אָן שום ספֿק צי וואַקלעניש, און מיט עפּעס אַ פֿײַערלעך ריכטן זיך, זײַנען די צוויי חיות דורך דעם צעבראָכענעם, טומלדיקן וואַסער און צוגעפֿעסטיקט זייער שיפֿל בײַ דעם באַבלומטן קאַנט פֿון דעם אינדזל. שטילערהייט האָבן זיי געלאַנדט און זיך געשטופּט דורך די בלומען און געדוכיק גרינוואַרג און געקוסט וואָס פֿירט אַרויף צו דעם גלײַכן באָדן, ביז זיי זײַנען געשטאַנען אויף אַ קליינער לאָנקע, וווּנדערלעך גרין, און אַרומגערינגלט מיט דער נאַטורס אייגענע סאָד־ביימער – ווילדער עפּלבוים, ווילדער קאַרש, און טערען

"דאָס איז דער אָרט פֿון מײַן געזאַנג־טרוים, דער אָרט וואָס די מוזיק האָט מיר געשפּילט," האָט געשעפּטשעט דער שטשור, ווי אין אַ טראַנס. "דאָ, אין אָט דעם הייליקן אָרט, דאָ, אויב אַבי וווּ, וועלן מיר אים זיכער געפֿינען!"

דעמאָלט האָט דער קראָט מיט אַ מאָל געפֿילט ווי אַ גרויסן אָפּשײַ פֿאַלט אויף אים, אַן אָפּשײַ וואָס האָט די מוסקלען געמאַכט ווי וואַסער, אַראָפּגעבויגן דעם קאָפּ און פֿאַרוואָרצלט די פֿיס צו דער ערד. עס איז ניט געווען קיין פּאַניק פֿון אימה – באמת האָט ער זיך געפֿילט ווונדערלעך פֿרידלעך און גליקלעך – נאָר עס איז געווען אַן אָפּשײַ וואָס האָט אים געשלאָגן און געהאַלטן, און אָן זען האָט ער געוווּסט אַז עס מוז באַטײַטן אַז עפּעס אַ דערהויבן בײַזײַן איז זייער, זייער נאָענט. נאָר מיט צרות האָט ער זיך געדרייט צו זוכן דעם פֿרײַנד, און האָט אים געזען בײַ זײַן זײַט, אײַנגעשראָקן, דערשלאָגן, און גוואַלדיק ציטערן. און נאָך אַלץ איז אַלץ געווען גאַנץ שטיל אין די געדיכטע באַפֿעלקערטע, פֿויגל־אָנגעפֿילטע צווײַגן אומעטום אַרום זיי; און נאָך אַלץ איז די ליכט געוואַקסן און געוואַקסן.

אפֿשר וואָלט ער זיך קיין מאָל ניט דערוועגט אויפֿהייבן די אויגן, נאָר כאָטש דאָס פּײַפֿן איז איצט אײַנגעשטילט געוואָרן, האָבן דער ווונק און דער אויפֿרוף נאָך אַלץ געפֿילט הערשנדיק און באַפֿעלעריש. ער האָט זיך ניט געטאָרט אָפּזאָגן, זאָל דער טויט אַפֿילו וואַרטן אים תּיכּף צו קלאַפּן, נאָכדעם וואָס ער האָט געקוקט מיט אַ שטערבלעך אויג אויף זאַכן בעסער באַהאַלטן. ציטערנדיק האָט ער געפֿאָלגט, און אויפֿגעהויבן דעם שפּלדיקן קאָפּ, און דעמאָלט, אין דער אַבסאָלוטער קלאָרקייט פֿון דעם נאָענטן באַגינען, בעת די נאַטור, פֿאַרפֿלאַמט מיט דער גאַנצקייט פֿון אומגלייבלעכער פֿאַרב, האָט אויסגעזען ווי זי האַלט דעם אָטעם צוליב דעם געשעעניש, האָט ער געקוקט אַרײַן אין די סאַמע אויגן פֿון דעם פֿרײַנד און העלפֿער, געזען דעם בייג אויף צוריק אין די געבויגענע הערנער, גלאַנצנדיק אין דער וואַקסנדיקער טאָגליכט; געזען די שטרענגע, קרומע נאָז צווישן די פֿרײַנדלעכע אויגן וואָס האָט געקוקט אַראָפּ אויף זיי מיט הומאָר, און דאָס באַבערדלטע מויל האָט זיך האַלב

געשמייכלט אין די ווינקלען; געזען די רונצלענדיקע מוסקלען אויף דעם אָרעם וואָס ליגט איבער דער ברייטער ברוסט, די לאַנגע בייגעוודיקע האַנט נאָך אַלץ מיט דעם פּאַן־פֿײַפֿל נאָר וואָס אַראָפּ פֿון די צעשיידטע ליפּן; געזען די פּראַכטיקע בויגנס פֿון די צעשויבערטע אבֿרים מאַיעסטעטיש לײַכט אויסגעשטעלט אויף דער לאָנקע; געזען, צו לעצט, צוגעטוליעט צווישן זײַנע סאַמע טלאָען, טיף געשלאָפֿן אין פֿולקומען פֿרידן און צופֿרידנקייט, דעם קליינעם, קײַלעכדיקן, פּוישיקן, קינדישן פֿאָרעם פֿון דעם ווידרע־עופֿעלע. דאָס אַלץ האָט ער געזען, אויף איין רגע אָן אָטעם און אינטענסיוו, שאַרף אַנטקעגן דעם פֿרימאָרגן־הימל; און נאָך אַלץ, בעת ער קוקט, האָט ער געלעבט; און נאָך אַלץ, בעת ער לעבט, האָט ער זיך געוווּנדערט.

"**ש**טשור!" האָט ער געפֿונען אָטעם צו שעפּטשען, ציטערנדיק, "האָסטו מורא?"

"מורא?" האָט געמורמלט דער **ש**טשור, די אויגן שײַנענדיק מיט אַ ליבע ניט צו באַשרײַבן. "מורא! פֿאַר ***אים?*** אָ, ניין, קיין מאָל ניט! און פֿאָרט – און פֿאָרט – אָ, **ק**ראָט, איך האָב יאָ מורא!"

דעמאָלט האָבן די צוויי חיות, הויערנדיק אויף דער ערד, אַראָפּגעלאָזט די קעפּ און האָבן מתפּלל געווען.

מיט איין מאָל און פּראַכטיק האָט דער זונס ברייטער גאָלדענער דיסק זיך באַוויזן איבערן האָריזאָנט פֿאַר זייערע אויגן, און די ערשטע שטראַלן, שיסנדיק איבער די פֿלאַטשיקע וואַסער־לאָנקעס, האָבן געשלאָגן די חיות שטאַרק אין די אויגן און זיי פֿאַרבלענדט. ווען זיי האָבן נאָך אַ מאָל געקענט זען, איז די **ו**יזיע פֿאַרשוווּנדן געוואָרן, און די לופֿט איז אָנגעפֿילט געווען מיט דעם פֿריילעכן ניגון פֿון פֿייגל באַגריסן דעם קאַיאָר.

בעת זיי האָבן ליידיק געגאַפֿט, אין שטומען ווייטיק וואָס איז טיפֿער געוואָרן בעת עס איז זיי פּאַמעלעך אײַנגעפֿאַלן אַלץ וואָס זיי האָבן געזען און אַלץ וואָס זיי האָבן פֿאַרלוירן, האָט אַ קאַפּריזנע קליין ווינטל, טאַנצנדיק אַרויף פֿון דער אייבערפֿלאַך פֿונעם וואַסער, געוואָרפֿן די טאָפּאָליעס, געטרייסלט די טוייִקע רויזן, און לײַכט געבלאָזן און געגלעט די פּנימער זייערע, און מיט אָט דעם צאַרטן אָנריר איז געקומען תּיכּפֿדיק פֿאַרגעסעניש. וואָרן דאָס איז די לעצטע בעסטע מתּנה וואָס דער גוטהאַרציקער האַלבגאָט נעמט מי צו געבן צו יענע וואָס צו זיי האָט ער זיך באַוויזן בײַם העלפֿן: די מתּנה פֿון פֿאַרגעסעניש. כּדי דער שרעקלעכער זכר זאָל ניט בלײַבן און וואַקסן און פֿאַרשאָטענען שׂימחה און פֿאַרגעניגן, און דאָס גרויסע נאָגנדיקע געדעכעניש זאָל ניט קאַליע מאַכן די איבעריקע לעבנס פֿון די קליינע חיות געהאָלפֿן אַרויס פֿון צרות, זיי זאָלן קענען זײַן אַזוי פֿריילעך און לײַכטהאַרציק ווי פֿריִער.

קראָט האָט געריבן די אויגן און געשטאַרט אויף **ש**טשור, וואָס האָט געהאַלטן אין קוקן זיך אַרום אין אַ געפּלעפֿטן אופֿן. "זײַ מוחל, וואָס האָסטו געזאָגט, **ש**טשור?" האָט ער געפֿרעגט.

"איך האָב נאָר באַמערקט," האָט **ש**טשור פּאַמעלעך געזאָגט, "אַז דאָס איז דער ריכטיקער מין אָרט, און אַז דאָ, אויב ס'איז פֿאַראַן אַזאַ אָרט, זאָלן מיר אים געפֿינען. און כּך־הווה! זע, דאָרט איז ער, דער קליינער בחור!" און מיט אַ געשריי פֿון פֿרייד איז ער געלאָפֿן צו דעם שלאָפֿנדיקן **פּ**וכקע צו.

נאָר **ק**ראָט איז שטיל געשטאַנען אַ רגע, פֿאַרקלערט. ווי איינער אויפֿגעוועקט מיט אַ מאָל פֿון אַ שיינעם חלום, וואָס קעמפּט אים צו געדענקען, און קען ניט פֿאַרכאַפּן מער ווי אַן

אומקלאָר געפֿיל פֿון דער שײנקײט דערפֿון, די שײנקײט! ביז אָט דאָס נאָך דער רײ איז אָפּגעשוואַכט געוואָרן און דער בעל־חלומות נעמט ביטער אָן די האַרטע, קאַלטע וואַכיקייט און אַלע אירע שטראָפֿן. איז, קראָט, נאָך דאָס קאַמפֿן מיט דעם זכרון אַ מאָמענט, האָט טרויעריק געשאָקלט דעם קאָפּ און איז נאָכגעגאַנגען נאָך דעם שטשור.

פּוכקע איז וואַך געוואָרן מיט אַ פֿריילעכן קוויטש, און געצאַפּלט מיט פֿאַרגעניגן מיטן בליק פֿון דעם פֿאָטערס פֿרײַנד, וואָס האָבן אַזוי אָפֿט מיט אים געשפּילט אין די פֿאַרגאַנגענע טעג. נאָך אַ רגע אָבער איז זײַן פּנים לײדיק געוואָרן, און ער האָט זיך גענומען יאָגן זיך אַרום אין אַ קרײַז מיט אַ בעטנדיקן פּישטש. ווי אַ קינד וואָס שלאָפֿט פֿריילעך אין די אָרעמס פֿון דער ניאַניע, און כאַפּט זיך אויף און געפֿינט זיך איינער אַליין אָוועקגעלייגט אין אַ מאָדנעם אָרט, און זוכט דורך ווינקלען און שאַפֿעס, און לויפֿט פֿון צימער צו צימער, דער יִיאוש וואַקסנדיק שטילערהייט אינעם האַרצן, אַזוי האָט פּוכקע דורכגעזוכט דעם אינדזל און זוכט און זוכט, עקשנותדיק און אָן פֿאַרמאַטערניש, ביז סוף־כּל־סוף איז געקומען דער שוואַרצער מאָמענט דאָס אָפּצוגעבן, און דעמאָלט האָט ער זיך אַוועקגעזעצט און ביטער געוויינט.

דער קראָט איז גיך געלאָפֿן צו טרייסלען די קליינע חיה, נאָר שטשור, הײַנדיק זיך, האָט געקוקט לאַנג מיט ספֿק אויף געוויסע טלאָען־צייכנס טיף אין דער לאָנקע.

"עפּעס – אַ גרויסע – חיה – איז דאָ געווען," האָט ער פּאַמעלעך און פֿאַרקלערט געמורמלט, און ער איז געשטאַנען טראַכטנדיק, טראַכטנדיק, זײַן מוח מאָדנע געשטערט.

"קום שוין, שטשור!" האָט דער קראָט אויסגערופֿן. "געדענק די נעבעכדיקע ווידרע, וואַרטנדיק דאָרט בײַ דעם איבערפֿאָר!"

פּוכקע איז געטרייסט געוואָרן מיטן צוזאָג פֿון אַ באַזונדערן פֿאַרגעניגן – אַן אַרויספֿאָר אויפֿן טײַך אין רב שטשורס עכט שיפֿל, האָבן די צוויי חיות אים געפֿירט צום ברעג וואַסער, אים פֿעסט אַוועקגעשטעלט צווישן זיי אונטן אין שיפֿל, און אָפּגערודערט איבער דעם שטילשטראָם. די זון איז איצט גאַנץ אויפֿגעגאַנגען, און הייס אויף זיי, די פֿייגל האָבן לוסטיק געזונגען אָן אײַנהאַלט, און די בלומען האָבן געשמייכלט און געשאָקלט מיט די קעפּ אויף ביידע ברעגן, נאָר ווי ניט איז – אַזוי האָבן געמיינט די חיות – מיט ווייניקער רײַכקייט און שׂרפֿה מיט פֿאַרבן ווי זיי האָבן געדענקט זען ערגעץ ווו אַנומלט – זיי האָבן זיך געוווּנדערט ווו.

אָנגעקומען נאָך אַ מאָל אויף דעם הויפּטטײַך, האָבן זיי געדרייט דעם שיפֿלס קאָפּ טײַך־אַרויף, צו דעם אָרט צו ווו זיי האָבן געוווּסט זייער פֿרײַנד וואַרט עלנט. בעת זיי זײַנען געקומען נאָענט צו דעם קענטלעכן איבערפֿאָר, האָט דער קראָט גענומען דאָס שיפֿל אַרײַן צום ברעג, און זיי האָבן אויפֿגעהויבן פּוכקע אַרויס פֿון שיפֿל און אים געשטעלט אויף די פֿיס אויף דעם ציוועג, אים געגעבן דעם מאַרשבאַפֿעלן און אַ פֿרײַנדלעכן געזעגענונג־פּאַטש אויפֿן רוקן, און דאָס שיפֿל אָפּגעשטויסן אין מיטן שטראָם. זיי האָבן די קליינע חיה אָנגעקוקט בעת ער גייט קאַטשקעוואַטע אויף דער סטעשקע צופֿרידן און ווי וויכטיק; אים אָנגעקוקט ביז זיי האָבן געזען זײַן מאָרדע מיט אַ מאָל אויפֿהייבן זיך און זײַן קאַטשען ווערן אַן אומגעלומפּערטער שפּאַצירגאַנג בעת ער איז גיכער געגאַנגען מיט קוויטשיקע פּישטשן און צאַפּלען זיך מיט דערקענונג. מיט אַ קוק אַרויף אויף דעם טײַך האָבן זיי געקענט זען ווי ווידרע הייבט זיך אויף, אָנגעשפּאַנט און שטײַף, פֿון די פֿלאַטשיקע וואַסערן ווו ער האָט געהויערט מיט שטומען געדולד, און הערן זײַן דערשטוינטן און שׂימחהדיקן האַווקע בעת

ער שפּרינגט אַרויף דורך די ווערבעס צו דער סטעשקע. דעמאָלט האָט דער קראָט, מיט אַ שטאַרקן ציִ אויף איין רודער, אַרומגעדרייט דאָס שיפֿל און געלאָזט דעם גאַנצן שטראָם טראָגן זיי נאָך אַ מאָל אַראָפּ וווּהין ער וויל, זייער זוכעניש גליקלעך געענדיקט.

"איך פֿיל זיך מאָדנע מיד, שטשור," האָט געזאָגט דער קראָט, אָנגעלענט פֿאַרמאַטערט איבער די רודערן בעת דאָס שיפֿל דרייפֿט. "ס'איז בלײַבן וואַך אַ גאַנצע נאַכט, ווערסטו זאָגן אפֿשר, נאָר דאָס איז גאָרנישט. מיר טוען אַזוי אַ העלף פֿון די נעכט אין אַ וואָך, צו דער דאָזיקער צײַט פֿון יאָר. ניין, איך פֿיל ווי איך האָב דורכגעלעבט עפּעס גאָר שפּאַנענדיק און גאַנץ שרעקלעך, און עס האָט זיך נאָר וואָס געענדיקט, און פֿאָרט איז גאָרנישט ספּעציעל ניט געשען."

"אָדער עפּעס זייער חידושדיק און פּראַכטיק און שיין," האָט געמורמלט דער שטשור, זיך אָנגעשפּאַרט צוריק מיט פֿאַרמאַכטע אויגן. "איך פֿיל זיך ווי דו, קראָט, פּשוט טויט מיד, נאָר ניט אין גוף. אַ גליק וואָס דער שטראָם גייט מיט אונדז אַהיים. ס'איז אַ פֿאַרגעניגן נאָך אַ מאָל פֿילן די זון, יאָ, אײַנגעזאַפּט אין די ביינער! און הער זיך צו צו דעם ווינט שפּילן אין די ראָרן!"

"עס איז ווי מוזיק – מוזיק פֿון דער ווײַטנס," האָט דער קראָט געזאָגט, שאָקלענדיק דעם קאָפּ שלעפֿעריק.

"אַזוי האָב איך געמיינט," האָט געמורמלט דער שטשור, שלאָף און ווי אין אַ חלום. "טאַנץ־מוזיק – דער מונטערנדיקער מין וואָס גייט ווײַטער אָן אַ סוף – נאָר מיט ווערטער אויך – עס גייט אַרײַן אין ווערטער און נאָך אַ מאָל אַרויס – איך כאַפּ זיי פֿון צײַט צו צײַט – און דעמאָלט איז עס נאָך אַ מאָל טאַנץ־מוזיק, און דעמאָלט נאָר דאָס ווייכע דינע שעפּטשען אין די ראָרן."

"דו קענסט הערן בעסער ווי איך," האָט טרויעריק געזאָגט דער קראָט. "איך קען ניט כאַפּן די ווערטער."

"לאָמיך פּרוּוון זיי איבערצוגעבן צו דיר," האָט ווייך געזאָגט דער שטשור, די אויגן נאָך אַלץ פֿאַרמאַכט. "איצט איז עס נאָך אַ מאָל ווערטער – שוואַך נאָר קלאָר – כּדי דער אָפּשײַ זאָל ניט געדויערן – און מאַכן זאָרג פֿון שימחה – דו וועסט באַטראַכטן מײַן שליטה אין דער שעה פֿון נויט – אָבער דעמאָלט וועסטו פֿאַרגעסן! איצט די ראָרן נעמען דאָס אָן – פֿאַרגעס, פֿאַרגעס, זיפֿצן זיי, און עס שטאַרבט אָפּ אין אַ שאָרך און אַ שעפּטש. דעמאָלט קומט צוריק דאָס קול –

"כּדי אבֿרים זאָלן ניט פֿאַררייטלט ווערן און צעריסן – איך לאָז אָפּ די וואַרטנדיקע פֿאַסטקע – בעת איך לויז מאַכן די סילצע וועסטו מיך אפֿשר דאָרט דערזען – וואָרן זיכער וועסטו פֿאַרגעסן! רודער נעענטער, קראָט, נעענטער צו די ראָרן! עס איז שווער צו כאַפּן און ווערט אַלץ שוואַכער יעדן מינוט.

"העלפֿער און היילער, מונטער איך אויף – קליינע הפֿקר־קינדער אין דעם נאַסן וואַלד – פֿאַרלוירענע געפֿין איך דאָרט, וווּנדן פֿאַרבינד איך דאָרט – בעטן זיי אַלע צו פֿאַרגעסן! נעענטער, קראָט, נעענטער! ניין, ס'טויג ניט; דאָס געזאַנג איז אָפּגעשטאָרבן געוואָרן ביז ראָרן־שמועס."

"אָבער וואָס באַטײַטן די ווערטער?" האָט געפֿרעגט דער וווּנדערנדיקער קראָט.

"דאָס ווייס איך ניט," האָט דער **ש**טשור פּשוט געזאָגט. "איך האָב זיי דיר איבערגעגעבן ווי זיי זײַנען געקומען צו מיר. אַ! איצט קומען זיי נאָך אַ מאָל צוריק, און דאָס מאָל, גאַנץ און קלאָר! דאָס מאָל, סוף־כּל־סוף, איז דאָס די אמתדיקע, די אָנספּקדיקע זאַך, פּשוט – תּאווהדיק – שלמותדיק –"

"נו, לאָמיך הערן שוין," האָט דער **ק**ראָט געזאָגט, נאָכן וואַרטן עטלעכע מינוטן געדולדיק, האַלב דרעמלען אין דער הייסער זון.

נאָר קיין ענטפֿער איז ניט געקומען. ער האָט אַ קוק געטאָן און פֿאַרשטאַנען די שטילקייט. מיט אַ שטאַרק הנאהדיק שמייכל אויפֿן פּנים, און עפּעס אַ צוהערנדיקער מינע נאָך אַלץ דאָרט, איז דער מידער **ש**טשור פֿעסט געשלאָפֿן.

קאַפּיטל אַכט

בראָסקעס אַוואַנטורעס

ווען **ב**ראָסקע האָט זיך געפֿונען אײַנגעשפּאַרט אין אַ פֿײַכטן און מיאוסן קאַרצער, און געוווּסט אַז דאָס גאַנצע ביטערע פֿינצטערניש פֿון אַ מיטל־עלטערישער פֿעסטונג ליגט צווישן אים און דער דרויסנדיקער וועלט פֿון זונענשײַן און גוט־ברוקירטע הויכוועגן וווּ ער איז אַ מאָל געווען אַזוי גליקלעך, פֿאַרווײַלנדיק זיך גלײַך ווי ער האָט אויסגעקויפֿט יעדן וועג אין ענגלאַנד, האָט ער זיך געוואָרפֿן אויסגעצויגן אויף דער פּאַדלאָגע, און געוויינט ביטערע טרערן, און זיך איבערגעגעבן צו פֿינצטערן ייִאוש. "דאָס איז דער סוף פֿון אַלץ" (האָט ער געזאָגט), "וויײניקסטנס איז דאָס דער סוף פֿון דער קאַריערע פֿון **ב**ראָסקע, וואָס איז די זעלבע זאַך; די פּאָפּולערע און שיינע **ב**ראָסקע, די רײַכע און גאַסטפֿרײַנדלעכע **ב**ראָסקע, די **ב**ראָסקע אַזוי פֿרײַ און אָפּגעלאָזן און עלעגאַנט! ווי קען איך האָפֿן באַפֿרײַט צו ווערן נאָך אַ מאָל" (האָט ער געזאָגט), "איך, אײַנגעשפּאַרט אַזוי יושרדיק צוליב גנבֿענען אַזאַ שיינעם מאָטאָר אַזוי דרייסט, און צוליב אַזאַ סענסאַציאָנעלער און דמיונדיקער חוצפּה, באַשאָנקען אויף אַזאַ צאָל דיקע פּאָליציאַנטן מיט רויטע פּנימער!" (דאָ איז ער דערשטיקט געוואָרן פֿון כליפּען.) "נאַרישע חיה וואָס איך בין געווען" (האָט ער געזאָגט), "איצט מוז איך שמאַכטן אין דעם אָ קאַרצער, ביז מענטשן וואָס אַ מאָל שטאָלצירן מיט קענען מיך פֿאַרגעסן דעם סאַמע נאָמען פֿון **ב**ראָסקע! אָ, קלוגער אַלטער **ט**אַקס!" (האָט ער געזאָגט), "אָ, געשײַטער, קלוגער **ש**טשור און שׂכלדיקער **ק**ראָט! אַזאַ שטאַרקער פֿאַרשטאַנד, אַזאַ קענטעניש פֿון מענטשן און ענינים איר פֿאַרמאָגט! אָ, אומגליקלעכע און פֿאַרלאָזענע **ב**ראָסקע!" מיט אַזעלכע ילָלות האָט ער פֿאַרבראַכט די טעג און נעכט אויף עטלעכע וואָכן, האָט ער זיך אָפּגעזאָגט פֿון מאָלצײַטן אָדער נאַשערײַ, כאָטש דער פֿאַרביסענער און אוראַלטער שליסלער, וואָס האָט געוווּסט אַז דער **ב**ראָסקעס קעשענעס זײַנען גוט אָנגעפּילט, האָט אָפֿט דערקלערט אַז אַ סך באַקוועמלעכקייטן, און אַפֿילו מותרות, קען מען באַשטעלן – פֿאַר אַ פּרײַז – פֿון אויסנווייניק.

איז, דער שליסלער האָט געהאַט אַ טאָכטער, אַן אײַנגענעם מיידל און גוטהאַרציק, וואָס העלפֿט איר פֿאָטער מיט די לײַכטערע חובֿות פֿון זײַן שטעלע. זי האָט ספּעציעל ליב געהאַט חיות, און אַחוץ איר קאַנאַריק, וועמענס שטײַג הענגט פֿון אַ נאָגל אין דעם מאַסיוון וואַנט פֿון דער באַפֿעסטיקונג בײַ טאָג, אַ גרויס אָנשיקעניש בײַ די געפֿאַנגענע וואָס האָבן ליב

געהאַט אַ דרעמל נאָך דער וועטשערע, און איז אײַנגעהילט געווען בײַ נאַכט מיט אַ טוך אויף דעם טיש אין גאַסטצימער, האָט זי געהאַט עטלעכע געפּלעקטע מײַז און אַן אומרויִקע דרייענדיקע וועווערקע. אָט דאָס גוטהאַרציקע מיידל, מיט רחמנות פֿאַר די יסורים פֿון בראָסקע, האָט געזאָגט צו איר פֿאָטער אויף איינעם אַ טאָג, "טאַטע! איך קען ניט אויסהאַלטן זען יענע נעבעכדיקע חיה אַזוי אומגליקלעך, און ווערן אַזוי דין! לאָז מיך אים צוזען. דו ווייסט ווי איך האָב ליב חיות. איך וועל אים מאַכן עסן פֿון מײַן האַנט, און זיך אויפֿזעצן, און טאָן אַלערליי מינים זאַכן."

איר פֿאָטער האָט געענטפֿערט אַז זי מעג טאָן וואָס זי וויל מיט אים. בראָסקע איז אים נימאס געוואָרן, צוזאַמען מיט זײַנע שלעכטע געמיטער און בלאָזן פֿון זיך און קאַרגקייט. איז זי דערפֿאַר געגאַנגען דעם טאָג אויף איר רחמנותדיק שליחות, און געקנאַקט אויף דער טיר פֿון בראָסקעס קאַרצער.

"איז, זײַ מונטער, בראָסקע," האָט זי אײַנרעדנדיק געזאָגט בײַם אַרײַנקום. "און זיץ זיך אויף און טריקן אָפּ די אויגן און זײַ אַ שׂכלדיקע חיה. און גיב אַ פּרוּוו און עס אַ ביסל וואַרמעס. זע נאָר, איך האָב דיר געבראַכט אַ טייל פֿון מײַנעם, הייס פֿונעם אויוון!"

עס איז געווען בלעזל־און־פּישטש, צווישן צוויי טעלער, און זײַן גערוך האָט אָנגעפֿילט די ענגע קאַמער. דער דורכדרינגלעכער ריח פֿון קרויט האָט דערגרייכט די נאָז פֿון בראָסקע בעת ער ליגט אויסגעצויגן מיט יסורים אויף דער פּאַדלאָגע, און האָט אים געגעבן די אידעע אַז אפֿשר איז דאָס לעבן ניט אַזאַ ליידיקע און פֿאַרצווייפֿלטע זאַך ווי ער האָט זיך פֿאָרגעשטעלט. אָבער נאָך אַלץ האָט ער געמאַכט ילְלות, און געבריקעט מיט די פֿיס, און זיך אָפּגעזאָגט פֿון טרייסט. האָט דאָס קלוגע מיידל זיך אַוועקגענומען אַ ווײַלע, נאָר פֿאַרשטייט זיך, איז אַ היפּש ביסל פֿונעם ריח פֿון הייס קרויט געבליבן אויף הינטן, ווי זײַן שטייגער איז, און בראָסקע, אין מיטן כליפּען, האָט געשמעקט און געקלערט, און ביסלעכווײַז האָט אָנגעהויבן טראַכטן נײַע און באַגײַסטערנדיקע מחשבֿות פֿון ריטערשאַפֿט, און פּאָעזיע, און וואַרטנדיקע מעשׂים; פֿון ברייטע לאָנקעס מיט פֿיך פּאַשען זיך דאָרט, באַשאָסן מיט זון און ווינט; פֿון קיך־גערטנער, און גלײַכע קרײַטעכץ־צאַמען, און וואַרעם לייבנמויל אָנגעפּאַלן פֿון בינען; און פֿון דעם טרייסטנדיקן טשאָקען פֿון טעלער דערלאַנגט צום טיש אין בראָסקע־זאַל, און דעם קראַץ פֿון שטולפֿיס אויף דער פּאַדלאָגע בעת יעדער ציט זיך נעענטער אויף דער אַרבעט. די לופֿט אין דער ענגער קאַמער האָט אָנגענומען אַ ראָזעווע פֿאַרב; ער האָט אָנגעהויבן טראַכטן פֿון די פֿרײַנד זײַנע, און ווי זיי וואָלטן זיכער קענען עפּעס טאָן מיט אַדוואָקאַטן, און ווי זיי וואָלטן קריגן הנאה פֿון זײַן פֿאַל, און ווי ער איז אַזאַ אייזל געווען ניט אָנצושטעלן עטלעכע פֿון זיי; און צום סוף, האָט ער געטראַכט פֿון דער אייגענער כיטרעקייט און רעסורסן, און אַלץ וואָס ער קען טאָן אויב נאָר ער ווענדט זײַן גרויסער מוח דערויף, און די היילונג איז שיִער ניט שלמותדיק.

ווען דאָס מיידל איז צוריק אין עטלעכע שעהען אַרום, האָט זי געטראָגן אַ טאַץ מיט אַ טעפּל שמעקעדיקע טיי פּאָרענדיק דערויף, און אַ טעלער אָנגעקויפּט מיט זייער הייסן טאָסט מיט פּוטער, דיק געשניטן, גוט פֿאַרברוינט אויף ביידע זײַטן, איז די פּוטער גערונען דורך די לעכער דערין אין גרויסע גאָלדענע טראָפּנס, ווי האָניק פֿון די האָניקשויבן. דער ריח פֿון דעם דאָזיקע טאָסט מיט פּוטער האָט פּשוט גערעדט צו בראָסקע, און מיט ניט קיין וואַקלדיק קול: גערעדט פֿון וואַרעמע קיכן, פֿון פֿרישטיקן אויף העלע פֿרעסטלדיקע פֿרימאָרגנס, פֿון באַקוועמע היימפֿײַערן אין דעם גאַסטצימער אויף אַ ווינטער־אָוונט, ווען דאָס אַרומוואַנדערן איז פֿאַרטיק און די פֿיס אין שטעקשיך אָנגעשפּאַרט אויף דעם שיצבלעך; פֿון דעם מרוקען

פֿון באַפֿרידיקטע קעץ, און דאָס צוויטשערן פֿון שלעפֿעריקע קאַנאַריקעס. **ב**ראָסקע האָט זיך אויפֿגעהאָדערט אויפֿגעזעצט נאָך אַ מאָל, אָפּגעטריקנט די אויגן, געזופּט זײַן טיי און געקײַט זײַן טאָסט, און באַלד האָט אָנגעהויבן רעדן פֿרײַ פֿון זיך אַליין, און דעם הויז ווו ער וווינט, און וואָס ער טוט דאָרט, און ווי וויכטיק ער איז, ווי שטאַרק אַלע די פֿרײַנד זײַנע האַלטן פֿון אים.

דעם שליסלערס טאָכטער האָט געזען אַז די טעמע העלפֿט אים אַזוי גוט ווי די טיי, וואָס איז טאַקע געווען דער פֿאַל, און האָט אים אָנגעמוטיקט רעדן ווײַטער.

"דערצייל מיר וועגן **ב**ראָסקע־זאַל," האָט זי געזאָגט. "עס קלינגט ווי גאָר שיין."

"**ב**ראָסקע־זאַל," האָט די **ב**ראָסקע שטאָלץ געזאָגט, "איז אַן אָנגעלייגטע אומאָפּהענגיקע וווינונג פֿאַר דזשענטלמענער, גאָר אוניקאַל; שטאַמט צום טייל פֿון דעם פֿערצנטן יאָרהונדערט, נאָר פֿול מיט אַלע מאָדערנע באַקוועמלעכקייטן. הײַנטצײַטיקע סאַניטאַציע. פֿינף מינוטן ביז קירכע, פּאָסטאַמט, און גאָלפֿפּלאַץ. געהעריק פֿאַר –"

"אַ ברכה אויף דער חיה," האָט דאָס מיידל געזאָגט מיט אַ געלעכטער. "איך וויל עס ניט *דינגען*. דערצייל מיר עפּעס אמתדיק דערוועגן. אָבער ערשט וואַרט, ביז איך קריג דיר נאָך מער טיי און טאָסט.

זי איז לײַכט אַוועק און באַלד צוריק מיט אַ פֿרישן טאַץ, און **ב**ראָסקע, וואַרפֿנדיק זיך גיריק אויף דעם טאָסט, זײַן געמיט גאַנץ צוריק צו דעם געוויינטלעכן, האָט איר דערציילט וועגן דעם שיפֿל־הויז, און דעם פֿיש־באַסיין, און דעם אַלטן געמויערטן קיך־גאָרטן; און וועגן די חזירים־שטאַלן, און די שטאַלן, און דעם טויבנשלאַק, און דער הינערשטאַל; און וועגן דער מילכערײַ, און דער וועשערײַ, און די קרעדענצן, און דער פּרעסערײַ (וואָס איז איר שטאַרק געפֿעלן); און וועגן דעם באַנקעטזאַל, און דער שׂימחה דאָרט ווען די אַנדערע חיות זײַנען געקומען צוזאַמען אַרום טיש, און **ב**ראָסקע איז געווען אין העכסטן פֿאָרעם, געזונגען לידער, דערציילט מעשׂיות, און געמאַכט שטיק אין אַלגעמיין. דעמאָלט האָט זי געוואָלט הערן וועגן זײַנע חיה־פֿרײַנד, און איז שטאַרק אינטערעסירט געווען אין אַלץ וואָס ער האָט צו זאָגן וועגן זיי און ווי זיי לעבן, און ווי פֿאַרברענגען זיי די צײַט. פֿאַרשטייט זיך אַז זי האָט ניט געזאָגט אַז זי האָט ליב חיות ווי *גלעטלינגען*, וואָרן זי איז געווען גענוג שׂכלדיק צו פֿאַרשטיין אַז דאָס וועט **ב**ראָסקע האַלטן פֿאַר אַ באַליידיקונג. ווען זי האָט אים געזאָגט אַ גוטע נאַכט, נאָכדעם וואָס זי האָט אָנגעפֿילט זײַן וואַסער־קרוג און אויפֿגעטרייסלט די שטרוי פֿאַר אים, איז **ב**ראָסקע געווען היפּש ווי די זעלבע האָפֿערדיקע, פֿאַרריסן בײַ זיך חיה פֿון אַ מאָל. ער האָט געזונגען אַ לידל צוויי, פֿונעם מין וואָס ער פֿלעגט זינגען בײַ זײַנע יום־טובֿדיקע וועטשערעס, זיך אײַנגעטוליעט אין דער שטרוי, און פֿאַרבראַכט אַ פֿײַנער נאַכט פֿון רו און די אײַנגענעמסטע חלומות.

זיי האָבן דערנאָך געהאַט אַ סך אינטערעסאַנטע שמועסן בעת די כמאַרנע טעג זײַנען פֿאַרבײַ, און דעם שליסלערס טאָכטער האָט געהאַט אַלץ מער רחמנות אויף **ב**ראָסקע, און האָט געהאַלטן פֿאַר אַ שאַנדע ווי אַזאַ נעבעכדיקע קליינע חיה זאָל זײַן אײַנגעשפּאַרט אין תּפֿיסה צוליב וואָס צו איר איז געווען גאָר אַ קלייניקייט. **ב**ראָסקע אַוודאי, אין זײַן גדלות, האָט געמיינט אַז איר אינטערעס אין אים שטאַמט פֿון אַ וואַקסנדיקער צאַרטקייט, און ער האָט ניט געקענט אויסמײַדן האַלב חרטה האָבן אַז די געזעלשאַפֿטלעכע צעשיידונג צווישן זיי איז אַזוי ברייט, וואָרן זי איז געווען אַ צוצײַיִק מיידל און עס איז קלאָר געווען אַז זי באַוווּנדערט אים שטאַרק.

איין אינדערפֿרי איז דאָס מיידל געווען זייער פֿאַרקלערט, האָט זי געענטפֿערט על־פּי טראַף, און האָט זיך בראָסקע געדאַכט ווי זי לייגט ניט די געהעריקע אַכט אויף זײַנע קלוגע ווערטלעך און גלאַנצנדיקע באַמערקונגען.

"בראָסקע," האָט זי באַלד געזאָגט, "הער זיך נאָר צו, זײַ אַזוי גוט. איך האָב אַ מומע וואָס איז אַ וועשערין."

"ס'איז גאָרנישט," האָט בראָסקע בנעימות און צוגעלאָזן געזאָגט, "מילא. זאָרג זיך מער ניט דערמיט. איך האָב עטלעכע מומעס וואָס *זאָלן* זײַן וועשערינס."

"שאַ, שטיל אַ רגע, בראָסקע," האָט דאָס מיידל געזאָגט. "דו רעדסט צו פֿיל, איז דאָס דײַן הויפּטחסרון און איך פּרוּוו טראַכטן און דו גיסט מיר אַ קאָפּווייטיק. ווי איך האָב געזאָגט, האָב איך אַ מומע אַ וועשערין; זי וואַשט דאָס גרעט פֿאַר די אַלע געפֿאַנגענע דאָ אין שלאָס – מיר פּרוּוון האַלטן די אַלע געשעפֿטן וואָס באַצאָלן אין דער משפּחה, דו פֿאַרשטייסט. זי נעמט דאָס וועש מאָנטיק אין דער פֿרי, און ברענגט עס צוריק פֿרײַטיק אין אָוונט. הײַנט איז דאָנערשטיק. איז, אָט דאָס איז מיר אײַנגעפֿאַלן: דו ביסט גאָר רײַך – ווייניקסטנס זאָגסטו מיר אַזוי – און זי איז גאָר אָרעם. עטלעכע פֿונטן מאַכט ניט קיין נפֿקא־מינה פֿאַר דיר, און דאָס וועט איר זײַן עפּעס גוטס. הער נאָר, אויב מע פֿרעגט ווי געהעריק בײַ איר – אויסגעגליכן, מיין איך, איז דאָס וואָרט בײַ איר חיות – קענסטו עפּעס אויסדרען אַזוי אַז זי וועט דיר געבן איר קלייד און טשעפּיק און אַזוי ווײַטער, און דו וועסט קענען זיך אויסדרייען פֿונעם שלאָס ווי די אָפֿיציעלע וועשערין. דו ביסט זייער ענלעך אויף איר אין אַ סך פּרטים – בפֿרט די פֿיגור."

"ס'איז *ניט* אַזוי," האָט געזאָגט די בראָסקע אָנגעדרודלט. "איך האָב זייער אַן עלעגאַנטע פֿיגור – פֿאַר וואָס איך בין."

"און ס'איז אַזוי מיט דער מומע," האָט געענטפֿערט דאָס מיידל, "פֿאַר וואָס *זי* איז. נאָר ווי דו ווילסט. דו פֿאַסקודנע, שטאָלצע, אומדאַנקבאַרע חיה, ווען איך האָב רחמנות אויף דיר און פּרוּוו דיר העלפֿן!"

"יאָ, יאָ, ס'איז גוט, איך קום דיר אַ דאַנק טאַקע," האָט גיך געזאָגט די בראָסקע. "אָבער זע נאָר! דו ווילסט זיכער ניט אַז רב בראָסקע פֿון בראָסקע־זאַל זאָל גיין אַרום דאָ פֿאַרשטעלט פֿאַר אַ וועשערין!"

"נו, דען, קענסטו דאָ בלײַבן ווי אַ בראָסקע," האָט געענטפֿערט דאָס מיידל מיט אַ סך היץ. "איך נעם אָן אַז דו ווילסט אָפּפֿאָרן אין אַ קאָטש־מיט־פֿיר!"

ערלעכע בראָסקע איז שטענדיק גרייט געווען צו אָנערקענען זײַן שולד. "דו ביסט אַ גוט, ליבלעך, קלוג מיידל," האָט ער געזאָגט, "און איך בין אויף אַן אמת אַ שטאָלצע און נאַרישע בראָסקע. שטעל מיך פֿאָר צו דײַן ווערטיקער מומע, זײַ אַזוי גוט, און איך האָב ניט קיין ספֿקות אַז די פֿײַנע דאַמע און איך וועלן געפֿינען תּנאָים אײַנגענעם צו ביידע צדדים."

דעם קומעדיקן אָוונט האָט דאָס מיידל געפֿירט איר מומע אַרײַן אין בראָסקעס קאַמער, טראָגנדיק זײַן וועש פֿאַר דער וואָך צוגעשפּיליעט אין אַ האַנטעך. די אַלטע דאַמע האָט מען פֿרײַער געגרייט פֿאָר דעם אינטערוויו, און דער בליק אויף געוויסע גאָלדענע סוווערענען וואָס בראָסקע האָט מיט אײַנזעעניש געשטעלט קלאָר פֿאַר די אויגן אויפֿן טיש האָט שיִער ניט אָפּגעמאַכט דעם ענין און האָט איבערגעלאָזט ווייניק אַרומצורעדן. ווי אַן אויסבײַט פֿאַר זײַן מזומן האָט בראָסקע באַקומען אַ באַוועלן געמוסטערט קלייד, אַ פֿאַרטעך, אַ שאַל, און

אַ פֿאַרזשאַווערטן שוואַרצן טשעפּיק; דער איינציקער תּנאַי פֿון דער אַלטער דאַמעס צד איז געווען אַז מע זאָל איר פֿאַרשטאָפּן דאָס מויל, זי פֿאַרבינדן און אַראָפּוואַרפֿן ערגעץ אין אַ ווינקל. מיט די קוים איבערצײַגנדיקע קונצן, האָט זי דערקלערט, און מיט דער הילף פֿון אַ בילדערישער מעשׂה וואָס זי אַליין קען צוגעבן, האָט זי געהאָפֿט האַלטן איר שטעלע, ניט קוקנדיק אויף דעם חשודן אויסזע פֿון זאַכן.

בראָסקע איז שטאַרק דערפֿרייט געווען מיט דעם פֿירלייג. עס וועט אים דערמיגלעכן איבערלאָזן די תּפֿיסה אַ ביסל מאָדיש און מיט זײַן שם ווי אַ פֿאַרצווייפֿלטער און סכּנהדיקער יאַט ניט געשטערט, האָט ער גאַנץ ווייליק געהאָלפֿן דעם שליסלערס טאָכטער מאַכן די מומע אויסזען אויף וויפֿל עס איז מיגלעך ווי די געליטענע פֿון צושטאַנדן וואָס זײַנען פֿון איר ניט צו קאָנטראָלירן.

"איצט איז געקומען דײַן ריי, **ב**ראָסקע," האָט דאָס מיידל געזאָגט. "טו אויס דעם מאַנטל און וועסטל דײַנעם, ביסטו גענוג דיק ווי עס איז."

טרייסלענדיק מיט געלעכטער האָט זי אים צוגעפֿעסטיקט מיטן "מענעלע און ווײַבעלע" אין דעם באַוועלן געמוסטערט קלייד, צוגעשטעלט דעם שאַל מיט אַ פֿאַכמענישן פֿאַלב, און צוגעבונדן די שנירלעך פֿון דעם פֿאַרזשאַווערטן טשעפּיק אונטער זײַן קין.

בילד 9 זי האָט צוגעשטעלט דעם שאַל מיט אַ פֿאַכמענישן פֿאַלב, און צוגעבונדן די שנירלעך פֿון דעם פֿאַרזשאַווערטן טשעפּיק אונטער זײַן קין.

"דו ביסט גאַנץ געראָטן אין איר," האָט זי געכיכעט, "נאָר איך בין זיכער אַז דו האָסט קיין מאָל פֿריִער אין לעבן ניט אויסגעזען אַ העלפֿט אַזוי לײַטיש. איצט, זײַ געזונט, **ב**ראָסקע, און גיי מיטן רעכטן פֿוס. גיי גלײַך אַראָפּ אויפֿן וועג ווו דו ביסט ערשט געקומען, און אויב עמעצער רעדט מיט דיר, וואָס איז אַ סבֿרא, ווײַל זיי זײַנען מענער, מעגסטו וויצלען זיך

צוריק אַ ביסל, אַוודאי, נאָר האַלט אין זינען אַז דו ביסט אַן אַלמנה, איינע אַליין אויף דער וועלט, מיט אַ שם אונטערצוהאַלטן."

מיט אַ צאַפּלענדיק האַרץ, נאָר מיט אַזאַ פֿעסטן טריט ווי ער האָט געקענט באַהייבן, איז בראָסקע געווען אָפּגעהיט אַרײַן אין וואָס האָט אויסגעזען ווי גאָר אַ נאַרישע און סכּנהדיקע אונטערנעמונג; נאָר ער איז באַלד בנעימות פֿאַרחידושט געווען צו זען ווי גרינג מע מאַכט אַלץ פֿאַר אים, און אַ ביסל באַשיידן מיטן געדאַנק אַז אי זײַן פּאָפּולערקייט, אי דאָס געשלעכט וואָס אַ פּנים באַגײַסטערט דאָס, געהערן אין דער אמתן צו אַ צווייטער. דער וועשערינס קליינע און דיקלעכע פֿיגור אין איר באַוועלן געמוסטערטס האָט זיך אויסגעוויזן פֿאַר אַ פּאַס פֿאַר יעדער פֿאַרשפּאַרטער טיר און פֿאַרביסענעם טויער; אַפֿילו ווען ער האָט זיך געוואַקלט, ניט זיכער וועגן דעם ריכטיקן אויסדריי צו נעמען, האָט ער זיך געפֿונען געהאָלפֿן אַרויס פֿון דער צרה פֿון דעם וועכטער בײַ דעם נאָענטסטן טויער, וואָס עס האָט אים שטאַרק געוואָלט אָפּגיין נאָך זײַן טיי, האָט ער אים צוגערופֿן קומען גיך שוין, ער וויל ניט וואַרטן דאָרט אַ גאַנצע נאַכט. דאָס וויצלען זיך און די קאָמישע חכמות אויף אים געוואָרפֿן, און וואָס דערצו, פֿאַרשטייט זיך, האָט ער געמוזט געבן גיכע און ווירקעוודיקע ענטפֿערס, האָבן געפֿורעמט באמת זײַן הויפּטסכּנה; וואָרן בראָסקע איז געווען אַ חיה מיט אַ שטאַרקן געפֿיל פֿון דעם אייגענעם כּבֿוד, און דאָס וויצלען זיך איז מערסטנס (האָט ער געהאַלטן) שלעכט און אומגעלומפּערט, און די חכמות אָן הומאָר. פֿונדעסטוועגן האָט ער זיך באַהערשט, כאָטש קוים מיט צרות, האָט צוגעפּאַסט די אָפּענטפֿערס צו דער געזעלשאַפֿט און זײַן אָנגענומענער ראָלע, און זײַן בעסטס געטאָן ניט צו גיין איבער דער מאָס פֿון לײַטישקייט.

עס האָט אים געפֿילט ווי שעהען איידער ער איז אַריבער דעם לעצטן הויף, זיך אָפּגעזאָגט פֿון די דרינגלעכע פֿאַרבעטונגען פֿון דעם לעצטן קאַראַול, און זיך אַרויסגעדרייט פֿון די פֿאַרשפּרייטע אָרעמס פֿון דעם לעצטן וועכטער, וואָס האָט געבעטן מיט אָנגענומענער לײַדנשאַפֿט אויף נאָר איין געזעגן־האַלדזונג. נאָר סוף־כּל־סוף האָט ער געהערט די קאַליטקע אין דער גרויסער אויסנווייניקסטער טיר קנאַקן הינטער אים, געפֿילט די פֿרישע לופֿט פֿון דער דרויסנדיקער וועלט אויף זײַן באַזאָרגטן שטערן, און האָט געוווּסט אַז ער איז געווען פֿרײַ!

שווינדלדיק מיט דער גרינגער הצלחה פֿון זײַן דרייסטער אַוואַנטורע, איז ער גיך געגאַנגען צו די ליכט פֿון דער שטאָט צו, גאַנץ ניט וויסנדיק וואָס ער זאָל איצט טאָן, נאָר גאַנץ זיכער וועגן איין זאַך, אַז ער מוז זיך אַוועקנעמען וואָס גיכער פֿון אַ געגנט ווו די דאַמע וואָס פֿאַר איר האָט ער זיך געמוזט פֿאָרשטעלן איז אַזאַ באַקאַנטער און אַזאַ פּאָפּולערער פּאַרשוין.

בעת ער גייט ווײַטער איז זײַן באַמערק געכאַפּט געוואָרן פֿון עטלעכע רויטע און גרינע ליכט אַ ביסל ווײַט אַוועק, אויף איין זײַט פֿון שטאָט, און דער קלאַנג פֿון דעם סאָפּען און שנאָרכצן פֿון לאָקאָמאָטיוון און פֿון דעם טראַסקען פֿון די אַרומגעדרייטע וואַגאָנען איז געפֿאַלן אויף זײַן אויער. "אַהאַ!" האָט ער געטראַכט, "אָט איז אַ שטיקל מזל! אַ וואָקזאַל איז פּונקט וואָס ווילט זיך מיר דאָס שטאַרקסטע אין דער רגע, און ווי אַ צוגאָב דאַרף איך ניט גיין דורך דער שטאָט דאָרט אָנצוקומען, און איך דאַרף מער ניט אויפֿהאַלטן די פֿאַרשעמענדיקע ראָלע מיט אָפּענטפֿערס, וואָס, כאָטש ווירקעוודיק, טויגן אויף כּפּרות מיט דרך־ארץ אויף זיך אַליין."

ער איז געגאַנגען דערפֿאַר צו דעם וואָקזאַל, אַרײַנגעקוקט אין אַ פֿאַרפּלאַן, און געפֿונען אַז אַ באַן וואָס פֿאָרט מער־ווייניקער אין דער ריכטונג צו זײַן היים צו זאָל אָפּפֿאָרן אין אַ האַלבער שעה אַרום. "נאָך אַ שטיקל מזל!" האָט בראָסקע געזאָגט, זײַן געמיט אַלץ בעסער געוואָרן, און ער איז אַוועק צו דער קאַסע צו קויפֿן זײַן בילעט.

ער האָט געגעבן דעם נאָמען פֿון דעם וואָקזאַל וואָס ער האָט געוווּסט איז דער נאָענטסטער צו דעם דאָרף ווּ בראָסקע־זאַל איז דער הויפּטשטריך, און מעכאַניש געשטעקט די פֿינגער זוכנדיק דאָס נייטיקע געלט ווּ די וועסטל־קעשענע האָט געזאָלט זײַן. נאָר דאָ האָט דאָס באַוולנע קלייד, וואָס האָט אים אַזוי גוט ביז איצט פֿאַרדינט און וואָס ער האָט פֿראָסט פֿאַרגעסן, זיך אַרײַנגעמישט און פֿאַרשטערט זײַן טירחה. אין עפּעס אַ קאָשמאַר האָט ער געראַנגלט מיט דער מאָדנער טשודנער זאַך וואָס אַ פּנים האַלט זײַנע הענט, מאַכט די אַלע מוסקל־שטרעבונגען פֿאַר וואַסער, און לאַכט אויף אים די גאַנצע צײַט, בעת די אַנדערע פֿאָרערס, אין אַ ריי הינטער אים, האָבן אומגעדולדיק געוואַרט, געמאַכט פּירלייגן מער־ווייניקער ווערטיק, און באַמערקונגען מער־ווייניקער שטרענג און פּאַסיק. סוף־כּל־סוף – ווי ניט איז – ער האָט קיין מאָל ניט גוט פֿאַרשטאַנען ווי אַזוי – האָט ער געפּלאַצט דורך די באַריערן, דערגרייכט דעם ציל, אָנגעקומען ווּ אַלע וועסטל־קעשענע זאָלן זיך אויף אייביק געפֿינען, און געפֿונען ניט נאָר קיין געלט, נאָר אויך ניט קיין קעשענע דאָס צו האַלטן, און ניט קיין וועסטל צו האַלטן די קעשענע!

ווי אַ שרעק האָט ער זיך דערמאָנט אַז ער האָט איבערגעלאָזט אי מאַנטל אי וועסטל אויף הינטן אין דער קאַמער, און מיט זיי זײַן בײַטל, געלט, שליסלען, זייגערל, שוועבעלעך, פּענאַל – אַלץ וואָס מאַכט דאָס לעבן כּדאַי, אַלץ וואָס צעשיידט די חיה מיט אַ סך קעשענעס, דער לאָרד פֿון שאַפֿונג, פֿון די שפּלדיקע פּראָדוקציעס מיט איין קעשענע אָדער לגמרי ניט קיין קעשענעס, וואָס האָפּקען אָדער שטאָמפּערן דערלאָזעריש אַרום, ניט געגרייט אויף דעם אמתן פֿאַרמעסט.

אין די יסורים האָט ער געמאַכט איין לעצטן פֿאַרצווייפֿלטן פּרווו דאָס דורכצופֿירן, און, צוריק צו זײַן פֿײַנעם אַלטן שטייגער – אַ צעמיש פֿון דעם אַדלמאַן און דעם אַקאַדעמיקער – האָט ער געזאָגט, "זע נאָר! איך זע אַז איך האָב איבערגעלאָזט דאָס בײַטל אויף הינטן. זײַ אַזוי גוט און גיב מיר דעם בילעט, וועל איך דיר דאָס געלט אָפּשיקן מאָרגן. איך בין גוט באַקאַנט אין די אָ מקומות."

דער בילעטער האָט געגאַפּט אויף אים און אויף דעם פֿאַרזשאַווערטן שוואַרצן טשעפּיק אַ רגע, און דעמאָלט האָט זיך צעלאַכט. "איך וואָלט געמיינט אַז דו ביסט גוט באַקאַנט דאָ אַרום," האָט ער געזאָגט, "אויב דו פּרוווסט אָפּט די דאָזיקע שפּיל. נו, נעם זיך אין אַ זײַט פֿון פֿענצטער, זײַ אַזוי גוט, מאַדאַם; דו פֿאַרהאַלטסט די אַנדערע פּאַסאַזשירן!"

אַן אַלטער הער וואָס האָט געהאַלטן אין אים שטויסן אין רוקן שוין אַ ווײַלע האָט אים איצט אָפּגעשטויסן, און, נאָך ערגער, געוווּנדט זיך צו אים ווי זײַן גוטע פֿרוי, וואָס האָט בראָסקע פֿאַרכּעסט מער ווי אַלץ וואָס איז געשען דעם אָוונט.

געפּלעפּט און שטאַרק פֿאַרצווייפֿלט, האָט ער בלינד געוואַנדערט אַראָפּ אויף דעם פּעראָן ווּ עס שטייט די באַן, מיט טרערן רינען אַראָפּ אויף בײדע זײַטן נאָז. עס איז שווער, האָט ער געטראַכט, צו זײַן אין אויגנגרייך פֿון זיכערקייט און כּמעט אין דער היים, און צו זײַן פֿאַרשטעלט איבער דוחק אין עטלעכע קלאָגעדיקע שילינגען און צוליב דעם פּשטלדיקן אומצוטרוי פֿון באַצאָלטע באַאַמטע. באַלד וועט מען אַנטדעקן זײַן אַנטלויף, יאָגן זיך נאָך

אים, וועט ער פֿאַרכאַפּט ווערן, אויסגעזידלט, אָנגעלאָדן מיט קייטן, געשלעפּט צוריק צו תּפֿיסה און ברויט־מיט־וואַסער און שטרוי; מיט פֿאַרטאָפּלטע וועכטערס און שטראָפֿן, און אָ, די סאַרקאַסטישע באַמערקונגען פֿון דעם מיידל! וואָס איז דאָ צו טאָן? ער איז ניט קיין גיכער; זײַן פֿיגור, צו באַדויערן, לאָזט זיך צו דערקענען. צי קען ער ניט זיך אַרײַנקוועטשן אונטערן זיצאָרט אין אַ קאַרעטע? ער האָט געזען דעם אופֿן געניצט פֿון שולקינדער, ווען דאָס פֿאָרגעלט פֿון די מיטפֿיליקע עלטערן איז אָפּגעווענדט געוואָרן אויף אַנדערע און בעסערע צילן. בעת ער האָט דאָס איבערגעטראַכט האָט ער זיך געפֿונען בײַ דעם לאָקאָמאָטיוו, וואָס איז געווען געאיילט, געווישט, און ברייט געגלעט פֿון זײַן צוגעבונדענעם פֿירער, אַ באָלץ מיט אַן איילקענדל אין איין האַנט און אַ זשמוט וואַטקע אין דער צווייטער.

"גוטן־מאָרגן, מאַמע!" האָט געזאָגט דער לאָקאָמאָטיוו־פֿירער, "וואָס איז דער מער? דו זעסט אויס ניט זייער פֿריילעך."

"אָ, סער!" האָט געזאָגט בראָסקע, מיט פֿרישע טרערן, "איך בין אַ נעבעכדיקע אומגליקלעכע וועשערין, און איך האָב פֿאַרלוירן דאָס גאַנצע געלט, און קען ניט באַצאָלן פֿאַר אַ בילעט, און איך מוז ווי ניט איז אָנקומען אין דער היים הײַנט בײַ נאַכט, און וואָס איך זאָל טאָן איצט, ווייס איך ניט. אוי, וויי, אוי!"

"ס'איז טאַקע אַ שלעכט געשעפֿט," האָט דער לאָקאָמאָטיוו־פֿירער פֿאַרקלערט געזאָגט. "פֿאַרלוירן דאָס געלט – און קענען ניט קומען אַהיים – און מיט קינדער דערצו, וואָס וואַרטן אויף דיר, רעכן איך?"

"אָ, אַ שלל מיט זיי," האָט געכליפּעט בראָסקע. "און זיי וועלן זײַן הונגעריק – און וועלן שפּילן מיט שוועבעלעך – און איבערקערן לאָמפּן, די תּמען! – און צעקריגן זיך און מאַכן שטיק אין אַלגעמיין. אָך און וויי איז מיר!"

"נו, לאָמיך זאָגן וואָס איך וועל טאָן," האָט געזאָגט דער גוטער לאָקאָמאָטיוו־פֿירער. "דו ביסט אַ וועשערין פֿון פֿאַך, דו זאָגסט. נו, גוט, אַזוי איז דאָס. און איך בין אַ לאָקאָמאָטיוו־פֿירער, ווי דו קענסט זען, און עס טויג ניט פֿאַרלייקענען אַז ס'איז היפּש שמוציקע אַרבעט. ס'ניצט אָפּ אַ גוזמא העמדער, ניצט עס, ביז דאָס וואַשן איז נימאס געוואָרן דעם ווײַב. אויב דו וועסט אויסוואַשן פֿאַר מיר עטלעכע העמדער ווען דו ביסט אין דער היים, און זיי אָפּשיקן, וועל איך דיך אונטערפֿירן אויף דעם לאָקאָמאָטיוו. ס'איז קעגן די כּללים פֿון דער געזעלשאַפֿט, נאָר מיר זײַנען ניט אַזוי שטרענג אין אָט די אָפּגעזונדערטע מקומות."

דער בראָסקעס יסורים זײַנען התלהבֿות געוואָרן בעת ער קאַראַפּקעט זיך מיט חשק אַרײַן אין דעם קעלניע־שטיבל פֿונעם לאָקאָמאָטיוו. אויף געוויס האָט ער קיין מאָל ניט געוואַשן אַ העמד אינעם גאַנצן לעבן, און וואָלט ניט געקענט אויב ער פּרוּווט, און סײַ ווי סײַ האָט ער ניט קיין בדעה געהאַט איצט אָנצוהייבן. נאָר ער האָט געטראַכט: "ווען איך בין בשלום צוריק אין בראָסקע־זאַל, און האָב געלט נאָך אַ מאָל, און קעשענעס פֿאַר דעם געלט, וועל איך אָפּשיקן דעם לאָקאָמאָטיוו־פֿירער גענוג צו באַצאָלן פֿאַר אַ גוט שטיק וועש, וואָס וועט זײַן די זעלבע זאַך, אָדער בעסער."

דער וועכטער האָט געפֿאָכעט מיט זײַן סיגנאַל־פֿאָן, דער לאָקאָמאָטיוו־פֿירער האָט געגעבן אַ פֿײַף ווי אַ פֿריילעכער ענטפֿער, און די באַן האָט זיך באַוועגט אַרויס פֿון סטאַנציע. בעת די גיכקייט האָט זיך פֿאַרגרעסערט, און די בראָסקע האָט געקענט זען אויף ביידע זײַטן אמתע פֿעלדער, און לעבעדיקע פּלויטן, און קי, און פֿערד, אַלע פֿליִענדיק אים פֿאַרבײַ, און

בעת ער האָט געטראַכט פֿון ווי יעדער מינוט טראָגט אים נעענטער צו **ב**ראָסקע־זאַל, און מיטפֿילנדיקע פֿרײַנד, און געלט צו טשאָקען אין דער קעשענע, און אַ ווייך בעט פֿאַר שלאָפֿן, און גוטע זאַכן צו עסן, און לויב און באַווונדערונג פֿאַר דעם דערציילן וועגן זײַנע אַוואַנטורעס און זײַן כיטרעקייט איבער דער מאָס, האָט ער אָנגעהויבן האָפּקען אַרויף און אַראָפּ, און שרײַען און זינגען שטיקלעך געזאַנג, ווי גאָר אַ חידוש צו דעם לאָקאָמאָטיוו־פֿירער, וואָס האָט זיך אָנגעטראָפֿן מיט וועשערינס פֿון צײַט צו צײַט, נאָר קיין מאָל אַזוינע ווי איצט.

זיי זײַנען פֿאַרבײַ אַ סך מײַלן נאָך מײַלן, און **ב**ראָסקע האָט שוין אָנגעהויבן איבערקלערן וואָס ער וועט עסן פֿאַר וועטשערע באַלד ווי ער איז אין דער היים, ווען ער האָט באַמערקט אַז דער לאָקאָמאָטיוו־פֿירער, מיט אַ געפּלעפּטער מינע אויפֿן פּנים, האָט זיך איבערגעבויגן איבער דער זײַט פֿון דעם לאָקאָמאָטיוו און האָט זיך צוגעהערט מיט געשפּיצטע אויערן. דעמאָלט האָט ער אים געזען קלעטערן אַרויף אויף די קוילן און שטאַרן אַרויס איבערן אויבן פֿון דער באַן. איז ער דעמאָלט צוריק און געזאָגט צו **ב**ראָסקע: "ס'איז זייער טשיקאַווע. מיר זײַנען די לעצטע באַן הײַנט בײַ נאַכט אין דער דאָזיקע ריכטונג, אָבער איך וואָלט געשוואָרן אַז איך האָב געהערט נאָך איינע יאָגנדיק זיך נאָך אונדז!"

בראָסקע האָט תּיכּף אויפֿגעהערט זײַן שטיפֿערײַ. ער איז גאָר ערנסט געוואָרן און דערשלאָגן, און אַ טעמפּער ווייטיק אונטן אינעם רוקנביין, וואָס ציט זיך ווײַטער דורך די פֿיס, האָט זיך אים געוואָלט זיך אַוועקזעצן, פּרווון פֿאַרצווייפֿלט ניט צו טראַכטן פֿון די אַלע מיגלעכקייטן.

שוין איצט האָט די לבֿנה העל געשײַנט, און דער לאָקאָמאָטיוו־פֿירער, האַלטנדיק זיך פֿעסט אויף די קוילן, האָט געהאַט פֿאַר זיך אַ בליק אויף דער ליניע אויף הינט אַ היפּש מהלך.

באַלד האָט ער אויסגערופֿן, "איך קען עס איצט קלאָר זען! עס איז אַ לאָקאָמאָטיוו, אויף אונדזערע רעלסן, קומענדיק גאָר גיך! עס זעט אויס אַז מע לויפֿט נאָך נאָך אונדז!"

די נעבעכדיקע **ב**ראָסקע, הויערנדיק אין דעם קוילן־שטויב, האָט שווער געפּרוּווט אויסטראַכטן עפּעס צו טאָן, מיט אַ קלאָגעדיקן דוחק אין הצלחה.

"זיי יאָגן אונדז גיך אָן!" האָט אויסגעשריגן דער לאָקאָמאָטיוו־פֿירער. "און דער לאָקאָמאָטיוו איז אָנגעפּאַקט געוואָרן מיט אַ היפּש מאָדנע רעדל מענטשן! מענטשן ווי אַנטיקע טירוועכטערס מאַכן מיט די שפּיזהעק; פּאָליציאַנטן אין קאַסקעס, פֿאָכען מיט די שטעקנס; און מענטשן אין אָפּגעטראָגענע קליידער און האַרטע קאַפּעליושן, קלאָר און אָן ספֿק דעטעקטיוון ציוויל באַקליידט אַפֿילו פֿון דער ווײַטנס, מאַכן מיט שפּײַערס און שטעקנס; אַלע פֿאָכען, און אַלע שרײַען די זעלבע זאַך – 'האַלט, האַלט, האַלט!'"

איז **ב**ראָסקע דעמאָלט אַראָפּ אויף די קני אויף די קוילן, און מיט די צוגעדריקטע לאַפּעס אויפֿגעהויבן צו בעטן, האָט געשריגן, "ראַטעווע מיך, נאָר ראַטעווע מיך, טײַערער, גוט־האַרציקער **רב לאָ**קאָמאָטיוו־**פֿ**ירער, און איך וועל זיך דיר אַלץ מודה זײַן! איך בין ניט די פּראָסטע וועשערין ווי איך זע אויס! עס זײַנען ניטאָ קיין קינדער וואַרטנדיק אויף מיר, צי תּמען צי ניט! איך בין אַ בראָסקע – דער ווײַט באַרימטער און פּאָפּולערער **רב ב**ראָסקע, אַ גרונט־פֿאַרמאָגער. איך בין נאָר וואָס אַנטלאָפֿן, אַ דאַנק מײַן גרויסער דרייסטקייט און כיטרעקייט, פֿון אַ מיאוסן קאַרצער וואָס אַרײַן דערין האָבן מײַנע שונאים מיך געוואָרפֿן. און אויב די יאַטן אויף יענעם לאָקאָמאָטיוו זאָלן מיך נאָך אַ מאָל פֿאַרכאַפּן, וועט זײַן נאָך אַ

מאָל קייטן און ברויט־מיט־וואַסער און שטרוי און יסורים פֿאַר נעבעכדיקער, אומגליקלעכער, אומשולדיקער **ב**ראָסקע!"

דער לאָקאָמאָטיוו־פֿירער האָט געקוקט אַראָפּ שטרענג אויף אים, און געזאָגט, "איצט זאָג מיר דעם אמת. פֿאַר וואָס האָט מען דיך אײַנגעשפּאַרט אין תּפֿיסה?"

"אַ קלייניקייט," האָט געזאָגט די נעבעכדיקע **ב**ראָסקע, טיף פֿאַררייטלט. "איך האָב נאָר געליגן אַן אויטאָ בעת די פֿאַרמאָגערס זײַנען געווען בײַם אָנבײַסן; דעמאָלט האָבן זיי אים ניט געדאַרפֿט. איך האָב ניט קיין בדעה געהאַט אים צו גנבֿענען, באמת, נאָר מענטשן – דער עיקר, מאַגיסטראַטן – האַלטן גאָר שלעכט פֿון אומבאַקלערטע און מונטערע טוּונגען."

דער לאָקאָמאָטיוו־פֿירער האָט אויסגעזען גאָר ערנסט און געזאָגט, "איך האָב מורא אַז דו ביסט געווען טאַקע אַ בייזע בראָסקע, און על־פּי יושר זאָל איך דיך איבערגעבן דעם באַליידיקטן ריכטער. אָבער ס'איז קלאָר אַז דו ביסט אין שווערע צרות און יִאוש, וועל איך דיך ניט איבערלאָזן. איך האַלט ניט פֿון אויטאָס, פֿאַר איין זאַך, און איך האַלט ניט מיט פּאָליציאַנטן געבן מיר באַפֿעלן אויף מײַן אייגענעם לאָקאָמאָטיוו, פֿאַר אַ צווייטער. און דאָס בילד פֿון אַ וויינענדיקער חיה מאַכט מיך אַלע מאָל פֿילן זיך מאָדנע און ווייכהאַרציק. איז, זײַ מונטער, **ב**ראָסקע! איכ'ל טאָן דאָס בעסטע מײַנס, און מיר וועלן פֿון זיי פֿאָרט אפֿשר אַנטלויפֿן!"

זיי האָבן אָנגעקויפּט נאָך מער קוילן, שאַרנדיק מיט די גאַנצע כּוחות; די הרובע האָט געברעוועט, די פֿונקען געפֿלויגן, דער לאָקאָמאָטיוו איז געשפּרונגען און געשווּונגען, אָבער נאָך אַלץ קומען די נאָכיאָגערס פּאַמעלעך נעענטער. דער לאָקאָמאָטיוו־פֿירער, מיט אַ זיפֿץ, האָט געווישט דעם שטערן מיט אַ זשמעניע וואַטע און געזאָגט, "איך האָב מורא אַז עס טויג ניט, **ב**ראָסקע. דו זעסט, זיי לויפֿן לײַכט און זיי האָבן דעם בעסערן לאָקאָמאָטיוו. ס'איז נאָר איין זאַך וואָס בלײַבט אונדז, איז דאָס דײַן איינציקע געלעגנהייט, הער זיך דערפֿאַר גאָר אָפּגעהיט צו וואָס איך זאָג. אַ ביסל פֿאָרויס איז אַ לאַנגער טונעל, און אויף דעם צווייטן עק פֿון אים פֿירן די רעלסן דורך אַ געדיכטן וואַלד. הער נאָר, איך וועל פֿאָרן וואָס גיכער אינעווייניק אין דעם טונעל, נאָר די אַנדערע וועלן פֿאָרן אַ ביסל פּאַמעלעכער, פֿאַרשטייט זיך, טאָמער עס זאָל ניט זײַן קיין סיבה. ווען מיר זײַנען שוין דורך, וועל איך פֿאַרדרייען דעם דאַמף און טרעטן שווער אויפֿן טאָרמאַז, און די רגע ווען ס'איז זיכער מוזסטו אַראָפּשפּרינגען און זיך באַהאַלטן אינעם וואַלד, איידער זיי קומען דורך דעם טונעל און דערזען דיך. דעמאָלט וועל איך פֿאָרן מיט דער גאַנצער גיכקייט נאָך אַ מאָל, קענען זיי זיך נאָך מיר נאָכיאָגן ווי לאַנג ס'גלוסט זיך זיי און ווי ווײַט. איצט, זײַ אָפּגעהיט און גרייט צו שפּרינגען ווען איך זאָג!"

זיי האָבן אָנגעקויפּט נאָך מער קוילן, האָט די באַן געשאָסן אַרײַן אינעם טונעל, און דער לאָקאָמאָטיוו האָט זיך געאײַלט און געברעוועט און געגראַגערט, ביז סוף־כּל־סוף האָבן זיי געשאָסן אַרויס פֿונעם צווייטן עק אַרײַן אין דער פֿרישער לופֿט און פֿרידלעכער לבֿנהליכט, און געזען דעם וואַלד, ליגנדיק פֿינצטער און העלפֿיק אויף ביידע זײַטן פֿון די רעלסן. דער פֿירער האָט פֿאַרדרייט דעם דאַמף און געטראָטן אויף דעם טאָרמאַז, די **ב**ראָסקע איז אַראָפּ אויף דעם טרעפּל, און ווען די באַן פֿאָרט אַלץ פּאַמעלעכער ביז אַ שפּאַציר־טעמפּ, האָט ער געהערט דעם פֿירער שרײַען, "איצט, שפּרינג!"

בראָסקע איז געשפּרונגען, זיך געקײַקלט אַראָפּ אויף אַ קורצן אָנשיט, זיך אויפֿגעהויבן אָן שאָדן, זיך געדראַפּעט אַרײַן אין וואַלד און זיך באַהאַלטן.

קוקנדיק אַרויס האָט ער געזען זײַן באַן פֿאַרגיכערן זיך נאָך אַ מאָל און זי איז פֿאַרשוווּנדן געוואָרן מיט אַ גרויסן טעמפּ. דעמאָלט אַרויס פֿונעם טונעל האָט געפּלאַצט דער נאָכיאָגנדיקער לאָקאָמאָטיוו, מיט רעווען און פֿײַפֿן, איר אויפֿגעלאַף האָט געמאַכט מיט די פֿאַרשיידענע וואָפֿנס, און געשריגן, "האַלט! האַלט! האַלט!" ווען זיי זײַנען פֿאַרבײַ האָט די בראָסקע זיך שטאַרק צעלאַכט – דאָס ערשטע מאָל זינט ער איז געוואָרפֿן אַרײַן אין תּפֿיסה.

נאָר ער האָט באַלד אויפֿגעהערט לאַכן ווען עס איז אים אײַנגעפֿאַלן אַז עס איז איצט זייער שפּעט און פֿינצטער און קאַלט, און אַז ער איז געווען און אַן אומבאַקאַנטן וואַלד, אָן געלט, אָן וועטשערע, און נאָך אַלץ ווײַט פֿון פֿרײַנד און היים, און די טויטע שטילקייט פֿון אַלץ, נאָך דעם רעווען און גראַגערן פֿון דער באַן, איז אים געווען עפּעס אַ שאָק. ער האָט זיך ניט דערוועגט איבערלאָזן דעם אָפּדאַך פֿון די ביימער, איז ער דערפֿאַר געגאַנגען טיפֿער אַרײַן אין וואַלד, האָט ער אין זינען געהאַט איבערלאָזן די אײַזנבאַן וואָס ווײַטער אויף הינטן.

נאָך אַזוי פֿיל וואָכן צווישן מויערן, האָט ער געפֿונען דעם וואַלד מאָדנע און אומפֿרײַנדלעך און מיט אַ נטיה, האָט עס זיך אים געדאַכט, צו מאַכן חוזק פֿון אים. נאַכטשפּאַרבערס, מיט זייער מעכאַנישן גראַגערן, האָבן אים געמאַכט מיינען אַז דער וואַלד איז אָנגעפֿילט געווען מיט זוכנדיקע וועכטערס, קומענדיק אים אַלץ נעענטער. אַ סאָווע, פֿליִענדיק אַראָפּ אָן קלאַנג צו אים צו, האָט אָנגערירט זײַן אַקסל מיט דעם פֿליגל, איז ער אַרויפֿגעשפּרונגען פֿון דער גרויליקער זיכערקייט אַז דאָס איז געווען אַ האַנט. זי האָט געפֿלאַטערט אַוועק מעשׂה מאָל, לאַכנדיק מיט דעם נידעריקן האָ! האָ! האָ!, וואָס בראָסקע האָט געהאַלטן פֿאַר גאָר גראָב. אַ מאָל האָט ער געטראָפֿן אַ פֿוקס, וואָס האָט זיך אָפּגעשטעלט, געקוקט אויף אים פֿון קאָפּ ביז די פֿיס אין עפּעס אַ סאַרקאַסטישן אופֿן, און האָט געזאָגט, "גוטהעלף, וועשערין! ס'פֿעלט די וואָך אַ העלף פֿון אַ פּאָר זאָקן און אַ ציכל! היט זיך, עס זאָל ניט נאָך אַ מאָל געשען!" און פֿריצעוועט אַוועק כיכענדיק. בראָסקע האָט זיך אַרומגעקוקט נאָך אַ שטיין אויף אים צו וואַרפֿן, אָבער אָן הצלחה, וואָס האָט אים נאָך מער פֿאַרכעסט. סוף־כּל־סוף, קאַלט, הונגעריק, און אויסגעמאַטערט, האָט ער געזוכט דעם אָפּדאַך פֿון אַ הוילן בוים, ווו, מיט צווײַגן און טויטע בלעטער, האָט ער געמאַכט פֿאַר זיך אַזוי באַקוועם אַ בעט ווי ער האָט געקענט, און האָט טיף געשלאָפֿן ביז דעם אינדערפֿרי.

קאַפּיטל נײַן

וואַנדערערס אַלע

דער **וואַסער־שטשור** איז געווען אומרויִק, און עס איז אים ניט געווען קלאָר פֿאַר וואָס. לויט אַלץ וואָס באַווײַזט זיך איז דעם זומערס פּראַכט נאָך געווען אין פֿולן בלי, און כאָטש אין די געאַקערטע פֿעלדער האָט גרין אָפּגעטראָטן פֿאַר גאָלד, כאָטש די ראַבינעס האָבן אָנגעהויבן זיך פֿאַררייטלען און די וועלדער זײַנען באַשפּרענקלט געווען דאָ און דאָרט מיט אַ געל־ברוינער רציחה, פֿאָרט זײַנען ליכט און וואַרעמקייט און פֿאַרב נאָך אַרום ביז אַ ניט־פֿאַרמינערטער מאָס, ריין פֿון פֿרעסטלדיקע פֿאָרגעפֿילן וועגן דעם פֿאַרבײַגייענדיקן יאָר. נאָר דער שטענדיקער כאָר פֿון די סעדער און קוסטצוימען האָט זיך אײַנגעצויגן ביז אַ צופֿעליק אָוונט־געבעט פֿון עטלעכע נאָך ניט אויסגעמאַטערטע שפּילערס; דאָס רויט־בריסטל האָט אָנגעהויבן זיך פֿאָרויסשטופּן נאָך אַ מאָל, און עס איז געווען אַ געפֿיל אין דער לופֿט פֿון שינוי און אָפּגאַנג. די קוקאַווקע, אַוודאי, האָט שוין לאַנג געשוויגן, נאָר אַ סך אַנדערע באַפֿעדערטע פֿרײַנד, שוין אויף חדשים אַ טייל פֿון דעם באַקאַנטן לאַנדשאַפֿט און איר קליינע געזעלשאַפֿט, האָט אויך געפֿעלט, און עס האָט אויסגעזען אַז די מאַנשאַפֿט ווערט שיטערער טאָג בײַ טאָג. **שטשור**, מיט זײַן שאַרף אויג פֿאַר אַבי אַ באַפֿליגלטער באַוועגונג, האָט באַמערקט אַז יעדן טאָג האָט דאָס אַ נטיה געהאַט גיין דרום צו, און אַפֿילו ליגנדיק אין בעט בײַ נאַכט האָט ער געמיינט אַז ער קען דערשפּירן, פֿאַרבײַ אין דעם פֿינצטערניש אויבן, דאָס דרומלען און דאָס ציטערן פֿון אומגעדולדיקע פֿליגלשפּיצן, פֿאָלגעוודיק צו דעם באַפֿעלערישן רוף.

דער **נאַטורס גרויסער האָטעל** האָט זײַן סעזאָן, ווי די אַנדערע. בעת די געסט, איינער נאָך אַנאַנד, פּאַקן אײַן, באַצאָלן, און פֿאָרן אָפּ, און די ערטער בײַ דעם וואַרמעס־טיש פֿאַרמינערן זיך נעבעכדיק מיט יעדן מאָלצײַט; בעת די געצימערן ווערן פֿאַרמאַכט, טעפּעכער אַוועקגענומען, און קעלנער אָפּגעזאָגט, האָבן די קעסטניקעס וואָס בלײַבן, ווי קוואַרטיראַנטן, ביז דער עפֿענונג אינעם קומעדיקן יאָר, ניט געקענט אויסמײַדן זײַן אָנגערירט פֿון אַלע דעם פֿלאַטערן און געזעגענען זיך, דעם אַרומרעדן מיט חשק פּלענער, רוטעס, און נײַע ווױנונגען, דער טאָגטעגלעכער פֿאַרמינערונג אין דעם שטראָם פֿון חבֿרשאַפֿט. מע ווערט אומרויִק, דערשלאָגן, מיט אַ נטיה צו מחלוקתן. פֿאַר וואָס דער באַגער נאָך שינוי? פֿאַר וואָס ניט בלײַבן רויִק דאָ, ווי אונדז, און זײַן פֿריילעך? דו קענסט ניט דעם האָטעל אויס סעזאָן, און די הנאה מיר האָבן צווישן זיך, מיר חבֿרים וואָס בלײַבן און באַטראַכטן דאָס גאַנצע אינטערעסאַנטע יאָר. אַלץ גאַנץ וואָר, אָן ספֿק, ענטפֿערן שטענדיק

די אַנדערע; מיר זײַנען אײַך שטאַרק מקנא – און אפֿשר אין אַ קומעדיק יאָר – אָבער פּונקט איצט האָבן מיר באַשטעלונגען – און אָט איז דער בוס פֿאַר דער טיר – מיר זײַנען אויס צײַט! איז, זיי גייען אָפּ, מיט אַ שמייכל און אַ שאָקל, און מיר בענקען נאָך זיי און פֿילן זיך מיט פֿאַראיבל. דער **ש**טשור איז געווען אַן אומאָפּהענגיקער מין באַשעפֿעניש, פֿאַרוואָרצלט צו דעם לאַנד, און וווהין ער זאָל ניט גיין, דאָרט בלײַבט ער; פֿאָרט האָט ער ניט געקענט אויסמײַדן באַמערקן וואָס געפֿינט זיך אין דער לופֿטן, און פֿילן אַ ביסל פֿון יענעמס רושם אין די ביינער.

עס איז געווען שווער זיך אַוועקצוזעצן פֿאַר עפּעס ערנסט מיט דאָס גאַנצע פֿלאַטערן אַהין און צוריק וואָס געשעט. אַוועק פֿון דעם וואַסער־ברעג, ווו די קאַמישן שטייען געדיכט און הויך אין אַ שטראָם וואָס ווערט פֿאַרשלאָפֿן און פּלאַטשיק, האָט ער אַרומגעוואַנדערט דורך דאָרפֿקרײַזן, איבער אַ פּאַשעפֿעלד צוויי וואָס שוין זייען אויס שטויביק און אויסגעטריקנט, און זיך געשטויסן אַרײַן אין דער גרויסער וועלט פֿון ווייץ, געל, כוואַליענדיק, און מורמלענדיק, אָנגעפֿילט מיט שטילער באַוועגונג און קליינע שעפּטשען. דאָ האָט ער ליב אָפּט צו וואַנדערן, דורך דעם וואַלד פֿון שטײַפֿע, שטאַרקע שטאַמען, וואָס טראָגן זייער אייגענעם גאָלדענעם הימל ווײַט איבער זײַן קאָפּ – אַ הימל וואָס האַלט שטענדיק אין טאַנצן, שימערירן, רעדן ווייך, אָדער וויגנדיק זיך שטאַרק פֿאַר דעם פֿאַרבײַגייענדיקן ווינט, און צוריק צו זיך מיט אַ וואָרף און אַ פֿריילעך געלעכטער. דאָ אויך האָט ער געהאַט אַ סך קליינע פֿרײַנד, אַ געזעלשאַפֿט גאַנץ אין זיך, פֿירנדיק פֿולע און פֿאַרנומענע לעבנס, נאָר אַלע מאָל מיט פֿרײַער צײַט פֿאַר באַרעדערײַ און נײַעס מיט אַ גאַסט. הײַנט אָבער, כאָטש זיי זײַנען געווען גענוג העפֿלעך, האָבן די פֿעלדמײַז און שניטמײַז אויסגעזען ווי פֿאַרזאָרגט. אַ סך האָבן געהאַלטן אין אויסגראָבן און טונעלירן פֿאַרנומען; אַנדערע, צונויפֿגעקומען אין קליינע רעדלעך, האָבן באַקוקט פּלענער און צייכענונגען פֿון קליינע דירות, וואָס מע זאָגט אַז זיי זײַנען צוציִענדיק און קאָמפּאַקט, און וואָס געפֿינען זיך באַקוועם נאָענט צו די קראָמען. עטלעכע האָבן אַרויסגעשלעפּט שטויביקע קופֿערטן און קלייד־קוישן; אַנדערע זײַנען שוין אַרײַן ביז די עלנבויגן אײַנפּאַקן דאָס האָב־און־גוטס; און אומעטום זײַנען געלעגן קופּעס און בינטלעך ווייץ, האָבער, גערשט, בוקן־פֿרוכטקאָרמע, און ניס, אַלץ גרייט אויף טראַנספּאָרט.

"אָט איז דאָס אַלטע **ש**טשורל!" האָבן זיי געשריגן באַלד ווי זיי האָבן אים געזען. "קום און לייג צו אַ האַנט, **ש**טשור, שטיי ניט דאָרט פּוסט־און־פּאַס!"

"אויף וואָס שפּילט איר?" האָט דער **וו**אַסער־**ש**טשור שטרענג געזאָגט. "איר ווייסט אַז ס'איז נאָך ניט די צײַט צו טראַכטן פֿון ווינטער־וווינונגען, ווײַט אַזוי!"

"אָ, יאָ, מיר ווייסן דאָס," האָט דערקלערט אַ פֿעלדמויז, היפּש פֿאַרשעמט; "נאָר ס'איז אַלע מאָל גוט בײַ צײַטנס צו זײַן, יאָ? מיר *מוזן* טאַקע אַרויסנעמען די אַלע מעבל און באַגאַזש און זאַפּאַסן איידער יענע גרויליקע מאַשינען הייבן אָן קנאַקן אַרום די פֿעלדער; און דערצו, ווייסטו, די בעסטע דירות זײַנען שטענדיק הײַנט צוגענומען אַזוי גיך, און אויב מע פֿאַרשפּעטיקט זיך, דאַרף מען אָננעמען *אַבי וואָס*, און אַזוינע דאַרפֿן גאָר אַ סך אַרבעט, אויך, איידער זיי ווערן פּאַסיק פֿאַר אַ וווינונג. אַוודאי זײַנען מיר פֿרי, דאָס ווייסן מיר, נאָר מיר מאַכן בלויז אַן אָנהייב."

"אָ, אין דר'ערד מיט *אָנהייבן*," האָט דער **ש**טשור געזאָגט. "ס'איז אַ פּראַקטיקער טאָג. קומט רודערן אָדער שפּאַצירן לענג־אויס די קוסטצוימען, אָדער אויף אַ פּיקניק אינעם וואַלד, אָדער עפּעס."

"נו, איך *מיין*, ניט *הײַנט*, אַ דאַנק," האָט גיך געענטפֿערט דער פֿעלדמויז. "אפֿשר אויף אַן אַנדער טאָג – ווען מיר האָבן מער *צײַט* –"

בילד 10 הײַנט אָבער, כאָטש זיי זײַנען געווען גענוג העפֿלעך, האָבן די פֿעלדמײַז און שניטמײַז אויסגעזען ווי פֿאַרזאָרגט.

דער **ש**טשור, מיט אַ ביטולדיקן שנאָרכץ, האָט זיך אַרומגעדרייט אָפּצוגיין, געשטאָמפּערט איבער אַ הוטקאַסטן, און איז אַראָפּגעפֿאַלן, מיט ניט־בכּבֿודיקע באַמערקונגען.

"אויב לײַט וואָלטן געווען מער אָפּגעהיט," האָט געזאָגט אַ פֿעלדמויז, זייער שטײַף, "און געקוקט וווּהין זיי גייען, וועלן לײַט זיך ניט שאַטן – און זיך ניט פֿאַרגעסן. האַלט אַן אויג אויף יענעם זעקל, **ש**טשור! בעסער זעץ זיך אַוועק אין ערגעץ. אין אַ שעה צוויי אַרום וועלן מיר זײַן אפֿשר פֿרײַ זיך צו זען מיט דיר."

"דו וועסט ניט 'פֿרײַ' זײַן, ווי דו רופֿסט דאָס אָן, שיִער ניט ביז ניטלצײַט, קען איך קלאָר זען," האָט ברוגזלעך אָפּגעענטפֿערט דער **ש**טשור, בעת ער קלײַבט אַ וועג אַרויס פֿונעם פֿעלד.

ער איז צוריק אַ ביסל פֿאַראומערט נאָך אַ מאָל צו זײַן טײַך – זײַן געטרײַער, כּסדר שטראָמענדיקער אַלטער טײַך, וואָס קיין מאָל ניט פּאַקט זיך אײַן, פֿלאַטערט, אָדער נעמט זיך אַוועק אין ווינטער־קוואַרטירן.

אין די ווערבעס וואָס זיימט אַרום דעם ברעג האָט ער דערזען אַ זיצנדיקע שוואַלב. באַלד איז צו איר געקומען אַ צווייטע און דעמאָלט אַ דריטע, און די פֿייגל, זיצנדיק אומרויִק אויף זייער צווײַג, האָבן זיך דורכגערעדט ערנסט און ווייך.

"וואָס, *שוין?*" האָט געזאָגט דער **ש**טשור, גייענדיק לײַכט צו זיי צו. "וואָס איז דאָס אײַלעניש? ס'איז מיר פּשוט לעכערלעך."

"אָ, מיר האַלטן נאָך ניט בײַם אָפּפֿליִען, אויב דאָס איז וואָס דו ביסט אויסן," האָט די ערשטע שוואַלב געענטפֿערט. "מיר פּלאַנעווען נאָר און אויסדרן אַלץ. רעדן אַלץ אַרום, דו ווייסט – וועלכע רוטע צו נעמען דאָס יאָר, און ווו זיך אָפּצושטעלן, און אַזוי ווײַטער. דאָס איז אַ העלפֿט פֿון דער הנאה!"

"הנאה?" האָט דער **ש**טשור געזאָגט, "נו, פּונקט דאָס איז וואָס איך פֿאַרשטיי ניט. אויב איר *מוזט* אָפּלאָזן אָט דעם אײַנגענעמען אָרט, און די פֿרײַנד וואָס וועלן בענקען נאָך אײַך, און די היימלעכע וווינונגען ווו איר האָט נאָר וואָס אַ היים געמאַכט, איז, ווען עס קומט אָן די שעה, האָב איך ניט קיין ספֿקות אַז איר וועט דרייסט אָפּפֿליִען, און שטיין פּנים־אל־פּנים מיט די אַלע צרות און אומבאַקוועמלעכקייטן און שינוי און נײַקייט, און מאַכן אַן אָנשטעל אַז איר זײַט ניט זייער אומגליקלעך. נאָר צו ווילן דאָס אַלץ אַרומצורעדן, אָדער אַפֿילו איבערצוטראַכטן, איידער איר דאַרפֿט באמת – "

"ניין, דו פֿאַרשטייסט ניט, נאַטירלעך," האָט געזאָגט די צווייטע שוואַלב. "ערשט פֿילן מיר דאָס באַוועגן זיך אינעווייניק, אַ זיסע אומרויִקייט; דעמאָלט קומען צוריק די געדעכענישן, איינס נאָך אַנאַנד, ווי פֿאַסטויבן. זיי פֿלאַטערן דורך אונדזערע חלומות בײַ נאַכט, זיי פֿליִען מיט מיט אונדז במשך פֿון אונדזער אַרומדרייען און אַרומקרײַזן בײַ טאָג. מיר בענקען פֿרעגן עצות צווישן זיך און זיך אויסבײַטן מיט די מיינונגען און זיך פֿאַרזיכערן אַז דאָס אַלץ איז טאַקע אמת, בעת נאָך דער ריי קומען ביסלעכווײַז צוריק דאָס גערוך און קלאַנגען און נעמען פֿון לאַנג פֿאַרגעסענע ערטער און ווונקען צו צו אונדז."

"צי קענט איר ניט דאָ בלײַבן נאָר דאָס יאָר?" האָט פֿאַרבענקט פֿירגעלייגט דער **ו**וואַסער־**ש**טשור. "מיר וועלן אַלע טאָן דאָס בעסטע אַז איר זאָלט זיך פֿילן באַקוועם. איר האָט ניט קיין אידעע פֿון די גוטע צײַטן דאָ בײַ אונדז ווען איר זײַט ווײַט אַוועק."

"איך האָב געפּרוּווט "בלײַבן" איין יאָר," האָט די דריטע שוואַלב געזאָגט. עס איז מיר אַזוי ליב געוואָרן דער אָרט אַז ווען עס איז געקומען די צײַט האָב איך זיך צוריקגעהאַלטן און געלאָזט די אַנדערע אָפּפֿליִען אָן מיר. אויף אַ פּאָר וואָכן איז אַלץ געגוג גוט געגאַנגען, נאָר שפּעטער, אָ, די מאַטערנדיקע לענג פֿון די נעכט! די ציטערנדיקע טעג אָן זון! די לופֿט אַזוי פֿײַכט און פֿרעסטלדיק, און ניט קיין אינסעקט אין די אַלע אַקערס אַרום! ניין, עס האָט ניט געטויגט, די גבֿורה מײַנע איז דערשלאָגן געוואָרן און אויף איינער אַ קאַלטער שטורמישער נאַכט האָב איך אָפּגעפֿלויגן, פֿליִענדיק ווײַט אין לאַנד אַרײַן צוליב די שטאַרקע בורעס פֿון מיזרח. עס איז געגאַנגען אַ שווערער שניי בעת איך האָב זיך געקעמפֿט דורך די דורכגאַנגען אין די הויכע בערג, איז דאָס געווען אַ שטרענגער קאַמף דורכצוקומען, אָבער איך וועל קיין מאָל ניט פֿאַרגעסן דאָס חדוהדיק געפֿיל פֿון דער הייסער זון נאָך אַ מאָל אויפֿן רוקן בעת איך האָב זיך געאײַלט אַראָפּ צו די אָזערעס וואָס ליגן אַזוי בלאָ און רויִק אונטער מיר, און דעם טעם פֿון מײַן ערשטן דיקן אינסעקט! די פֿאַרגאַנגענהייט איז געווען ווי אַ שלעכטער חלום; די צוקונפֿט איז געווען אַ פֿריילעכע שׂימחה בעת איך בין אַלץ מער דרום צו וואָך נאָך וואָך, גרינג, פֿויל, בלײַבן אַזוי לאַנג ווי איך האָב זיך דערוועגט, נאָר שטענדיק

פֿאַלגעוודיק צו דעם צורוף! ניין, איך האָב באַקומען מײַן וואָרענונג; קיין מאָל ניט נאָך אַ מאָל האָב איך געהאַט אומפֿאָלגעוודיקייט אין זינען."

"אַ, יאָ, דער אויפֿרוף פֿון דעם דרום, פֿון דעם **ד**רום!" האָבן געצוויטשעט די צוויי אַנדערע פֿאַרחלומט. "זײַנע לידער, זײַנע פֿאַרבן, זײַן שטראַלנדיקע לופֿט! אָ, צי געדענקסטו –" און פֿאַרגעסנדיק דעם **ש**טשור, זײַנען זיי אַרײַן אין לײַדנשאַפֿטלעכע דערמאָנונגען, בעת ער האָט זיך פֿאַרכאַפּט צוגעהערט, און דאָס האַרץ האָט געברענט אין אים. אין זיך אַליין, דערצו, האָט ער געוווּסט אַז עס וויברירט צום סוף, יענער אַקאָרד ביז איצט שלאָפֿעדיק און ניט דערשפּירט. בלויז דאָס פּלאַפּלערײַ פֿון די פֿייגל אויפֿן וועג דרום צו, זייערע בלאַסע באַריכטן פֿון דער צווייטער האַנט, האָבן פֿאָרט געהאַט אַ שליטה אויפֿצוּוועקן אָט דאָסווילדע נײַע געפֿיל דערקוויקן דורך און דורך אין אים; וואָס וואָלט איין רגע פֿון דער אמתער זאַך אויסאַרבעטן אין אים – איין היציקער ריר פֿון דער אמתער דרומדיקער זון, איין שמעק פֿון דעם אמתדיקן גערוך? מיט פֿאַרמאַכטע אויגן האָט ער זיך דערוועגט חלומען פֿון אַ מאָמענט פֿון הפֿקרדיקייט, און ווען ער האָט נאָך אַ מאָל אַ קוק געטאָן, האָט דער טײַך אויסגעזען שטאָלן און קאַלט, די גרינע פֿעלדער גראָ און אָן ליכט. דעמאָלט האָט זײַן געטרײַ האַרץ געשריגן אויף זײַן שוואַכערן איך צוליב זײַן פֿאַרראַט.

"פֿאַר וואָס קומט איר אַ מאָל צוריק, אויב אַזוי?" האָט ער געפֿאָדערט פֿון די שוואַלבן מיט קינאה. "וואָס געפֿינט איר אַזוי צוצײִיק דאָ אין דעם נעבעכדיקן גראָלעכעם קליינעם לאַנד?"

"און האַלטסטו," האָט געזאָגט די ערשטע שוואַלב, "אַז דער צווייטער אויפֿרוף איז ניט אויך פֿאַר אונדז, צו דער ריכטיקער צײַט? דער רוף פֿון שפּעדיק לאָנקע־גראָז, נאַסע סעדער, וואַרעמע סאַזשלקעס ווו אינסעקטן ווימלען, פֿון פֿאַשענדיקע פֿיך, פֿון גרייטן היי, און די אַלע פֿערמע־געבײַדעס טוליען זיך אַרום דעם **ה**ויז מיט די **ש**למותדיקע **ר**ינוועס?"

"צי האַלטסטו," האָט די צווייטע געפֿרעגט, "אַז דו ביסט דער איינציקער לעבעדיקער חפֿץ וואָס ווילט מיט אַ הונגעריקער בענקשאַפֿט הערן נאָך אַ מאָל דעם טאָן פֿון דער קוקאַווקע?"

"בײַ צײַטנס," האָט געזאָגט די דריטע, "וועלן מיר ווערן פֿאַרבענקט נאָך אַ מאָל נאָך שטילע וואַסער־ליליעס וויגנדיק זיך אויף דער אייבערפֿלאַך פֿון אַן ענגלישן שטראָם. נאָר הײַנט זעט דאָס אַלץ אויס בלאַס און דין און העט ווײַט אַוועק. פּונקט איצט טאַנצט אונדזער בלוט צו אַן אַנדער מוזיק."

זיי זײַנען צוריק צו צוויטשען צווישן זיך נאָך אַ מאָל, און דאָס מאָל איז זייער פֿאַרשיכּורנדיק פּלאַפּלען געווען וועגן לילאַ ימים, גאָלד־ברוינע זאַמדן, און ווענט באַדעקט מיט יאַשטשערקעס.

אומרויִק האָט דער **ש**טשור אַוועקגעוואַנדערט נאָך אַ מאָל, אַרויפֿגעשטיגן די שיפּוע וואָס הייבט זיך אויף ביסלעכווײַז פֿון דעם צפֿונדיקן ברעג טײַך, און איז געלעגן און געקוקט אַרויס צו דעם גרויסן רינג פֿון **ה**ויכלאַנט וואָס פֿאַרשטעלט זײַנע אויגן ווײַטער דרום צו – ביז איצט זײַן פּשוטער האָריזאָנט, זײַנע **ב**ערג פֿון דער **ל**בֿנה, זײַן גרענעץ וואָס הינטער אים ליגט גאָרנישט ניט וואָס ווילט זיך אים זען צי הערן. הײַנט, צו אים, בעת ער שטאַרט דרום צו מיט אַ נײַ־געבוירענע נײַטיקייט רירנדיק זיך אין זײַן האַרץ, האָט דער לויטערער הימל איבער דעם לאַנגן נידעריקן קאָנטור האָט אויסגעזען ווי ער פּולסירט מיט צוזאָג; הײַנט איז דאָס אומגעזעענס געווען אַלץ, דאָס אומבאַקאַנטס דער איינציקער אמתדיקער פֿאַקט פֿון

לעבן. אויף דער אָ זײַט פֿון די בערגלעך איז איצט געווען די אמתדיקע לײַדיקייט, אויף דער צווייטער ליגט דער אָנגעפּאַקטער און באַפּאַרבטער אויסבליק וואָס זײַן אויג אײַנעווייניק זעט אַזוי קלאָר. וואָסערע ימים ליגן ווײַטער, גרינע, שפּרינגענדיק און שוימיק! וואָסערע זון-געבאַקענע ברעגן, וואָס פּאַזע דעם האָבן געגלאַנצט ווײַסע ווילעס קעגן די איילבערטביימער! וואָסערע שטילע האַוונס, אָנגעפּילט מיט גאַלאַנטע שיפֿן אויפֿן וועג קיין לילאַ אינדזלען מיט ווײַן און בשׂמים, אינדזלען זיצנדיק נידעריק אין פֿאַרחלומטע וואַסערן!

ער איז אויפֿגעשטאַנען און געגאַנגען אַראָפּ נאָך אַ מאָל צו דעם טײַך צו; דעמאָלט האָט ער געביטן די מיינונג און געזוכט די זײַט פֿון דעם שטויביקן געסל. דאָרט, ליגנדיק האַלב באַגראָבן אין דעם געדיכטן, קילן פּלאָנטער אונטערן פּלויט וואָס האָט דאָס באַגרענעצט, האָט ער זיך געקענט פֿאַרקלערן וועגן דעם שטראָז און דער גאַנצער וווּנדערלעכער וועלט וואָס דערצו ער פֿירט; וועגן די אַלע וואַנדערערס אויך, וואָס האָבן אפֿשר אויף אים געגאַנגען, און דאָס עשירות און אַוואַנטורעס וואָס זיי גייען זוכן אָדער געפֿינען אָן זוכן – אַרויס דאָרט, ווײַטער – ווײַטער!

בילד 11 דער וואַנדערער האָט אים באַגריסט מיט אַ זשעסט פֿון העפֿלעכקייט וואָס איז געווען אַ ביסל אויסלענדיש.

פֿוסטריט זײַנען געפֿאַלן אויף זײַנע אויערן, און די פֿיגור פֿון איינעם וואָס גייט אַ ביסל פֿאַרמאַטערט איז געקומען פֿאַר זײַנע אויגן, און ער האָט געזען אַז עס איז אַ **ש**טשור, און גאָר אַ שטויביקער. דער וואַנדערער, ווען ער האָט אים דערגרייכט, האָט אים באַגריסט מיט אַ זשעסט פֿון העפֿלעכקייט וואָס איז געווען אַ ביסל אויסלענדיש – האָט זיך אַ רגע געוואַקלט – און דעמאָלט, מיט אַן אײַנגענעם שמייכל זיך געדרייט פֿונעם וועג און זיך אַוועקגעזעצט

בײַ זײַן זײַט אין דעם קילן גרינוואַרג. ער האָט מיד אויסגעזען, און דער שטשור האָט אים געלאָזט זיך רוען אָן פֿראַגעס, האָט ער פֿאַרשטאַנען אַ טייל פֿון וואָס איז אין יענעמס מחשבֿות, האָט ער אויך געוווּסט די ווערט וואָס אַלע חיות צומאָליק שרײַבן צו צו בלויז שטילע געזעלשאַפֿט, ווען די מידע מוסקלען ווערן לויז און דער מוח מאַרשירט אויפֿן אָרט.

דער וואַנדערער איז אַ דאַרער געווען, מיט שאַרפֿע שטריכן, און אַ ביסל אָנגעבויגן אין די פּלייצעס. זײַנע לאַפּעס זײַנען געווען דין און לאַנג, די אויגן זייער צעקנייטשט אין די ווינקלען, און ער האָט געטראָגן קליינע גאָלדענע אויערינגלעך אין די ציכטיק געשטעלט, גוט פֿאָרמירטע אויערן. זײַן אויסגעשטריקטער סוועטער איז געווען פֿון אַן אָפּבליאַקירטן בלאָ, די קניהויזן זײַנע, פֿאַרלאַטעט און באַפּלעקט, האָט געהאַט אַ בלאָען יסוד, און דאָס קליינע האָב־און־גוטס וואָס ער טראָגט איז געווען אָפּגעבונדן אין אַ בלאָ לײַוונטן נאָזטיכל.

נאָכדעם וואָס ער האָט זיך אַ ביסל גערוט האָט דער פֿרעמדער אַ זיפֿץ געגעבן, געשמעקט די לופֿט און זיך אַרומגעקוקט.

"אָט דאָס איז געווען קאָנישינע, דער וואַרעמער בלאָז אויף דעם ווינטל," האָט ער באַמערקט; "דאָס זײַנען קי וואָס מיר הערן אַרומשערן דאָס גראָז הינטער אונדז און בלאָזן ווייך צווישן שלונגען. עס איז אַ קלאַנג פֿון ווײַטע שניטערס, און דאָרט הייבט זיך אויף אַ בלאָער פֿאַס רויך פֿון די כאַטעס קעגן די וועלדער. דער טײַך לויפֿט ערגעץ נאָענט, וואָרן איך הער דעם רוף פֿון אַ טײַכהון, און איך קען זען פֿון דײַן פֿיגור אַז דו ביסט אַ זיס־וואַסערדיקער ים־מאַן. אַלץ, ס'דאַכט זיך, שלאָפֿט, נאָר פֿאָרט גייט ווײַטער די גאַנצע צײַט. עס איז אַ שיין לעבן וואָס דו פֿירסט, פֿרײַנד, אָן ספֿק דאָס בעסטע אויף דער וועלט, אויב נאָר דו ביסט גענוג שטאַרק אים אָנצופֿירן!"

"יאָ, עס איז דאָס לעבן, דאָס איינציקע לעבן צו פֿירן," האָט פֿאַרחלומט געענטפֿערט דער וואַסער־שטשור, אָן זײַן געוויינטלעכער פֿולקומער איבערצײַגונג.

"איך האָב פּונקט דאָס ניט געזאָגט," האָט אָפּגעהיט געענטפֿערט דער פֿרעמדער, "אָבער אָן ספֿק איז עס דאָס בעסטע. איך האָב עס געפּרוּווט, און איך ווייס. און ווײַל איך האָב דאָס נאָר וואָס געפּרוּווט – אויף זעקס חדשים – און ווייס אַז ס'איז דאָס בעסטע, דאָ בין איך, מיט צעווייטיקטע פֿיס און הונגעריק, שלעפּנדיק זיך אַרום אַוועק דערפֿון, וואַנדערנדיק דרום צו, פֿאָלגנדיק דעם אַלטן רוף, צוריק צו דעם אַלטן לעבן, צו *דעם* לעבן וואָס געהערט צו מיר און וואָס וועט מיך ניט אָפּלאָזן."

"איז ער דען נאָך איינער פֿון זיי?" האָט זיך פֿאַרקלערט דער שטשור. "און פֿון וואַנען ביסטו איצט געקומען?" האָט ער געפֿרעגט. ער האָט זיך קוים דערוועגט פֿרעגן וווּהין ער גייט, האָט ער אַ פּנים נאָר צו גוט געוווּסט דעם ענטפֿער.

"אַ שיינע קליינע פֿערמע," האָט דער וואַנדערער קורץ געענטפֿערט. "דאָרט אַרויף אין דער דאָזיקער ריכטונג" – ער האָט אַ שאָקל געגעבן צפֿון צו. "מילא. איך האָב געהאַט אַלץ וואָס איך האָב געוואָלט – אַלץ וואָס איך זאָל זיך יושרדיק ריכטן פֿון לעבן, און נאָך מער; און דאָ בין איך! פֿאָרט דערפֿרייט דאָ צו זײַן אַלץ איינס, אָבער, דערפֿרייט דאָ צו זײַן! אַזוי פֿיל מײַלן ווײַטער אויף דעם וועג, אַזוי פֿיל שעהען נעענטער צו וואָס גלוסט זיך מײַן האַרץ!"

זײַנע שײַנענדיקע אויגן האָבן געהאַלטן פֿעסט אויף דעם האָריזאָנט, און ער האָט אויסגעזען ווי ער הערט זיך צו אויף עפּעס אַ קלאַנג וואָס פֿעלט אין דעם אינלאַנדישן אַקערס, קולותדיק ווי עס איז געווען מיט דער פֿריילעכער מוזיק פֿון פּאַשע־לאָנקעס און געהעפֿטן.

"דו ביסט ניט פֿון אונדזערע *אייגענע*," האָט געזאָגט דער וואַסער־שטשור, "און אויך ניט קיין פֿאַרמער; און אויך ניט אַפֿילו, ווי איך רעכן, פֿון דעם דאָזיקן לאַנד."

"גערעכט," האָט געענטפֿערט דער פֿרעמדער. "איך בין אַ ים־פֿאָרנדיקער שטשור, בין איך, און דער פּאָרט פֿון וואַנען איך קום אָריגינאַל איז קאָנסטאַנטינאָפּל, כאָטש דאָרט בין איך אויך אַ מין פֿרעמדער, אַזוי צו זאָגן. דו האָסט יאָ געהערט פֿון קאָנסטאַנטינאָפּל, פֿרײַנד? אַ שיינע שטאָט, און אַן אוראַלטע און אַ גלאָריעדיקע. און אפֿשר האָסטו אויך געהערט פֿון סיגורד, קיניג פֿון נאָרוועגיע, ווי ער האָט אַהינגעזעגלט מיט זעכציק שיפֿן, און ווי ער מיט זײַנע מענטשן האָבן געריטן דורך גאַסן גאַנץ באַדעקט לכּבֿוד זיי מיט לילאַ און גאָלד; און ווי דער קייסער און די קייסערינע זײַנען אַראָפּגעקומען און געפּראַוועט אַ סעודה מיט אים אויף דער שיף. ווען סיגורד איז צוריק אין דער היים, זײַנען אַ סך פֿון זײַנע צפֿון־לײַט געבליבן אויף הינטן, געוואָרן אַ טייל פֿון דעם קייסערס לײַבוואַך, און מײַנער אַ שטאַמפֿאָטער, אַ נאָרוועגער געבוירן, איז אויך געבליבן אויף הינטן, מיט די שיפֿן וואָס סיגורד האָט געגעבן צו דעם קייסער. ים־פֿאָרערס זײַנען מיר געווען זינט דעמאָלט, און ס'איז קוים אַ וווּנדער. וואָס שייך מיר, איז מײַן געבוירן־שטאָט ניט מער אַ היים צו מיר ווי אַבי אַן אײַנגענעמער פּאָרט צווישן דאָרט און דעם טײַך אין לאָנדאָן. איך קען זיי אַלע און אַלע קענען מיך. לאָז מיך אָפּ אין איינעם פֿון זייערע האַוונס אָדער ברעגן, און איך בין נאָך אַ מאָל אין דער היים."

"איך נעם אָן אַז דו פֿאָרסט אויף גרויסע נסיעות," האָט געזאָגט דער וואַסער־שטשור מיט וואַקסנדיקן אינטערעס. "חדשים נאָך חדשים אָן שום בליק אויף דער יבשה, מיט קנאַפּע פּראָוויאַנטן, און וואַסער צעטיילט אויף פּאָרציעס, מיטן מוח אייניקן זיך מיט דעם מאַכטיקן ים, און אַזוי ווײַטער?"

"בשום אופֿן ניט," האָט אָפֿן געזאָגט דער ים־שטשור. "אַזאַ לעבן וואָס דו באַשרײַבסט וואָלט מיר לגמרי ניט צופּאַסן. איך בין אין דעם ברעג־שיפֿערײַ, און נאָר זעלטן אַרויס פֿון אויגנגרייך פֿון דער יבשה. ס'זײַנען די שׂימחות אויפֿן ברעג וואָס געפֿעלן מיר, אַזוי פֿיל ווי פֿאָרן אויפֿן ים. אָ, יענע דרומדיקע ים־פּאָרטן! זייער גערוך, די רײַטן־ליכט בײַ נאַכט, דער בלישטש!"

"נו, אפֿשר האָסטו אויסגעקליבן דעם בעסערן וועג," האָט דער וואַסער־שטשור געזאָגט, נאָר היפּש ספֿקדיק. "רעד אַ ביסל וועגן דײַן ברעג־זעגלען, אויב ס'איז דיר גוט, און וואָסערער מין שניט קען אַ לעבעדיקע חיה זיך ריכטן ברענגען אַהיים פֿון אים צו וואַרעמען די שפּעטערע טעג מיט כוואַטישע געדעכענישן לעבן דעם פֿײַער. וואָרן מײַן לעבן, מוז איך דיר מודה זײַן, פֿילט מיר הײַנט אַ ביסל ענג און אײַנגערינגלט."

"מײַן לעצטע נסיעה," האָט אָנגעהויבן דער ים־שטשור, "וואָס האָט מיך מיט דער צײַט געלאַנדט דאָ אין לאַנד, מיט הויכע האָפֿענונגען נאָך מײַן אינלאַנדישער פֿערמע, וועט טויגן פֿאַר אַ גוטן משל פֿאַר זיי אַלע, און אויף אַן אמת, ווי אַ תּמצית פֿאַר מײַן הויך־געפֿאַרבט לעבן. משפּחה־צרות, ווי געוויינטלעך, האָבן דאָס אָנגעהויבן. דער שטורעמדיקער שטורעם־קאָנוס האָט מען אויפֿגעהויבן, האָב איך זיך פֿאַרשריבן אויפֿן באָרט פֿון אַ קליינער האַנדל־שיף אַרויס פֿון קאָנסטאַנטינאָפּל, דורך קלאַסישע ימים וועמענס יעדע כוואַליע פולסירט מיט אַן אומשטערבלעך געדעכעניש, קיין די גרעקישע אינדזלען און דעם לעוואַנט. יענע זײַנען געווען גאָלדענע טעג און מילדע נעכט! שטענדיק אַרײַן און אַרויס פֿון האַוון – אַלטע פֿרײַנד אומעטום – שלאָפֿן אין עפּעס אַ קילן טעמפּל אָדער צעשטערטער ציסטערנע דורך דער היץ בײַ טאָג – אָנזעטיקן זיך און זינגען נאָכן זונפֿאַרגאַנג, אונטער גרויסע שטערן

אײַנגעזעצט אין אַ סאַמעטענעם הימל! פֿון דאָרט האָבן מיר אַ דריי געטאָן און געזעגלט פֿאַזע דעם אַדריאַטישן ברעג, די יבשה פֿאַרפֿלייצט אין אַן אַטמאָספֿער פֿון בורשטינען, רויז, און אַקוואַמאַרין; מיר זײַנען געלעגן אין ברייטע האַוונס אַרומגערינגלט מיט יבשה, מיר זײַנען אַרומגעגאַנגען דורך אוראַלטע און איידעלע שטעט, ביז סוף־כּל־סוף אויף איינעם אַ פֿרימאָרגן, בעת די זון איז קיניגלעך אַרויף הינטער אונדז, האָבן מיר געריטן אַרײַן אין ווענעציע אויף אַ סטעשקע פֿון גאָלד. אָ, ווענעציע איז אַ פֿײַנע שטאָט, ווו אַ שטשור קען אַרומוואַנדערן בהרחבֿה און זיך פֿאַרגינען! אָדער שוין פֿאַרמאַטערט פֿון דעם אַרומגייען, קען מען זיצן אויפֿן קאַנט פֿון דעם גרויסן קאַנאַל בײַ נאַכט, עסן אַ גוטן סעודה מיט די פֿרײַנד, ווען די לופֿט איז געווען אָנגעפֿילט מיט מוזיק און דער הימל מיט שטערן, און די ליכט בליצן און שימערירן אויף די פּאָלירטע שטאָלענע פֿאָדערבאָרטן פֿון די וויגנדיקע גאָנדאָלעס, אַזוי אָנגעפּאַקט אַז מע קען גיין צו פֿוס פֿון זײַט צו זײַט איבערן קאַנאַל אויף זיי! און אויך דאָס עסן – צי האָסטו ליב מולטער־בריאות? נו, נו, מיר ווען זיך ניט הײַנט איצט דעריבער."

ער איז געווען שטיל אַ ווײַלע, און דער וואַסער־שטשור, אויך שטיל און פֿאַרכאַפּט, איז געשוווּמען אויף חלום־קאַנאַלן און האָט געהערט אַ פֿאַנטאָם־געזאַנג הילכנדיק הויך צווישן נעפּלדיקע גראָע כוואַליע־באַוואַשענע ווענט.

"דרום צו האָבן מיר צום סוף אָפּגעזעגלט נאָך אַ מאָל," איז ווײַטער געגאַנגען דער ים־שטשור, "פֿאַזע דעם איטאַליענישן ברעג, ביז מיר זײַנען סוף־כּל־סוף אָנגעקומען אין פּאַלערמאָ, און דאָרט האָב איך זיך אָפּגעזאָגט אויף אַ לאַנגן, גליקלעכן משך אויף דער יבשה. איך בלײַב קיין מאָל ניט לאַנג אויף איין שיף, מע ווערט שמאָלקעפּיק און פֿול מיט פֿאָראורטלען. דערצו איז סיציליע איינער פֿון מײַנע גליקלעכע גײעג־שטחים. איך קען אַלע דאָרט, און זייערע מינהגים פּאַסן מיר גאַנץ גוט. איך האָב פֿאַרבראַכט אַ סך פֿריילעכע וואָכן אויף דעם אינדזל, אײַנגעשטאַנען בײַ פֿרײַנד אין דער העק. ווען איך האָב זיך געפֿילט נאָך אַ מאָל ווי אויף שפּילקעס, האָב איך אויסגעניצט אַ שיף וואָס האַנדלט צו צאַרדיניע און קאָרסיקע, און גאָר גליקלעך בין איך געווען צו פֿילן דאָס פֿרישע ווינטל און דאָס ים־שפּריצעכץ אויף מײַן פּנים נאָך אַ מאָל."

"נאָר צי איז עס ניט זייער הייס און דושנע, אַראָפּ אין דעם – טריום, ווו דו רופֿסט דאָס אַן, מיין איך?" האָט געפֿרעגט דער וואַסער־שטשור.

דער ים־פֿאָרער האָט אויף אים געקוקט מיטן רמז פֿון אַן אָנווונק. "איך בין אַן אַלטער געניטער," האָט ער באַמערקט מיט אַ סך פּשטות. "דעם קאַפּיטאַנס קאַבינע איז מיר גענוג גוט."

"ס'איז אַ שווער לעבן, לויט אַלע ידיעות," האָט דער שטשור געמורמלט, טיף פֿאַרטראַכט.

"פֿאַר דער מאַנשאַפֿט איז דאָס טאַקע אמת," האָט ערנסט געענטפֿערט דער ים־פֿאָרער, נאָך אַ מאָל מיט דעם אָנצוהערעניש פֿון אַן אָנווונק.

"פֿון קאָרסיקע," איז ער ווײַטער געגאַנגען, "האָב איך אויסגעניצט אַ שיף וואָס ברענגט ווײַן צו דעם יאַבּדערלאַנד. מיר האָבן דערגרייכט אַלאַסיאָ אין אָוונט, זיך אָפּגעשטעלט, אַרויפֿגעשלעפּט די ווײַן־פֿעסער, און זיי אַראָפּגעוואָרפֿן אין וואַסער אַרײַן, צוגעבונדן צוזאַמען מיט אַ לאַנגן שטריק. די ים־לײַט זײַנען דעמאָלט אַרײַן אין די שיפֿלעך און געראָדערט צום ברעג צו, זינגענדיק בײַם פֿאָרן, און ציִענדיק נאָך זיך די לאַנגע ריי פֿעסער, שווימענדיק אַרויף און אַראָפּ ווי אַ מײַל פֿון ים־חזירים. אויף די זאַמדן האָבן געוואַרט פֿערד,

וואָס האָבן געשלעפּט די פֿעסער אַרויף אויף דער שטאָציקער גאַס אין דעם קליינעם שטעטל מיט אַ פֿײַנעם רעש און גראַגערן און דראַפּען זיך. ווען די לעצטע פֿאַס איז אַרײַן זײַנען מיר געגאַנגען זיך דערפֿרישן און אָפּרוען, און מיר זײַנען געזעסן שפּעט אַרײַן אין דער נאַכט, טרינקען מיט די פֿרײַנד, און אויף מאָרגן בין איך אַוועק צו די גרויסע איילבערט-וועלדער אויף אַ הפֿסקה און רו. וואָרן איצט בין איך פֿאַרטיק מיט אײַנדזלען אויף אַ ווילע, און עס זײַנען געווען אַ סך פֿאָרטן און שיפֿערײַ, האָב איך געפֿירט אַ פֿויל לעבן צווישן די פּויערים, ליגנדיק און זיי באַטראַכטן בײַ דער אַרבעט, אָדער אויסגעצויגן אויף דער בערגל-זײַט מיט דעם בלאָען מיטלערדישן ים ווײַט אונטן. און אַזוי מיט דער צײַט, מיט גרינגע עטאַפּן, און טיילווײַז צו פֿוס, טיילווײַז אויפֿן ים, קיין מאַרסיי, און דאָס טרעפֿן זיך מיט אַלטע שיף-חבֿרים, און וויזיטן אויף גרויסע שיפֿן פֿאָרן אויפֿן אָקעאַנען, און סעודות נאָך אַ מאָל. רעד שוין פֿון מולטער-בריאות! הער נאָר, אַ מאָל חלומט מיר די מולטער-בריאות פֿון מאַרסיי און איך כאַפּ זיך אויף אַ ווײַנענדיקער!"

"דאָס דערמאָנט מיך," האָט געזאָגט דער העפֿלעכער וואַסער-שטשור, "דו האָסט געזאָגט אַז דו ביסט הונגעריק און איך האָב געזאָלט רעדן פֿריִער. זיכער וועסטו דאָ בלײַבן און עסן מיטאָג מיט מיר? מײַן לאָך איז נאָענט, ס'איז שוין נאָך האַלבן טאָג, און דו ביסט האַרציק פֿאַרבעטן האָבן אַבי וואָס עס איז צו געפֿינען."

"איצט, דאָס האַלט איך פֿאַר גוטהאַרציק און ברודעריש אין דיר," האָט געזאָגט דער ים-שטשור. "איך בין טאַקע געווען הונגעריק ווען איך האָב זיך ערשט אַוועקגעזעצט, און זינט איך האָב צופֿעליק דערמאָנט מולטער-בריאות, זײַנען מײַנע הונגערליידן גאָר שטאַרק געוואָרן. נאָר קענסטו אפֿשר דאָס ברענגען אַהער אין דרויסן? עס געפֿעלט מיר קוים גיין אונטער פֿאַלטירן, סײַדן איך מוז. און דעמאָלט בײַם עסן קען איך דיר מער דערציילן וועגן מײַנע נסיעות און דעם אײַנגענעמען לעבן וואָס איך פֿיר – ווייניקסטנס איז עס מיר אײַנגענעם, און פֿון דײַן אַכט רעכן איך אַז עס געפֿעלט דיר אויך. בשעת ווען מיר גייען אינעווייניק איז שיִער ניט אַ סבֿרה וואָס איך וועל באַלד אַנטשלאָפֿן ווערן."

"דאָס איז אַ פּראַקטיקער פֿירלייג," האָט געזאָגט דער וואַסער-שטשור, האָט ער זיך געאײַלט אַהיים. דאָרט האָט ער אַרויסגענומען דעם אָנבײַסן-קויש און אָנגעפּאַקט אַ פּשוטן מאָלצײַט, וואָס דערין, מיט אין זינען דעם פֿרעמדנס אויפֿקום און גוסטן, האָט ער מטריח געווען אַרײַנצונעמען אַ יאַרד לאַנג פֿראַנצייזיש ברויט, אַ ווורשט וואָס פֿון אים האָט דער קנאָבל געזונגען, אַ ביסל קעז וואָס האָט זיך אַראָפּגעלייגט און צעוויינט, און אַ שטרוי-באַדעקטן בוטל מיט אַ לאַנגן נאַקן וואָס האַלט אײַנגעפֿלעשלטע זונענשײַן אַראָפּגעלאָזט און צונויפֿגעקליבן אויף ווײַטע דרומדיקע שיפּועים. אַזוי אָנגעלאָדן איז ער צוריק מיט דער גאַנצער גיכקייט און האָט זיך פֿאַררייטלט מיט פֿאַרגעניגן פֿון דעם אַלטן ים-מאַנס שבֿחים צוליב זײַן געשמאַק און אָפּשאַץ בעת זיי צוזאַמען אויסגעפּאַקט דעם קויש און אַוועקגעלייגט דעם אינהאַלט אויף דעם גראָז לעבן דעם וועג.

דער ים-שטשור, באַלד ווי ער האָט געשטילט דעם הונגער, איז ווײַטער געגאַנגען מיט דער געשיכטע פֿון זײַן לעצטער נסיעה, געפֿירט זײַן תּמימותדיקן צוהערער פֿון פּאָרט צו פּאָרט אין שפּאַניע, אים געלאַנדט אין ליסבאָן, אָפּאָרטאָ, און באָרדאָ, אים באַקאַנט געמאַכט מיט די אײַנגענעמע האַוונס פֿון קאָרנוואַל און דעוואָן, און אַזוי אַרויף דורך דעם קאַנאַל צו יענעם לעצטן דאָק, ווו, נאָך לאַנדן נאָך ווינטן לאַנג אַקעגן זיי, שטורעם-געטריבן און וועטער-געשלאָגן, האָט ער דערשפּירט די ערשטע כּישופֿדיקע אָנצוהערענישן און אויפֿרופֿן פֿון נאָך אַ פֿרילינג, און אָנגעצונדן דערפֿון, איז ער גיך געגאַנגען אויף אַ לאַנגן שפּאַציר אין

לאַנד אַרײַן, הונגעריק נאָך אַ פּרוּוו פֿון לעבן אויף אַבי אַ רויִקער פֿערמע, העט ווײַט פֿון דעם מידן קלאַפּן פֿון אַבי אַ ים.

פֿאַרכאַפּט און ציטערנדיק מיט אויפֿריר, איז דער וואַסער־שטשור נאָכגעגאַנגען נאָך דעם אַוואַנטוריסט מײַל נאָך מײַל, איבער שטורמישע בוכטעס, דורך אײַנגעפּאַקטע ים־וועגן, אַריבער האַוון־זאַמדבענק אויף אַ לויפֿנדיקן ים־פֿלייץ, אַרויף אויף שלענגלדיקע טײַכן וואָס באַהאַלטן די פֿאַרנומענע קליינע שטעטלעך אַרום פּלוצעמדיקע אויסדרייען, און אים איבערגעלאָזט מיט אַ חרטהדיקן זיפֿץ געפֿלאַנצט אויף זײַן נודנער אינלאַנדישער פֿערמע, וואָס דערוועגן האָט ער גאָרנישט ניט געוואָלט הערן.

שוין דעמאָלט איז זייער מאָלצײַט פֿאַרטיק געווען, און דער ים־פֿאָרער, דערפֿרישט און פֿאַרשטאַרקט, זײַן קול מער רעזאָנאַנט, דאָס אויג באַלויכטן מיט אַ ליכטיקייט וואָס זעט אויס ווי געכאַפּט פֿון עפּעס אַ ווײַטערן ים־סיגנאַל, האָט זײַן גלאָז אָנגעפֿילט מיט דעם רויטן און גליִענדיקן יאָרגאַנג פֿון דעם דרום, און בייגנדיק זיך צו דעם וואַסער־שטשור צו, האָט פֿאַרכאַפּט יענעמס בליק און אים געהאַלטן, מיטן גאַנצן לײַב און לעבן, בעת ער רעדט. יענע אויגן זײַנען געווען דער בײַטעוודיקער שוים־געפּאַסיקטער גראָ־גרין פֿון שפּרינגענדיקע צפֿונדיקע ימים; אינעם גלאָז האָט געשײַנט אַ הייסער רובין וואָס זעט אויס ווי דאָס סאַמע האַרץ פֿון דעם דרום, וואָס קלאַפּט פֿאַר יענעם וואָס האָט דאָס האַרץ צו ענטפֿערן די פּולסירונג. די צווילינג־ליכט, דער בײַטעוודיקער גראָ און דער פֿעסטער רויט האָבן דעם וואַסער־שטשור איבערגעוועלטיקט און אים פֿעסט געהאַלטן, פֿאַרכאַפּט, אָן כּוח. די שטילע וועלט אַרויס פֿון זייערע שטראַלן האָט זיך ווײַט אָפּגעטראָטן און איז מער ניט געווען. און דאָס גערייד, דאָס וווּנדערלעכע גערייד האָט ווײַטער געשטראָמט – נאָר צי איז דאָס געווען בלויז גערייד, אָדער איז דאָס אַ מאָל אַרײַן אין געזאַנג – דאָס ים־געזאַנג פֿון די מאַטראָסן בײַם אַרויפֿציִען דעם טריפֿנדיקן אַנקער, דער קלינגענדיקער זשום פֿון די שטיק־קאַבלען במשך פֿון אַ רײַסנדיקן צפֿון־מיזרחדיקן שטורעם, די באַלאַדע פֿון די פֿישער ציִענדיק אַרײַן די נעצן בײַם זונפֿאַרגאַנג אַנטקעגן אַן אַפּריקאָטישן הימל, אַקאָרדן פֿון גיטאַר און מאַנדאָלין אַרויס פֿון גאָנדאָלע צי זעגל־שיפֿל? צי האָט דאָס זיך איבערגעביטן אויף דעם געשריי פֿון דעם ווינט, תּחילת קלאָגנדיק, בייזערהייט קוויטשיק בעת עס פֿאַרשטאַרקט זיך, זיך אויפֿהייבנדיק ביז אַ רײַסנדיקן פֿײַף, אַראָפּ ביז אַ מוזיקאַליש גערינס פֿון לופֿט אַרויס פֿון דעם הינטער־קאַנט פֿון דעם אויסגעפּוישטן זעגל? עס האָט זיך געדאַכט דעם פֿאַרכאַפּטן צוהערער אַז ער האָט געהערט די אַלע קלאַנגען, און מיט זיי, די הונגעריקע טענה פֿון די מעוועס און די הונטמעוועס, דער ווייכער דונער פֿון ברעכנדיקע כוואַליעס, דאָס געשריי פֿון דעם פּראָטעסטירנדיקן זשוויר. צוריק צו ווערטער איז עס נאָך אַ מאָל געגאַנגען, און מיט קלאַפּנדיק האַרץ האָט ער געפֿאָלגט די אַוואַנטורעס אין אַ טוץ ים־פּאָרטן, די געשלעגן, די אַנטלויפֿן, די צונויפֿקומען, די חבֿרשאַפֿט, די גאַלאַנטע אונטערנעמונגען; אָדער ער האָט דורכגעזוכט אינדזלען נאָך אוצרות, געכאַפּט פֿיש אין שטילע לאַגונען, און געדרעמלט אַ גאַנצן טאָג אויף וואַרעם ווײַס זאַמד. ער האָט אים געהערט רעדן פֿון פֿישן אינעם טיפֿסטן ים, און מעכטיקע זילבערנע פֿאַרזאַמלונגען אין די נעצן מײַלן אין דער לענג; פֿון פּלוצעמדיקע סכּנות, דעם קלאַנג פֿון ברעכנדיקע כוואַליעס אויף אַ נאַכט אָן לבֿנה, אָדער דער הויכער פֿאָדערבאָרט פֿון דער גרויסער לײַנער פֿורעמענדיק זיך אויבן דורך דעם נעפּל; וועגן דעם פֿריילעכן צוריקקער אַהיים, אַרום דעם קאַפּ, אין אויגנגרייך פֿון די האַוון־ליכט; די רעדלעך אומקלאָר דערזען אויף דעם דאָק, דעם פֿריילעכן רוף, דעם פּליושק פֿונעם קאַבל; דאָס טאָפּטשען זיך אַרויף אויף דער שטאָציקער קליינער גאַס צו דעם טרייסטנדיקן גלי צו פֿון פֿענצטער מיט רויטע פֿירהאַנגען.

סוף־כּל־סוף, אין זײַן וואַך־חלום, האָט עס זיך אים געדאַכט אַז דער אַוואַנטוריסט איז אַרויף אויף די פּיס, נאָר האָט נאָך געהאַלטן אין רעדן, אים נאָך פֿעסט געהאַלטן מיט די ים־גראָע אויגן.

"און איצט," האָט ער ווייך געזאָגט, "נעם איך זיך נאָך אַ מאָל אויפֿן וועג, האַלטן אַ גאַנג דרום־מערבֿ צו אויף אַ סך לאַנגע און שטויביקע טעג, ביז צום סוף קום איך אָן אין דעם קליינעם גראָען ים־שטעטל וואָס איז מיר אַזוי גוט באַקאַנט, וואָס קלעפּט זיך צו צו איין שטאָציקער זײַט פֿונעם האַוון. דאָרט, דורך פֿינצטערע טירן, קוקט מען אַראָפּ אויף שטיינערנע טרעפּ, איבערגעהאַנגען מיט גרויסע ראָזעווע זשמוטן וואַלעריאַן און ענדיקן זיך אין אַ שטח פֿינקלענדיק בלאָ וואַסער. די קליינע שיפֿלעך וואָס ליגן צוגעפּעסטיקט צו די רינגען און געשטעלן אויף דעם אַלטן ים־וואַנט זײַנען אַזוי פֿריילעך אָפּגעמאָלט ווי יענע וואָס מיט זיי האָב איך זיך געפּאָרעט אין די קינדעריאָרן; די לאַקסן שפּרינגען אויף דעם צופֿלייץ, רויעס מאַקרעלן בליצן און שפּילן פֿאַרבײַ דאָקן און פּלאַזשעס, און פֿאַרבײַ די פֿענצטער גליטשן זיך די גרויסע שיפֿן, נאַכט ווי טאָג, צו די לאַנדונגפּלעצער אָדער אַרויס אויף דעם אָפֿענעם ים. דאָרט, פֿריִער צי שפּעטער, קומען אָן די שיפֿן פֿון אַלע לענדער מיט זעגלערײַ; און דאָרט, צו דער באַשערטער שעה, וועט אַראָפּלאָזן דעם אַנקער די געוווּנטשענע שיף מײַנע. איך וועל זיך ניט אײַלן, איך וועל זיך הײַען און וואַרטן, ביז סוף־כּל־סוף וואַרט די ריכטיקע אויף מיר, זיך געצויגן אַרויס אין מיטן שטראָם, טיף אָנגעלאָדן, איר פֿאָדערבאָרט־מאַסט טײַטלענדיק האַוון־אַראָפּ. איך וועל זיך גנבֿענען אויפֿן באָרט, מיט אַ שיפֿל צי אויפֿן קאַבל; און דעמאָלט אויף איינעם אָן אינדערפֿרי וועל איך זיך אויפֿכאַפּן צו דעם געזאַנג און טופּען מיט די פּיס פֿון די מאַטראָסן, צו דעם טשאָקען פֿון דער הייבראָד, און דעם גראַגערן פֿון דער אַנקער־קייט קומענדיק פֿריילעך אַרײַן. מיר וועלן אויפֿשלאָגן דעם דזשיב און דעם פֿאָרזעגל, די ווײַסע הײַזער אויף דער האַוון־זײַט וועלן זיך פּאַמעלעך גליטשן פֿאַרבײַ בעת זי זאַמלט אָן קערעווע־גיכקייט, און די נסיעה הייבט זיך אָן! בעת זי שנײַדט איר וועג צו צו דעם קאַפּ צו, וועט זי זיך אָנטאָן מיט קאַנווע; און דעמאָלט, ערשט אין דרויסן, דער הילכנדיקער פּאַטש פֿון גרויסע גרינע כוואַליעס בעת זי נייגט זיך אין אַ זײַט מיט דעם ווינט, מיטן קאָפּ דרום צו!

"און דו, דו וועסט אויך קומען, יִינגער ברודער, וואָרן די טעג ציִען זיך פֿאַרבײַ און קומען ניט צוריק, און דער דרום וואַרט נאָך אויף דיר. נעם צו די אַוואַנטורע, פֿאָלג דעם רוף, איצט, איידער דער אומאָפּרופֿלעכער מאָמענט איז פֿאַרבײַ! ס'איז בלויז אַ טראַסק פֿון דער טיר אויף הינטן, אַ פֿריילעכער טראָט פֿאָרויס, און דו ביסט אַרויס פֿונעם אַלטן לעבן און אַרײַן אינעם נײַעם! דעמאָלט, אויף איינעם אַ טאָג, ווײַט אין דער צוקונפֿט, לויפֿל דאָ אַהיים אויב דו ווילסט, ווען דער כּוס איז שוין ליידיק און די פּיעסע איז פֿאַרטיק, און זעץ זיך אַוועק לעבן דײַן שטילן טײַך מיט אַ זאַפּאַס פֿײַנע געדעכענישן פֿאַר געזעלשאַפֿט. דו קענסט מיך גרינג איבעריאָגן אויפֿן וועג, וואָרן דו ביסט אַ יונגער, און איך וואַקס אַלט און גיי לײַכט. איך וועל זיך הײַען און קוקן צוריק, און סוף־כּל־סוף וועל איך זיכער זען דיך קומען נאָך, מיט חשק און אַ לײַכט האַרץ, מיט דעם גאַנצן דרום פֿאַרן פּנים!"

דאָס קול איז אָפּגעשטאָרבן און זיך געענדיקט, ווי אַן אינסעקטס פּיצינקער טרומייט גיך פֿאַרשוואַכט זיך ביז שטילקייט, און דער וואַסער־שטשור, פֿאַרגליווערט און גאַפֿנדיק, האָט צום סוף געזען נאָר אַ ווײַטן פֿלעק אויף דער ווײַסער אייבערפֿלאַך פֿונעם וועג.

מעכאַניש איז ער אויפֿגעשטאַנען און אָנגעהויבן אײַנפּאַקן נאָך אַ מאָל דעם אָנבײַסן־קויש. אָפּגעהיט און אָן אײַלעניש. מעכאַניש איז ער צוריק אין דער היים, צונויף געזאַמלט

עטלעכע קליינע נייטיקייטן און ספּעציעלע אוצרות וואָס ער האָט ליב, און זיי אַוועקגעשטעלט אין אַ רענצל, אַלץ געטאָן מיט פּאַמעלעכער באַטראַכטונג, גייענדיק אַרום צימער ווי אַ לבֿנה־גייער, זיך שטענדיק צוגעהערט מיט צעשיידטע ליפּן. ער האָט געשוווּנגען דעם רענצל איבערן אַקסל, אָפּגעהיט אויסגעקליבן אַ דיקן שטעקן פֿאַר זײַן גיין, און ניט האַסטיק, נאָר מיט ניט קיין וואַקלעניש לחלוטין איז ער אַריבער דעם שוועל פּונקט ווען דער קראָט האָט זיך באַוויזן בײַ דער טיר.

"איז, ווּהין גייסטו, שטשורל?" האָט דער קראָט געפֿרעגט, שטאַרק פֿאַרחידושט, כאַפּנדיק אים בײַ דעם אָרעם.

"דרום צו, מיט די אַלע אַנדערע," האָט געמורמלט דער שטשור אין אַ פֿאַרחלומטן מאָנאָטאָן, אָן קוקן אויף אים. "צו דעם ים ערשט און דעמאָלט אויף אַ שיף און אַזוי צו די ברעגן וואָס רופֿן מיך צו!"

ער האָט זיך פֿעסט געשטויסן פֿאָרויס, נאָך אַלץ ניט האַסטיק, נאָר מיט עקשנותדיק צילוויסיקייט, אָבער דער קראָט, איצט גאַנץ באַזאָרגט, האָט זיך געשטעלט פֿאַר אים, און קוקנדיק אים אין די אויגן אַרײַן האָט ער געזען אַז זיי זײַנען געווען פֿאַרגלעזערט און פֿעסט געשטעלט און געוואָרן אַ געשטרײַפֿטער און בײַטנדיקער גראָ – ניט די אויגן פֿון זײַן פֿרײַנד, נאָר די אויגן פֿון עפּעס אַן אַנדער חיה! מיט אַ שטאַרק געראַנגל האָט ער אים געשלעפּט אַרײַן, אַראָפּגעוואָרפֿן, און געהאַלטן.

דער שטשור האָט געקעמפֿט פֿאַרצווייפֿלט עטלעכע מאָמענטן און דעמאָלט איז ער אַ פּנים גאַנץ אָן כּוח, איז ער שטיל געלעגן, פֿאַרמאַטערט, מיט פֿאַרמאַכטע אויגן, און געציטערט. נאָך אַ ווײַלע האָט דער קראָט אים געהאָלפֿן זיך אויפֿצושטיין און האָט אים אַוועקגעזעצט אין אַ פֿאָטעל, ווּ ער איז געזעסן צונויפֿגעפֿאַלן און אײַנגעשרומפּן אין זיך, זײַן גוף צעטרייסלט זיך מיט אַ גוואַלדיק ציטערן, וואָס מיט דער צײַט האָט זיך איבערגעביטן אויף אַ היסטערישן אָנפֿאַל פֿון טרוקן כליפּען. קראָט האָט צוגעריגלט די טיר, געוואָרפֿן דאָס רענצל אין אַ שופֿלאָד און אים פֿאַרשלאָסן, און זיך אַוועקגעזעצט שטיל בײַ דעם טיש לעבן זײַן פֿרײַנד, געוואַרט ביז דער מאָדנער אָנפֿאַל איז פֿאַרבײַ. ביסלעכווײַז איז דער שטשור געזונקען אין אַן אומרויִקן דרעמל אַרײַן, איבערגעהאַקט מיט צאַפּלען און צעמישט מורמלען וועגן זאַכן מאָדנע און ווילד און פֿרעמד צו דעם ניט־אויפֿגעקלערטן קראָט. און פֿון דאָרט איז ער אַרײַן אין אַ טיפֿן שלאָף.

שטאַרק אומרויִק אין מוח האָט דער קראָט אים איבערגעלאָזט אַ ווײַלע און זיך פֿאַרנומען מיט שטוביקע ענינים, און עס האָט אָנגעהויבן ווערן פֿינצטער ווען ער איז צוריק אין גאַסטצימער און געפֿונען דעם שטשור ווו ער האָט אים איבערגעלאָזט, טאַקע גאַנץ וואַך, נאָר שלאַף, שטיל, און דערשלאָגן. ער האָט געוואָרפֿן איין האַסטיקן בליק אויף זײַנע אויגן, זיי געפֿונען, ווי אַ שטאַרקע באַפֿרידיקונג צו אים, קלאָר און טונקל און ברוין נאָך אַ מאָל ווי פֿריִער, און דעמאָלט זיך אַוועקגעזעצט און געפּרוווט אים אויפֿמונטערן, אים העלפֿן דערציילן וואָס איז געשען מיט אים.

נעבעכדיקער שטשור האָט געטאָן זײַן בעסטס בהדרגה צו דערקלערן זאַכן, נאָר ווי אַזוי קען ער אַרויסרעדן אין קאַלטע ווערטער וואָס איז מערסטנס געווען אָנצוהערענישן? ווי צו געדענקען, פֿון אַ צווייטנס וועגן, די אומפֿאַרגעסלעכע ים־קולער וואָס האָט צו אים געזונגען, ווי צו באַשאַפֿן אויף ס'נײַ פֿון דער צווייטער האַנט דעם כּישוף פֿון דעם ים־פֿאָרערס הונדערט דערמאָנונגען? אַפֿילו פֿאַר זיך אַליין, איצט אויס כּישוף און אויס גלאַנץ,

איז אים געווען שווער צו פֿאַרשטיין וואָס האָט זיך אים געדאַכט, מיט טעלעכע שעה צוריק, די אומאויסמײַדלעכע און אײנציקע זאַך. עס איז אַזוי ניט קיין חידוש וואָס עס איז אים ניט געראָטן איבערצוגעבן דעם קראָט קיין קלאָרע אידעע וועגן וואָס ער האָט דעם טאָג איבערגעלעבט.

צו דעם קראָט איז אַזוי פֿיל געווען קלאָר: די ספּאַזמע אָדער אָנפֿאַל איז שוין פֿאַרטיק, און האָט אים איבערגעלאָזט צוריק בײַם זינען, כאָטש צעטרייסלט און אַראָפּגעשלאָגן פֿון דער רעאַקציע. נאָר ער האָט אויסגעזען ווי ער האָט דערווײַל פֿאַרלוירן דעם גאַנצן אינטערעס אין די טאָגטעגלעכע זאַכן פֿון זײַן לעבן, און דערצו אויך אין די אַלע אײַנגענעמע פּראָגנאָזן פֿון די איבערגעמאַכטע טעג און טוּונגען וואָס דער שינוי אין דעם סעזאָן וועט זיכער ברענגען.

צופֿעליק דעמאָלט, און מיט אַן אָנשטעל פֿון גלײַכגילט, האָט דער קראָט געדרייט זײַן שמועס צו דעם שניט וואָס מע נעמט אַראָפּ, די טורעמדיקע וואָגנס און די אָנגעשטרענגטע געשפּאַנען, די וואַקסנדיקע קאָפּנעס, און די גרויסע לבֿנה וואָס הייבט זיך אויף איבער די נאַקעטע אַקערס צעשפּרייט מיט סנאָפּעס. ער האָט גערעדט פֿון די זיך פֿאַררייטלענדיקע עפּל אומעטום אַרום, פֿון די ניס וואָס ווערן ברוין, פֿון וואַרעניעס און אײַנגעמאַכטס און דעם דיסטילירן פֿון פֿרוכטליקערן; ביז דורך גרינגע עטאַפּן ווי יענע איז ער אָנגעקומען צו דעם מיטן ווינטער, זײַן האַרציקע שׂימחות און נורעדיק משפּחה־לעבן, און דעמאָלט איז ער פּשוט ליריש געוואָרן.

ביסלעכווײַז האָט דער שטשור אָנגעהויבן זיך אויפֿזעצן און נעמען אָנטייל. די טעמפּע אויגן זײַנע זײַנען העלער געוואָרן, און ער האָט פֿאַרלוירן אַ ביסל פֿון זײַן שמאַכטיקן אויסזע.

באַלד האָט דער דיפּלאָמאַטישער קראָט זיך אַוועקגעגנבֿעט און איז צוריק מיט אַ בלײַער און עטלעכע האַלב־בויגנס פּאַפּיר, וואָס ער האָט אַוועקגעשטעלט לעבן דעם פֿרײַנדס עלנבויגן.

"ס'איז שוין געווען אַ לאַנגע צײַט זינט דו האָסט געאַרבעט אויף דער פּאָעזיע," האָט ער באַמערקט. "אפֿשר זאָלסטו אַ פּרווו טאָן דעם אָוונט, אַנשטאָט – נו, דומען אַזוי פֿיל איבער זאַכן. ס'איז מיר אײַנגעפֿאַלן אַז דו וועסט זיך פֿילן אַ סך בעסער ווען דו האָסט עפּעס אָנגעשריבן – אַפֿילו אַז ס'איז נאָר די גראַמען."

דער שטשור האָט מיד אַוועקגעשטויסן דאָס פּאַפּיר, נאָר דער טאַקטישער קראָט האָט די געלעגנהייט גענוצט איבערצולאָזן דעם צימער, און ווען ער האָט נאָך אַ קוק געטאָן אַ ביסל שפּעטער, איז דער שטשור פֿאַרטאָן געווען און טויב צו דער וועלט, דראַקען און זויגן אויפֿן אויבן פֿונעם בלײַער נאָך דער ריי. עס איז אמת געווען אַז ער זויגט אַ סך מער ווי ער דראַקעט, נאָר עס האָט שטאַרק דערפֿרייט דעם קראָט צו וויסן אַז דאָס אויסהיילן האָט זיך אָנגעהויבן.

קאַפּיטל צען

די ווײַטערע אַוואַנטורעס פֿון בראָסקע

די פֿאָדערשטע טיר פֿון דעם הוילן בוים קוקט אויף מיזרח, איז **בראָסקע** אויפֿגעוועקט געוואָרן פֿרי אין דער פֿרי, טיילווײַז פֿון די העלער זונענשײַן שטראָמענדיק אַרײַן אויף אים, טיילווײַז פֿון דער גוואַלדיקער קאַלטקייט פֿון די פֿוס־פֿינגער, וואָס עס האָט אים געחלומט אַז ער איז געווען אין דער היים אין בעט אין דעם אייגענעם שיינעם צימער מיט דעם **טודאָר** פֿענצטער, אויף אַ קאַלטער ווינטער־נאַכט, און דאָס בעטגעוואַנט איז אויפֿגעשטאַנען, בורטשענדיק און פּראָטעסטירנדיק אַז עס קען מער ניט אויסהאַלטן די קעלט, איז עס אַראָפּגעלאָפֿן מיט די טרעפּ צו דעם קיך־פֿײַער זיך צו וואַרעמען, און ער איז נאָך דעם נאָכגעגאַנגען, באָרוועס, דורך מײַלן נאָך מײַלן פֿון אײַזיקע שטיין־ברוקירטע פּאַסאַזשן, געטענהט מיט אים און געבעטן אַז עס זאָל זײַן שׂכלדיק. ער וואָלט מסתּמא געוועקט געוואָרן ווײַט פֿריִער, אויב ער האָט ניט געשלאָפֿן שוין עטלעכע וואָכן אויף שטרוי איבער ברוקשטיינער, און האָט שיִער ניט פֿאַרגעסן דאָס פֿרײַנדלעכע געפֿיל פֿון דיקע קאָלדרעס אַרויפֿגעצויגן ביז דעם קין.

ער האָט זיך אויפֿגעזעצט, ערשט געריבן די אויגן און דערנאָך די קלאָגנדיקע פֿוס־פֿינגער, זיך געוווּנדערט אַ רגע ווו ער איז, זיך אַרומגעקוקט נאָך דעם היימישן שטיינערנעם וואַנט און קליינעם באַגראַטעטן פֿענצטער. און דעמאָלט, מיט אַ שפּרונג אין האַרצן, האָט ער אַלץ געדענקט – זײַן אַנטלויף, זײַן פֿלי, זײַן נאָכיאָגערס; געדענקט, דאָס ערשטע און בעסטע פֿון אַלץ, אַז ער איז געווען פֿרײַ!

פֿרײַ! דאָס וואָרט און דער געדאַנק אַליין זײַנען געווען פֿופֿציק קאָלדרעס ווערט. ער איז וואַרעם געווען פֿון איין עק ביזן צווייטן בעת ער טראַכט פֿון דער פֿריילעכער וועלט אין דרויסן, וואָס עס וואַרט מיט חשק אויף אים צו מאַכן אַ נצחונדיקן אַרײַנקום, גרייט אים צו דינען און אים חנפֿענען, להוט אים צו העלפֿן און זיך פֿאַרווײַלן מיט אים, ווי אַלע מאָל אין די אַלטע טעג איידער דאָס אומגליק איז אויף אים געפֿאַלן. ער האָט זיך געטרייסלט און אויסגעקעמט די טרוקענע בלעטער פֿון די האָר מיט די פֿינגער, און, פֿאַרטיק מיט זײַן טואַלעט, האָט ער מאַרשירט אַרויס אין דער באַקוועמער פֿרימאָרגן־זון, קאַלט נאָר מיט בטחון, הונגעריק נאָר מיט האָפֿענונג, די אַלע נערוועזע שרעקן פֿון נעכטן צעטריבן מיט רו און שלאָף און אָפֿן און אויפֿמונטערנדיקער זונענשײַן.

ער האָט די גאַנצע וועלט געהאַט פֿאַר זיך, יענעם פֿרײַיִקן זומער־אינדערפֿרי. דער באַטויטער וואַלד, בעת ער שלענגלט זיך דורך, איז געווען עלנט און שטיל; די גרינע פֿעלדער

וואָס זײַנען געקומען נאָך די ביימער האָבן צו אים געהערט צו טאָן מיט זיי וואָס ער וויל; דער וועג אַליין, ווען ער איז דאָרט אָנגעקומען, אין יענער עלנטקייט וואָס איז געווען אומעטום אַרום, האָט אויסגעזען ווי אַ הפֿקר־הונט, זוכנדיק מיט חשק נאָך געזעלשאַפֿט. בראָסקע, אָבער, האָט געזוכט עפּעס וואָס קען רעדן, און אים קלאָר זאָגן וווּהין צו גיין. עס איז גאַנץ ווויל, אַז מע האָט אַ לײַכט האַרץ און אַ ריין געוויסן, און געלט אין דער קעשענע, און קיינער ניט זוכן אין יעדן ווינקל נאָך דיר, דיך צו שלעפּן צוריק אין תּפֿיסה, צו גיין וווּהין דער וועג זאָל ניט רופֿן און טײַטלען, מילא די ריכטונג. עס האָט טאַקע שטאַרק געאַרט די תּכליתדיקע בראָסקע, און ער האָט געוואָלט בריקען דעם וועג צוליב זײַן אומבאַהאָלפֿענער שטילקייט, ווען יעדער מינוט איז אים וויכטיק געווען.

דער אײַנגעהאַלטענער שליאַך האָט זיך באַלד אָנגעטראָפֿן אויף אַ באַשיידענעם ברודערל אין דעם פֿאָרום פֿון אַ קאַנאַל, וואָס האָט עס גענומען בײַ דער האַנט און איז לײַכט געגאַנגען ווײַטער דערלעבן מיט פֿולקומען בטחון, נאָר אין דעם זעלבן שווערצונגיקן, שווײַגעוודיקן שטייגער מיט פֿרעמדע. "אַ קלאָג צו זיי!" האָט בראָסקע געזאָגט צו זיך אַליין. "נאָר סײַ ווי איז איין זאַך קלאָר. זיי ביידע מוזן קומען *פֿון* ערגעץ און גייען *צו* ערגעץ. דאָס איז ניט אויסצומײַדן, בראָסקע, מײַן בחור!" האָט ער ווײַטער געדולדיק מאַרשירט לעבן דעם קאַנט פֿונעם וואַסער.

אַרום אַן אויסדריי אין דעם קאַנאַל איז געקומען טאַפּטשען אַן איינציק פֿערד, אָנגעבויגן פֿאָרויס ווי עס טראַכט באַזאָרגט. פֿון שטריקן צוגעבונדן צו דעם כאָמעט האָט זיך אָוועקגעצויגן אַ לאַנגער שטריק, שטײַף נאָר אַראָפּ מיט יעדן טראָט, מיט טראָפּנס ווי פּערל טריפֿנדיק פֿונעם ווײַטערן עק. בראָסקע האָט דאָס פֿערד געלאָזט גיין פֿאַרבײַ, און איז געשטאַנען און געוואַרט אויף וואָס דער גורל שיקט אים.

מיט אַן אײַנגענעם געווירבל אין דעם שטילן וואַסער בײַ דעם שטומפּיקן פֿאָדערבאָרט, האָט די באַרקע זיך געגליטשט אים בײַנאַנד, איר פֿריילעך באַמאָלטער פּלאַנשיר גלײַך מיט דער בוקסירן־סטעשקע, דער איינציקער אײַנוווינער אַ גרויסע באַלײַבטע פֿרוי טראָגנדיק אַ לײַוונטענעם זון־טשעפּיק, מיט איין אויסמוסקולירטן אָרעם געלעגן אויף דער קערמע.

"אַ שיינער אינדערפֿרי, מאַ'אַם!" האָט זי באַמערקט צו בראָסקע, בעת זי קומט גלײַך מיט אים.

"איך רעכן אַז ס'איז אַזוי, מאַ'אַם!" האָט בראָסקע העפֿלעך געענטפֿערט, בעת ער גייט לענג־אויס די בוקסירן־סטעשקע לעבן איר. "איך רעכן אַז ס'איז יאָ אַ שיינער פֿרימאָרגן בײַ זיי וואָס זײַנען ניט אין מיטן שווערע צרות, ווי איך בין. אָט האָסטו מײַן חתונה־געהאַטע טאָכטער, האָט זי מיר אָפּגעשיקט די מינוט אַ בשׂורה, איך זאָל תּיכּף קומען צו איר. איז, בין איך אין וועג אַרײַן, ניט וויסנדיק וואָס אפֿשר געשעט אָדער וועט געשען, נאָר מיט מורא פֿאַר דעם ערגסטן, ווי דו ווייסט פֿאַרשטיין, מאַ'אַם, אויב דו ביסט אויך אַ מוטער. און איך האָב איבערגעלאָזט דאָס געשעפֿט זיך צוצוזען – מײַן פֿאַך, מוזסטו וויסן, מאַ'אַם, איז וואַשן און פּרעסן – און איך האָב איבערגעלאָזט די יונגע קינדער צוצוזען זיך אַליין, און עס איז ניט פֿאַראַן אַ מער שטיפֿערישע און צרהדיקע באַנדע יונגע שדימלעך, מאַ'אַם. און איך האָב פֿאַרלוירן דאָס גאַנצע געלט, און פֿאַרלוירן דעם וועג, און וואָס שייך וואָס געשעט מיט דער חתונה־געהאַטער טאָכטער, איז, וויל איך ניט טראַכטן דערוועגן, מאַ'אַם!"

"און ווו ווווינט אײַער חתונה־געהאַטע טאָכטער, מאַ'אַם?" האָט געפֿרעגט די באַרקע־פֿרוי.

"זי ווינט נאָענט צום טײַך, מאַ'אַם," האָט בראָסקע געענטפֿערט. "נאָענט צו אַ פֿײַן הויז וואָס הייסט בראָסקע־זאַל, וואָס איז אין ערגעץ דאָ אין די אָ מקומות. אפֿשר האָסטו פֿון דעם געהערט."

"בראָסקע־זאַל? נו, איך אַליין פֿאָרן אין דער דאָזיקער ריכטונג," האָט די באַרקע־פֿרוי געענטפֿערט. "אָט דער קאַנאַל פֿליסט אַרײַן אינעם טײַך עטלעכע מײַלן פֿאָרויס, אַ ביסל טײַך־אַרויף פֿון בראָסקע־זאַל, און פֿון דאָרט איז אַ גרינגער שפּאַציר. קום מיט מיר אין דער באַרקע, וועל איך דיך אונטערפֿירן."

זי האָט געקערעוועט די באַרקע נאָענט צו דעם ברעג, און בראָסקע, מיט אַ סך באַשיידענע אָנערקענונגען פֿול מיט דאַנק, האָט לײַכט געטראָטן אויפֿן באָרט און זיך אַוועקגעזעצט שטאַרק צופֿרידן. "בראָסקעס מזל נאָך אַ מאָל!" האָט ער געטראַכט. "שטענדיק קום איך אַרויס דער געווינער!"

"איז, דו ביסט אין דער וואַש־געשעפֿט, מאַ'אַם?" האָט העפֿלעך געזאָגט די באַרקע־פֿרוי, בעת זיי גליטשן זיך ווײַטער. "און גאָר אַ גוטע געשעפֿט האָסטו אויך, רעכן איך, אויב איך מעג אַזוי רעדן."

"פֿײַנסטע געשעפֿט אין דעם גאַנצן קרײַז," האָט בראָסקע אָנדאַגותדיק געזאָגט. "די אַלע אַדללײַט קומען צו מיר – וואָלטן ניט גיין צו אַן אַנדערן אַפֿילו וואָלט מען זיי באַצאָלן, קענען זיי מיר אַזוי גוט. זעסט, איך פֿאַרשטיי דורך און דורך מײַן אַרבעט, און איך פֿאַרנעם זיך מיט אַלץ. וואַשן, פּרעסן, קראָכמאַליען, צוגרייטן די הערנס פֿײַנע העמדער פֿאַר אָוונט־קלייד – אַלץ דורכגעפֿירט אונטער דעם אייגענעם אויג!"

"אָבער זיכער טוסט *דו* אַליין ניט די אַלע אַרבעט, מאַ'אַם?" האָט געפֿרעגט די באַרקע־פֿרוי מיט דרך־ארץ.

"אָ, איך האָב דינסטמיידלעך," האָט בראָסקע לײַכט געזאָגט: צוואַנציק מיידלעך מער־ווייניקער, שטענדיק אויף דער אַרבעט. אָבער דו ווייסט ווי *מיידלעך* זײַנען, מאַ'אַם! ברידקע קליינע פֿאַרשײַטע, אַזוי רוף איך זיי אָן!"

"ווי איך אויך," האָט די באַרקע־פֿרוי געזאָגט מיט גרויסער האַרציקייט. "אָבער איך נעם אָן אַז דו מוסרסט זיי גוט, די פֿוילע טליקעס! און צי עס געפֿעלט דיר, דאָס וואַשן?"

"איך האָב עס ליב," האָט בראָסקע געזאָגט. "שטאַרק ליב. קיין מאָל ניט אַזוי גליקלעך ווי מיט ביידע אָרעמס אין דער באַליע. נאָר ס'איז מיר אַזוי גרינג! גאָר ניט קיין מי! אַן אמת פֿאַרגעניגן, פֿאַרזיכער איך דיך, מאַ'אַם!"

"ס'איז אַ שטיק מזל, באַגעגענען דיך!" האָט פֿאַרטראַכט באַמערקט די באַרקע־פֿרוי. "אַ שיין שטיקל גליק פֿאַר אונדז ביידע!"

"הער נאָר, וואָס מיינסטו?" האָט בראָסקע נערוועז געפֿרעגט.

"נו, קוק אויף מיר איצט," האָט די באַרקע־פֿרוי געענטפֿערט. "איך האָב ליב וואַשן, אויך, גלײַך ווי דו, און קומען צו דעם, צי איך האָב דאָס ליב צי ניט, מוז איך נאַטירלעך טאָן דאָס אייגענע, ווײַל איך בין שטענדיק אויפֿן וועג. און דער מאַן מײַנער, איז ער שוין איין מאָל אַ מענטש פֿאַר אויסדרייען זיך פֿון דער אַרבעט און איבערלאָזן די באַרקע צו מיר, אַזוי אַז איך האָב קיין מאָל ניט קיין רגע צוצוזען די אייגענע עסקים. על־פּי יושר זאָל ער איצט דאָ זײַן, אָדער קערעווען אָדער זאָרגן זיך מיטן פֿערד, כאָטש צום גליק איז דאָס פֿערד גענוג שׂכלדיק צוצוזען זיך אַליין. אָנשטאָט דעם איז ער אַוועקגעגאַנגען מיט דעם הונט, אַ פּרווו

צו טאָן קריגן אַ קיניגל ערגעץ ווו פֿאַר דער וועטשערע. ער זאָגט אַז ער וועט מיך איבעריאָגן בײַ דעם קומעדיקן שליוז. נו, ווי דאָס זאָל ניט זײַן – איך געטרוי אים ניט, ווען ער איז שוין אַוועק מיט יענעם הונט, וואָס איז ערגער ווי ער איז. נאָר דערווײַל, ווי אַזוי קען איך באַהאַנדלען מײַן וועש?"

אָ, עס מאַכט ניט אויס, דאָס וועש," האָט געזאָגט **ב**ראָסקע, וואָס האָט פֿײַנט געהאַט די טעמע. "פּרווו האַלטן דײַן מוח אויף יענעם קיניגל. אַ שיין דיק יונג קיניגל, בין איך זיכער. האָסטו ציבעלעס?"

"איך קען ניט פֿעסטהאַלטן דעם מוח אויף אַבי וואָס אַחוץ דעם וואַשן," האָט געזאָגט די באַרקע־פֿרוי, "און איך וווּנדער זיך ווי דו קענסט רעדן פֿון קיניגלעך, מיט אַזאַ הנאהדיקן אויסבליק פֿאַר דיר. ס'איז דאָ אַ קופּע מײַנע זאַכן וואָס דו וועסט געפֿינען אין אַ ווינקל פֿון דער קאַבינע. אויב דו וועסט נאָר נעמען איינס־צוויי פֿון דעם נייטיקסטן מין – איך וועל ניט קיין פּרווו טאָן זיי צו באַשרײַבן צו אַ דאַמע ווי דו, נאָר דו וועסט זיי גרינג דערקענען – און זיי וואַשן אין דער באַליע בעת מיר פֿאָרן ווײַטער, וועט דאָס זײַן אַ פֿאַרגעניגן פֿאַר דיר, ווי דו האָסט יושרדיק געזאָגט, און גאָר אַן אמתדיקע הילף פֿאַר מיר. דו וועסט געפֿינען צו דער האַנט אַ באַסיין, און זייף, און אַ טשײַניק אויפֿן אויוון, און אַן עמער צו שלעפּן וואַסער פֿונעם קאַנאַל. דעמאָלט וועל איך וויסן אַז דו פֿאַרברענגסט זיך גוט, אַנשטאָט נאָר זיצן דאָ פּוסט־און־פּאַס, באַטראַכטן דעם לאַנדשאַפֿט און גענעצן ביז דו ווערסט צעזעצט."

"הער נאָר, לאָמיך קערעווען!" האָט **ב**ראָסקע געזאָגט, איצט שטאַרק דערשראָקן, "און דעמאָלט קענסטו וואַשן דאָס וועש ווי דו ווילסט. אפֿשר וועל איך קאַליע מאַכן דײַנע זאַכן, אָדער זיי ניט ריכטיק וואַשן. איך אַליין בין מער צוגעוווינט צו הערנס קליידער. ס'איז מײַן בראַנזשע."

"לאָז דיך קערעווען?" האָט געענטפֿערט די באַרקע־פֿרוי מיט אַ געלעכטער. "עס דאַרף געניטונג ריכטיק צו קערעווען אַ באַרקע. און דערצו איז דאָס נודנע אַרבעט, און איך וויל אַז דו זאָלסט גליקלעך זײַן. ניין, דו זאָלסט טאָן דאָס וואַשן, וואָס דו האָסט אַזוי ליב, און איך וועל בלײַבן מיט דעם קערעווען, וואָס איך פֿאַרשטיי. פּרווו ניט צונעמען בײַ מיר דעם פֿאַרגעניגן פֿון געבן דיר אַ שטיקל גוטס!"

בראָסקע איז טאַקע פֿאַרשטופּט געוואָרן אין אַ ווינקל. ער האָט געזוכט אומעטום אַן אַנטלויף, געזען אַז ער איז צו ווײַט פֿון ברעג פֿאַר אַ פֿליִענדיקן שפּרונג, און ברוגזלעך האָט ער שלום געמאַכט מיטן גורל. "און אויב ס'ווערט מקוים," האָט ער פֿאַרצווייפֿלט געטראַכט, "נעם איך אָן אַז אַבי אַ נאַר קען טאָן *וואַשן!*"

ער האָט געקראָגן דעם באַסיין, זייף, און די אַנדערע נייטיקייטן פֿון דער קאַבינע, אויסגעקליבן עטלעכע מלבושים על־פּי טראַף, געפּרווווט געדענקען וואָס ער האָט דערזען דורך וועשערײַ־פֿענצטער, און האָט אָנגעהויבן די אַרבעט.

אַ לאַנגע האַלב־שעה איז פֿאַרבײַ און מיט יעדן מינוט איז **ב**ראָסקע אַלץ מער און מער אין כּעס. גאָרנישט וואָס ער האָט געקענט טאָן מיט די חפֿצים זיי צו פֿרייען אָדער עפּעס גוטס צו טאָן. ער האָט געפּרווווט אײַנרעדן, ער האָט געפּרווווט פּאַטשן, ער האָט געפּרווווט זעצן; זיי האָבן געשמייכלט צוריק אויף אים אַרויס פֿון דער באַליע אומגעביטן, צופֿרידן מיט זייער חטא־הקדמון. אַ מאָל צוויי האָט ער געקוקט נערוועז איבער זײַן פּלייצע אויף דער באַרקע־פֿרוי, נאָר זי האָט אויסגעזען ווי זי שטאַרט פֿאָרויס, פֿאַרנומען מיטן קערעווען. זײַן רוקן האָט אים שטאַרק וויי געטאָן, און ער האָט באַמערקט מיט אָפּהענטיקייט אַז די לאַפּעס

אָנגעהויבן ווערן גאַנץ צעקנייטשט. איז, בראָסקע האָט שטאָלצירט מיט די לאַפּעס זײַנע. ער האָט געמרוקעט אונטער דער נאָז ווערטער וואָס זאָלן קיין מאָל ניט קומען פֿאַרבײַ די ליפּן פֿון אָדער אַ ווועשערין אָדער בראָסקעס, און האָט פֿאַרלוירן די זייף, דאָס פֿופֿציקע מאָל.

אַן אויפֿרײַס מיט געלעכטער האָט אים געמאַכט אויפֿגעהאָדערט אויפֿשטיין און קוקן זיך אַרום. די באַרקע־פֿרוי האָט זיך צוריקגעלענט און געלאַכט אַן אויפֿהער, ביז די טרערן זײַנען גערונען אַראָפּ אויף אירע באַקן.

"איך האָב דיך באַטראַכט די גאַנצע צײַט," האָט זי געפּרײַכט. "איך האָב געמיינט פֿונעם אָנהייב אַז דו מוזסט זײַן עפּעס אַ שווינדלערקע, פֿון דײַן גאַוואַנדיקן שטייגער רעדן. אַ שיינע וועשערין ביסטו! קיין מאָל ניט געוואַשן אַפֿילו אַ געפֿעס־שמאַטע אינעם גאַנצן לעבן, וועט איך זיך!"

בראָסקעס היציקייט, וואָס האָט געהאַלטן שוין אַ ווײַלע אין רוצחיש אײַנקאָכן, איז איצט אויסגעלאָפֿן, און ער האָט זיך איצט גאַנץ פֿאַרלוירן.

"דו געמיינע, גראָבע, דיקע באַרקע־פֿרוי!" האָט ער געשריגן, "זאָלסטו זיך חלילה ניט דערוועגן רעדן אַזוי מיט די בעסערע! וועשערין, ווי איך לעב! דו דאַרפֿסט וויסן אַז איך בין אַ בראָסקע, אַ גאָר באַקאַנטע, חשובֿע, אָנגעזעענע בראָסקע! איך בין איצט אפֿשר אונטער אַ חשד, נאָר איך וועל *ניט* הערן חוזק פֿון אַ באַרקע־פֿרוי!"

די פֿרוי איז געקומען נעענטער צו אים און אַ שאַרפֿן און נאָענטן קוק געטאָן אונטער דעם טשעפּיק. "נו, אַזוי ביסטו!" האָט זי אויסגעשריגן. "נו, אַ קלאָג צו מיר! אַ מיגלדיקע, ברידקע, קריכנדיקע בראָסקע! און אויף מײַן שיינע, ריינע באַרקע דערצו! איז, דאָס איז עפּעס וואָס איך וועל *ניט* דערלויבן."

זי האָט אַ רגע אָפּגעלאָזט די קערמע. איין גרויסער באַפֿלעקטער אָרעם האָט אויסגעשאָסן און בראָסקע געכאַפּט בײַ אַ פֿאָדערשטן פֿוס, בעת דער צווייטער האָט אים פֿעסט געהאַלטן מיט אַ הינטערשטן פֿוס. דעמאָלט, מיט אַ מאָל, איז די וועלט איבערגעקערט געוואָרן, האָט די באַרקע אויסגעזען ווי פֿליִען לײַכט איבערן הימל, האָט דער ווינט געפּײַפֿט אין זײַנע אויערן, און בראָסקע האָט זיך געפֿונען פֿליִען דורך דער לופֿט, דרייענדיק זיך גיך בײַם פֿליִען.

דאָס וואַסער, ווען ער איז סוף־כּל־סוף אין אים אַרײַנגעפֿאַלן מיט אַ הויכן פּליושק, האָט זיך באַוויזן פֿאַר גענוג קאַלט לויט זײַן געשמאַק, כאָטש די קעלט איז ניט גענוג געווען אויסצולעשן זײַן שטאָלץ געמיט, אָדער צו פֿאַרמינערן די היץ פֿון זײַן צעקאָכטן גרימצאָרן. ער איז אַרויף אויף דער אייבערפֿלאַך שפּריצלענדיק, און ווען ער האָט אָפּגעווישט די וואַסער־לינדזן פֿון די אויגן איז די ערשטע זאַך וואָס ער האָט געזען געווען די דיקע באַרקע־פֿרוי קוקנדיק צוריק אויף אים איבערן הינטערבאָרט פֿון דער אָפּפֿאָרנדיקער באַרקע מיט אַ געלעכטער, און ער האָט זיך צוגעזאָגט, בעת ער הוסט און זיך דערשטיקט, אָפּרעכענען זיך מיט איר.

ער האָט זיך גענומען ברעג־צו, נאָר דאָס באַוולנע קלייד האָט אים שטאַרק פֿאַרהאַלטן, און ווען ער האָט סוף־כּל־סוף דערגרייכט דעם ברעג איז אים שווער געווען אַרויפֿקלעטערן אויף דעם שטאָציקן ברעג אָן הילף. ער האָט געדאַרפֿט רוען אַ מינוט צוויי צו כאַפּן דעם אָטעם, און דעמאָלט צונויפֿקלײַבן די נאַסע זוימען גוט איבער די אָרעמס, האָט ער אָנגעהויבן לויפֿן נאָך דער באַרקע אַזוי גיך ווי די פֿיס וועלן אים טראָגן, ווילד מיט אויפֿגעקאָכטקייט, דאָרשטיק נאָך נקמה.

די באַרקע־פֿרוי האָט נאָך געהאַלטן אין לאַכן ווען ער איז געקומען גלײַך מיט איר. "שטעק זיך דורך דײַן מאַנגל, וועשערין," האָט זי אויסגערופֿן, "און פּרעס אויס דאָס פּנים און עס פֿאַרקרײַזל, וואָלסטו זיך קענען פֿאָרשטעלן פֿאַר אַ נישקשה אויסזעעעדיקער בראָסקע!"

בראָסקע האָט זיך ניט אָפּגעשטעלט צו ענטפֿערן. פֿולקומע נקמה האָט ער געוואָלט, ניט קנאַפּוועטיקע, בלאָזנדיקע נצחונות מיט ווערטער, כאָטש ער האָט אַ פּאָר זאַכן אין זינען וואָס ער האָט יאָ געוואָלט זאָגן. ער האָט געזען פֿאַר זיך וואָס ער זוכט. לויפֿנדיק גיך ווײַטער האָט ער איבערגעיאָגט דאָס פֿערד, אָפּגעבונדן דעם צי־שטריק און אים געוואָרפֿן אין אַ זײַט, לײַכט געשפּרונגען אויף דעם פֿערדס רוקן און עס אונטערגעטריבן ביז אַ גאַלאָפּ מיט כּוחדיקע בריקעס אין די זײַטן. ער האָט געקערעוועט צו דעם אָפֿענעם לאַנד צו, אָפּגעלאָזט די בוקסירן־סטעשקע, און געדרייט זײַן פֿערד אַראָפּ אויף אַ שליאַך מיט רעדערשפּורן. איין מאָל האָט ער אַ קוק געטאָן צוריק און געזען אַז די באַרקע איז שלעכט פֿאַרפֿאָרן אויף דער צווייטער זײַט קאַנאַל, און די באַרקע־פֿרוי האָט ווילד געמאַכט מיט דער האַנט און געשריגן, "האַלט, האַלט, האַלט!"

"איך האָב דאָס געזאַנג פֿריִער געהערט," האָט בראָסקע געזאָגט, לאַכנדיק, בעת ער האָט ווײַטער געטריבן דאָס פֿערד אין דעם ווילדן לויף.

דאָס באַרקע־פֿערד האָט ניט געקענט אויסהאַלטן קיין לאַנגע טירחה, און זײַן גאַלאָפּ איז באַלד אָפּגעגאַנגען ביז אַ טליס, און זײַן טליס ביז אַ לײַכט גיין, נאָר בראָסקע איז געווען גאַנץ צופֿרידן מיט דעם, ווייסנדיק אַז ער, על־כּל פּנים, באַוועגט זיך און די באַרקע ניט. ער איז מער ניט אין כּעס געווען, איצט וואָס ער האָט עפּעס אויפֿגעטאָן וואָס ער האַלט פֿאַר היפּש געשײַט, עס איז אים געווען גאַנץ גוט לויפֿלען ווײַטער שטילערהייט אין דער זון, אויסניצן די אַלע בײַוועגן און רײַטשטעגן, און פּרוּוון פֿאַרגעסן ווי לאַנג איז געווען זינט ער האָט געהאַט אַ זאַטן מאָלצײַט, ביז דער קאַנאַל איז איבערגעלאָזט געווען העט ווײַט אויף הינטן.

ער איז געפֿאָרן עטלעכע מײַלן, ער מיטן פֿערד, און ער האָט זיך געפֿילט שלעפֿעריק אין דער הייסער זונענשײַן, ווען דאָס פֿערד האָט זיך אָפּגעשטעלט, אַראָפּגעלאָזט דעם קאָפּ, און אָנגעהויבן גריזשען דאָס גראָז, און בראָסקע, אויפֿגעוועקט, האָט זיך קוים מיט צרות געראַטעוועט פֿון אַראָפּפֿאַלן. ער האָט זיך אַרומגעקוקט און געפֿונען אַז ער איז אויף אַ ברייטער עפֿנטלעכער לאָנקע, באַשפּרענקלט מיט שטחים גונסטער און דערנער ווי ווײַט מע האָט געקענט זען. נאָענט צו אים איז געשטאַנען אַן אָפּגעלאָזענע ציגײַנער־בויד, און לעבן איר איז אַ מאַן געזעסן אויף אַן איבערגעקערטן עמער, שטאַרק פֿאַרנומען מיטן רייכערן און שטאַרן אויף דער ברייטער וועלט. אַ פֿײַער מיט צווײַגלעך האָט נאָענט געברענט און איבערן פֿײַער איז געהאַנגען אַן אײַזערנעם טאָפּ, און אַרויס פֿונעם טאָפּ זײַנען געקומען בלעזלען און ריזלען, און אַן אומקלאָרע רייצנדיקע פּאַרע. אויך גערוכן – וואַרעמע, רײַכע, און פֿאַרשיידענע גערוכן – וואָס האָבן זיך אַרומגעפֿלאָכטן און געדרייט און באַדעקט סוף־כּל־סוף אין איין פֿולקומען, תּאוודיקן, שלמותדיקן גערוך וואָס האָט אויסגעזען ווי די סאַמע נשמה פֿון דער נאַטור זיך פֿורעמענדיק און באַווײַזן זיך צו אירע קינדער, אַן אמתע געטין, אַ מוטער פֿון טרייסט און באַקוועמלעכקייט. בראָסקע האָט איצט גוט געוווּסט אַז פֿריִער איז ער ניט געווען טאַקע הונגעריק. וואָס ער האָט געפֿילט פֿריִער דעם טאָג איז געווען בלויז אַ נישטיקער שטאָך. אָט דאָס איז די אמתדיקע זאַך סוף־כּל־סוף און ניט קיין טעות, און ער האָט געמוזט גיך באַגיין זיך דערמיט, אַניט וועלן קומען צרות פֿאַר עמעצן צי עפּעס. ער

האָט אָפּגעהיט איבערגעקוקט דעם ציגײַנער, זיך געוווּנדערט אומקלאָר צי עס וואָלט גרינגער זײַן אויף אים אָנפֿאַלן צי אײַנרעדן. איז, איז ער דאָרט געזעסן און ניוכעט און געקוקט אויף דעם ציגײַנער, און דער ציגײַנער איז געזעסן און גערייכערט, און געקוקט אויף אים.

בילד 12 דער ציגײַנער האָט באַמערקט אין אַן אָפּגעלאָזענעם שטייגער,
"ווילסטו פֿאַרקויפֿן אָט דאָס פֿערד דײַנס?"

באַלד האָט דער ציגײַנער גענומען די ליולקע אַרויס פֿון מויל און באַמערקט אין אַן אָפּגעלאָזענעם שטייגער, "ווילסטו פֿאַרקויפֿן אָט דאָס פֿערד דײַנס?"

בראָסקע איז גאַנץ געפּלעפֿט געוואָרן. ער האָט ניט געוווּסט אַז ציגײַנער האָבן ליב פֿערדהאַנדל און לאָזן קיין מאָל ניט פֿאַרבײַ אַ געלעגנהייט, און ער האָט ניט געהאַט אין זינען אַז בוידן זײַנען שטענדיק אין וועג אַרײַן און באַדאַרפֿן אַ היפּש ביסל ציִען. עס איז אים ניט אײַנגעפֿאַלן אַז ער קען פֿאַרוואַנדלען דאָס פֿערד אין מזומן, נאָר דעם ציגײַנערס פֿירלייג וועט אַ פּנים אויסגלײַכן דעם וועג צו די צוויי זאַכן וואָס האָבן אים שטאַרק געוואָלט –געלט אין דער האַנט און אַ סאָלידער פֿרישטיק.

"וואָס?" האָט ער געזאָגט, "איך זאָל פֿאַרקויפֿן אָט דאָס שיינע יונגע פֿערד מײַנס? אָ, ניין, ס'שטייט ניט צו דער פֿראַגע. ווער זאָל נעמען אַהיים צו די קונים אַלע וואָך? דערצו האָב איך עס צו ליב און עס פֿילט זיך פּשוט אַזוי מיט מיר."

"גיב אַ פּרוּוו ליב האָבן אַן אייזל," האָט פֿירגעלייגט דער ציגײַנער. "עטלעכע טוען אַזוי."

"אַ פּנים פֿאַרשטייסטו ניט," איז ווײַטער געגאַנגען בראָסקע, "אַז אָט דאָס פֿײַנע פֿערד מײַנס שטייט גאַנץ איבער דײַן מדרגה. עס איז אַ רייַנבלוטיק פֿערד, איז עס, טיילוויַיז. ניט דער טייל וואָס לאָזט זיך זען, אַוודאי – נאָך אַ טייל. און עס איז אויך אַ מאָל געווען אַ פּרעמיע ווי אַ קאַרעטע־פֿערד אין זײַנע צײַטן – דאָס איז געווען איידער דו ביסט מיט אים באַקאַנט, נאָר ס'איז קלאָר אין אים מיט איין בליק, אויב דו ווייסט עפּעס וועגן פֿערד. ניין, ניט אויף קיין רגע געדאַכט. אַלץ איינס, וויפֿל וואָלטסטו אפֿשר בדעה געהאַט באַצאָלן פֿאַר אָט דעם שיינעם יונגן פֿערד מײַנעם?"

דער ציגײַנער האָט באַטראַכט דאָס פֿערד, און דעמאָלט באַטראַכט בראָסקע מיטן זעלבן זהירות, און נאָך אַ מאָל באַטראַכט דאָס פֿערד. "אַ שילינג צו אַ פֿוס," האָט ער קורץ געזאָגט און זיך אַוועקגעדרייט, געררייכערט ווײַטער און געפּרוּווט איבערגעוועלטיקן די ברייטע וועלט מיט שטאַרן.

"אַ שילינג צו אַ פֿוס?" האָט בראָסקע אויסגעשריגן. "זײַ מיר מוחל, מוז איך האָבן אַ שטיקל צײַט דאָס אויסצורעכענען, און צו זען פונקט וויפֿל דאָס איז."

ער איז אַראָפּ פֿונעם פֿערד און עס איבערגעלאָזט פּאַשען זיך, און זיך אַוועקגעזעצט לעבן דעם ציגײַנער און האָט גערעכנט אויף די פֿינגער, און סוף־כּל־סוף האָט ער געזאָגט, "אַ שילינג צו אַ פֿוס? איז, דאָס איז גענוי פֿיר שילינגען און מער ניט. אָ, ניין. איך קען ניט האַלטן פֿון צונעמען פֿיר שילינגען פֿאַר אָט דעם שיינעם יונגען פֿערד מײַנעם."

"נו," האָט געזאָגט דער ציגײַנער, "כ'וועל דיר זאָגן וואָס איך וועל טאָן. לאָמיר זאָגן פֿינף שילינגען, און דאָס איז דרײַ מיט אַ האַלב איבערן ווערט פֿון דער חיה. און דאָס איז מײַן לעצטער אָנבאָט."

דעמאָלט איז בראָסקע געזעסן און זיך פֿאַרטראַכט, לאַנג און טיף. וואָרן ער איז געווען הונגעריק און אָן אַ גראָשן, און נאָך אַלץ ווײַט אַוועק – ער האָט ניט געוווּסט ווי ווײַט – פֿון דער היים, און די שׂונאים אפֿשר זוך אים נאָך אַלץ. פֿאַר איינעם אין אַזאַ סיטואַציע, זעט אויס פֿינף שילינגען ווי אַ גרויסע סומע געלט. צוריק גערעדט איז עס ווייניק צו קריגן פֿאַר אַ פֿערד. נאָר ווידער גערעדט האָט דאָס פֿערד אים גאָרנישט ניט געקאָסט, איז וואָס ער זאָל קריגן אַלץ רווח. סוף־כּל־סוף האָט ער פֿעסט געזאָגט, "קוק נאָר, ציגײַנער! איך וועל דיר זאָגן וואָס מיר וועלן טאָן, און דאָס איז מײַן *לעצט* וואָרט. דו וועסט מיר איבערגעבן זעקס מיט אַ האַלב שילינגען, מזומן; און ווײַטער דערצו וועסטו מיר געבן אַזוי פֿיל פֿרישטיק ווי איך קען עסן מיט איין מאָל, פֿאַרשטייט זיך, פֿון דעם אײַזערנעם טאָפּ דײַנעם וואָס האַלט אין אַרויסשיקן אַזעלכע געשמאַקע און אויפֿרעגנדיקע ריחות. אַקעגן דעם וועל איך דיר איבערגעבן מײַן לעבעדיק יונג פֿערד, מיט דעם גאַנצן געשפּאַן און פּוץ וואָס אויף אים בחינם. אויב דאָס געפֿעלט דיר ניט, זאָג מיר אַזוי, וועל איך זיך ווײַטער נעמען. איך קען אַ מענטש נאָענט וואָס האָט שוין יאָרן געוואָלט דאָס פֿערד מײַנס."

דער ציגײַנער האָט שרעקלעך געבורטשעט, און אָנגעזאָגט אַז מיט נאָך עטלעכע אַזעלכע אָפּמאַכן וועט ער אַ תּל ווערן. נאָר צום סוף האָט ער געשלעפּט אַ שמוציקן קאַנוועגעם בײַטל אַרויס פֿון די טיפֿן פֿון זײַן הויזן־קעשענע, און אויסגעציילט זעקס מיט אַ האַלב שילינגען אַרײַן אין בראָסקעס לאַפּע. דערנאָך איז ער פֿאַרשוווּנדן געוואָרן אין בויד אַ רגע און איז צוריק מיט אַ גרויסן אײַזערנעם טעלער און אַ מעסערל, גאָפּל, און לעפֿל. ער האָט אָנגעבויגן דעם טאָפּ און אַ פּראַכטיקער שטראָם הייס רײַך געדישעכץ האָט געריזלט אַרויס אויף דעם טעלער. עס איז געווען, אויף אַן אמתן, דאָס שענסטע געדישעכץ אויף דער

וועלט, געמאַכט פֿון פֿעלדהינער, און פֿאַזאַנען, און הינער, און האָזן, און קיניגלעך, און פּאַוועס, און ווילדהינער, און אַ צוויי אַנדערע חפֿצים. **ב**ראָסקע האָט דעם טעלער געגומען אויפֿן שויס, שיִער ניט ווײַנענדיק, און זיך געשטאָפּט, און געשטאָפּט, און געשטאָפּט, און געהאַלטן אין בעטן נאָך מער, און דער ציגײַנער האָט עס אים ניט געזשאַלעוועט. ער האָט געמיינט אַז ער האָט קיין מאָל ניט געגעסן אַזאַ גוטן פֿרישטיק אין דעם גאַנצן לעבן.

ווען **ב**ראָסקע האָט אָנגעלאָדן אַזוי פֿיל געדישעכץ אויפֿן באָרט ווי ער האָט געמיינט איז מיגלעך פֿאַר אים צו האַלטן, איז ער אויפֿגעשטאַנען און זיך געזעגנט מיט דעם ציגײַנער, און זיך ליבלעך געזעגנט מיט דעם פֿערד. און דער ציגײַנער, וואָס האָט גוט באַקאַנט די טײַך־ברעגן, האָט אים געגעבן אָנווײַזונגען וועגן וווּהין צו גיין, און ער איז געווען אין וועג אַרײַן אין דעם בעסטן מיגלעכן געמיט. ער איז טאַקע געווען גאָר אַן אַנדער **ב**ראָסקע, פֿון דער חיה פֿון אַ שעה פֿריִער. די זון האָט העל געשײַנט, די נאַסע קליידער זײַנען אין גאַנצן טרוקן געוואָרן, ער האָט געלט אין דער קעשענע נאָך אַ מאָל, ער איז נאָענט געקומען צו דער היים און די פֿרײַנד און זיכערקייט, און, דאָס גרעסטע און בעסטע פֿון אַלץ, האָט ער אויפֿגעגעסן אַ זעטיקן מאָלצײַט, הייס און נערעוודיק, און האָט זיך געפֿילט גרויס, און שטאַרק, און אָן אַ זאָרג, און זיכער בײַ זיך.

בעת ער גייט פֿריילעך ווײַטער, האָט ער געטראַכט פֿון זײַנע אַוואַנטורעס און אַנטלויפֿן, און ווי, פּונקט ווען אַלץ זעט אויס דאָס ערגסטע, האָט ער שטענדיק געפֿונען אַן אויסדריי, און זײַן שטאָלץ און גאווה האָבן אָנגעהויבן אויפֿבלאָזן אין אים. "כאַ־כאַ!" האָט ער געזאָגט צו זיך אַליין בעת ער מאַרשירט ווײַטער מיטן קין אין דער לופֿטן, "אַזאַ קלוגע **ב**ראָסקע בין איך! זיכער איז ניט פֿאַראַן נאָך אַ חיה אַזוי קלוג ווי איך אויף דער גאָרער וועלט! די שׂונאים מײַנע האָבן מיך אײַנגעשפּאַרט אין תּפֿיסה, אַרומגערינגלט מיט שומרים, באַקוקט טאָג ווי נאַכט פֿון וועכטערס; איך גיי אַרויס דורך זיי אַלע, דורך גאָלע פֿעיִקייט צוזאַמען מיט גבֿורה. זיי יאָגן זיך נאָך מיר מיט לאָקאָמאָטיוון, און פּאָליציאַנטן, און פּיסטוילן; איך קנאַק מיט די פֿינגער אויף זיי און ווער פֿאַרשוווּנדן, לאַכנדיק אויף אַלץ. איך בין צום באַדויערן אַרײַנגעוואָרפֿן געוואָרן אין אַ קאַנאַל פֿון אַ פֿרוי מיט אַ דיקן קערפּער און אַ בייזן מוח. און מילא: איך שווים צום ברעג, כאַפּ איר פֿערד, איך רײַט אַוועק נצחונדיק, און איך פֿאַרקויף דאָס פֿערד פֿאַר אַ גאַנצער קעשענע אָנגעפֿילט מיט געלט און אַ פֿײַנעם פֿרישטיק! כאַ־כאַ! איך בין די **ב**ראָסקע, די שיינע, די פּאָפּולערע, די הצלחהדיקע **ב**ראָסקע!" ער איז אַזוי אויפֿגעבלאָזן געוואָרן מיט פֿאַרריסנקייט אַז ער האָט אויסגעטראַכט אַ ליד פֿאַרלויבן זיך אַליין בעת ער גייט, און דאָס געזונגען מיטן העכסטן קול, כאָטש עס איז ניט פֿאַראַן וואָס זאָל דאָס הערן אַחוץ ער אַליין. עס איז געווען אפֿשר דאָס גאווהדיקסטע ליד וואָס אַבי אַ חיה האָט אַ מאָל קאָמפּאָנירט:

די וועלט האָט גרויסע העלדן,
ווי די געשיכטע־ביכער באַווײַזן;
נאָר קיינער ניט אַזוי באַרימט
מיט **ב**ראָסקע צו פֿאַרגלײַכן!

די געשײַטע לײַט פֿון אָקספֿאָרד,
איז יעדער גאָר אַ געלערנטער.
נאָר קיינער ווייסט אַ העלפֿט אַזוי פֿיל
ווי **רב ב**ראָסקע דער קלוגער!

די חיות אין דער תּבֿה האָבן זיך צעוויינט,
די טרערן געגאָסן ווי אַרויס פֿון אַן עמער.
ווער האָט געזאָגט, "ס'איז יבשה פֿאַרויס!"?
רב בראָסקע, דער אויפמונטערער!

אין דער אַרמיי האָבן אַלע סאַלוטירט
בעת זיי אויף דעם וועג מאַרשירן.
ס'איז געווען דער קיניג? אָדער קיטשענער?
ניין. **רב בראָ**סקע איז דאָס געווען.

די קיניגין מיט אירע הויפֿדאַמעס
זיצן און נייען בײַ דעם פֿענצטער.
שרײַט זי, "קוקט! ווער'ז אָט דער שיינער מענטש?"
"**רב בראָ**סקע" איז געווען זייער ענטפֿער.

עס איז געווען גאָר אַ סך מער פֿונעם זעלבן מין, נאָר צו שוידערלעך גאַווהדיק אָנגעשריבן צו ווערן. די דאָזיקע זײַנען פֿון די מילדערע פֿערזן.

ער האָט געזונגען בײַם גיין, און ער איז געגאַנגען בײַם זינגען, און איז אַלץ מער אָנגעבלאָזן געוואָרן מיט יעדן מינוט. נאָר זײַן גאווה וועט באַלד האָבן אַ שווערן פֿאַל.

נאָך עטלעכע מײַלן אויף דאָרפֿישע געסלעך איז ער אָנגעקומען בײַ דעם הויכוועג, און ווען ער האָט זיך געדרייט דערויף און אַ קוק געטאָן אויף זײַן ווײַסער לענג, האָט ער געזען קומענדיק אַלץ נעענטער אַ פֿלעק וואָס איז געוואָרן אַ פּינטל און דעמאָלט אַ שמיר, און דעמאָלט עפּעס אים גאַנץ באַקאַנט. און אַ פֿאַרטאָפּלטער קלאַנג פֿון וואָרענונג, פּשוט צו גוט באַקאַנט, איז געפֿאַלן אויף זײַן דערפֿרייטן אויער.

"דאָס איז טאַקע די זאַך!" האָט געזאָגט די אויפֿגעקאָכטע **ב**ראָסקע. "דאָס איז נאָך אַ מאָל אמתדיק לעבן, דאָס איז נאָך אַ מאָל די גרויסע וועלט וואָס האָט נאָך מיר אַזוי לאַנג געבענקט! איך וועל זיי באַגריסן, די ברידער מײַנע פֿון דעם ראָד, און זיי דערציילן אַ מעשׂה, פֿונעם מין וואָס איז מיר געראָטן ביז איצט. און זיי וועלן מיר זיכער אונטערפֿירן, און דעמאָלט וועל איך נאָך מער רעדן מיט זיי און אפֿשר, מיט אַ שטיקל מזל, וועט דער סוף זײַן אַז איך וועל קומען צו פֿאָרן ביז **ב**ראָסקע־זאַל אין אַ מאָטאָר! וואָס וועט זײַן אַ שטאָך אין אויג פֿאַר **ט**אַקס!"

ער איז אַרויס אין מיטן וועג מיט בטחון צו רופֿן דעם אויטאָ, וואָס איז געקומען ווײַטער מיט אַ גרינגן טעמפּ, פֿאַמעלעכער ווען עס איז געקומען נאָענט צו דעם געסל, ווען מיט אַ מאָל איז ער גאַנץ בלאַס געוואָרן, דאָס האַרץ ווי וואַסער, און די קני האָבן געטרייסלט און צונויפֿגעפֿאַלן אונטער אים, האָט ער זיך אין צווייען אָנגעבויגן און אַראָפּגעפֿאַלן מיט אַ קרענקלעכן ווייטיק אינעווייניק. און זיכער האָט ער זיך אַזוי געזאָלט פֿילן, די נעבעכדיקע חיה, וואָרן דער אָנקומענדיקער אויטאָ איז דער סאַמע איינער וואָס ער האָט געגנבֿעט פֿון דעם הויף פֿון דעם **ר**ויטער **ל**ייב **ה**אָטעל דעם גורלדיקן טאָג ווען אַלע זײַנע צרות האָבן זיך אָנגעהויבן! און די מענטשן אין אים זײַנען געווען פּונקט די זעלבע, וואָס אויף זיי איז ער באַטראַכט בײַם זיצן בײַם אָנבײַסן אין דעם קאַווע־צימער!

ער איז אַראָפּ אין אַן דלותדיקע, נעבעכדיקע קופּע אינעם וועג, געמורמלט אונטער דער נאָז מיט ייִאוש. "ס'איז אַלץ פֿאַרטיק! גאַנץ פֿאַרטיק איצט! קייטן און פּאָליציאַנטן נאָך אַ

מאָל! תּפֿיסה נאָך אַ מאָל! אויסגעטריקנט ברויט מיט וואַסער נאָך אַ מאָל! אָ, וואָס פֿאַר אַ נאַר בין איך געווען! פֿאַר וואָס האָב איך זיך אַזוי אויסגעפּײַנט גייענדיק אַרום, זינגענדיק גאָוּוהדיקע לידער, און צורופֿן מענטשן אין מיטן העלן טאָג אויף דעם הויכוועג, אַנשטאָט באַהאַלטן זיך ביז דער נאַכט און זיך גנבֿענען אַהיים שטילערהייט אויף הינטערגעסלעך? אָ, שלימזלדיקע בראָסקע! אָ, אומגליקלעכע בראָסקע! אָ, שלעכט־גורלדיקע חיה!"

דער שרעקלעכער אויטאָ איז פּאַמעלעך געקומען אַלץ נעענטער און נעענטער ביז סוף־כּל־סוף האָט ער אים געהערט שטעלן זיך אָפּ שיִער ניט גלײַך מיט אים. צוויי הערן זײַנען אַרויס און געגאַנגען אַרום דער ציטערנדיקער קופּע צעקנייטשטן ווייטיק ליגנדיק אין וועג, און איינער פֿון זיי האָט געזאָגט, "אָ, ווי איך לעב! דאָס איז גאָר טרויעריק! אָט איז אַ נעבעכדיקע אַלט באַשעפֿעניש – אַ וועשערין, אַ פּנים – וואָס איז געפֿאַלן אין חלשות אינעם וועג! אפֿשר איז זי איבערגעוועלטיקט געוואָרן פֿון דער היץ, די נעבעכדיקע, אָדער אפֿשר האָט זי הײַנט גאָרנישט ניט געגעסן. לאָמיר זי אַוועקשטעלן אין אויטאָ און זי נעמען צו דעם נאָענטסטן שטעטל, ווו אָן ספֿק האָט זי פֿרײַנד."

זיי האָבן לינד אויפֿגעהויבן בראָסקע אַרײַן אינעם מאָטאָר און אים אויפֿגעהאַלטן מיט ווייכע קישנס, און זײַנען ווידער אין וועג אַרײַן.

ווען בראָסקע האָט זיי דערהערט רעדן אין אַזאַ גוטהאַרציקן און מיטפֿילנדיקן שטייגער, האָט ער געוווּסט אַז מע האָט אים ניט דערקענט, האָט ער זיך אָנגענומען מיט האַרץ און אָפּגעהיט געעפֿנט ערשט איין אויג און דערנאָך דאָס צווייטע.

"קוקט נאָר!" האָט איינער פֿון די הערן געזאָגט, "איר איז שוין בעסער. די פֿרישע לופֿט טוט איר עפּעס גוטס. ווי איז בײַ דיר איצט, מאַ'אַם?"

"אַ שיינעם דאַנק דיר, סער," האָט בראָסקע געזאָגט אין אַ שוואַך קול, "איך פֿיל זיך פֿיל בעסער איצט!"

"נו, גוט," האָט געזאָגט דער הער. "איצט בלײַב גאַנץ שטיל, און מער ווי אַלץ, פּרוּוו ניט צו רעדן."

"איך וועל ניט," האָט בראָסקע געזאָגט. "איך האָב נאָר געטראַכט, צי מעג איך זיצן אין דעם פֿאָדערשטן זיץ דאָרט, לעבן דעם פֿירער, ווו איך קען האָבן די פֿרישע לופֿט פֿול אויפֿן פּנים? וועל איך באַלד צוריק צו זיך קומען."

"אַזאַ שׂכלדיקע פֿרוי!" האָט געזאָגט דער הער. "זיכער מעגסטו." האָבן זיי אָפּגעהיט געהאָלפֿן בראָסקע אַרײַן אינעם פֿאָדערשטן זיץ לעבן דעם פֿירער, און זיי זײַנען ווײַטער געפֿאָרן.

בראָסקע איז איצט שיִער ניט צוריק צו זיך. ער האָט זיך אויפֿגעזעצט, זיך אַרומגעקוקט, און האָט געפּרוּווט אַראָפּשלאָגן דאָס ציטערן, די בענקשאַפֿט, דעם אַלטן חשק וואָס האָבן זיך אויפֿגעהויבן אין אים און אים באַלעגערט און גאַנץ באַהערשט.

"עס איז באַשערט!" האָט ער געזאָגט צו זיך אַליין. "פֿאַר וואָס פּרוּוון? פֿאַר וואָס קעמפֿן?" און ער האָט זיך געווענדט צו דעם פֿירער בײַ זײַן זײַט.

"זײַט אַזוי גוט, סער," האָט ער געזאָגט, "איך ווינטש איר וואָלט גוטהאַרציק לאָזן מיך אַ פּרוּוו טאָן פֿירן דעם אויטאָ אַ ביסל. איך האָב אײַך פֿאָרזיכטיק באַטראַכט און עס זעט אויס אַזוי גרינג און אַזוי אינטערעסאַנט, און מיר וואָלט געפֿעלן אַז איך זאָל קענען אָנזאָגן די פֿרײַנד אַז איך האָב אַ מאָל געפֿירט אַ מאָטאָר!"

דער פֿירער האָט זיך צעלאַכט מיט דעם פֿירלייג, אַזוי האַרציק אַז דער הער האָט געפֿרעגט וואָס דער עסק איז. ווען ער האָט געהערט, האָט ער געזאָגט, ווי אַ פֿרייד פֿאַר בראָסקע, "בראַווא, מאַ'אַם! עס געפֿעלט מיר אײַער גײַסט. לאָז איר אַ פּרווו טאָן, און האַלט אַן אויג אויף איר. זי וועט ניט שאַטן."

בראָסקע האָט זיך מיט חשק געדראַפּעט אַרײַן אינעם זיץ אויסגעליידיקט פֿון דעם פֿירער, גענומען דאָס רעדל אין די הענט, זיך צוגעהערט מיט אַן אָנשטעל פֿון עניוות צו די אָנווײַזונגען אים געגעבן, און געשטעלט דעם אויטאָ אין וועג אַרײַן, נאָר גאָר פּאַמעלעך און אָפּגעהיט בײַם אָנהייב, וואָרן ער האָט פֿעסטגעשטעלט צו זײַן באַרעכנט.

די הערן אויף הינטן האָבן געפּאַטשט בראַוואָ מיט די הענט, און בראָסקע האָט זיי געהערט זאָגן, "ווי ווויל זי טוט דאָס! שטעלט זיך פֿאָר, אַ וועשערין זאָל קענען פֿירן אַן אויטאָ אַזוי גוט ווי זי, דאָס ערשטע מאָל!"

בראָסקע איז געפֿאָרן אַ ביסל גיכער, און דעמאָלט נאָך גיכער און גיכער.

ער האָט געהערט די הערן אַרויסרופֿן ווי אַ וואָרענונג, "זײַ אָפּגעהיט, וועשערין!" וואָס האָט אים דערקוטשעט און ער האָט אָנגעהויבן פֿאַרלירן דעם קאָפּ.

דער פֿירער האָט געפּרוּווט זיך אַרײַנמישן, נאָר ער האָט אים צוגעקוועטשט אין זײַן אָרט און איז ווײַטער געפֿאָרן מיט דער פֿולער גיכקייט. דער שטראָם פֿון לופֿט אויף זײַן פּנים, דער זשום פֿון דעם מאָטאָר, און דער לײַכטער שפּרונג פֿון דעם אויטאָ אונטער אים האָט פֿאַרשיכורט זײַן שוואַכן מוח. "שוין איין מאָל אַ וועשערין!" האָט ער ווילד געשריגן. "כאַ־כאַ! איך בין די בראָסקע, דער אויטאָ־כאַפּער, דער אַנטלויפֿער פֿון תּפֿיסה, די בראָסקע וואָס שטענדיק אַנטלויפֿט! בלײַבט שטיל און איר וועט זען ווי פֿירן זאָל טאַקע זײַן, וואָרן איר זײַט אין די הענט פֿון דער באַרימטער, דער פֿעיִקער, דער בראָסקע אָן פּחד!"

מיט אַ געשריי פֿון שרעק איז די גאַנצע פּאַרטיע אַרויף און זיך אויף אים געוואָרפֿן. "כאַפּט אים!" האָבן זיי געשריגן, "כאַפּט די בראָסקע, די בייזע חיה וואָס האָט געגנבֿעט אונדזער אויטאָ! בינדט אים צו, פֿאַרקייטלט אים, שלעפּט אים צו דעם נאָענסטן צירקל! אַראָפּ מיט דער פֿאַרייאַושטער און סכּנהדיקער בראָסקע!"

צום באַדויערן האָבן זיי געזאָלט פֿריִער אַ טראַכט געטאָן, האָבן זיי געזאָלט זײַן מער באַקלעריק, האָבן זיי געזאָלט געדענקען ווי ניט איז ערשט אָפּשטעלן דעם אויטאָ איידער זיי האָבן געפּרוּווט טאָן אַזאַ שטיפֿערײַ.

מיט אַ האַלבן דריי פֿונעם ראָד האָט די בראָסקע געשיקט דעם אויטאָ מיט אַ טראַסק דורך דעם נידעריקן פּלויט לעבן דעם וועג. מיט איין מעכטיקן שפּרונג, איין גוואַלדיקן שאָק, און די רעדער פֿונעם אויטאָ האָבן אויפֿגעבויטעט די געדיכטע בלאָטע פֿון אַ פֿערד־סטאַוו.

בראָסקע האָט זיך געפֿונען פֿליִען דורך דער לופֿטן מיט דעם כּוחדיקן לויף אַרויף און דעליקאַטן בויגן פֿון אַ שוואַלב. עס איז אים געפֿעלן, די באַוועגונג, און ער האָט נאָר וואָס אָנגעהויבן זיך ווונדערן צי עס וועט געדויערן ביז ער וואַקסט פֿליגלען און איז געוואָרן אַ בראָסקע־פֿויגל, ווען ער איז אַראָפּ אויפֿן רוקן מיט אַ ליש אין דעם ווייכן רײַכן גראָז פֿון אַ לאָנקע. ער האָט זיך אויפֿגעזעצט און האָט קוים געקענט זען דעם אויטאָ אין דעם סטאַוו, שיִער ניט אונטערן וואַסער. די הערן מיט דעם פֿירער, באַלאָדן מיט די לאַנגע מאַנטלען, האָבן זיך געפֿאָרפּלט אומבאַהאָלפֿן אינעם וואַסער.

ער האָט זיך גיך אויפֿגעהויבן און גענומען לויפֿן איבערן לאַנד אַזוי כּוחדיק ווי ער האָט געקענט, זיך געדראַפּער דורך קוסטצוימען, געשפּרונגען איבער קאַנאַוועס, געלאָפֿן שווער איבער פֿעלדער, ביז ער איז אָן אָטעם געווען און אויסגעמאַטערט און האָט געמוזט זיך פֿאַרשטילן ביז אַ לײַכטן שפּאַציר. ווען ער האָט נאָך אַ מאָל געכאַפּט דעם אָטעם און האָט געקענט קלאָר טראַכטן, האָט ער אָנגעהויבן כיכען, און פֿון כיכען איז ער אַריבער אויף לאַכן, און ער האָט געלאַכט ביז ער האָט זיך געמוזט אַוועקזעצן אונטער אַ פּלויט. "כאַ־כאַ!" האָט ער אויסגעשריגן, אין התלהבֿות פֿון זיך באַוווּנדערונג. "**ב**ראָסקע נאָך אַ מאָל! **ב**ראָסקע, ווי אַלע מאָל, האָט מצליח געווען! ווער איז געווען וואָס האָט זיי געמאַכט אים מיטנעמען? ווער איז געווען וואָס עס איז אים געלונגען קומען אינעם פֿאָדערשטן זיץ צוליב אַ ביסל לופֿט? ווער איז געווען וואָס האָט זיי אײַנגערעדט לאָזן אים פּרווון פֿירן? ווער איז געווען וואָס האָט זיי אַלע אַראָפּגעלאָזט אין אַ פֿערד־סטאַוו? ווער איז געווען וואָס איז אַנטלאָפֿן, פֿליִענדיק פֿריילעך און בשלום דורך דער לופֿטן, און איבערגעלאָזט די שמאָלקעפּיקע, אומגערנע, מוראוודיקע אַרויספֿאָרערס אין דער בלאָטע, ווי געהעריק? איז, **ב**ראָסקע, אַוודאי, געשײַטע **ב**ראָסקע, גרויסע **ב**ראָסקע, *גוטע* **ב**ראָסקע!"

האָט ער דעמאָלט נאָך אַ מאָל אַרויסגעפּלאַצט מיט נאָך אַ ליד און האָט געזונגען הויך אויף אַ קול:

דער אויטאָ האָט פּופּ־פּופּ־פּופּ געזאָגט,
בעת ער אײַלט זיך אויפֿן וועג ווײַטער.
ווער האָט אים געפֿירט אין דעם סטאַוו אַרײַן?
רב **ב**ראָסקע דער געשײַטער!

"אָ, ווי קלוג איך בין! ווי קלוג, ווי קלוג, ווי זייער קל—"

אַ שוואַכער קלאַנג ווײַט הינטער אים האָט אים געמאַכט דרייען דעם קאָפּ אַרום און אַ קוק טאָן. אָ, שרעק! אָ, יסורים! אָ, יִיאוש!

ווײַט אַוועק אַ צוויי פֿעלדער, האָבן זיך געלאָזט זען אַ שאָפֿער אין די לעדערנע געטרעס און צוויי גרויסע דאָרפֿישע פּאָליציאַנטן, לויפֿנדיק צו אים צו מיט די גאַנצע כּוחות!

נעבעכדיקע **ב**ראָסקע איז געשפּרונגען אויף די פֿיס און נאָך אַ מאָל אַנטלאָפֿן, דאָס האַרץ אים אין מויל. "אָ, אַ קלאָג צו מיר!" האָט ער געפּרײַכט בעת ער גייט ווײַטער אָן אָטעם, "אַזאַ אייזל בין איך! אַזאַ *גאַוודיקער* און הפֿקרדיקער אייזל! פּראָלן זיך נאָך אַ מאָל! שרײַען און זינגען לידער נאָך אַ מאָל! זיצן און בלעקען נאָך אַ מאָל! אָ, ווי איך לעב! ווי איך לעב!"

ער האָט אַ קוק געטאָן צוריק און געזען, ווי אַ פֿאַרדראָסיקער חידוש, אַז זיי קומען אים נעענטער. ווײַטער איז ער פֿאַרצווייפֿלט געלאָפֿן, נאָר האָט געהאַלטן אין קוקן צוריק, און געזען אַז זיי קומען כּסדר נעענטער. ער האָט דאָס בעסטע זײַנס געטאָן, נאָר ער איז געווען אַ דיקע חיה, מיט קורצע פֿיס, און אַלץ נעענטער קומען זיי. ער האָט זיי איצט געקענט הערן נאָענט צו אים אויף הינטן. אָן קוקן וווּהין ער גייט, האָט ער ווײַטער געקעמפֿט, בלינד און הפֿקר, קוקנדיק צוריק איבער דער פּלייצע אויף דעם איצט נצחונדיקן שׂונא, ווען מיט אַ מאָל איז די ערד אַוועק אונטער זײַנע פֿיס, האָט ער געכאַפּט אויף דער לופֿטן, און פּליושק! האָט ער זיך געפֿונען אַרײַן ביז די אויערן אין טיף וואַסער, גיך וואַסער, וואַסער וואָס טראָגט אים ווײַטער מיט אַ כּוח ניט אויסצוהאַלטן, און ער האָט געוווּסט אַז אין זײַן בלינדער פּאַניק איז ער געלאָפֿן פּונקט אַרײַן אין טײַך!

ער איז אַרויף ביז דער אייבערפֿלאַך און האָט געפּרוּווט כאַפּן אויף די ראָרן און די קאַמישן וואָס וואַקסן בײַם קאַנט וואַסער ענג אונטערן ברעג, נאָר דער שטראָם איז געווען אַזוי כּוחדיק אַז עס האָט זיי צעריסן פֿון די הענט. "אוי, ווײ!" האָט געסאָפּעט נעבעכדיקער בראָסקע, "אויב איך גנבֿענען נאָך אַ מאָל אַ מאָטאָר! אויב איך זינגען נאָך אַ מאָל אַ גאַווהדיק ליד" – און דעמאָלט איז ער אַראָפּ, און איז צוריק אַרויף אָן אָטעם און שפּריצלענדיק. באַלד האָט ער געזען ווי ער קומט נאָענט צו אַ גרויסער פֿינצטערער לאָך אינעם ברעג, גראָד איבער זײַן קאָפּ, און בעת דער שטראָם האָט אים געטראָגן פֿאַרבײַ האָט ער דערלאַנגט אַ לאַפּע און געכאַפּט דעם קאַנט און אים פֿעסט געהאַלטן. דעמאָלט, פּאַמעלעך און מיט צרות, האָט ער זיך אַרויסגעצויגן פֿון וואַסער, ביז ער האָט סוף־כּל־סוף געקענט אַוועקשטעלן די עלנבויגנס אויפֿן קאַנט פֿון דער לאָך.

דאָרט איז ער געבליבן עטלעכע מינוטן, בלאָזן און פּרײַכן, וואָרן ער איז געווען גאַנץ פֿאַרמאַטערט.

בעת ער זיפֿצט און בלאָזט און געשטאַרט פֿאַר זיך אַרײַן אין דער פֿינצטערער לאָך, האָט עפּעס אַ העלער קליינער חפֿץ געשײַנט און געפֿינקלט אין די טיפֿן, קומענדיק צו אים צו. בעת עס קומט איז אַ פּנים ביסלעכווײַז געוואַקסן אַרום דעם, און עס איז געווען אַ באַקאַנט פּנים!

ברוין, און קליין, מיט וואָנצעלעך.

ערנסט און קײַלעכדיק, מיט ציכטיקע אויערן און האָר ווי זײַד.

עס איז געווען דער **וו**אַסער־**ש**טשור!

קאַפּיטל עלף

"ווי זומער־שטורעמס זײַנען געקומען זײַנע טרערן"

דער **ש**טשור האָט אַרויסגעשטרעקט אַ ציכטיקע קליינע ברוינע לאַפּע, געכאַפּט **ב**ראָסקע פֿעסט בײַם קאַרק, און געגעבן אַ גרויסן הייב און אַ ציִ, און די דורכגעווייקטע **ב**ראָסקע איז פּאַמעלעך נאָר זיכער אַרויף איבערן קאַנט פֿון דער לאָך, ביז סוף־כּל־סוף איז ער געשטאַנען בשלום און געזונט אין דעם פּירהויז, באַשמירט מיט בלאָטע און גראָזן, פֿאַרשטייט זיך, און מיט דאָס וואַסער שטראָמענדיק אַראָפּ פֿון אים, נאָר גליקלעך און באַגײַסטערט ווי אַ מאָל, איצט וואָס ער געפֿינט זיך נאָך אַ מאָל בײַ אַ פֿרײַנד אין דער היים, פֿאַרטיק מיט אַנטלויפֿן און זיך אַרויסדרייען, און ער האָט געקענט לייגן אין אַ זײַט אַ פֿאַרשטעלונג וואָס איז אים ניט ראָוי און האָט באַדאַרפֿט אַ סך טירחה.

"אָ, **ש**טשורל!" האָט ער געשריגן. "איך האָב דורכגעלעבט אַזעלכע צײַטן זינט איך האָב דיך לעצטנס געזען, קענסטו זיך ניט פֿאָרשטעלן! אַזעלכע נסיונות, אַזעלכע יסורים, און אַלץ אַזוי איידל פֿאַרטראָגן! און דעמאָלט אַזעלכע אַנטלויפֿן, אַזעלכע פֿאַרשטעלונגען, אַזעלכע דריידלעך, און אַלץ אַזוי כיטרע געפּלאַנעוועט און דורכגעפֿירט! געווען אין תּפֿיסה – זיך אַרויסגעדרייט, אַוודאי! געוואָרפֿן אַרײַן אין אַ קאַנאַל – געשווומען צום ברעג! באַגנבֿעט אַ פֿערד – דאָס פֿאַרקויפֿט פֿאַר אַ היפּש סומע געלט! אָפּגענאַרט אַלע – זיי געמאַכט טאָן פּונקט וואָס איך האָב געוואָלט! אָ, איך בין אַ קלוגע **ב**ראָסקע, און ניט קיין טעות! וואָס מיינסטו איז געווען מײַן לעצטע אַוואַנטורע? וואַרט נאָר, וועל איך דיר זאָגן –"

"**ב**ראָסקע," האָט געזאָגט דער **ו**ואַסער־**ש**טשור, ערנסט און פֿעסט, "גיי אַרויף אויבן די רגע, און טו אויס יענע אַלטע באַוולנע שמאַטע וואָס זעט אויס ווי עס האָט אַ מאָל געהערט צו עפּעס אַ וועשערין און רייניק זיך גוט, און טו אָן עפּעס פֿון מײַנע קליידער, און פּרוּוו קומען אַראָפּ אויסזעענדיק לײַטיש אויב דו *קענסט*, וואָרן אַ מער אָפּגעריבענעם, צעריסענעם, אומחשובֿן חפֿץ ווי דו האָב איך קיין מאָל אין לעבן געהאַט פֿאַר די אויגן! איצט, הער אויף מיטן באַרימען זיך און קריגן זיך, און גיי שוין! איך וועל האָבן דיר וואָס צו זאָגן שפּעטער!"

בראָסקע האָט ערשט בדעה געהאַט בלײַבן און אים אָפּענטפֿערן. ער האָט שוין גענוג געהאַט אַז מע זאָל זיך שאַפֿן מיט אים ווען ער איז געווען אין תּפֿיסה, און אָט אַ פּנים איז זי זאַך אויף ס'נײַ, און פֿון אַ **ש**טשור דערצו! אָבער ער האָט געכאַפּט אַ בליק אויף זיך אין דעם

שפּיגל איבער דעם הוטשטענדער, מיט דעם פֿאַרזשאַווערטן שוואַרצן טשעפּיק אָפּגערוקט כוואַטיש איבער איין אויג, און ער האָט געביטן די מײַנונג און איז גיך און באַשײדן טרעפּ־אַרויף צו דעם **ש**טשורס גאַרדעראָב־צימער. דאָרט האָט ער זיך גוט אויסגעוואַשן און אָפּגעבאַרשטן, איבערגעטאָן די קליידער, און געשטאַנען אַ לאַנגע ווײַלע פֿאַרן שפּיגל, זיך באַטראַכט מיט שטאָלץ און הנאה, און געטראַכט אַז זיי זײַנען אַלע פֿולקומע נאַראָנים וואָס האָבן אים געהאַלטן אויף איין רגע אַפֿילו פֿאַר אַ וועשערין.

ביז ער איז נאָך אַ מאָל אַראָפּ איז אָנבײַסן שוין געווען אויפֿן טיש, און **ב**ראָסקע איז געווען שטאַרק דערפֿרייט דאָס צו זען, וואָרן ער האָט דורכגעלעבט עטלעכע אָנשטרענגענדיקע איבערלעבונגען, און האָט גאָר שווער געאַרבעט זינט דעם פֿראַכטיקן פֿרישטיק אים געגעבן פֿון דעם ציגײַנער. בעת זיי האָבן געגעסן האָט **ב**ראָסקע דערציילט דעם **ש**טשור אַלץ וועגן זײַנע אַוואַנטורעס, מיטן טראָפּ אויף ווי געשײַט ער איז געווען, און ווי ער האָט געהאַלטן דעם קאָפּ פֿאַר סכּנות, און זײַן כיטרעקייט אין אַ קלעם, און געמאַכט דעם רושם אַז עס איז אים געווען אַ הנאהדיקע און פֿילפֿאַרביקע איבערלעבונג. נאָר וואָס מער ער האָט גערעדט און זיך באַרימט, אַלץ ערנסטער און שטילער איז דער **ש**טשור געוואָרן.

ווען סוף־כּל־סוף האָט **ב**ראָסקע גערעדט ביז אַ שטילשטאַנד, איז געווען נאָר שווײַגעניש אַ ווײַלע, און דעמאָלט האָט דער **ש**טשור געזאָגט, "איצט, **ב**ראָסקעלע, איך וויל דיר ניט טאָן קיין ווײ, נאָך אַלץ וואָס דו האָסט שוין איבערגעלעבט, נאָר אויף אַן אמת, זעסטו ניט וואָס פֿאַר אַ נאַר דו האָסט געמאַכט פֿון זיך? פֿון דײַן אייגענער שולד־אָנערקענונג האָט מען דיך אײַנגעקייטלט די הענט, געשטעלט אין תּפֿיסה, פֿאַרהונגערט, נאָכגעיאָגט, דערשראָקן ביז טויט, באַליידיקט, חוזק געמאַכט פֿון דיר, און בזיונדיק געוואָרפֿן אַרײַן אין וואַסער – און פֿון אַ פֿרוי דערצו! ווו איז די פֿאַרווײַלונג אין דעם? פֿון וואַנען קומט אַרײַן די הנאה? און אַלץ ווײַל דו פֿילסט אַז דו מוזסט גנבֿענען אַן אויטאָ. דו ווייסט אַז דו האָסט נאָר צרות געהאַט מיט מאָטאָרן פֿונעם ערשטן בליק אויף איינעם. נאָר אויב דו *באַשטייסט* אויף זיך אַרײַנמישן מיט זיי – ווי דו ביסט, געוויינטלעך אין ניט מער ווי פֿינף מינוטן נאָך דײַן אָנהייב – פֿאַר וואָס *גנבֿעסט* דו זיי? ווער אַ קאַליקע, אויב ס'איז דיר פֿאַרכאַפּנדיק; ווער אַ באַנקראָטניק אין אַ נאָווענע, אויב דו האָסט אַזוי באַשלאָסן בײַ זיך; אָבער פֿאַר וואָס ווילסטו ווערן אַ תּפֿיסהניק? ווען וועסטו ווערן שׂכלדיק און האַלטן די פֿרײַנד אין זינען, און פּרוּוון זיי פֿאַרשאַפֿן נחת? צי מיינסטו אַז ס'איז מיר אַפֿילו אַ פֿאַרגעניגן צו הערן די חיות, בעת איך גיי אַרום, זאָגן אַז איך בין דער יאַט וואָס בלײַבט מיט קרימינאַלניקעס?"

איז, עס איז געווען אַ שטאַרק טרייסטנדיקער שטריך אין **ב**ראָסקעס טבֿע, אַז ער איז דורך און דורך אַ גוטהאַרציקע חיה, און האָט זיך ניט געפֿילט באַליידיקט געמסרט צו זײַן פֿון די אמתע פֿרײַנד זײַנע. און אַפֿילו ווען ער איז דאָס שטאַרקסטע פֿעסטגעשטעלט אויף עפּעס, האָט ער געקענט זען דעם צווייטן צד פֿונעם ענין. איז, כאָטש בעת דער **ש**טשור האָט אַזוי ערנסט גערעדט, האָט ער געהאַלטן אין זאָגן צו זיך מעשׂה בונטאַר, "נאָר עס *איז* הנאהדיק געווען! שרעקלעך הנאהדיק!" און מאַכן מאָדנע דערשטיקטע קלאַנגען אינעווייניק, ק־י־ק־ק־ק, און פּופּ־פּ־פּ און אַנדערע קלאַנגען ענלעך אויף דערשטיקטע שנאָרכצן, אָדער דעם עפֿענען פֿון אַ פֿלאַש סאָדע־וואַסער, האָט ער פֿאָרט געגעבן אַ טיפֿן זיפֿץ ווען דער **ש**טשור איז געווען גאַנץ פֿאַרטיק, און געזאָגט, "גאַנץ ריכטיק, **ש**טשורל! ווי *שׂכלדיק* דו ביסט אַלע מאָל! יאָ, איך בין געווען אַ גאַווהדיקער נאַר, דאָס קען איך איצט קלאָר זען. אָבער איצט וועל איך זײַן אַ גוטע **ב**ראָסקע, און מער ניט טאָן אַזוי. וואָס שייך

אויטאָס, בין איך ניט געווען אַזאַ אַ בעלן אויף זיי זינט מײַן לעצט אײַנטונקען אין יענעם טײַך דײַנעם. דער פֿאַקט איז, בעת איך בין געהאַנגען אויפֿן קאַנט פֿון דײַן לאַך און געכאַפּט דעם אָטעם, איז מיר עפּעס פּלוצעם אײַנגעפֿאַלן – עפּעס גאָר געניאַל – וואָס האָט צו טאָן מיט מאָטאָר־שיפֿלעך – שאַ, שאַ! זײַ רויִק, אַלטער בחור, און טופּע ניט, און קער די חפֿצים ניט איבער. ס'איז בלויז אַן אידעע, און מיר וועלן מער ניט רעדן דערפֿון איצט. מיר וועלן טרינקען אונדזער קאַווע, *און* פֿאַררייכערן אַ פּאַפּיראָס, און שטיל שמועסן, און דעמאָלט וועל איך גיין לײַכט צו **ב**ראָסקע־זאַל און אָנטאָן די אייגענע קליידער און אַלץ אַראַנזשירן אויף דעם אַלטן שטייגער. איך בין זאַט מיט אַוואַנטורעס. איך וועל פֿירן אַ שטיל, פֿאַרלאָזלעך, לײַטיש לעבן, פֿאָרען זיך אַרום אויף מײַן פֿאַרמאָג און אים פֿאַרבעסערן, מיט אַ ביסל לאַנדשאַפֿט־גערטנערײַ פֿון צײַט צו צײַט. עס וועט שטענדיק זײַן אַ ביסל וואַרמעס פֿאַר די פֿרײַנד ווען זיי קומען צו מיר צו גאַסט, און איך וועל האַלטן אַ פּאָני־פֿור כּדי צו פֿאָרן אַרום אינעם געגנט, ווי איך פֿלעג טאָן אין די גוטע אַלטע טעג, איידער איך בין געווען אויף שפּילקעס און האָט געוואָלט *טאָן* עפּעס."

"גיין לײַכט צו **ב**ראָסקע־זאַל?" האָט דער **ש**טשור געשריגן, גאָר אויפֿגערעגט. "וואָס רעדסטו? צי מיינסטו אַז דו האָסט נאָך ניט געהערט?"

"וואָס געהערט?" האָט **ב**ראָסקע געזאָגט, גאַנץ בלאַס געוואָרן. "רעד ווײַטער, **ש**טשורל! גיך! זשאַלעווע מיר ניט! וואָס האָב איך ניט *געהערט?*"

"צי מיינסטו מיר זאָגן," האָט דער **ש**טשור געשריגן, שלאָגנדיק דעם טיש מיט זײַן קליינער פֿויסט, "אַז דו האָסט גאָרנישט ניט געהערט וועגן די **ה**אַרמלען און די **ו**ויזעלעך?"

"וואָס, יענע פֿון דעם **ו**וילדן **ו**ואַלד?" האָט **ב**ראָסקע אויסגעשריגן, ציטערנדיק אין אַלע אבֿרים. "ניין, ניט קיין איינציק וואָרט! וואָס האָבן זיי געטאָן?"

"– און ווי זיי האָבן אײַנגענומען **ב**ראָסקע־זאַל?" האָט ווײַטער גערעדט דער **ש**טשור.

בראָסקע האָט די עלנבויגנס אָנגעלענט אינעם טיש, און דעם קין אויף די לאַפּעס, און אַ גרויסע טרער האָט זיך געשטעלט אין יעדן אויג, זיך איבערגעגאָסן און פּליושקעט אויף דעם טיש, פּלאָפּ! פּלאָפּ!

"גיי ווײַטער, **ש**טשורל," האָט ער באַלד געמורמלט, "דערצייל מיר אַלץ. דאָס ערגסטע איז שוין פֿאַרבײַ. איך בין נאָך אַ מאָל אַ חיה. איך קען דאָס אויסהאַלטן."

"ווען דו – ביסט – אַרײַן – אין יענער – צרה דײַנער," האָט דער **ש**טשור געזאָגט, פּאַמעלעך און רושמדיק, "איך מיין, ווען דו ביסט – פֿאַרשוווּנדן געוואָרן פֿון געזעלשאַפֿט אַ ווײַלע, צוליב דעם מיספֿאַרשטענדעניש וועגן אַ – אַ מאַשין, ווייסטו –"

בראָסקע האָט פּשוט געשאָקלט מיטן קאָפּ.

"נו, מע האָט דאָ גאָר אַ סך גערעדט דערוועגן, נאַטירלעך," איז ווײַטער געגאַנגען דער **ש**טשור, "ניט נאָר בײַם ברעג טײַך, נאָר אין דעם **ו**וילדן **ו**ואַלד אַפֿילו. די חיות האָבן זיך געשטעלט אויף אַ צד, ווי אַלע מאָל. די טײַך־ברעגער האָבן דיך פֿאַרטיידיקט, געזאָגט אַז מע האָט דיך שרעקלעך באַהאַנדלט און אַז עס איז ניט פֿאַראַן קיין יושר דאָ אין לאַנד הײַנט. נאָר די חיות פֿון דעם **ו**וילדן **ו**ואַלד האָבן בײַסיקס געזאָגט, געהאַלטן אַז עס קומט דיר, און אַז עס איז שוין צײַט פֿאַר אַ סוף צו אַזעלכס. זײַנען זיי גאָר גרויסהאַלטעריש געוואָרן, זײַנען אַרומגעגאַנגען און געזאָגט אַז עס איז אויס מיט דיר איצט! דו וועסט קיין מאָל ניט קומען צוריק, קיין מאָל ניט, קיין מאָל ניט!"

בראָסקע האָט נאָך אַ מאָל געשאָקלט, נאָר ער האָט נאָך געשוויגן.

"דאָס איז דער מין בעסטיעס וואָס זיי זײַנען," איז דער **ש**טשור ווײַטער געגאַנגען. "נאָר קראָט און **ט**אַקס, האָבן זיי געהאַלטן, דורך פּײַער און וואַסער, אַז דו וועסט באַלד צוריקקומען, ווי ניט איז. זיי האָבן ניט געגוני געוווּסט ווי אַזוי, נאָר עס וועט געשען!"

בראָסקע האָט אָנגעהויבן זיך אויפֿזעצן נאָך אַ מאָל אינעם שטול, און שמוכן אַ ביסל.

"זיי האָבן געטענהט פֿון געשיכטע," איז ווײַטער געגאַנגען דער **ש**טשור. "זיי האָבן געזאָגט אַז עס איז ניט אַ מאָל געווען פֿאַראַן אַ פֿאַרברעכער־געזעץ וואָס זאָל גובֿר זײַן חוצפּה און גלייבלעכקייט ווי בײַ דיר, צוזאַמען מיט דער שליטה פֿון אַ גרויסן בײַטל. האָבן זיי אַראָנזשירט איבערצוציִען זייערע זאַכן אין **ב**ראָסקע־**ז**אַל, און דאָרט שלאָפֿן, און אויסלופֿטערן דעם אָרט, אַזוי אַז עס זאָל זײַן גרייט אויף דײַן צוריקקער. זיי האָבן ניט געטראָפֿן וואָס וועט דערנאָך געשען, אַוודאי. נאָך אַלץ האָבן זיי חשדים געהאַט וועגן די חיות פֿון דעם **ו**ילדן **ו**אַלד. איצט קום איך צו דעם ווייטיקדיקסטן און טראַגישן טייל פֿון מײַן מעשׂה. איין פֿינצטערע נאַכט – גאָר אַ פֿינצטערע נאַכט, און בלאָזנדיק שווער דערצו, און גיסנדיק אַראָפּ ווי פֿון אַן עמער – איז אַ באַנדע ווײזעלעך געקראָכן שטילערהייט אַרויף אויפֿן קאַרעטע־וועג צו דער פֿאָדערשטער טיר. אין דער זעלבער רגע האָט אַ חבֿרה פֿאַרייאַושטע טכוירן, קומענדיק דורך דעם קיך־גאָרטן, איבערגענומען דעם הינטערהויף און קאַבינעטן, בעת אַ ראָטע שלאָגנדיקע האַרמלען, וואָס וואָלטן אַבי וואָס אָפּטאָן, האָט זיך באַזעצט אין דער אָראַנזשעריע און דעם ביליאַרד־צימער, און געהאַלטן די פֿליגל־פֿענצטער וואָס פֿירן צו דער לאָנקע.

"דער **ק**ראָט און דער **ט**אַקס זײַנען געזעסן בײַם פֿײַער אין דעם רייכער־צימער, דערציילט מעשׂיות מיט קוים אַ זאָרג, וואָרן עס איז ניט געווען קיין נאַכט פֿאַר חיות אין דרויסן, ווען יענע בלוטדאָרשטיקע רשעים האָבן אַראָפּגעשלאָגן די טירן און אויף זיי אַרײַנגעשטראָמט אויף אַלע זײַטן. זיי האָבן געקעמפֿט אויף וויפֿל זיי קענען, נאָר עס האָט ניט געטויגט. זיי זײַנען ניט באַוואָפֿנט געווען, און איבערגעראַשט, און וואָס קענען צוויי חיות טאָן אַנטקעגן הונדערטער? זיי האָבן זיי פֿאַרכאַפּט און שווער געשלאָגן מיט שטעקנס, די צוויי נעבעכדיקע געטרײַע באַשעפֿענישן, און זיי אַרויסגעוואָרפֿן אין דער קעלט און נאַסקייט, מיט אַ סך באַליידיקנדיקע און גאָר ניט נייטיקע באַמערקונגען!"

דאָ איז דער אומפֿילעוודיקע **ב**ראָסקע אַרויס מיט אַ כיכיקע, און דערנאָך זיך געפּרוּווט נעמען אין די הענט און אויסזען ספּעציעל פֿײַערלעך.

"און די **ו**ילדע **ו**אַלדער האָבן זינט דעמאָלט געוווינט אין **ב**ראָסקע־**ז**אַל," איז ווײַטער געגאַנגען דער **ש**טשור, "און געהאַלטן אין טאָן אַבי וואָס זיי ווילן! ליגנדיק אין בעט אַ העלפֿט פֿונעם טאָג, און פֿרישטיק ווען ניט ווען, און דער אָרט אַזאַ הקדש (האָב איך געהערט), אַז ס'איז ניט צו באַטראַכטן! עסן דײַן אַכילה און טרינקען דײַן געטראַנק, און דערציילן שלעכטע וויצן וועגן דיר, און זינגען גראָבע לידער וועגן – נו, וועגן תּפֿיסות, און ריכטערס, און פּאָליציאַנטן; גרויליקע פּערזענלעכע לידער, אָן שום הומאָר. און זיי זאָגן אָן די סוחרים און אַלע אַנדערע אַז זיי זײַנען געקומען בלײַבן אויף אייביק."

"אָ, אַזוי טוען זיי!" האָט **ב**ראָסקע געזאָגט, אַרויף און כאַפּנדיק אויף אַ שטעקן. "מיר וועלן באַלד זען דערוועגן!"

"ס'טויג ניט, **ב**ראָסקע!" האָט דער **ש**טשור נאָך אים אויסגערופֿן. "בעסער זאָלסטו קומען צוריק און זיך אַוועקזעצן. דו וועסט זײַן אַרײַן אין צרות."

נאָר דער בראָסקע איז שוין אַוועק געווען און ער איז ניט צוריקצוהאַלטן. ער האָט גיך מאַרשירט אַראָפּ אויפֿן וועג מיטן שטעקן איבערן אַקסל, שטאַרק געקאַכט און מורמלען אונטער דער נאָז אין זײַן כּעס, ביז ער איז אָנגעקומען נאָענט צו זײַן פֿאָדערשטן טויער, ווען מיט אַ מאָל איז געשפּרונגען אַרויס פֿון הינטער די פֿלאַקנס אַ לאַנגער געלער טכויר מיט אַ ביקס.

"ווער קומט דאָרט?" האָט שאַרף געזאָגט דער טכויר.

"בלאָטע און נאַרישקייטן!" האָט בראָסקע געזאָגט, שטאַרק פֿאַרכעסט. "וואָס מיינסטו רעדן אַזוי צו מיר? קום אַרויס די רגע אָדער איך וועל –"

דער טכויר האָט ניט קיין וואָרט געזאָגט, נאָר געבראַכט זײַן ביקס צו דעם אַקסל. בראָסקע האָט זיך באַרעכנט אַראָפּגעוואָרפֿן פֿלאַטשיק אינעם וועג, און *בוך*! האָט אַ קויל געפּיפּט איבער זײַן קאָפּ.

די דערשראָקענע בראָסקע האָט זיך קאַראַפּקעט אויף די פֿיס און אַנטלאָפֿן אַראָפּ אויפֿן וועג וואָס גיכער, און בעת ער לויפֿט האָט ער געקענט הערן דאָס געלעכטער פֿון דעם טכויר, און אַנדערע שוידערלעכע דינע קליינע לאַכן וואָס נעמען אָן דעם קלאַנג און אים שיקן ווײַטער.

ער איז צוריק, גאַנץ דערשלאָגן, און דערציילט דעם וואַסער־שטשור.

"וואָס האָב איך דיר געזאָגט?" האָט דער שטשור געזאָגט. "ס'טויג ניט. זיי האָבן שומרים געשטעלט און זיי זײַנען אַלע באַוואָפֿנט. דו מוזסט פּשוט וואַרטן."

פֿאָרט איז בראָסקע ניט גרייט אויף איין מאָל זיך אונטערצוגעבן. האָט ער אַרויסגענומען דאָס שיפֿל און זיך געלאָזט אין וועג אַרײַן, געררודערט טײַך־אַרויף ביז דעם אָרט ווו דער פֿאָדערגאָרטן פֿון בראָסקע־זאַל איז געקומען ביזן ברעג.

אַרײַן אין אויגנגרייך פֿון דער אַלטער היים, האָט ער זיך אָנגעלענט אויף די רודערס און אָפּגעהיט באַטראַכט דאָס לאַנד. אַלץ האָט אויסגעזען זייער פֿרידלעך און פֿאַרלאָזן און שטיל. ער האָט געקענט זען דעם גאַנצן פֿאָרנט פֿון בראָסקע־זאַל, גלײַענדיק אין דער אָוונט־זונענשײַן, די טויבן אַראָפּ אַ צוויי־דרײַ נאָכאַנאַנד אויף דער גלײַכער ליניע פֿונעם דאַך; דער גאָרטן, אַ שׂרפֿה מיט בלומען; די ריטשקע וואָס פֿירט צו דעם שיפֿלהויז, די קליינע הילצערנע בריק וואָס גייט דעריבער; אַלץ רויִק, אומבאַוווינט, וואַרטנדיק אויף זײַן צוריקקער אַ פּנים. ער וועט ערשט אַ פּרווו טאָן בײַ דעם שיפֿלהויז, האָט ער געטראַכט. גאָר אָפּגעהיט האָט ער גערודערט ביזן מויל פֿון דער ריטשקע, און איז נאָר וואָס אונטער דער בריק, ווען ... *טראַסק!*

אַ גרויסער שטיין, אַראָפּגעלאָזט פֿון אויבן, האָט זיך געשלאָגן דורך דעם אונטן פֿונעם שיפֿל. עס האָט זיך אָנגעפֿילט און אונטערגעגאַנגען, און בראָסקע האָט זיך געפֿונען ראַנגלען זיך אין טיף וואַסער. קוקנדיק אַרויף האָט ער געזען צוויי האַרמלען בייגנדיק זיך איבערן פּאַרענטש פֿון דער בריק, האָבן זיי אים באַטראַכט מיט גרויס פֿאַרגעניגן. "ס'וועט זײַן דײַן קאָפּ דאָס קומעדיקע מאָל, בראָסקעלע!" האָבן זיי צו אים אויסגערופֿן. די אויפֿגעקאָכטע בראָסקע איז געשווומען צום ברעג, בעת די האַרמלען האָבן געלאַכט און געלאַכט, אָנגעלענט איינער אויפֿן צווייטן, און געלאַכט נאָך אַ מאָל, ביז עס איז אויף זיי געקומען שיִער ניט צוויי אָנפֿאַלן – דאָס הייסט, צו יעדן איין אָנפֿאַל, פֿאַרשטייט זיך.

די **ב**ראָסקע איז אָפּגעגאַנגען מיד אויף צוריק צו פֿוס, און האָט דערציילט זײַנע אַנטוישנדיקע איבערלעבונגען צו דעם וואַסער־**ש**טשור נאָך אַ מאָל.

"נו, וואָס האָט איך דיר געזאָגט?" האָט געזאָגט דער **ש**טשור שטאַרק ברוגז. "און איצט, קוק נאָר, זע וואָס דו האָסט גענומען טאָן! מיר פֿאַרלוירן מײַן שיפֿל, וואָס איז מיר אַזוי ליב געווען, דאָס האָסטו געטאָן! און פּשוט קאַליע געמאַכט דעם שיינעם אָנצוג וואָס איך האָב דיר געליגן! באמת, **ב**ראָסקע, פֿון די אַלע אויסמאַטערנדיקע חיות – איך וווּנדער זיך וואָס דו האָסט נאָך אַלץ אַ פֿרײַנד!"

די **ב**ראָסקע האָט תּיכּף דערזען ווי שלעכט און נאַריש ער האָט זיך אויפֿגעפֿירט. ער האָט זיך מודה געווען זײַנע טעותן און האָט שטאַרק געבעטן מחילה בײַ דעם **ש**טשור וואָס ער האָט פֿאַרלוירן זײַן שיפֿל און קאַליע געמאַכט זײַנע קליידער. און ער האָט זיך געענדיקט מיט זאָגן, מיט יענעם אָפֿענעם זיך־אונטערגעבן וואָס האָט שטענדיק אָפּגעוואָרפֿן קריטיק פֿון די פֿרײַנד זײַנע און זיי געווינען צוריק צו זײַן צד, "**ש**טשורל! איך זע ווי איך בין געווען אַן אײַנגעשפּאַרטע און עקשנותדיקע **ב**ראָסקע! פֿון איצט אָן, גלייב מיר, וועל איך זײַן באַשיידן און אונטערטעניק, און וועל גאָרנישט ניט טאָן אָן פֿריִער פֿרעגן בײַ דיר דײַן גוטהאַרציקע עצה און פֿולקומען דערלויב!"

"אויב דאָס איז טאַקע אמת," האָט געזאָגט דער סימפּאַטישער **ש**טשור, שוין באַרויִקט, "איז מײַן עצה פֿאַר דיר, האַלטנדיק אין זינען ווי שפּעט עס איז שוין, אַז דו זאָלסט זיך אָפּזעצן און עסן דײַן וועטשערע, וואָס וועט זײַן אויפֿן טיש אין אַ מינוט אַרום, און זײַן שטאַרק געדולדיק. וואָרן איך בין אײַנגערעדט אַז מיר קענען גאָרנישט ניט טאָן איידער מיר זייען זיך מיט דעם **ק**ראָט און דעם **ט**אַקס, און געהערט די לעצטע נײַעס זייערע, און גערעדט צוזאַמען און געפּאָלגט זייערע עצות אין דעם שווערן ענין."

"אָ, אַ, יאָ, זיכער, דער **ק**ראָט און דער **ט**אַקס," האָט **ב**ראָסקע לײַכט געזאָגט. "וואָס איז געוואָרן מיט זיי, די טײַערע חבֿרים? כ'האָב זיי גאַנץ פֿאַרגעסן."

"גוט וואָס דו פֿרעגסט!" האָט דער **ש**טשור געזאָגט מיט פֿירוואָרף. "בעת דו האָסט געריטן איבערן לאַנד אין טײַערע אויטאָס, און גאַלאָפּירט שטאָלץ אויף רייַנבלוטיקע פֿערד, און זיך געבאָדן אין אַל דאָס גוטס אויף פֿרישטיק, האָבן יענע צוויי נעבעכדיקע, געטרײַע חיות זיך געלאַגערט אינעם אָפֿן אין יעדן מין וועטער, געלעבט גאָר שווער בײַ טאָג און געלעגן גאָר שווער בײַ נאַכט, געהאַלטן וואַך איבער דײַן הויז, קאָנטראָלירט די גרענעצן, געהאַלטן אַ פּעסט אויג אויף די האַרמלען און וויזעלעך, אינטריגירט און געפּלאַנעוועט און אויסגעטראַכט ווי אַזוי צו קריגן צוריק דײַן פֿאַרמאָג. דו האָסט קוים פֿאַרדינט האָבן אַזעלכע געטרײַע און איבערגעגעבענע פֿרײַנד, **ב**ראָסקע, אויף אַן אמת ניט. אין איינעם אַ טאָג, ווען עס איז שוין צו שפּעט, וועסטו חרטה האָבן וואָס דו האָסט זיי ניט טײַער געהאַלטן בעת דו האָסט זיי געהאַט!"

"איך בין אַ חיה אָן אַ דאַנק, איך ווייס," האָט **ב**ראָסקע געכליפּעט, לאָזנדיק אַרויס ביטערע טרערן. "לאָמיך גיין זיי געפֿינען, אַרויס אין דער קאַלטער, פֿינצטערער נאַכט, און טיילן זיך מיט זייערע שוועריקייטן, און פּרווון באַווײַזן מיט – וואַרט אַ מינוטקעלע! זיכער האָב איך געהערט דאָס טשאָקען פֿון טעלער אויף אַ טאַץ! וועטשערע איז צום סוף געקומען, הוראַ! קום שוין, **ש**טשורל!"

דער **ש**טשור האָט געדענקט אַז נעבעכדיקע **ב**ראָסקע האָט געגעסן תּפֿיסה־עסן שוין אַ לאַנגע צײַט, און אַז דערפֿאַר מוז מען רעכענען זיך דערמיט. ער איז ווערדליק דעם נאָך אים

נאָכגעגאַנגען צום טיש און גאַסטפֿרײַנדלעך אים אויפֿגעמונטערט בײַ די גאַלאַנטע טירחות צו פֿאַרגיטיקן די פֿריִערדיקע נויטן.

זיי זײַנען נאָר וואָס פֿאַרטיק מיטן עסן און זײַנען צוריק אין די פֿאָטעלן ווען עס איז געקומען אַ שווערן קלאַפּ אויף דער טיר.

בראָסקע איז נערוועז געוואָרן, נאָר דער **ש**טשור, שאָקלענדיק מיסטעריעז מיטן קאָפּ צו אים, איז געגאַנגען דירעקט צו דער טיר און זי געעפֿנט, און אַרײַן איז געקומען **רב ט**אַקס.

ער האָט געהאַט דעם גאַנצן אויסזע פֿון איינעם אַוועק אויף עטלעכע נעכט פֿון דער היים, מיט אַלע אירע באַקוועמלעכקייטן און אַלץ צו דער האַנט. זײַנע שיך זײַנען געווען באַדעקט מיט בלאָטע, און ער האָט אויסגעזען רוי און צעשויבערט, נאָר ער איז קיין מאָל ניט געווען קיין עלעגאַנטער, דער **ט**אַקס, אין די בעסטע צײַטן. ער איז פֿײַערלעך געקומען צו **ב**ראָסקע, אים געשאָקלט די לאַפּע, און געזאָגט, "זײַ באַגריסט אין דער היים, **ב**ראָסקע! וויי! וואָס זאָג איך? אין דער היים, באמת! דאָס איז אַ קלאָגעדיקער צוריקקער אַהיים. אומגליקלעכע **ב**ראָסקע!" האָט ער דעמאָלט זיך אָפּגעקערט פֿון אים, זיך אַוועקגעזעצט בײַם טיש, און גענומען פֿאַר זיך אַ גרויס רעפֿטל קאַלטן פּיראָג.

בראָסקע איז געווען היפּש דערשראָקן פֿון אָט דעם זייער ערנסטן און פּחדימדיקן שטייגער באַגריסן, נאָר דער **ש**טשור האָט צו אים געשעפּטשעט, "מילא, מאַך זיך ניט וויסנדיק, און רעד ניט מיט אים פּונקט איצט. ער איז שטענדיק זייער דערשלאָגן און שווערמוטיק ווען עס פֿעלט אים דאָס עסן. אין אַ האַלבער שעה אַרום וועט ער זײַן גאָר אַן אַנדער חיה."

האָבן זיי שטיל געוואַרט, און באַלד איז געקומען אַ צווייטער און אַ לײַכטערער קנאַק. דער **ש**טשור, מיט אַ שאָקל צו **ב**ראָסקע, איז געגאַנגען צו דער טיר און געפֿירט אַרײַן דעם קראָט, אָפּגעכוימלט און שמוציק, מיט שטיקער היי און שטרוי געשטעקט אין די האָר.

"הוראַ! אָט איז די אַלטע **ב**ראָסקע!" האָט געשריגן דער **ק**ראָט, מיט אַ שטראַלנדיק פּנים. "שטעל זיך פֿאָר, וואָס דו ביסט ווידער צוריק!" און ער האָט אָנגעהויבן טאַנצן אַרום אים. "אין די חלומות האָבן מיר ניט געמיינט אַז דו וועסט זײַן צוריק אַזוי באַלד! הער, דו האָסט געדאַרפֿט באַהייבן אַנטלויפֿן, דו קלוגע, געשײַטע, אינטעליגענטע **ב**ראָסקע!"

דער **ש**טשור, דערשראָקן, האָט אים געצויגן מיטן עלנבויגן, נאָר עס איז געווען צו שפּעט. **ב**ראָסקע האָט זיך שוין אויפֿגעבלאָזן און איז געשוואָלן געוואָרן.

"קלוג? אָ, ניין!" האָט ער געזאָגט. "איך בין באמת ניט קלוג, לויט די פֿרײַנד מײַנע. איך האָב זיך אַרויסגעריסן פֿון דער שטאַרקסטער תּפֿיסה אין ענגלאַנד, איז אַלץ! און פֿאַרכאַפּט אַ באַן און אויף איר אַנטלאָפֿן, איז אַלץ! און זיך פֿאַרשטעלט און געגאַנגען דאָ אַרום און אַלע אָפּגענאַרט, איז אַלץ! אָ, ניין! איך בין אַ נאַרישער טיפּש, בין איך! איכ'ל דיר דערציילן אַ צוויי פֿון מײַנע קליינע אַוואַנטורעס, **ק**ראָט, און דו וועסט באַשליסן פֿאַר זיך אַליין!"

"נו, נו," האָט דער **ק**ראָט געזאָגט און איז געגאַנגען צו דעם וועטשערע־טיש, "אפֿשר זאָלסטו רעדן בעת איך עס. ניט קיין אײַנציקער ביסן אין מויל זינט פֿרישטיק! אָ, ווי איך לעבן!" און ער האָט זיך אַוועקגעזעצט און צוגענומען מיט אַ ברייטער האַנט קאַלט רינדערנס און געזײַערטע אוגערקעס.

בראָסקע איז געשטאַנען מיט געשפּרייטע פֿיס אויף דעם קאַמין־טעפּעך, געשטעקט אַ לאַפּע אַרײַן אין אַ הויזן־קעשענע, און אַרויסגעצויגן אַ זשמעניע מיט זילבער. "קוקט נאָר אויף דעם!" האָט ער אויסגעשריגן, און דאָס באַוויזן. "גאָר ניט שלעכט, הע, פֿאַר נאָר עטלעכע מינוטן אַרבעטן? און ווי מיינסטו איך האָב דאָס געטאָן, **ק**ראָט? פֿערד־גנבֿה! אַזוי האָב איך דאָס געטאָן!"

"גיי ווײַטער, **ב**ראָסקע," האָט געזאָגט דער **ק**ראָט, שטאַרק פֿאַראינטערעסירט.

"**ב**ראָסקע, שאַ שטיל, זײַ אַזוי גוט!" האָט געזאָגט דער **ש**טשור. "און רייץ אים ניט אָן, **ק**ראָט, ווען דו ווייסט גוט וואָס ער איז. נאָר איך בעט דיר, זאָג אונדז וואָס באַלדער וואָס דער מצבֿ איז, און וואָס איז דאָס בעסטע צו טאָן, איצט וואָס **ב**ראָסקע איז סוף־כּל־סוף צוריק."

"דער מצבֿ איז כּמעט אַזוי שלעכט ווי מיגלעך," האָט דער **ק**ראָט ברוגזלעך געענטפֿערט, "און וואָס שייך וואָס צו טאָן, איז, אַ קלאָג צו מיר אויב איך ווייס! דער **ט**אַקס און איך זײַנען געגאַנגען אַרום און אַרום דעם אָרט, בײַ נאַכט ווי בײַ טאָג, און אַלע מאָל די זעלבע זאַך. שומרים אומעטום געשטעלט, ביקסן געצילט אויף אונדז, שטיינער געוואָרפֿן אויף אונדז, שטענדיק אַ חיה אויף דער וואַך, און ווען זיי דערזעען אונדז, אוי, ווי זיי לאַכן! וואָס דערקוטשעט מיך דאָס ערגסטע!"

"ס'איז אַ זייער שווערע סיטואַציע," האָט געזאָגט דער **ש**טשור, שטאַרק פֿאַרקלערט. "נאָר איך מיין אַז איך פֿאַרשטיי איצט, אין די טיפֿן פֿונעם מוח, וואָס **ב**ראָסקע זאָל טאַקע טאָן. איכ'ל דיר זאָגן. ער זאָל –"

"ניין, ער זאָל ניט!" האָט דער **ק**ראָט געשריגן מיט אַ פֿול מויל. "גאָרנישט אַזוינס! דו פֿאַרשטייסט ניט. וואָס ער זאָל טאָן איז, ער זאָל –"

"נו, איך וועל דאָס ניט טאָן, סײַ ווי!" האָט **ב**ראָסקע געשריגן, שטאַרק אויפֿגערעגט געוואָרן. "איך וועל ניט הערן באַפֿעלן פֿון איר יאַטן! עס איז מײַן הויז וואָס רעדט זיך דאָ, און איך ווייס גענוי וואָס צו טאָן, און איכ'ל אײַך דאָס דערקלערן. איך וועל –"

שוין דעמאָלט האָבן זיי אַלע דרײַ גערעדט אין איינעם, הויך הויך אויף אַ קול, און דער טומל איז פּשוט באַטויבנדיק געוואָרן, ווען אַ דין, טרוקן קול האָט זיך געמאַכט הערן, זאָגנדיק," שאַט, שטיל, איר אַלע!" און תּיכּף האָבן אַלע געשוויגן.

עס איז געווען דער **ט**אַקס, וואָס, נאָכדעם וואָס ער איז געווען פֿאַרטיק מיט דעם פּיראָג, האָט זיך אַרומגעדרייט אין זײַן שטול און געקוקט שטרענג אויף זיי אַלע. ווען ער האָט געזען אַז ער האָט געכאַפּט זייער אַכט, און אַז זיי האָבן קלאָר געוואַרט אויף וואָס ער וועט זאָגן, איז ער צוריק צום טיש און דערלאַנגט אַ האַנט נאָך דער קעז. און אַזוי גרויס איז געווען דער דרך־ארץ געפֿאָדערט פֿון די סאָלידע מעלות פֿון יענע ערשטקלאַסיקע חיה, אַז קיין שום וואָרט איז ניט אַרויף פֿון קיין מויל ביז ער איז געווען גאַנץ פֿאַרטיק מיט זײַן סעודה און אָפּגעשאַרט די ברעקלעך פֿון די קני. די **ב**ראָסקע איז געזעסן ווי אויף שפּילקעס, נאָר דער **ש**טשור האָט אים פֿעסט אײַנגעהאַלטן.

ווען דער **ט**אַקס איז גאַנץ פֿאַרטיק איז ער אַרויף פֿון שטול און געשטאַנען פֿאַרן קאַמין, טיף פֿאַרטראַכט. סוף־כּל־סוף האָט ער גערעדט.

"**ב**ראָסקע!" האָט ער שאַרף געזאָגט. "דו שלעכטע, צרהדיקע, קליינע חיה! צי שעמסטו זיך ניט? וואָס מיינסטו דײַן פֿאָטער, מײַן אַלטער פֿרײַנד, וואָלט געזאָגט אויב ער וואָלט דאָ געווען די נאַכט, און האָט געוווּסט פֿון דײַנע מעשׂים?"

בראָסקע, וואָס איז דעמאָלט אויף דער סאָפֿע, מיט די פֿיס אַרויף, האָט זיך איבערגעדרייט אויפֿן פּנים, געטרייסלט מיט כליפּן פֿון חרטה.

"שאַ, שאַ!" האָט דער **ט**אַקס ווײַטער מילדער גערעדט. "מילא. הער אויף וויינען. וואָס איז פֿאַרבײַ איז פֿאַרבײַ און מיר וועלן פּרווון אויפֿהייבן אויף ס'נײַ. נאָר וואָס דער **ק**ראָט זאָגט איז טאַקע אמת. די האַרמלען שטייען וואַך, צו יעדן פּונקט, און זיי זײַנען די בעסטע שומרים אויף דער וועלט. עס טויג אויף גאָרנישט צו טראַכטן פֿון אַן אָנפֿאַל אויף דעם אָרט. זיי זײַנען צו שטאַרק פֿאַר אונדז."

"אויב אַזוי איז אַלץ פֿאַרפֿאַלן," האָט די **ב**ראָסקע געכליפּעט, וויינענדיק אַרײַן אין די סאָפֿע־קישנס. "איך וועל גיין זיך פֿאַרשרײַבן פֿאַר אַ זעלנער, און קיין מאָל ניט זען מײַן טײַערן **ב**ראָסקע־**ז**אַל אויף אייביק!"

"קום, זײַ מונטער, **ב**ראָסקעלע!" האָט דער **ט**אַקס געזאָגט. "עס זײַנען פֿאַראַן מער מיטלען צוצונעמען אַן אָרט ווי בגוואַלד. איך בין ניט פֿאַרטיק מיטן רעדן. איצט וועל איך דיר אַנטפּלעקן אַ גרויסן סוד."

בראָסקע האָט זיך פּאַמעלעך אויפֿגעזעצט און געטריקנט די אויגן. סודות זײַנען אים געווען שטאַרק צוציִענדיק, ווײַל ער האָט קיין מאָל ניט געקענט האַלטן אַ סוד, און עס איז אים אַלע מאָל אַ הוילע דערקוויקונג ווען ער גייט און דערציילט אַ צווייטער חיה נאָכדעם וואָס ער האָט געטרײַ צוגעזאָגט אַז ער וועט ניט.

"עס איז – דאָ – אַן – אונטערערדישער – פּאַסאַזש," האָט דער **ט**אַקס רושמדיק געזאָגט, "וואָס פֿירט פֿון דעם טײַך־ברעג, דאָ ניט ווײַט, פּונקט ביז אין מיטן **ב**ראָסקע־**ז**אַל."

"אָ, בלאָטע! **ט**אַקס," האָט **ב**ראָסקע געשליפּן געזאָגט. "דו האָסט זיך צוגעהערט צו געוויסע מעשׂיות וואָס מע דערציילט אין די שענקען דאָ אַרום. איך קען אין גאַנצן **ב**ראָסקע־**ז**אַל, אינעווייניק און אין דרויסן. עס איז ניטאָ עפּעס אַזוינס, קען איך דיך פֿאַרזיכערן!"

"מײַן יונגער פֿרײַנד," האָט דער **ט**אַקס געזאָגט מיט גרויסער שטרענגקייט, "דײַן פֿאָטער איז געווען אַ ווערדיקע חיה – היפּש מער ווערדיק ווי אַ פּאָר אַנדערע וואָס איך קען – איז געווען מײַנער אַ גוטער־פֿרײַנד, און האָט מיר געזאָגט אַ סך וואָס ער וואָלט דיר קיין מאָל ניט געזאָגט. ער האָט אַנטדעקט דעם פּאַסאַזש – ער האָט אים ניט געשאַפֿן, אַוודאי; דאָס איז פֿאָרגעקומען הונדערטער יאָרן איידער ער איז אַהערגעקומען וווינען – און ער האָט עס צו רעכט געשטעלט און אויסגעראַמט, ווײַל ער האָט געמיינט אַז עס וועט אפֿשר זײַן ניצלעך אין אַ נויט אָדער פֿאַר סכּנה, און ער האָט עס מיר באַוויזן. 'לאָז מײַן זון ניט וויסן וועגן דעם,' האָט ער געזאָגט. 'ער איז אַ גוטער בחור, נאָר זייער לײַכט און היציק בײַ טבֿע, און עס איז אים גאַנץ אוממיגלעך האַלטן אַ סוד. אויב ער איז אַ מאָל אין אמתע צרות, און דאָס וועט אים העלפֿן, מעגסטו אים באַווײַזן דעם בסודיקן פּאַסאַזש, נאָר ניט פֿריִער.'"

די אַנדערע חיות האָבן פֿעסט געקוקט אויף **ב**ראָסקע, צו זען ווי ער וועט דאָס ענטפֿערן. **ב**ראָסקע איז תּחילת נוטה געווען אָנגעברוגזט צו זײַן, נאָר ער איז באַלד אויפֿגעמונטערט געוואָרן, ווי דער גוטער חבֿר וואָס ער איז געווען.

"נו, נו," האָט ער געזאָגט, "אפֿשר בין איך אַ ביסל אַ פּלוידערער. אַ פּאָפּולערער חבֿרה־מאַן ווי איך – די פֿרײַנד זאַמלען זיך אַרום מיר – מיר רייצן, מיר פֿינקלען, מיר דערציילן וויציקע מעשׂיות – און ווי ניט איז הייב איך אָן מאַכן מיט דער צונג. איך האָב אַ טאַלאַנט צום רעדן. מע האָט מיר געזאָגט אַז איך זאָל אָנפֿירן אַ סאַלאָן, וואָס דאָס זאָל ניט זײַן. מילא. גיי ווײַטער, טאַקס. ווי וועט אונדז העלפֿן יענער פּאַסאַזש דײַנער?"

"איך האָב זיך אַנומלט דערוווּסט אַ זאַך צוויי," איז ווײַטער געגאַנגען דער טאַקס. "איך האָב אײַנגערעדט ווידרע אַז ער זאָל זיך פֿאַרשטעלן פֿאַר אַ קוימען־קערער און זיך באַווײַזן בײַ דער הינטערשטער טיר מיט בערשט איבערן אַקסל, בעטן נאָך אַרבעט. מאָרגן בײַ נאַכט קומט פֿאָר אַ גרויסע סעודה. ס'איז עמעצנס אַ געבוירן־טאָג – דאָס הויפּט־ווײַזלע, מיין איך – און די אַלע וויזעלעך וועלן זיך צונויפֿזאַמלען אין דעם עסצימער, עסן און טרינקען און לאַכן און שטיפֿן, אָן שום חשדים. קיין ביקסן, קיין שווערדן, קיין שטעקנס, לגמרי ניט קיין וואָפֿנס!"

"נאָר די שומרים וועט מען נאָך אַוועקשטעלן ווי אַלע מאָל," האָט באַמערקט דער שטשור.

"זיכער," האָט געזאָגט דער טאַקס, "דאָס בין איך אויסן. די וויזעלעך וועלן גאַנץ געטרויען אין די פֿײַנע וועכטערס זייערע. און דאָ קומט אַרײַן אינעם ענין דער פּאַסאַזש. דער דאָזיקער גאָר ניצלעכער טונעל פֿירט פּונקט אונטער דעם הויז־באַדינערס שפּײַזאַרניע, לעבן דעם עסצימער!"

"אַהאַ! די סקריפּענדיקע ברעט אין דעם באַדינערס שפּײַזאַרניע!" האָט בראָסקע געזאָגט. "איצט פֿאַרשטיי איך!"

"מיר וועלן קריכן שטילערהייט אַרײַן אין דעם באַדינערס שפּײַזאַרניע –" האָט אויסגעשריגן דער קראָט.

"– מיט אונדזערע פּיסטוילן און שווערדן און שטעקנס –" האָט געשריגן דער שטשור.

"– און לויפֿן אַרײַן אויף זיי," האָט געזאָגט דער טאַקס.

"– און שלאָגן זיי, און שלאָגן זיי, און שלאָגן זיי!" האָט געשריגן די בראָסקע אין התפּעלות, לויפֿנדיק אַרום און אַרום דעם צימער און שפּרינגענדיק איבער די שטולן.

"נו, גוט, גוט," האָט דער טאַקס געזאָגט, צוריק צו זײַן געוויינטלעכן טרוקענעם שטייגער, "אונדזער פּלאַן איז באַשטימט, און עס איז מער ניט וועגן וואָס איר זאָלט זיך ראַנגלען און אַמפּערן. איז, ווײַל עס איז שוין שפּעט געוואָרן, זאָלט איר אַלע זיך תּיכּף אַוועקלייגן שלאָפֿן. מיר וועלן די אַלע נייטיקייטן אויסדרן מאָרגן אין דער פֿרי."

בראָסקע, אַוודאי, איז פֿאָלגעוודיק געגאַנגען שלאָפֿן מיט די אַנדערע – ער האָט געוווּסט בעסער זיך ניט אָפּצוזאָגן – כאָטש ער האָט זיך געפֿילט צו אויפֿגערעגט פֿאַר שלאָפֿן. נאָר עס איז אים געווען אַ לאַנגער טאָג, אָנגעפּאַקט מיט אַ סך געשעענישן, און לײַלעכער און קאָלדרעס זײַנען געווען גאָר פֿרײַנדלעכע און טרייסטנדיקע חפֿצים, נאָך פּראָסטע שטרוי, און נאָר ווייניק דערפֿון, אויסגעשפּרייט אויף דעם שטיינערנעם דיל פֿון אַ צוגיקער קאַמער, און זײַן קאָפּ איז נאָר געווען עטלעכע סעקונדעס אויפֿן קישן איידער ער שנאָרכצט פֿריילעך. נאַטירלעך האָט אים אַ סך געחלומט: וועגן וועגן וואָס אַנטלויפֿן פֿון אים פּונקט ווען ער קומט דאָרט אָן, און קאַנאַלן וואָס יאָגן זיך נאָך נאָך אים און אים פֿאַרכאַפּן, און אַ באַרקע וואָס פֿאָרט אַרײַן אין עסצימער מיט זײַן וועש פֿאַר דער וואָך, פּונקט ווען ער פֿירט אָן מיט

אַ סעודה. און ער איז געווען איינער אַליין אין דעם בסודיקן פּאַסאַזש, שטויסן זיך ווײַטער, נאָר עס האָט געשלענגלט און זיך אַרומגעדרייט און זיך געטרייסלט און זיך אויפֿגעזעצט אויפֿן עק. פֿאָרט ווי ניט איז האָט ער זיך געפֿונען צוריק אין בראָסקע־זאַל, בשלום און נצחונדיק, מיט די אַלע פֿרײַנד זײַנע אומעטום אַרום אים, און אַלע האָבן אים ערנסט פֿאַרזיכערט אַז ער איז טאַקע גאָר אַ קלוגע בראָסקע.

ער האָט געשלאָפֿן ביז שפּעט אויף צו מאָרגנס, און ביז ער איז אַראָפּ האָט ער געפֿונען אַז די אַנדערע חיות האָבן געענדיקט עסן פֿרישטיק אַ היפּש ביסל צײַט פֿריִער. דער קראָט האָט זיך אַוועקגעגנבֿעט ערגעץ ווו איינער אַליין אָן לאָזן וויסן וווהין ער גייט. דער טאַקס איז געזעסן אינעם פֿאָטעל, געלייענט די צײַטונג און זיך געמאַכט ניט וויסנדיק וועגן וואָס זאָל פֿאָרקומען דעם סאַמע אָוונט. דער שטשור, צוריק גערעדט, האָט געהאַלטן אין לויפֿן פֿאַרנומען אַרום דעם צימער מיט די אָרעמס אָנגעפֿילט מיט געווער פֿון אַלע מינים, האָט ער זיי אויסגעטיילט אין פֿיר קליינע קופּעס אויף דער פּאַדלאָגע, און געזאָגט אונטער דער נאָז בײַם לויפֿן, "אָט-אַ-שווערד-פֿאַר-דעם-שטשור, אָט-אַ-שווערד-פֿאַר-דעם-קראָט, אָט-אַ-שווערד-פֿאַר-דער-בראָסקע, אָט-אַ-שווערד-פֿאַר-דעם-טאַקס! אָט-אַ-פּיסטויל-פֿאַר-דעם-שטשור, אָט-אַ-פּיסטויל-פֿאַר-דעם-קראָט, אָט-אַ-פּיסטויל-פֿאַר-דער-בראָסקע, אָט-אַ-פּיסטויל-פֿאַר-דעם-טאַקס!" און אַזוי ווײַטער אין אַ כּסדרדיקן, ריטמישן שטייגער, בעת די פֿיר קופּעס זײַנען ביסלעכווײַז אַלץ גרעסער געוואָרן.

"דאָס איז אַלץ גוט און ווויל, שטשור," האָט דער טאַקס באַלד געזאָגט, קוקנדיק אויף דער פֿאַרנומענער חיה איבערן קאַנט פֿון זײַן צײַטונג. "איך האַלט דיך ניט שולדיק, נאָר לאָמיר זיך נאָר קומען פֿאַרבײַ די האַרמלען און די פּאַסקודנע ביקסן זייערע, און איך פֿאַרזיכער דיך אַז מיר וועלן מער ניט דאַרפֿן קיין שווערדן צי פּיסטוילן. מיר פֿיר מיט אונדזערע שטעקנס, ווען מיר זײַנען ערשט אַרײַן אין עסצימער, הער נאָר, מיר וועלן אָפּראַמען די פּאַדלאָגע פֿון זיי אַלע אין פֿינף מינוטן. איך וואָלט די גאַנצע מעשׂה אַליין טאָן, נאָר איך וויל ניט צונעמען בײַ אײַך יאַטן די הנאה!"

"עס שאַט ניט זיכער צו זײַן," האָט דער שטשור פֿאַרקלערט געזאָגט, בעת ער פּאָלירט אַ פּיסטויל־רער אויפֿן אַרבל און געקוקט אים לענג־אויס.

די בראָסקע, פֿאַרטיק מיט זײַן פֿרישטיק, האָט אויפֿגעהויבן אַ שווערן שטעקן און גוואַלדיק געמאַכט דערמיט, אָנשלאָגנדיק אויף אויסגעטראַכטע חיות. "איכ'ל זיי באַמוסרן ניט צו גנבֿענען מײַן הויז!" האָט ער געשריגן. "איך וועל זיי באַמוסרן, וועל איך!"

"זאָג ניט 'באַמוסרן זיי', בראָסקע," האָט דער שטשור געזאָגט שטאַרק דערשראָקן. "ס'איז ניט גוט ייִדיש."

"פֿאַר וואָס טשעפּעסטו אויף בראָסקע אַלע מאָל?" האָט דער טאַקס געפֿרעגט, שטאַרק ברוגזלעך. "וואָס האָסטו קעגן זײַן ייִדיש? ס'איז דאָס זעלבע וואָס איך אַליין ניץ, און אויב עס פּאַסט פֿאַר מיר, זאָל עס פּאַסן פֿאַר דיר!"

"עס טוט מיר שטאַרק באַנג," האָט דער שטשור באַשיידן געזאָגט. "נאָר איך *מיין* אַז עס זאָל זײַן 'לערנען זיי', ניט 'באַמוסרן זיי'."

"נאָר מיר *ווילן* ניט זיי לערנען," האָט דער טאַקס געענטפֿערט. "מיר ווילן זיי *באַמוסרן* – באַמוסרן זיי, באַמוסרן זיי! און דערצו נאָך, וועלן מיר דאָס *אויפֿטאָן* אויך!"

"נו, גוט, ווי דו ווילסט," האָט געזאָגט דער **ש**טשור. ער איז אַליין גאַנץ צעמישט געוואָרן דערוועגן, און באַלד האָט ער זיך גענומען אין אַ ווינקל, ווו מע האָט אים געקענט הערן בורטשען, "לערנען, באַמוסרן, באַמוסרן, לערנען!" ביז דער **ט**אַקס האָט אים שאַרף געפֿאָדערט אויפֿהערן.

באַלד האָט זיך דער **ק**ראָט געקוליעט אַרײַן אין צימער, און עס איז קלאָר געווען אַז ער איז שטאַרק צופֿרידן מיט זיך. "איך האָב אַזאַ הנאה געהאַט!" האָט ער תּיכּף אָנגעהויבן, "איך האָב געהאַלטן אין צערייצן די האַרמלען!"

"איך האָף אַז דו ביסט גאָר אָפּגעהיט געווען, קראָט?" האָט דער **ש**טשור באַזאָרגט געזאָגט.

"איך אויך האָף אַזוי," האָט געזאָגט דער **ק**ראָט מיט בטחון. "די אידעע איז מיר אײַנגעפֿאַלן ווען איך בין אַרײַן אין קיך צוצוזען **ב**ראָסקעס פֿרישטיק וואָס מע האַלט דאָרט הייס פֿאַר אים. איך האָב געפֿונען דאָס אַלטע וועשערין־קלייד וואָס דערין איז ער געקומען אַהיים נעכטן, הענגענדיק אויף אַ האַנטעך־האַלטער פֿאַרן פֿײַער. איז, איך האָב עס אויף זיך אָנגעטאָן, און דעם טשעפּיק אויך, און די שאַל, און איך בין אַוועק קיין **ב**ראָסקע־זאַל אַזוי דרייסט ווי איר ווילט. די שומרים האָבן געהאַלטן וואַך, אַוודאי, מיט די ביקסן און די 'ווער גייט דאָרט?' און אַלע זייערע נאַרישקייטן. "גוט־מאָרגן, הערן!" האָב איך מיט דרך־ארץ געזאָגט. "האָט איר וועש צו וואַשן הײַנט?"

"זיי האָבן געקוקט אויף מיר גאָר שטאָלץ און שטײַף און פֿון אויבן אַראָפּ, און געזאָגט, 'גיי אַוועק, וועשערין! מיר טוען ניט קיין וועש אויף דיזשור.' און אויף קיין אַנדערע צײַטן אויך ניט?' זאָג איך. כאַ, כאַ, כאַ! צי בין איך ניט *קאָמיש*, **ב**ראָסקע?"

"נעבעכדיקע, פֿליאַדערדיקע חיה!" האָט **ב**ראָסקע גאָר דערהויבן געזאָגט. דער פֿאַקט איז, האָט ער זיך געפֿילט שטאַרק מקנא **ק**ראָט צוליב וואָס ער האָט נאָר וואָס געטאָן. עס איז געווען פּונקט וואָס ער וואָלט געוואָלט דורכפֿירן אַליין, אויב נאָר ער האָט עס פֿריִער אויסגעטראַכט און האָט זיך ניט געלאָזט פֿאַרשלאָפֿן.

"עטלעכע פֿון די האַרמלען זײַנען העל ראָזעווע געוואָרן," איז ווײַטער געגאַנגען דער **ק**ראָט, "דער אָנפֿירער־סערזשאַנט, האָט ער מיר געזאָגט, גאַנץ שאַרף, האָט ער געזאָגט, 'איצט, לויף שוין אַוועק, מײַן גוטע פֿרוי, לויף אַוועק! האַלט ניט מײַנע לײַט פּוסט־און־פּאַס און רעדן בײַ די פּאָסטנס.' 'לויף אַוועק?' זאָג איך. 'איך וועל ניט זײַן דער לויפֿער, אין נאָר אַ קורצער צײַט אַרום!'"

"אָ, קראָטל, ווי האָסטו דאָס געקענט טאָן?" האָט דער **ש**טשור צערודערט געזאָגט.

דער **ט**אַקס האָט אַראָפּגעשטעלט זײַן צײַטונג.

"איך האָב געקענט זען ווי זיי שפּיצן אָן די אויערן און קוקן אויף זיך," האָט דער **ק**ראָט ווײַטער גערעדט, "און דער סערזשאַנט האָט זיי געזאָגט, 'אַרט זיך ניט מיט איר, זי ווייסט ניט וואָס זי רעדט.'"

"'אָ! כ'ווייס ניט, הע?' האָב איך געזאָגט. 'נו, לאָמיך אײַך דאָס זאָגן. מײַן טאָכטער, זי טוט דאָס וועש פֿאַר **ר**ב **ט**אַקס, און דאָס'ל אײַך ווײַזן צי איך ווייס פֿון וואָס איך רעדט, און איר וועט זייער באַלד אויך וויסן! איין הונדערט בלוטדאָרשטיקע טאַקסן, באַוואָפֿנט מיט ביקסן, וועלן אָנפֿאַלן אויף **ב**ראָסקע־זאַל די סאַמע נאַכט, דורך דעם פֿערדזאַגאָן. זעקס שיפֿלעך מיט שטשורעס, מיט פּיסטוילן און שווערע שווערדן, וועלן קומען אַרויף אויפֿן

טײַך און לאַנדן אינעם גאָרטן, בעת אַן אויסגעקליבענע באַנדע בראָסקעס, אָנגערופֿן די **שוו**ער-**צו**-**ט**ייטן, אָדער די **ט**ויט-**צי**-גדולה **ב**ראָסקעס, וועלן שטורעמען דעם סאָד און ברענגען אַראָפּ אַלץ פֿאַר זיך, שרײַענדיק נאָך נקמה. עס וועט ניט בלײַבן פֿון אײַך קיין סך צו וואַשן, ווען זיי זײַנען ערשט פֿאַרטיק מיט אײַך, סײַדן איר ציט זיך אָפּ בעת עס בלײַבט די געלעגנהייט!' דעמאָלט בין איך אַנטלאָפֿן און ווען איך בין אַרויס פֿון אויגנגרייך האָב איך זיך באַהאַלטן און באַלד צוריקגעקראָכן אין דער קאַנאַווע און געכאַפּט אַ בליק אויף זיי דורך דעם קוסטצוים. זיי זײַנען אַלע געווען אַזוי נערוועז און אויפֿגערודערט ווי מיגלעך, לויפֿנדיק אין אַלע ריכטונגען אין איינעם, און פֿאַלנדיק איינער איבערן צווייטן, און אַלע שרײַענדיק באַפֿעלן אויף די אַנדערע אָן זיך צוהערן. און דער סערזשאַנט האָט געהאַלטן אין אָפּשיקן פֿאַרטיעס האַרמלען צו די ווײַטערע ערטער אויף דעם קאַמפּוס, און דערנאָך אָפּשיקן נאָך אַנדערע יאַטן צו קריגן צוריק די פֿריִערדיקע. און איך האָב זיי געהערט זאָגן צו זיך, 'ס'איז שטענדיק אַזוי מיט די ווילזעלעך, זיי בלײַבן באַקוועם אינעם עסצימער, מיט סעודות און לחיימס און געזאַנג און אַלערליי מינים שׂימחה, בעת מיר דאַרפֿן בלײַבן אויף וואַך אין דער קעלט און פֿינצטערניש, סוף־כּל־סוף צעשניטן אין שטיקער ווערן פֿון בלוטדאָרשטיקע טאַקסן!'"

"אָ, דו נאַרישער אייזל, **ק**ראָט!" האָט **ב**ראָסקע אויסגעשריגן. "דו ביסט געגאַנגען אַלץ קאַליע מאַכן!"

"**ק**ראָט," האָט דער **ט**אַקס געזאָגט אין זײַן טרוקענעם, שטילן שטייגער, "איך דערזע אַז דו האָסט מער שׂכל אין דײַן מיזיניק ווי אַנדערע חיות האָבן אין די גאַנצע דיקע קערפּערס. דו האָסט גאַנץ ווויל באַהויבן, און איך הייב אָן צו האָבן גרויסע האָפֿענונגען וועגן דיר. גוטער **ק**ראָט! קלוגער **ק**ראָט!"

די **ב**ראָסקע איז פּשוט געווען ווילד מיט קינאה, און אַלץ מער ווײַל ער האָט ניט געקענט פֿאַרשטיין, כאָטש נעמט אים אַראָפּ דעם קאָפּ, וואָס דער **ק**ראָט האָט געטאָן וואָס איז אַזוי געשײַט, נאָר ווי אַ גליק צו אים, איידער ער האָט געקענט צעהיצט ווערן אָדער זיך אויפֿעפֿענען צו דעם **ט**אַקסעס סאַרקאַזם, האָט דאָס גלעקל געקלונגען פֿאַרן אָנבײַסן.

עס איז געווען אַ פּשוטער נאָר נערעוודיקער מאָלצײַט – פֿעטזײַט און ברייטע באָבעס, און אַ מאַקאַראָני־קוגל, און ווען זיי זײַנען געווען גאַנץ פֿאַרטיק, האָט דער **ט**אַקס זיך אײַנגענורעט אין אַ פֿאָטעל, און געזאָגט, "נו, מיר שטייען פֿאַר אַ שווערער עבֿודה הײַנט בײַ נאַכט, און עס וועט מסתּמא זײַן גאָר שפּעט איידער מיר ענדיקן די אַרבעט, וועל איך דערפֿאַר כאַפּן אַ דרעמל בעת איך קען." און ער האָט געצויגן אַ נאָזטיכל איבערן פּנים און האָט באַלד געשנאָרכצט.

דער אומרויִקער און פֿלײַסיקער **ש**טשור איז תּיכּף צוריק צו די צוגרייטונגען, און האָט אָנגעהויבן לויפֿן צווישן די פֿיר קליינע קופּעס און מורמלען, "אָט-אַ-גאַרטל-פֿאַר-דעם-**ש**טשור, אָט-אַ-גאַרטל-פֿאַר-דעם-**ק**ראָט, אָט-אַ-גאַרטל-פֿאַר-דער-**ב**ראָסקע, אָט-אַ-גאַרטל-פֿאַר-דעם-**ט**אַקס!" און אַזוי ווײַטער, מיט יעדן פֿרישן צוגאָב וואָס ער האָט געפֿונען, און עס איז געווען אָן אַ שיעור פֿון זיי אַ פּנים. האָט דער **ק**ראָט דערפֿאַר געשטעקט זײַן אָרעם דורך **ב**ראָסקעס, אים געפֿירט אַרויס אין דער פֿרײַער לופֿט, און אים געשטויסן אַרײַן אין אַ געפֿלאָכטענעם שטול, און אים געפֿאָדערט דערציילן די אַלע אַוואַנטורעס זײַנע פֿון אָנהייב ביזן סוף, וואָס **ב**ראָסקע האָט געוואָלט טאָן מיט חשק. דער **ק**ראָט איז געווען אַ גוטער צוהערער, און **ב**ראָסקע, מיט קיינעם צו קאָנטראָלירן וואָס ער זאָגט אָדער צו קריטיקירן אומפֿרײַנדלעך, האָט זיך גאַנץ פֿרײַ געלאָזט. אויף אַן אמת, האָט אַ סך פֿון וואָס ער האָט

באַשריבן בעסער געהערט צו דער קאַטעגאָריע פֿון וואָס-וואָלט-געשעט-אויב-נאָר-איך-האָב-ביי-ציטנס-געטראַכט-דערפֿון-אַנשטאָט-מיט-צען-מינוטן-שפּעטער. יענע זיינען אַלע מאָל די בעסטע און פּיקאַנטסטע אַוואַנטורעס, און פֿאַר וואָס ניט זאָלן מיר זיי ניט אָננעמען פֿאַר די אייגענע, גלייך אַזוי ווי די ניט־געוויגיקע זאַכן וואָס טאַקע געשען?

קאַפּיטל צוועלף

דער צוריקקער פֿון אוליסיס

ווען עס האָט אָנגעהויבן פֿינצטער ווערן האָט דער **ש**טשור, מיט אַ שטייגער פֿון אויפֿרעגונג און סוד, זיי גערופֿן צוריק אין דעם גאַסטצימער, יעדן געשטעלט פֿאַר זייַן אייגענער קליינער קופּע, און אָנגעהויבן זיי אָנטאָן פֿאַר דער קומעדיקער עקספּעדיציע. ער איז זייער ערנסט געווען און פּרטימדיק מיט דער אַרבעט, און דער עסק האָט אַ לאַנגע צייַט געדויערט. ערשטנס, אַ גאַרטל יעדן אַרומצוגיין, און דעמאָלט אַ שווערד אַרייַנגעשטעקט אין יעדן גאַרטל, און דעמאָלט אַ גרויסער מעסער אויף דער צווייטער זייַט אַלץ אויסצוגלייַכן. דעמאָלט אַ פּאָר פּיסטוילן, אַ פּאָליציאַנטנס דובינע, עטלעכע פּאָר האַנטקייטלעך, באַנדאַזשן און פֿלאַסטערס, און אַ בוטל און אַ פּעקל שניטקעס. דער **ט**אַקס האָט גוטמוטיק געלאַכט און געזאָגט, "נו, גוט, **ש**טשורל! ס'איז דיר אַ פֿאַרווייַלונג און שאַט מיך ניט. איך וועל מייַנס טאָן נאָר מיט דעם דאָזיקן שטעקן."

אָבער דער **ש**טשור האָט נאָר געזאָגט, "איך *בעט* דיר, **ט**אַקס! דו ווייסט אַז איך וויל דו זאָלסט מיך ניט באַשולדיקן שפּעטער און זאָגן אַז איך האָב *אַבי וואָס* פֿאַרגעסן!"

ווען אַלץ איז געווען גאַנץ גרייט, האָט דער **ט**אַקס גענומען אַ פֿינצטער־לאַמטערן אין איין לאַפּע, געכאַפּט זייַן גרויסן שטעקן אין דער צווייטער, און געזאָגט, "איצט, הערט נאָר, קומט נאָך מיר נאָך! **ק**ראָט אַפֿריִער ווייַל ער האָט מיך שטאַרק דערפֿרייט; דערנאָך, **ש**טשור; **ב**ראָסקע די לעצטע. און זע נאָר, **ב**ראָסקעלע! פּלאַפּל ניט אַזוי פֿיל ווי געוויינטלעך אָדער מע וועט דיך צוריקשיקן, אַזוי זיכער ווי גורל!"

די **ב**ראָסקע איז אַזוי להוט געווען ניט איבערגעלאָזט צו ווערן אַז ער האָט גענומען דעם נידעריקן אָרט אים געגעבן אָן אַ מורמל, און די חיות זייַנען אין וועג אַרייַן. דער **ט**אַקס האָט זיי געפֿירט פּאַזע טייַך אַ ווייַלע, און דעמאָלט זיך פּלוצעם געשווּנגען איבערן קאַנט אַרייַן אין אַ לאָך אינעם טייַך־ברעג, אַ ביסל איבערן וואַסער. דער **ק**ראָט און דער **ש**טשור זייַנען שטילערהייט נאָכגעגאַנגען, זיך געשווּנגען בשלום אַרייַן אין דער לאָך ווי זיי האָבן געזען דעם **ט**אַקס. נאָר ווען עס איז געקומען **ב**ראָסקעס גאַנג, האָט ער אַוודאי באַהויבן זיך אַראָפּגליטשן און פֿאַלן אַרייַן אין וואַסער מיט אַ הויכן פּליושק און אַ קוויטש שרעק. די פֿרייַנד האָבן אים אַרויסגעשלעפּט, אָפּגעריבן און האַסטיק אויסגעדרונגען, געטרייסט, און געשטעלט אויף די פֿיס, נאָר דער **ט**אַקס איז געווען ערנסט אין כּעס און אים געזאָגט אַז זאָל ער נאָך אַ מאָל זיך באַנאַרישן, וועט ער אָן ספֿק איבערגעלאָזט ווערן אויף הינטן.

אַזוי זייַנען זיי סוף־כּל־סוף אַרייַן אין דעם בסודיקן פּאַסאַזש, און די ראַטיר־עקספּעדיציע האָט זיך טאַקע אָנגעהויבן!

עס איז געווען קאַלט, און פֿינצטער, און פֿײַכט, און נידעריק, און ענג, און נעבעכדיקע **ב**ראָסקע האָט אָנגעהויבן ציטערן, טיילוויַיז פֿון פּחד וועגן וואָס ליגט אפֿשר פֿאַר אים, טיילוויַיז ווײַל ער איז גאַנץ דורכגעווייקט. דער לאַמטערן איז געווען ווײַט פֿאָרויס, און ער האָט ניט געקענט אויסמײַדן זיך נאָכשלעפּן אַ ביסל אויף הינטן אינעם פֿינצטערניש. דעמאָלט האָט ער געהערט דעם **ש**טשור רופֿנדיק אַרויס אַ וואָרענונג, "*קום* שוין, **ב**ראָסקע!" און ער איז אָנגעכאַפּט געוואָרן מיט אַ שרעק אַז מע וועט אים איבערלאָזן אויף הינטן, איינער אַליין אין דעם פֿינצטערניש, און ער איז אַזוי "געקומען שוין" מיט אַזאַ לויפֿעניש אַז ער האָט איבערגעקערט דעם **ש**טשור אויף דעם **ק**ראָט און דעם **ק**ראָט אויף דעם **ט**אַקס, און אויף אַ רגע איז אַלץ צעטומלט געווען. דער **ט**אַקס האָט געמיינט אַז מע פֿאַלט אָן אויף זיי פֿון הינטן, און ווײַל עס איז ניט געווען אָרט צו ניצן אַ שטעקן צי אַ גרויסן מעסער, האָט ער אַרויסגעצויגן אַ פּיסטויל און געהאַלטן בײַ שיסן אַ קויל אין **ב**ראָסקע אַרײַן. ווען ער איז געוויר געוואָרן וועגן וואָס איז טאַקע געשען איז ער גאָר אין כּעס געוואָרן און געזאָגט, "נו, איצט וועט די נודנע **ב**ראָסקע *זיכער* איבערגעלאָזט ווערן!"

נאָר **ב**ראָסקע האָט געפּישטשעט, און די צוויי אַנדערע האָבן זיך אָנגענומען זײַן קריוודע פֿאַר זײַן גוטן אויפֿפֿיר, און סוף־כּל־סוף איז דער **ט**אַקס צופֿרידן געוואָרן, און די ריי איז ווײַטער געגאַנגען, נאָר דאָס מאָל איז דער **ש**טשור געגאַנגען אויף הינטן און פֿעסט געכאַפּט **ב**ראָסקעס אַקסל.

אַזוי האָבן זיי געטאַפּט און געשאַרט ווײַטער מיט אָנגעשפּיצטע אויערן און די לאַפּעס אויף די פּיסטוילן, ביז סוף־כּל־סוף האָט דער **ט**אַקס געזאָגט, "מיר זאָלן שוין איצט זײַן נאָענט אונטער דעם **ז**אַל."

דעמאָלט, מיט אַ מאָל, האָבן זיי דערהערט, ווי ווײַט אַוועק עס זאָל ניט זײַן, נאָר אַ פּנים פּונקט איבער די קעפּ, אַ צעמישט מורמלען, גלײַך ווי מענטשן שרײַען און וויוואַטן און טופּען אויף דער פּאַדלאָגע און האַמערן אויף די טישן. דער **ב**ראָסקעס נערוועזע פּחדים זײַנען אַלע צוריק, נאָר דער **ט**אַקס האָט נאָר רויִק באַמערקט, "זיי *הוליען* טאַקע, די ווייזעלעך!"

דער פּאַסאַזש האָט איצט אָנגעהויבן פֿירן אַרויף; זיי האָבן אַ ביסל ווײַטער געטאַפּט, און דעמאָלט האָט דער קלאַנג זיך געלאָזט הערן נאָך אַ מאָל, גאַנץ בולט דאָס מאָל, און זייער נאָענט איבער זיי. "אווו-ריי-אוו-ריי-אוו-ריי-אוו-ריי! האָבן זיי געהערט, און דאָס טופּען פֿון קליינע פֿיס אויף דער פּאַדלאָגע, און דאָס טשאָקען פֿון גלעזער בעת קליינע פֿויסטן האָבן געשלאָגן אויפֿן טיש. "*ווי גוט* זיי פֿאַרברענגען!" האָט דער **ט**אַקס געזאָגט. "קומט שוין!" זיי האָבן זיך געאײַלט דורך דעם פּאַסאַזש ביז ער האָט זיך פּשוט געענדיקט, האָבן זיי זיך געפֿונען שטייענדיק אונטער דעם כאַפּטירל וואָס פֿירט אַרײַן אין דער באַדינערס שפּײַזאַרניע.

אַזאַ טומלדיקער רעש איז געקומען פֿון דעם עסצימער, אַז מע וואָלט זיי קוים געקענט אונטערהערן. דער **ט**אַקס האָט געזאָגט, "איצט, חבֿרים, אַלע אין איינעם!" און די פֿיר פֿון זיי האָבן געשטעלט די פּלייצעס צו דעם כאַפּטירל און עס צוריקגעשטויסן. שלעפּנדיק זיך אַרויף נאָך דער ריי האָבן זיי זיך געפֿונען שטיין אין דער שפּײַזאַרניע, מיט נאָר אַ טיר צווישן זיי און דעם עסצימער, ווו די אומוויסיקע שׂונאים האַלטן אין הוליען.

דער טומל, ווען זיי זײַנען אַרויס פֿונעם פּאַסאַזש, איז פּשוט געווען פֿאַרטויבנדיק. סוף־כּל־סוף, ווען די געשרייען און האַמערן זײַנען פּאַמעלעך פֿאַרשטילט געוואָרן, האָט אַ קול

זיך געלאָזט פֿאַרשטיין, זאָגנדיק, "נו, איך האָב ניט קיין בדעה אײַך דאָ לאַנג צו האַלטן" – (גרויסע אַפּלאָדיסמענטן) – "נאָר איידער איך זעץ זיך אַוועק נאָך אַ מאָל" – (באַניטע ווייוואַטן) – "זאָל איך ערשט זאָגן אַ וואָרט וועגן אונדזער גוטהאַרציקן גאַסטגעבער, **ר**ב **ב**ראָסקע. מיר אַלע קענען **ב**ראָסקע!" – (גרויס געלעכטער) – *"גוטע* **ב**ראָסקע, *באַשיידענע* **ב**ראָסקע, *ערלעכע* **ב**ראָסקע!" – (קוויטשען פֿון הילולא).

"לאָמיך נאָר אויף אים!" האָט **ב**ראָסקע געמורמלט, קריצנדיק מיט די ציין.

"האַלט פֿעסט אַ רגע!" האָט געזאָגט דער **ט**אַקס, קוים האַלטנדיק אים צוריק. "גרייט זיך, אַלע!"

"– לאָמיך אײַך זינגען אַ קליין לידל," איז ווײַטער געגאַנגען דאָס קול, "וואָס איך האָב קאָמפּאָנירט אויף דער טעמע פֿון **ב**ראָסקע" – (אויסגעצויגענע אַפּלאָדיסמענטן).

דעמאָלט האָט דאָס **ה**ויפּט־**וו**יזעלע – זײַנס איז געווען דאָס קול – אָנגעהויבן זינגען אין אַ הויך, קוויטשיק קול:

*ב*ראָסקע זוכט נאָך שׂימחה,
גייט ער פֿריילעך אויף דער גאַס –

דער **ט**אַקס האָט זיך אויסגעצויגן, פֿעסט געכאַפּט דעם שטעקן מיט ביידע לאַפּעס, געוואָרפֿן אַ בליק אויף די חבֿרים, און אויסגעשריגן: "די שעה איז אָנגעקומען! נאָך מיר!"

און ער האָט ברייט אָפֿן געוואָרפֿן די טיר.

אײַ־אײַ!

אַזאַ פּישטשען און סקריפּען און קאַנויקען האָבן אָנגעפֿילט די לופֿט!

לאָזט די דערשראָקענע וויזעלעך וואַרפֿן זיך אונטער די טישן און שפּרינגען הפֿקר אַרויף אויף די פֿענצטער! לאָזט די טכוירן לויפֿן ווילד צו דעם קאַמין און ווערן אומבאַהאָלפֿן אַרײַנגעשטאָפּט אין דעם קוימען! לאָזט די טישן און שטולן איבערגעקערט ווערן, און גלאָזוואַרג און פּאָרצעלײַ ווערן צעשמעטערט אויף דער פּאַדלאָגע, אין דער פּאַניק פֿון דעם שווידערלעכן מאָמענט ווען די פֿיר **ה**עלדן האָבן געשפּאַנט מיט גרימצאָרן אַרײַן אין צימער! דער מאַכטיקער **ט**אַקס, די וואָנצעלעך פֿאַרשטײַפֿט, זײַן גרויסע דובינע פֿײַפֿנדיק דורך דער לופֿטן. **ק**ראָט, שוואַרץ און גרויליק, מאַכנדיק מיט זײַן שטעקן און שרײַענדיק זײַן שרעקלעכן שלאַכטרוף, "אַ **ק**ראָט! אַ **ק**ראָט!" **ש**טשור, פֿאַרצווייפֿלט און פֿעסט, מיטן גאַרטל אַרויסגעפּוישט מיט געווען פֿון אַלע עלטערן און אַלע מינים. **ב**ראָסקע, צעווילדעוועט פֿון אויפֿרעגונג און פֿאַרוווּנדיקטן שטאָלץ, געשוואָלן ביז צוויי מאָל די געוויינטלעכע גרייס, איז געשפּרונגען אין דער לופֿטן אַרײַן און אַרויסגעגעבן **ב**ראָסקע־הוקעס וואָס האָבן זיי פֿאַרגליווערט די ביינער! "**ב**ראָסקע זוכט נאָך שׂימחה!" האָט ער געשריגן. "איכ'ל זיי געבן שׂימחה!" און איז ער געגאַנגען גלײַך אויף דעם **ה**ויפּט־**וו**יזעלע. זיי זײַנען געווען נאָר פֿיר אין צאָל, נאָר צו די פּאַניק־פֿאַרכאַפּטע וויזעלעך האָט דער זאַל זיי געפֿילט ווי פֿול מיט משונהדיקע חיות, גראָע, שוואַרצע, ברוינע, און געלע, הוקענדיק און מאַכנדיק מיט אומגעהײַערע דובינעס, און זיי זײַנען זיך צעפֿאַלן און אַנטלאָפֿן מיט קוויטשען פֿון אימה און ייִאוש, אין אַלע ריכטונגען, דורך די פֿענצטער, אַרויף דורך דעם קוימען, ווו ניט ווו נאָר זיך צו נעמען אַרויס פֿונעם גרייך פֿון יענע שרעקלעכע שטעקנס.

דער ענין איז באַלד געווען פֿאַרטיק. אַרויף און אַראָפּ, די גאַנצע לענג פֿון דער זאַל האָבן געשפּאַנט די פֿיר **פֿ**רײַנד, געקלאַפּט מיט די שטעקנס יעדן קאָפּ וואָס באַווײַזט זיך, אין

פֿינף מינוט אַרום איז דער צימער אויסגעליידיקט געוואָרן. דורך די צעבראָכענע פֿענצטער זײַנען געקומען שוואַך צו זייערע אויערן די קוויטשן פֿון דערשראָקענע אַנטלויפֿנדיקע וויזעלעך. אויף דער פּאַדלאָגע זײַנען געלעגן אַ טוץ מער־ווייניקער פֿון די שׂונאים, וואָס אויף זיי איז דער קראָט קרעפּט פֿאַרנומען געווען צופּאַסן האַנטקייטלעך. דער טאַקס, רוענדיק פֿון די טירחות, האָט זיך אָנגעלענט אין זײַן שטעקן און אַ וויש געטאָן זײַן ערלעכן שטערן.

"קראָט," האָט ער געזאָגט, "דו ביסט דער בעסטער פֿון יאַטן! גיב נאָר אַ לויף אין דרויסן און טו אַ קוק אויף יענע האַרמל־וועכטערס דײַנע, זע וואָס זיי טוען. ס'דאַכט זיך מיר אַז, אַ דאַנק דיר, וועלן מיר ניט קיין סך צרות האָבן פֿון זיי הײַנט בײַ נאַכט!"

דער קראָט איז גיך פֿאַרשווונדן געוואָרן דורך אַ פֿענצטער, און דער טאַקס האָט געבעטן די איבעריקע צו רעכט צו שטעלן אַ טיש, אויפֿהייבן די מעסערס און גאָפּלען און טעלער און גלעזער פֿונעם ברעך אויף דער פּאַדלאָגע, און גיין זוכן עפּעס פֿאַר אַ וועטשערע. "איך וויל אַ שטיק פֿרעס, וויל איך," האָט ער געזאָגט אין דעם טאַקע גראָבן שטייגער רעדן וואָס בײַ אים. "ריר די פֿיס, בראָסקע, און זײַ לעבעדיק! מיר האָבן צוגענומען דײַן הויז פֿאַר דיר, און דו באַטסט אָן ניט אַפֿילו אַ שניטקע."

בראָסקע האָט זיך היפּש באַליידיקט געפֿילט, וואָס דער טאַקס האָט אים ניט געזאָגט אײַנגענעמע זאַכן, ווי צו דעם קראָט, און אים זאָגן ווי ער איז אַ פֿײַנער יאַט און ווי פּראַקטיק ער האָט געקעמפֿט, וואָרן ער איז שטאַרק צופֿרידן מיט זיך און ווי ער האָט אָנגעפֿאַלן אויף דעם הויפּט־וויזעלע און אים געשיקט פֿליִען איבערן טיש מיט איין קלאַפּ פֿון זײַן שטעקן. נאָר ער האָט אַרומגעהאַוועט, און אויך דער שטשור, און באַלד האָבן זיי געפֿונען אַ ביסל גויאַווע־אײַנגעמאַכטס אין אַ גלעזערנעם טעלערל, און אַ קאַלטע הון, כּמעט אַ גאַנצע צונג, אַ ביסל קוכן און אַ היפּש ביסל האָמאַר־סאַלאַט. און אין דער שפּײַזאַרניע האָבן זיי אָנגעטראָפֿן אויף אַ קויש פֿראַנצייזישע בולקעס און גאָר אַ סך קעז, און פּוטער, און סעלעריע. זיי האָבן געהאַלטן בײַם זיך אַוועקזעצן צום טיש ווען דער קראָט האָט זיך געדראַפּעט אַרײַן דורכן פֿענצטער, לאַכנדיק צו זיך, מיט די אָרעמס פֿול מיט ביקסן.

"ס'איז גאַנץ פֿאַרטיק," האָט ער געמאָלדן. "פֿון וואָס איך האָב זיך געקענט דערוויסן, באַלד ווי די האַרמלען, וואָס זײַנען שוין געווען זייער נערוועז און אויף שפּילקעס, האָבן דערהערט דאָס קוויטשען און די געשרייען און דעם טומל אינעווייניק אין דער זאַל, האָבן עטלעכע פֿון זיי אַראָפּגעוואָרפֿן די ביקסן און אַנטלאָפֿן. די איבעריקע זײַנען פֿעסט געשטאַנען אַ רגע, נאָר ווען די וויזעלעך האָבן זיך געיאָגט אַרויס אויף זיי, האָבן זיי געמיינט אַז מע האָט זיי פֿאַרראַטן, האָבן די האַרמלען זיך געראַנגלט מיט די וויזעלעך, און די וויזעלעך האָבן געקעמפֿט כּדי צו אַנטלויפֿן, און זיי האָבן זיך געשטײַערט און געצאַפּלט און זיך צעשלאָגן, און זיך איבערגעקײַקלט ביז ס'רובֿ פֿון זיי זײַנען אַרײַן אין טײַך! זיי זײַנען אַלע שוין פֿאַרשווונדן געוואָרן, ווי ניט ווי, און איך האָב זייערע ביקסן. איז, אַלץ איז גוט אויסגעקומען!"

"אויסגעצייכנטע און ווערדיקע חיה!" האָט דער טאַקס געזאָגט, מיטן מויל פֿול מיט הון און קוכן. "איצט איז נאָר נאָך איין זאַך וואָס איך וויל דו זאָלסט טאָן, קראָט, איידער דו זעצט זיך אַוועק עסן וועטשערע מיט אונדז אַלע, און איך וואָלט דיר ניט שטערן, אויב ניט וואָס איך ווייס אַז איך קען דיר טרויען ענדיקן וואָס דו הייבסט אָן, און איך ווונטש אַז איך וואָלט אַזוי געקענט רעדן פֿון אַנדערע וואָס איך קען. איך וואָלט אָפּגעשיקט שטשור, וואָלט ער ניט געווען אַ פּאָעט. איך וויל אַז דו זאָלסט נעמען יענע בחורים דאָרט אויף דער פּאַדלאָגע מיט דיר טרעפּ־אַרויף און אויסראַמען עטלעכע שלאָפֿצימער, זיי ציכטיק און גוט באַקוועם

מאַכן. זע אַז זיי אויסקערן *אונטער* די בעטן, און שטעלן צו ריינע לײַלעכער און ציכלעך, און ציִען אַראָפּ איין ווינקל פֿון דעם בעטגעוואַנט, פּונקט ווי דו ווייסט שוין איז פּאַסיק. און האָב אַ בלעכל הייס וואַסער, און ריינע האַנטעכער, און פֿרישע שטיקלעך זייף אין יעדן צימער. און דעמאָלט מעגסטו צו יענעם אַ שמיץ געבן, אויב ס'וועט דיר געפֿעלן, און זיי שיקן אַרויס דורך דער הינטערטיר, און מיר וועלן מער ניט זען *זיי* נאָך אַ מאָל, רעכן איך. און דעמאָלט קום צוריק און האָב אַ שטיקל פֿון אָט דער קאַלטער צונג. ס'איז פּרימאַ. איך בין שטאַרק צופֿרידן מיט דיר, קראָט!"

דער גוטהאַרציקער קראָט האָט אויפֿגעהויבן אַ שטעקן, געפֿורעמט די געפֿאַנגענע אויף אַ ליניע אויף דער פּאַדלאָגע, זיי געהייסן "גיך מאַרשירט!" און געפֿירט זײַן קאָמאַנדע ביזן אייבערשטן גאָרן. נאָך אַ ווײַלע האָט ער זיך באַוויזן נאָך אַ מאָל, מיט אַ שמייכל, און געזאָגט אַז די אַלע צימער זײַנען גרייט און אַזוי ריין ווי אַ נײַע שפּילקע. "און איך האָב זיי ניט געמוזט צעקלאַפּן דערצו," האָט ער צוגעגעבן. "איך האָב געמיינט, בסך־הכּל, אַז זיי האָבן באַקומען גענוג קלעפּ אויף איין נאַכט, און די ווייזעלעך, ווען איך האָב דעם ענין זיי דערקלערט, האָבן גאָר מסכּים געווען מיט מיר, און געזאָגט אַז זיי וועלן אַפֿילו ניט טראַכטן פֿון זיך טשעפּען אויף מיר. זיי האָבן שטאַרק חרטה געהאַט, און געבעטן מחילה פֿאַר וואָס זיי האָבן אָפּגעטאָן, נאָר אין דעם זײַנען שולדיק דאָס **הויפּט־ווייזעלע** און די האַרמלען, און אויב עס איז אַ מאָל עפּעס וואָס זיי קענען טאָן ווי אַ תּשובֿה, דאַרפֿן מיר דאָס בלויז דערמאָנען. האָב איך זיי דערפֿאַר געגעבן צו יעדן אַ בולקע און זיי אַרויסגעלאָזט אויף הינטן, און זיי זײַנען געלאָפֿן אַוועק אַזוי שווער ווי זיי קענען!"

דעמאָלט האָט דער קראָט געצויגן זײַן שטול צום טיש, און זיך גענומען צו דער קאַלטער צונג. און **ב**ראָסקע, ווי דער לײַטישער הער וואָס ער איז, האָט אָפּגעווענדט פֿון זיך אַלע קינאה, און האַרציק געזאָגט, "אַ ליבלעכן דאַנק דיר, טײַערער קראָט, פֿאַר די אַלע טירחות און צרות דײַנע הײַנט בײַ נאַכט, און בפֿרט פֿאַר דײַן כיטרעקייט דעם אינדערפֿרי!" דאָס האָט גוט געפֿעלן דעם **ט**אַקס, און ער האָט געזאָגט, "אָט רעדט מײַן העלדישע **ב**ראָסקע!" און אַזוי האָבן זיי אויפֿגעגעסן די וועטשערע מיט גרויסער שׂימחה און צופֿרידנקייט, באַלד זיך אַוועקגעלייגט רוען צווישן ריינע לײַלעכער, זיכער אין **ב**ראָסקעס היים פֿון די אָבֿות, געוווּנען צוריק צוליב גבֿורה אָן אַ גלײַכן, שלמותדיקער סטראַטעגיע, און אַ פּעיִק מאַכן מיט שטעקנס.

אויף צו מאָרגנס איז **ב**ראָסקע, וואָס האָט פֿאַרשלאָפֿן ווי געוויינטלעך, אַראָפּ אויף פֿרישטיק שענדלעך שפּעט, און האָט געפֿונען אויפֿן טיש אַ געוויסן סכום אייער־שאָלעכצן, עטלעכע שטיקער קאַלטן און לעדערנעם טאָסט, אַ קאַווע־קאָפּ דרײַ פֿערטל ליידיק, און אין דער אמתן ווייניק וואָס אַנדערש, וואָס האָט ניט פֿאַרבעסערט זײַן געמיט, האַלטן אין זינען נאָך אַלעמען, אַז עס איז זײַן אייגן הויז. דורך די פֿליגל־פֿענצטער אין דער פֿרישטיק־זאַל האָט ער געקענט זען דעם קראָט און דעם **וו**אַסער־**ש**טשור זיצנדיק אין געפֿלאָכטענע שטולן אויף דער לאָנקע, אַ פּנים זיך דערציילן מעשׂיות, רעווען מיט געלעכטער, און בריקען מיט די פּיס אין דער לופֿטן. דער **ט**אַקס, וואָס איז געווען אין אַ פֿאָטעל און טיף אין דער פֿרימאָרגן־צײַטונג, האָט בלויז אַ קוק אַרויף געטאָן און אַ שאָקל מיטן קאָפּ געגעבן ווען **ב**ראָסקע איז אַרײַן אין צימער. נאָר **ב**ראָסקע האָט גוט געקענט זײַן מאַן, האָט ער זיך אַוועקגעזעצט און געשאַפֿן דעם בעסטן פֿרישטיק וואָס ער האָט געקענט, און באַמערקט צו זיך אַז ער וועט זײַן קוויט מיט די אַנדערע פֿריִער צי שפּעטער. ווען ער איז שיִער ניט פֿאַרטיק געווען, האָט דער **ט**אַקס אַרויפֿגעקוקט און היפּש שאַרף באַמערקט, "זײַ מוחל,

בראָסקע, נאָר איך האָב מורא אַז פֿאַר דיר שטייט אַ שווער שטיקל אַרבעט דעם אינדערפֿרי. זע נאָר, מיר זאָלן טאַקע תּיכּף אָפּריכטן אַ **ס**עודה, ווי אַן אָנערקענונג פֿונעם ענין. מע ריכט זיך אויף דיר – פּאַקטיש, איז דאָס דער כּלל."

"אָ, נו, גוט!" האָט די **ב**ראָסקע גרינג געזאָגט. "אַבי וואָס צו העלפֿן. כאָטש פֿאַר וואָס אויף דער וועלט דו ווילסט פּראַווען אַ **ס**עודה אין דער פֿרי, קען איך ניט פֿאַרשטיין. אָבער דו ווייסט אַז איך לעב ניט נאָכצוגעבן זיך אַליין, נאָר פּשוט אויסצוגעפֿינען וואָס די פֿרײַנד ווילן, און דעמאָלט פּרווון דאָס מקיים זײַן פֿאַר זיי, דו טײַערער אַלטער **ט**אָקס!"

"הער אויף מיטן אָנשטעל אַז דו ביסט נאַרישער ווי דו ביסט," האָט געענטפֿערט ברוגזלעך דער **ט**אָקס, "און לאַך ניט אונטער אָדער שפּריצל ניט אין דער קאַווע בײַם רעדן; ס'איז ניט העפֿלעך. וואָס איך בין אויסן איז, אַז די **ס**עודה וועט פֿאָרקומען בײַ נאַכט, אוודאי, נאָר מע דאַרף די רגע אָנשרײַבן און אָפּשיקן די פֿאַרבעטונגען, און דו מוזסט זיי אָנשרײַבן. איצט, זעצט זיך אַוועק בײַ יענעם טיש – ס'איז דאָ אַ באַרג מיט בריוו־פּאַפּיר דערויף, מיט '**ב**ראָסקע־זאַל' אויפֿן אויבן אין בלאָ און גאָלד – און שרײַב אָן פֿאַרבעטונגען צו די אַלע פֿרײַנד, און אויב דו האַלטסט בײַ דער אַרבעט, וועלן מיר זיי קענען אָפּשיקן פֿאַרן אָנבײַסן. און איך וועל אויך העלפֿן, טאָן מײַן חלק פֿון דעם עול. איך וועל באַשטעלן די **ס**עודה."

"וואָס!" האָט **ב**ראָסקע אויסגעשריגן, צערודערט. "איך זאָל בלײַבן אינעווייניק און שרײַבן אַ סך פּאַסקודנע בריוו אויף אַזאַ פֿריילעכן פֿרימאָרגן ווי איצט, ווען איך וויל גיין אַרום דעם פֿאַרמאָג און אַלץ און אַלע צו רעכט שטעלן, און פּראָלן זיך און גוט פֿאַרברענגען! זיכער ניט! איכ'ל – איכ'ל דיך זען – וואַרט אַ מינוטקעלע, אָבער! איז, אַדרבא, טײַערער **ט**אָקס! וואָס איז מײַן פֿאַרגעניגן צי באַקוועמלעכקייט אין פֿאַרגלײַך מיט אַנדערע! דו ווילסט אַז דאָס זאָל אויפֿגעטאָן ווערן, און עס וועט אויפֿגעטאָן ווערן. גיי, **ט**אָקס, באַשטעל די **ס**עודה, באַשטעל וואָס דו ווילסט, און דעמאָלט גיי זע זיך מיט די יונגע פֿרײַנד אין דרויסן אין דער ריינער פֿריילעכקייט, אומוויסיק פֿון מיר און מײַנע זאָרגן און טירחות. איך מאַך פֿאַר אַ קרבן דעם שיינעם אינדערפֿרי אויף דעם מזבח פֿון חובֿ און פֿרײַנדשאַפֿט!"

דער **ט**אָקס האָט אויף אים געקוקט מיט גרויסן חשד, נאָר **ב**ראָסקעס דירעקטע, אָפֿענע מינע האָט שווער געמאַכט פֿירלייגן אַבי אַן אומווערדיקן מאָטיוו הינטער דעם געביטענעם שטייגער. איז ער דערפֿאַר אַרויס פֿון צימער, צו דער קיך צו, און באַלד ווי די טיר איז פֿאַרמאַכט געוואָרן הינטער אים, האָט **ב**ראָסקע זיך געאײַלט צו דעם שרײַבטיש. אַ פֿײַנע אידעע איז אים אײַנגעפֿאַלן בײַם רעדן. ער *וועט* אָנשרײַבן די פֿאַרבעטונגען, און וועט זיך מטריח זײַן צו דערמאָנען די אָנפֿירנדיקע ראָלע וואָס ער האָט געשפּילט אין דעם קאַמף, און ווי ער האָט פּלאַטשיק אַראָפּגעשלאָגן דאָס **ה**ויפּט־**ו**ויזעלע, וועט ער געבן אָנצוהערענישן וועגן די אַוואַנטורעס זײַנע, און אַזאַ קאַריערע מיט נצחון וואָס ער קען דערציילן, און אויף דעם פֿאָרזאָץ וועט ער צושטעלן אַ מין פּראָגראַם־צעטל פֿון דער פֿאַרווײַלונג דעם אָוונט – עפּעס אַזוינס, ווי ער האָט אויסגעצייכנט אינעם מוח:

רעדע ... פֿון **ב**ראָסקע

(עס וועלן פֿאָרקומען אַנדערע רעדעס פֿון **ב**ראָסקע במשך פֿונעם אָוונט)

רעפֿעראַט ... פֿון **ב**ראָסקע

קיצור

אונדזער תּפֿיסה־סיסטעם – די וואַסערוועגן פֿון אַלטן ענגלאַנד –
פֿערדהאַנדל און ווי דאָס אָנצופֿירן – פֿאַרמאַג, די רעכט און חובֿות –
צוריק צו דעם לאַנד – אַ טיפּישער ענגלישער פּריץ

ליד ... פֿון בראָסקע
(קאָמפּאָנירט פֿון זיך אַליין)

אַנדערע קאָמפּאָזיציעס ... פֿון בראָסקע
וועלן געזונגען ווערן במשך פֿונעם אָוונט פֿון דעם *קאָמפּאָניסט*

די אידעע איז אים שטאַרק געפֿעלן, און ער האָט שווער געאַרבעט און איז פֿאַרטיק געווען מיט די אַלע בריוו האַלבן טאָג, ווען מע האָט אים געמאָלדן אַז עס איז דאָ אַ קליין און היפּש אויסגעמאָטשעט ווייזעלע בײַ דער טיר, וואָס פֿרעגט מוראוודיק צי ער קען אפֿשר העלפֿן די הערן. בראָסקע איז אַרויס מעשׂה קנאַקער און געפֿונען אַז עס איז איינער פֿון די געפֿאַנגענע פֿון נעכטן אין אָוונט, גאָר העפֿלעך און להוט אויף העלפֿן. ער האָט אים דעם קאָפּ אַ גלעט געגעבן, געשטויסן דאָס בינטל פֿאַרבעטונגען אַרײַן אין זײַן לאַפּע, און אים געפֿאָדערט גיך אַרומגיין און זיי צעפֿירן וואָס גיכער, און צי ער וויל קומען ווידער צוריק דעם אָוונט וועט פֿאַר אים אפֿשר זײַן אַ שילינג, אָדער פֿאַרקערט, אפֿשר ניט. און דאָס נעבעכדיקע ווייזעלע האָט אויסגעזען היפּש פֿול מיט דאַנק, און איז גיך אַוועק אויפֿן גאַנג.

ווען די אַנדערע חיות זײַנען צוריק נאָך אָנבײַסן, גאַנץ רעשיק און מונטער נאָך אַן אינדערפֿרי אויפֿן טײַך, האָט דער קראָט, וועמענס געוויסן האָט אים געשטאָכן, געקוקט מיט ספֿק אויף בראָסקע, האָט ער זיך געריכט אַז יענער וועט זײַן אָנגעברוגזט אָדער דערשלאָגן. אַנשטאָט דעם איז ער געווען אַזוי מונטער און אויפֿגעבלאָזן אַז דער קראָט האָט אָנגעהויבן חושד זײַן, בעת דער שטשור און דער טאַקס האָבן אויף זיך באַטײַטיק געקוקט.

באַלד ווי דער מאָלצײַט איז געווען פֿאַרטיק, האָט בראָסקע געשטעקט די לאַפּעס טיף אַרײַן אין די קעשענעס און פֿון דער גרינג באַמערקט, "נו, האַלט זיך געזונט און שטאַרק, חבֿרים! בעט נאָך אַבי וואָס איר דאַרפֿט!" האָט ער געפֿריצעוועט אַוועק אין דער ריכטונג פֿונעם גאָרטן, ווו ער האָט געוואָלט איבערטראַכטן אַן אידעע צוויי פֿאַר זײַנע קומעדיקע רעדעס, ווען דער שטשור האָט אים געכאַפּט בײַם אָרעם.

בראָסקע האָט אַ חשד געהאַט וואָס ער איז אויסן, און האָט דאָס בעסטע זיך אויסצודרייען, נאָר ווען דער טאַקס האָט אים פֿעסט גענומען בײַם צווייטן אָרעם, איז אים ערשט אײַנגעפֿאַלן אַז די שפּיל איז שוין פֿאַרטיק. די צוויי חיות האָבן צווישן זיך אים געפֿירט אַרײַן אין דעם קליינעם רייכער־צימער וואָס עפֿנט זיך פֿון דער אַרײַנגאַנג־זאַל, פֿאַרמאַכט די טיר, און אים אַוועקגעשטעלט אין אַ שטול. דעמאָלט זײַנען זיי ביידע געשטאַנען פֿאַר אים, בעת בראָסקע איז געזעסן און געשוויגן און געקוקט אויף זיי בייז און מיט חשד.

"איצט, זע נאָר, בראָסקע," האָט דער שטשור געזאָגט. "עס האָט צו טאָן מיט דער סעודה, און עס טוט מיר שטאַרק באַנג וואָס איך דאַרף רעדן אַזוי מיט דיר. אָבער מיר ווילן אַז דו פֿאַרשטייסט קלאָר, איין מאָל פֿאַר אַלע מאָל, אַז עס וועט ניט פֿאָרקומען קיין רעדעס און קיין געזאַנג. גיב אַ פּרוּוו צו פֿאַרשטיין אַז בײַ דער דאָזיקער געלעגנהייט טענהן מיר ניט מיט דיר; פּשוט זאָגן מיר דיר."

בראָסקע האָט דערזען אַז ער איז אין אַ פֿאַסטקע. זיי האָבן אים פֿאַרשטאַנען, זיי האָבן דורך אים דורכגעזען, פֿאַר אים געלאָפֿן. זײַן אײַנגענעמער חלום איז צעשמעטערט געוואָרן.

"מעג איך ניט זיי זינגען נאָר איין *קליין* לידל?" האָט ער זיך האַרץ־רײַצנדיק געבעטן.

"ניין, ניט קיין *איינציק* קליין לידל," האָט פֿעסט געענטפֿערט דער **ש**טשור, כאָטש עס איז אים געווען שווער אויפֿן האַרצן צו באַמערקן די ציטערנדיקע ליפּ פֿון דער נעבעכדיקער אַנטוישטער **ב**ראָסקע. "עס טויג ניט, **ב**ראָסקעלע. דו ווייסט גאַנץ גוט אַז דײַנע לידער זײַנען אַלע גדלות און באַרימען זיך, און גאווה, און דײַנע רעדעס אָנגעפֿילט מיט אויפֿבלאָזן זיך און – און – נו, און גוואַלדיק איבערטרײַבן און – און –"

"און גאַז," האָט אַרײַנגעשטעקט דער **ט**אַקס, אין זײַן געמיינעם שטייגער.

"ס'איז פֿון דײַנעט וועגן, **ב**ראָסקעלע," איז ווײַטער געגאַנגען דער **ש**טשור. "דו ווייסט אַז דו *מוזסט* אָנהייבן אויף ס'נײַ, פֿריִער צי שפּעטער, און איצט זעט אויס ווי אַ פּראַקטיקע צײַט פֿאַרן אָנהייב, עפּעס אַ קערפּונקט אין דײַן קאַריערע. איך בעט דיר, טראַכט ניט אַז רעדן אַזוי טוט אונדז ניט מער וויי ווי דיר."

בראָסקע איז געבליבן אַ לאַנגע ווײַלע טיף אין טראַכטן. סוף־כּל־סוף האָט ער אויפֿגעהויבן דעם קאָפּ און שפּורן פֿון שטאַרקער עמאָציע זײַנען געווען צו דערזען אויף זײַנע שטריכן. "איר האָט גובֿר געווען, מײַנע פֿרײַנד," האָט ער געזאָגט אין צעבראָכענע אַקצענטן. "עס איז זיכער געווען נאָר אַ קליינקייט וואָס איך האָב געבעטן – פּשוט צו בליִען און זיך פֿאַרברייטערן אויף בלויז איין אָוונט, זיך פֿרײַ צו לאָזן און הערן די טומלדיקע אַפּלאָדיסמענטן וואָס מיר שטענדיק פֿילט – ווי ניט איז – אַז עס ברענגט אַרויס די בעסטע מעלות מײַנע. אָבער איר זײַט גערעכט, איך ווייס, און איך בין אומגערעכט. פֿון איצט אָן וועל איך ווערן גאָר אַן אַנדער **ב**ראָסקע. מײַנע פֿרײַנד, וועט איר מער ניט געלעגנהייטן האָבן זיך צו שעמען צוליב מיר נאָך אַ מאָל. אָבער ווי איך לעב, איז דאָס אַ שווערע וועלט!"

און, מיטן נאָזטיכל געדריקט אויפֿן פּנים, איז ער אַרויס פֿון צימער מיט וואַקלענדיקע טריט.

"**ט**אַקס," האָט דער **ש**טשור געזאָגט, "איך פֿיל זיך ווי אַן אַכזר; איך וווּנדער זיך ווי עס איז בײַ דיר?"

"אָ, איך ווייס, איך ווייס," האָט דער **ט**אַקס טרויעריק געזאָגט. "נאָר מע האָט געמוזט דעם ענין דורכפֿירן. דער דאָזיקער גוטער יאַט מוז דאָ בלײַבן וווינען, און באַשטיין דאָס אייגענע שטעטל, מיט דרך־ארץ. צי ווילסטו אַז ער זאָל זײַן אַן אַלגעמיינע חוזק־פֿיגור, נאָכגעשפּעט און געהעצקעט פֿון די האַרמלען און ווײַזעלעך?"

"זיכער ניט," האָט דער **ש**טשור געזאָגט. "און רעדן פֿון ווײַזעלעך, ס'איז געווען אַ שטיקל מזל וואָס מיר האָבן געטראָפֿן דאָס קליינע ווײַזעלע, פּונקט ווען ער איז אין וועג אַרײַן מיט **ב**ראָסקעס פֿאַרבעטונגען. איך האָב אַ חשד געהאַט פֿון וואָס דו האָסט מיר געזאָגט, און האָב אַ קוק געטאָן אויף אַ פּאָר; זיי זײַנען געווען פּשוט שענדלעך. איך האָב אַלע צוגענומען און דער גוטער קראָט זיצט איצט אין דעם בלאָען בודואַר, און שרײַבט אָן פּשוטע פֿאַרבעטונג־קאַרטלעך."

* * *

סוף־כּל־סוף איז די שעה פֿאַר דער **ס**עודה נאָענט געקומען, און **ב**ראָסקע, וואָס איז אַרײַן אין זײַן שלאָפֿצימער ווען ער האָט איבערגעלאָזט די אַנדערע, איז נאָך אַלץ דאָרט

געזעסן, מעלאַנכאָליש און פֿאַרקלערט. מיטן שטערן אויף דער לאַפּע האָט ער טיף און לאַנג געטראַכט. ביסלעכווײַז איז זײַן געזיכט קלאָר געוואָרן, און ער האָט אָנגעהויבן שמייכלען, לאַנגע, פֿאַמעלעכע שמייכלען. דעמאָלט האָט ער אָנגעהויבן כיכען, אין אַ שעמעוודיקן און שטײַוודיקן שטייגער. צום סוף איז ער אויפֿגעשטאַנען, פֿאַרשלאָסן די טיר, צוגעצויגן די פֿירהאַנגען איבער די פֿענצטער, געזאַמלט די אַלע שטולן אין צימער און זיי אַראַנזשירט אין אַ האַלבקרײַז, און גענומען זײַן אָרט פֿאַר זיי, קלאָר אויפֿגעבלאָזן ווערן. דעמאָלט האָט ער זיך פֿאַרנייגט, געהוסט צוויי מאָל, און לאָזנדיק זיך פֿרײַ, מיט אַן אויפֿגעהויבן קול האָט ער געזונגען צו דעם פֿאַרכישופֿטן עולם וואָס זײַן דמיון האָט אַזוי בולט געזען:

בראָסקעס לעצט קליין לידל

די **ב**ראָסקע – איז צוריק – אין דער היים!
ס'איז געווען פּאַניק אין גאַסטצימער און רעווען אין דער זאַל,
וויינען אין דער קו־שאָפּע און קוויטשען אין דער שטאַל,
ווען די **ב**ראָסקע – איז צוריק – אין דער היים!

ווען די **ב**ראָסקע – איז צוריק – אין דער היים!
די פֿענצטער צעטראַסקעט און די טיר אַ צעקלאַפּטע,
און שיקאַנירן די וויזעלעך חלשות אויף דער פּאַדלאָגע,
ווען די **ב**ראָסקע – איז צוריק – אין דער היים!

טראַסק! פֿון די פּויקן הילכט!
טרובען די טרומייטן און סאַלוטירן די סאָלדאַטן,
פּײַפֿן די אויטאָס און שיסן די האַרמאַטן,
בעת – דער גיבור – קומט!

שרײַ הוראַ! בראַוואָ! – און פֿאַרזאָג
אַז יעדער אין עולם זאָל פּרווון הויך שרײַען,
לכּבֿוד אַ חיה וואָס האָט פֿאַרדינט דעם כּבֿוד דײַנעם,
וואָרן הײַנט איז – **ב**ראָסקעס – גרויסער טאָג!

דאָס האָט ער געזונגען הויך אויף אַ קול, מיט גרויסער גײַסטיקייט און געפֿיל, און ווען ער איז פֿאַרטיק געווען האָט ער עס ווידער געזונגען אויף ס'נײַ.

דעמאָלט האָט ער געגעבן אַ טיפֿן זיפֿץ, אַ לאַנגן, לאַנגן, לאַנגן זיפֿץ.

דעמאָלט האָט ער געטונקט דאָס האָרבערשטל אין דעם וואַסער־קרוג, צעשיידט די האָר אין דער מיט, און זי געשטעלט גאָר גלײַך און גלאַט אויף ביידע זײַטן פּנים, אויפֿגעשלאָסן די טיר, און איז שטילערהייט טרעפּ־אַראָפּ צו באַגריסן די געסט, וואָס ער האָט געוווּסט קומען צונויף אין דעם גאַסטצימער.

די אַלע חיות האָבן געשריגן הוראַ ווען ער איז אַרײַן, און האָבן זיך אַרום אים אַרומגעשטופּט אים צו גראַטולירן און זאָגן שיינע דיבורים וועגן זײַן גבֿורה, און זײַן כיטרעקייט, און זײַן קאַמפֿגײַסט, נאָר **ב**ראָסקע האָט פּשוט שוואַך געשמייכלט און געמורמלט, "ניטאָ וואָס צו רעדן!" אָדער אַ מאָל, אין אַ נאָוועגע, "אַדרבא!" **ו**וידרע, וואָס איז געשטאַנען אויף דעם קאַמין־טעפּעך און געהאַלטן אין באַשרײַבן צו אַ באַוווּנדערנדיקן קרײַז פֿון די פֿרײַנד פּונקט ווי ער וואָלט אַלץ אויסגעסדרט, וואָלט ער דאָרט געווען, איז

געקומען פֿאָרויס מיט אַ שרײַ, געוואָרפֿן אַן אָרעם אַרום בראָסקעס נאַקן, און געפּרוּווט אים צו נעמען אַרום דעם צימער אין אַ נצחון־מאַרש, נאָר בראָסקע, אין אַ מילדן אופֿן, איז אים געווען אַ ביסל אָפּשטויסנדיק, האָט ער ווייך באַמערקט בעת ער האָט זיך באַפֿרײַט, "טאַקס איז געווען דער גרויסער קאָפּ; דער קראָט און דער וואַסער־שטשור האָבן געטראָגן דעם גאַנצן עול פֿון דעם קעמפֿן; איך בין נאָר געווען אין דער פּעכאָטע, האָב איך קוים עפּעס געטאָן." עס איז קלאָר געווען אַז די חיות זײַנען געפּלעפֿט געוואָרן, דערשטוינט פֿון אָט דעם אומגעריכטן אויפֿפֿיר זײַנעם. און בראָסקע האָט געפֿילט, בעת ער גייט פֿון גאַסט צו גאַסט מיט זײַנע באַשיידענע ענטפֿערס, אַז ער איז אַ חפֿץ פֿון גרויסן אינטערעס צווישן זיי אַלע.

דער טאַקס האָט באַשטעלט נאָר דאָס בעסטע פֿון אַלץ, איז דער סעודה געווען אַ גרויסע הצלחה. עס איז געווען אַ סך רעדן און געלעכטער און רייצן זיך צווישן די חיות, נאָר דורך דעם אַלץ האָט בראָסקע, וואָס איז אַוודאי געווען דער פֿאָרזיצער, געקוקט אַראָפּ פֿון אויבן און געמורמלט אײַנגענעמע פּוסטע דיבורים צו די חיות אויף ביידע זײַטן פֿון אים. פֿון צײַט צו צײַט האָט ער געכאַפּט אַ בליק אויף דעם טאַקס און דעם שטשור, און יעדעס מאָל וואָס ער האָט אַ קוק געטאָן, האָבן זיי אויף זיך געקוקט מיט אָפֿענע מײַלער, וואָס איז אים געווען גאָר צופֿרידנשטעליק. עטלעכע פֿון די ייִנגערע און לעבעדיקערע חיות, בעת דער אָוונט האָט זיך ווײַטער געצויגן, האָבן אָנגעהויבן שעפּטשען צווישן זיך אַז עס איז ניט געווען אַזוי הנאהדיק ווי אין די גוטע אַלטע טעג, און עס זײַנען געקומען קנאַקן אויפֿן טיש און געשרייען פֿון "בראָסקע! רעדע! אַ רעדע פֿון בראָסקע! ליד! רב בראָסקעס ליד!" נאָר בראָסקע האָט פּשוט ווייך געשאָקלט מיטן קאָפּ, אויפֿגעהויבן איין לאַפּע אין אַ שוואַכן פּראָטעסט, און דורך געבן מטעמים צו די געסט, דורך טאָגטעגלעך רעדערײַ, און דורך ערנסטע פֿראַגעס וועגן די פֿון די משפּחות נאָך אַלץ צו יונג צו באַווײַזן זיך בײַ אַזעלכע אויפֿנעמען, האָט ער באַהויבן אַלע אײַנרעדן אַז דער דאָזיקער וואַרמעס גייט פֿאָרויס אין אַ געווייִנטלעכן אופֿן.

ער איז טאַקע געווען אַן איבערגעמאַכטע בראָסקע!

* * *

נאָך אָט דעם הויכפּונקט, זײַנען די פֿיר חיות ווײַטער געגאַנגען מיטן לעבן, אַזוי גראָב איבערגעהאַקט פֿון בירגערקריג, מיט גרויסער שׂימחה און צופֿרידנקייט, ניט געשטערט פֿון ווײַטערע אויפֿשטאַנדן אָדער אינוואַזיעס. בראָסקע, נאָך פֿרעגן אַן עצה פֿון די פֿרײַנד, האָט אויסגעקליבן אַ שיינע גאָלדענע קייט און אויבל אײַנגעזעצט מיט פּערל, וואָס ער האָט אָפּגעשיקט צו דעם שליסלערס טאָכטער מיט אַ בריוו וואָס דער טאַקס אַפֿילו האָט געהאַלטן פֿאַר באַשיידן און פֿול מיט דאַנק; און דעם לאָקאָמאָטיוו־פֿירער, נאָך דער ריי, האָט מען געדאַנקט און באַצאָלט פֿאַר די אַלע טירחות און צורות. צוליב שווערן צוואַנג פֿון דעם טאַקס, האָט מען געזוכט, מיט מי, די באַרקע־פֿרוי אַפֿילו, און זי פֿאַרגיטיקט שטילערהייט פֿאַר דער ווערט פֿון איר פֿערד; כאָטש בראָסקע האָט זיך שרעקלעך קעגנגעשטעלט דערמיט, האָט ער זיך געהאַלטן פֿאַר אַ מכשיר פֿון גורל, געשיקט כּדי צו באַשטראָפֿן דיקע פֿרויען מיט באַפֿלעקטע אָרעמס וואָס קענען ניט דערקענען אַן אמתן הער ווען זיי זייען איינעם. די סומע דערין, דעם אמת זאָגנדיק, איז קוים געווען קיין עול, ווײַל דעם אָפּשאַץ פֿון דעם ציגײַנער האָט די היגע אָפּשאַצערס געהאַלטן פֿאַר פּאַסיק, מער־וויייניקער.

פֿון צײַט צו צײַט במשך פֿון די לאַנגע זומער־אָוונטן, פֿלעגן די פֿרײַנד גיין שפּאַצירן צוזאַמען אין דעם ווילדן וואַלד, איצט גוט אײַנגעשטוביקט אויף וויפֿל עס האָט זיי געאַרט, און עס איז אײַנגענעם געווען צו זען ווי די אײַנוווינער האָבן זיי באַגריסט מיט דרך־ארץ, און ווי די מאַמע־ווייזלעך פֿלעגן ברענגען די קינדער צו די מײַלער פֿון זייערע לעכער און

זאָגן, טײַטלענדיק, "קוק נאָר, פּיצעלע! דאָרט גייט דער גרויסער **רב ב**ראָסקע! און דאָרט איז דער כוואַטישער **וו**אַסער־**ש**טשור, אַ מוראדיקער קעמפֿער, גייענדיק לעבן אים! און דאָרט ווײַטער קומט דער באַרימטער **רב ק**ראָט, וואָס וועגן אים האָט דײַן טאַטע אָפֿט גערעדט!" נאָר ווען די עופֿעלעך ווערן קאַפּריזנע און שטאַרק אומבאַהערשט, פֿלעגן זיי זיי פֿאַרשטילן מיט דערקלערן אַז אויב זיי אויפֿהערן ניט פּלאַפּלען און זיי פּלאָגן, וואָלט דער שרעקלעכער גראָער **ט**אַקס זיי קומען און פֿאַרכאַפּן. דאָס איז געווען אַ גרויסער ליגן וועגן **ט**אַקס, וואָס, כאָטש ער זאָרגט זיך ניט מיט **ג**עזעלשאַפֿט, האָט יאָ ליב געהאַט קינדער. אָבער עס האָט שטענדיק געהאַט די געווונטשענע פּעולה.

דער איבערזעצער ערגעץ ווּ אין אַ וואַלד

בעריש גאָלדשטיין איז אַ פּענסיאָנירטער קאָמפּיוטער־פּראָגראַמירער, וואָס פֿאַרבראַכט גוט די צײַט איצט מיט ייִדיש, מיט שרײַבן, מיט פֿאָרן אין צפֿונדיקע לענדער, און מיט די אייניקלעך, אַוודאי. ער וווינט אין ניוטאָן, מאַס. אַ טייל פֿון זײַן שרײַבעכץ קען מען געפֿינען דאָ:
http://www.bgoldstein.org/

איבערזעצערס בילד: דזשעסיקאַ קעלשטיין

ISBN: 978-0-9980497-2-4

20 July 2019

The Yiddish
Wind in the Willows

Kenneth Graham

With illustrations by
Arthur Rackham

Yiddish translation by
Barry Goldstein